还魂记

陈应松

江苏凤凰文艺出版社

本人喜好在乡野乱窜。某日，雷电交加，被狂风暴雨阻隔，在野猫湖一荒村破舍避雨，发现一墙洞内，有一卷学生用作业本，已发黄破损，渍痕斑斑，字迹杂乱，难以辨认。细看是一本手记，为一野鬼所作，文字荒谬不经，颠三倒四。带回武汉后稍加润饰，每段文字附上小标题，公之于众，也算了却一桩心愿，仅此而已。

目 录

上部　火舌

我飞起来了 _003

刑事裁定书 _005

远离家乡的罪犯 _008

泥石流 _012

南监演出 _014

食堂 _016

麻雀的叫声如急雨 _018

养生地 _020

瞎子的半夜 _022

闸房 _024

谁在黑暗中拍刀 _027

我躺在摇篮里 _030

甲鱼晒背 _032

算账 _036

暮色 _039

在火光和闪电中 _041

野鳝鱼馆 _044

吊冤 _048

破血盆 _055

每个人都是一座坟 _057

雨有着它幽暗的光 _059

老流浪汉 _061

断头坝 _063

在芦苇里 _065

把他交给我吧 _069

密谋 _073

准备远行 _076

双头婴 _081

雨雾 _085

那颗头死了 _089

消防车追逐着鸟群 _093

你自己跳下去吧 _095

遗弃 _098

大伯抬来了棺材 _101

雾很大 _103

琴声 _107

所有的尘土都是爱的遗骸 _109

鳖与狗 _110

揉麝人 _114

说与父亲 _118

笸箕坟 121

露水升起 _125

我不吃鸭子 _127

吹嘘 _129

满身柴油味的男人 _130

刺蛇 _133

路口 _135

糕点 _143

我想做个好人 _145

农药的气味很重 _146

她摔成了一张纸 _149

黑鹳号叫 _151

风是一刀一刀砍进来的 _154

坟山明亮得像镜子 _155

夜火 _157

守闸人的头轧断了 _161

穿过天空的是乡愁 _164

正脸 _165

坐棺 _168

一个声音在唤我 _170

擀酒火 _172

我问 _173

乡村的夜晚 _176

三个瞎子 _178

在墙上抠出了血 _180

鹰 _183

一张遣送书 _185

大风口 _188

他与羊互啃 _190

我们坐在涵闸上 _191

挖树 _193

湖像一盏灯 _200

她把桌子掀了 _201

瞎子打架 _202

拦截 _204

羊头在笑 _206

大黑风 _208

运砖船 _211

火与焰 _217

中部　守灵夜

　　陌生人 _225

　　踏勘 _229

　　在兰苑 _231

　　我坐在坟墓上 _236

　　他每天吃五十只臭虫 _237

　　刨坟 _238

　　鳖的大雷雨 _243

　　他说·一 _249

　　他说·二 _250

　　他说·三 _254

　　探测仪落在大伯头上 _256

　　对峙 _262

　　眼泪出来了 _264

　　他在路上填土 _266

　　兰与《荆楚秘钞》_268

　　他鼻子发痒 _271

　　歌声飘扬 _273

　　你记得737吗？_274

　　乡村 _277

　　涉过沼泽 _278

　　守灵夜 _280

棺材漂荡 _290

狼毒花开满湖滩 _292

守岛人盐过 _293

黑鹳神在前 _296

蛇 _304

闪电 _310

一口咬住它 _312

时间就是一眨眼 _313

我像一个标本躺在疤纱里 _314

他用鱼叉举着 _315

下部　莲花盛开

雁往南飞 _319

过阴兵 _322

进山 _327

我们躺在山洞里 _330

九头鹰 _334

义眼和痒鼻子 _337

县政府门口 _339

村长 _340

我们杀了两只癞蛤蟆 _342

整个岛都在呼喊 _344

村里人声鼎沸 _346

诵经声 _348

寒婆 _350

一个骷髅 _353

越笑越带劲 _357

那个人好像没有身子 _358

死孩 _359

大脚弓的话 _361

冰凉的手 _362

雷公 _364

他打水漂 _369

村里扯起了横幅 _370

梦想 _372

早晨的花棚 _374

小汽车在奔腾 _375

锹这匹牛很饿 _379

他五天没吃东西 _380

老头们号啕大哭 _381

水声飘忽 _383

刨圣骨 _385

一首野猫湖的情歌 _387

迷路 _389

唤魂 _394

兰花开了 _396

他忽然一头向我撞来 _399

蛤蟆 _401

上帝是一只獭兔 _405

动弹不得 _407

跟着坛子里的声音走 _409

只有一个影子 _412

夜鸟在街道上空盘旋 _414

活丧 _416

养生地 _435

烧狗牙 _438

我哼了一声 _439

火泥 _441

最后 _442

后记 _443

上部　火舌

我飞起来了

　　我在窒息。鬼火般的灯。巨大的空窟。我躺在灰尘扑扑的疵纱中间。我的两个鼻子已经完全堵塞。肺部被灰尘填满。

　　疵纱。也叫半脚纬。如山的半脚纬。细细的绒毛瓤。它们无处不在,仿佛生来就是要让人剪掉扔弃的。我要呛死。我已经死去。肚皮在起伏。似乎里面有一只快死的青蛙在挣扎。那是最后一口气。

　　我的幻觉是躺在一堆霉豆渣中间。到处是疯狂生长的白色纤细的霉菌。它们好像村庄里睡了一夜的草,在霜里。

　　我的心已掏空,被人拿走。我飞起来。我向森林走。我沉下去,在烂熟的腐殖质和兰草、蘑菇里拱出来,像一株深山老林阴沉沉的植物。蚂蚁在爬动。我的口中衔着阳光的苗。我在林中的间隙穿梭,像一只蝙蝠。

　　我在夜里。我的灵。

　　如果那些人一根火柴点燃这堆疵纱,我就将化为灰烬。
　　好在,这是监狱里的车间,不会让带火。

　　一个人将我狠狠地摁住。
　　两个人将我狠狠地摁住。
　　三个人将我狠狠地摁住。
　　他们仿佛都有四只手。还有兽脚,有尖锐似铁的爪尖。像鹰,抓住猎物,一动不动。他们三个人。有一个站在那里,只用了脚。那个人的脑袋晃荡着,颈子像被电线割断了似的。

这时候。

这时候。织布车间阔大的空间里黑夜开始降临。地式吸尘设备嚣叫的电机声渐渐停息，叶片的旋转慢下来，晃晃悠悠。织布车间空得像洗劫过。但有一种细小的属于空旷里的嗡嗡声，灰尘一样落下，一层一层覆盖下来，像耳鸣一样固执传送着，像梦中山林的呜咽低泣。

我们的织布车间除了坯布，还有色布，做衬衣的。现在，织机上干干净净，没有一把剪刀。狱警已经全部收走。

我从一个个织机的脚下抓出一把把疵纱，把它们扫拢，倒进一个大塑料筐里，再倒到车间最深处的疵纱堆中。整个空旷的车间只剩下我的脚步声和劳作声。走廊的灯光顽强亮着，那是日光灯。这里，灯已经全部熄了，高高的窗外透出的可能是唤鹰山与森林缝隙的晚霞，像一块窗帷那样鲜艳，带着高不可即的暖色，从小小的窗子流淌进来，散成流苏，照到屋梁的蛛网上和墙壁上。这一刻，时常让人有想哭的冲动。但你得忍住。几只麻雀或什么鸟在那儿噪叫。你有一种被世界彻底抛弃的感觉，心里荒凉。

当傍晚来临的时候，森林突然紧张起来，有一种令人压抑的鬼魅氛围，悄悄地往整个监区蔓延，就像潮湿黏滑的虫子占满了天空。森林里混合的腐殖质和野葱和蝙蝠屎的气味也涌进来。

这些疵纱，已经堆积有一个星期以上。我想收拾更多，让汽车来拉，让狱警看看我的劳动。

我还有三个月就要出狱了……

我突然很高兴。偷偷的，从来被压抑的高兴，仿佛这念头一出现，灾难就会到来。我必须保持一种永远触霉头的情绪，这才能活。我不敢高兴。生活就像悲痛。

刑事裁定书

这是下午。我被叫到监狱政委的办公室。三楼,有很长的走廊。窗外是一扇黄腾腾的山崖,上面长着一些曲里拐弯的树,一线飞瀑好像要冲进窗户,山崖的纹理像是老树无情无义的瘢疖。走廊寒冷空旷,就像所有狱警都不管我们了。政委很胖,喘着浊气,但是两眼闪着贼一样的光。他是侦察兵出身。他很和蔼,对任何人说话都像对家里的兄弟姊妹说话,轻言细语,带着商量的口吻,带着拉家常的口吻。也许这是狡猾,这里关的全是十五年以上的重刑犯。

"飞流直下三千尺呀,飞流直下三千尺呀!……"

他对着窗户不停地念道。他把一张纸递给一个年轻的狱警,手上甩着一大串钥匙。

年轻的狱警器宇轩昂,像英雄一样吧嗒了一下嘴唇,声音有些发飘,像是刚从睡梦中被叫醒似的,在政委的示意下开始念道:

唤鹰山中级人民法院
刑事裁定书

(20××唤刑执字第796号)

罪犯柴燃灯在服刑期间,能认罪服法,遵守罪犯改造行为规范,接受教育改造,积极参加政治、文化、技术学习,完成劳动任务,确有悔改表现,符合法定减刑条件,依法可以减刑。依照《中华人民共和国刑事诉讼法》第二百二十一条第2款及《中华人民共和国刑法》第七十八条之规定,裁定如下:

对罪犯柴燃灯,减去有期徒刑一年,剥夺政治权利二十年不变。

本裁定送达后即发生法律效力。

庭长：周一
审判员：吴二
代理审判员：郑三
二○××年四月十六日
书记员：王四

"你如果想乐一下，可以围着监区跑十圈。"政委说，"但是有人恨你，你放话出去要报复人家。你说了吗？"

"说了。同样也有人要报复我呢。我的身份他们都知道了……"我嘀咕说，有些埋怨。

"现在是问你，你为什么要报复？"

我沉默。我也许只是说说，我还没想好我会怎样报复。我也许不会。我不想说话。我心冷如死灰。我想的只是出去，我没有想很远。在里面待太久了。我想换个空气，想到处走走。他们想怎么说怎么说去，这些狗日的，让他们把牢底坐穿吧！政委的办公室很高，天花板在天上。角落里有一只蜘蛛在绞杀一只扑腾的飞蛾。这个过程很漫长。这种血案不值得看。

"你的身份是光明正大，堂堂正正的。"他看着我，上下打量，有点心疼，或者不屑，"三个月后，我会给你们县司法局联系，想法给你找一份工作。"

我的鼻子很痒，我还是沉默的好。我习惯不说话。我有些忐忑不安。不知怎么，我很惶恐。预感要失去什么。我的心里很难受，像有人在抓。我想呕吐。大难好像要临头。有沙发，我坐在门口的硬木椅子上。地下好像有狗刨。

"回车间。"政委说。

"是，首长！"我说。

我想哭。二十年。我的心突然悬空。很空虚。就像饿。就像一头狼趁我昏睡之际掏出了我的五脏六腑。我很空。

……疵纱在动。我的眼神恍惚了？死气沉沉的车间,宛如推平的坟地让我揪心。堆头不对。似乎里面藏有什么东西,在隐隐地蠕动。这是……怎么啦？……

我快晕厥。看准一根窗齿作为定神的支撑。还有电扇,它的四个叶片。

我退了一步。身体每个部位都暴露在外,时刻遭受打击的恐惧像刺猬披挂全身,深入骨髓。在我睡觉时我也会提防,一只眼睛必须保持高度的警惕,它们轮换睡觉。

我不把两只手放在一起。我没有安全感。我的头总是在诡异的钝击中咚咚直响,并且歪去扭来。我时常会抱着头喊叫,然后不省人事。我被痛击过。我的头上流着长年不断的黄水。我也因报复袭击别人而加刑两年。但是,我已经有十五次减刑。

远离家乡的罪犯

"你是我的表妹吗?"

她很小,简直像一只蚂蚁。

她是从哪里钻出来的,不是梦吧?她的两颗大门牙像两把铲子,挺好看地对着我。她的两只眼睛就像两颗野生蓝莓,很大,不像是乡下人的,像是电视演员的畸形的大眼睛。她的头发非常黄,就像从野猫湖扯出的水草没有包扎,营养不良,突然又变成了一条在后园的篱笆边甩动的驴子尾巴。

她的眼睛瞪着我,像是我的女儿。就像看一个犯人。我在她的眼里知道了自己是远离家乡的罪犯。她的头发上全是灰土,还有带刺的野果。她是飞来的?要坐什么车?火车,汽车,加上步行十五里,到处虎豹豺狼,坏人挡道。她没被野兽吃掉?没被坏人掳去和杀害?她没有迷路?

"叔叔让你捐个互监组长……"

"滚回去!"我说。

我双手搭在膝盖上,不准动。一边一只。这是规矩。否则我就要两只手乱挥乱舞赶她滚。

她从裤腿里拿出的两千元钱,用透明胶绑在腿上,再用布包扎。她撕开透明胶,好像要把皮肉扯下来。

她稀里糊涂地哭着,异常伤心。脖子因为抽噎越来越细。她将怎么回去?

她怎么来,怎么回。

她跟着村里的一个人来的,这个人是个瞎子。他儿子奸杀了女学生判了死缓。他在半路上摸摸索索要强奸表妹。表妹拿出一把锋利的剪刀要刺杀他。并说,老子跑掉让你在深山喂老熊。

"狗牙奶奶!"瞎子求饶,"狗牙牙!"瞎子喊。

她十七岁。

"滚回去!"我又说。我的事,我不愿跟亲人说。我一句话也没有。我没有亲人。

她发青的嘴唇爆发出了尖锐的哭声,头发疯乱。

"这是叔叔每天逮野猫的钱。他跟我爸的眼都瞎了!叔他身上被野猫抓成什么样你知道吗?"

"把钱带走!"我最后有气无力地说。

我梦见跟表妹做爱,器官对着器官。后来我遗精了。我很多年不再遗精,因为我的脑袋顶上不停地流黄水。我以为我裆里没有什么了。我是一架服刑机器。我身体的水分,通过我脑袋上的那个孔,那个窦道流干了。我每天织布、吃饭、睡觉。身体活动,肺部吐纳。我所有的生命。

我后来成为了互监组组长。互监组:互相监督小组。

我检举他们越狱。他们还有放火的企图,准备趁乱逃出监狱。他们知道通往北崖下的路。

有一个人减刑泡了汤。

他们把我织机上的梭子拔下,反检举我破坏生产。

政委不信那些人,信我。我是321。监狱的线人。我渴望减刑。

……一个人用棍棒猛击我的头。这是在北崖监区。在很遥远的时间和地方。我想在茫茫的风雪里和黑暗的狱墙中甩脱这个地方。我的头却不。头在反复背诵过去的悲痛,包括夜半醒来时的痛。

我被送到医务室的时候,围墙已经有裂缝,唤鹰山政府和省司法局也来了人。大家说监狱要垮了。我们在北崖,一个悬崖上的监狱。监狱上面还是悬崖。我们在半山腰。

谁打的？有人问。我血流不止。狱医说，你什么时候不好挨打？没看到我要去挖排水沟吗？这时候很混乱，坏人趁机捣鬼。狱医穿着雨衣，就像电影里雨夜去接头的阴森森的特工。雨的确太大，医务室漏着雨。一块石头从窗户外滚进来，一只鸟被砸死了。砸着了一个柜子，里面的药全往地下滚。狱医去找纱布。他在泥浆里找到了消毒的纱布。狱医说你冷么？我和那只砸死的鸟一同抽搐。伤口被泥浆吓得越来越深。狱医说，现在你就是要死我也没办法了。狱医看了看那只翅膀已经耷开的鸟，找了几盒黄连仁丸给我。

"每天吃几颗吧。"

我听别人说，我活过来是一个奇迹。那些人说，你竟还没死？不过，他们说我活该。我血流不止，没有了血，先是鲜血，鲜红的，后是黄水。我吞吃这种黄连丸。我没有任何药可吃。因为大雨阻隔了北崖监区通往山外的路。我们只有稀饭可吃。我太疼。我就吃黄连仁丸。当疼得无法忍受时，我大把地吞吃。那伤口里冲出一股股的黑血。同改说，把你的瘀血全追出来了，这药好。

黑血汩汩地流，浓稠、腥臭，同改用竹片给我刮净。再流，再刮。疼痛好些了。我一天吞吃五瓶黄连仁丸。我信它。我不知道这是啥药。因为，医务室只有这种药治我。也因为疼，不管是什么药，就是给我砒霜，我也吃。

我也一锹砍过去，从背后给那个打我的同改狠狠一下。我稳准狠。我在挖沟时，就那一锹，从背后。事情解决了。一报还一报，就像那人对我一样。

那个人的脖子断了，用石膏护颈撑着。

我会突然口吐白沫，昏死过去。到了冬天，头上的伤会封口。到了夏天，那个地方会再次溃破流水。我还是吃黄连仁丸。狱医说,你吃这个没用。可我就要这种药。我非得要吃。吃上瘾了,依赖它。吃这个药,是我的生活。

当我突然昏死过去,突然醒来,我看着人,想说话,却发不出声来。要一个小时后,我的声音才会出现。

泥石流

喀喀。喀喀。咔嗒。咔嗒。

山在扭动。山在雨天中骨节酸痛。山。山要翻身。

第八天的雨。还是紧逼的雨。还是激情的雨。在天空,在很低矮的天空,水往下倒。天很窄。山洪在咆哮。是撕扯。树木在锉动,互相拿着枝条抽打。空气里有千万条蛇在游走,发出咝咝的声音。

床上像是泼了水的,我关在禁闭室。

我们要搬家了。有人这么传。总不会比现在更糟糕。这是谁选的地方?监狱长请了病假。三个政委有一个去武汉学习,一个在割痔疮,还有一个嗓子哑了,依然笑着,但哮喘,呼吸不畅,脸会憋得铁青,会找风口吸大氧。久而久之,这位政委的脸被风刮得皱巴巴的,缺少水分,活像一块火烧馍。

"轰——"地一震!

我从床上突然四脚朝天掉下。我的床断了。我在黑暗中。我以为又是谁穿墙过来痛击我,要把我彻底铲除。

我究竟在哪里?我为什么在黑暗中?是夜晚吗?

有五秒的寂静。或者十秒。我终于听见有人喊:

"泥石流下来了!泥石流来啦!……"

又是一阵沉寂。那种临死的喊叫,像在夹缝中,深陷进去。像梦魇。

山崩地裂。世界毁灭。所有万物都是我的陪葬。那些活得很好的,没有受伤的。那些有自由的。那些身体强壮的。那些即将出狱的。那些吃得油光水滑的厨师、混日子的表情僵直的狱医。那些狱警。那些所有的监狱设备。织布车间。所有。

我被重物裹挟。我被禁闭室砸倒。我与它们一同死去,分崩离析,土崩瓦解。我变成无数块骨头。跟石头一样,成为新的峡谷。

我想跑。也许我的机会来了。我可以逃跑啦。可是我在石头中间,在所有泥石流中间。我是怎么被击昏的?又是怎么冲出高墙的?我是怎么活过来的?我没有腿。我在石头中奔跑。我即将成为石头。醒来时我的头还在,身子没了。我的眼睛从泥浆里睁开。我看见参天大树也只有倒下的枝干,在石头里哭。

一个冷飕飕的黎明。

天上全是破烂不堪的云彩。

森林成为废墟。石头从泥土里拱出来,像一堆巨兽的内脏。

火烧馍脸的政委嘴里吐出石头和泥浆。因为仇恨,把砂子咬得咯崩咯崩响。

"没死的,举个手!跟我走吧,往南监走!……"他咬着牙高声说。

013

南监演出

甲：(稍带夸张地拄拐上)俺名小三。不是局长的小三，是俺妈养的小三，外号膘子。俺每天来医务室泡门诊，狱医蛮细心的。又是打针又是拔火罐，还给俺按摩。(作舒服状)好，好，好舒服呀，狱医。这里，那里，都疼呀！一晃两三年，就是搞不掂。(向观众做侧耳倾听状)您说什么？噢？什么搞不掂？没看明白？三只腿吵！俺这腿，是北监区的头等老大难，华佗止步，扁鹊无辙，李时珍见了翻乱《本草纲目》也没有用。(四处瞄瞄)今天俺来得早，第一个号，运气呀！(举起拐杖飞跑到排队长椅上坐下，看到自己举起的拐杖，连忙放下，不好意思地)看你们，这有个什么好笑的吵。哎哟，哎哟，我的腿呀，你怎么这么疼的呀！你们莫非不想离开南崖监区？咱们从北崖死里逃生，哪个不想早点出狱去见自己的亲人，早点得自由？……嘘，有人来了！(装模作样地揉腿)

乙：(捂着肩膀上)车间搬坯布，肌腱拉伤了，只好找狱医，帮我治个疗。(走到条椅前见甲，激动地)哟，这不是冯膘子吗？

甲：(吓了一跳)贱爷，你是怎么在这里？

乙：不是北监区泥石流毁了吗？我就来了。几年不见，你的腿怎样跛了？

甲：唉，我哪知道！生活条件差，腿子没有力，天生是跛子。

乙：(诧异摸头)我想起我们当年在一个看守所，你不是因为训练跳蛙，得过表扬的？

甲：(急捂乙嘴巴)你瞎说个什么呀！膘子俺跟你翻脸的！

……

南崖监区心理情景剧演出文艺晚会。幕布上叠印着天安门、长城、长江。全体犯人端端正正整整齐齐地坐在空地上,双手搭膝盖。南崖吹过来山溪和森林的清香,这时的风纯正,坦荡,一览无遗。

有骚动。有人看天上。几只野鸡拖着鲜艳的、长长的尾翎从空中飞过。

漂亮的鸟!突然勾起人们对高墙外面天空的向往。这是不对的。狱警们急了,他们无法阻止野鸡对这上千口重刑犯的引诱,这些人已经忘记了监狱外的生活。他们只能在有屋顶和窗户的地方待着,改造。

舞台上在插科打诨,没有人对这故事感兴趣。他们看的是四只野鸡滑翔的姿势,它们的羽毛。它们的成双成对。它们在天空自由自在的叫声。可是,我的脑子却在爆炸。我要昏过去。那个指认冯膘子的贱爷乙,不就是我吗?为什么狱警要出卖我,把我的故事编成小品,来博取犯人们的一笑?你们不是要给我保密吗?我的肩膀本来就抖着……自从头受伤,就抖。我的双膝也抖动起来了。我紧紧夹着双腿,我手抓着膝盖骨,想把它抠出来。

甲:你可千万莫说出去呀贱爷!不然这几年白跛了。

乙:你没想扔掉拐杖,踏实改造也争取减刑,堂堂正正出去?

甲:说得轻巧,吃根灯草。你靠改造获减刑,俺用装瘸赌"保外",井水不犯河水……

后面加了个喜剧结尾,可惜事实不是,是我告发了。我是321。

狱警:小三,你十几年未见面的母亲今天来看你了……

甲:啊!我老娘来看我了?真的,在哪里?

狱警:就在那边。

(甲丢掉拐杖飞跑而去。)

底下一片哄笑。

灾难向我走近。

食 堂

食堂门口的黑板上写着一周菜谱。

午餐二菜一汤,一荤一素。鱼杂。鸡架炖萝卜。弯骨头炖萝卜。

另一块黑板上写着一周犯人的生日提醒。生日早餐:一碗肉丝面,两个鸡蛋。

我端着饭菜来到固定的座位上。

一千人就餐的食堂。排队入场。狱警两排,背靠背穿着防弹衣,手持盾牌警棍站在中间走道上。

已经习惯了这阵势。

所有的犯人都在餐桌的格子下有自己买的老干妈、辣椒酱、榨菜、腐乳。从武汉运来的鸡骨架、猪骨。可能被监狱订购一空。但有油水。坯布日夜加工,一个月有一百多元的劳动津贴。这够了。

我在算还要吃多少顿这样的饭。也许,出去后连这样的饭也没有了。村里有地吗?能找到吃饭的工作吗?有地方住吗?恐慌。一恐慌就得吃,拼命吃。吃饭压恐慌。

应该是九十二天,二百七十六顿。除去九十二顿早餐,一百八十四顿。吃一顿少一顿呀。

早餐每周不同,有包子。馄饨。馒头。稀饭。油饼。豆皮。轮换着吃。

一个来视察的省司法局领导训话说:你们太幸福了,这么多种早餐。我在家早餐从来就是老伴做的稀饭馒头,几十年没有变换的。

我举起手。添饭的就来了。所有厨师也是犯人,也是囚头囚服。

我埋头吃饭。很辣。我想让自己辣一点,凶狠一点,让没有睡好的脑袋膨胀起来,让自己兴奋。饭有些硬。是第二碗。我还想吃第三碗。结果,我实在吃不下了,肚子胀得太难受,有了便意。娘的!

吃完饭,碗不管,只需自带的手纸擦净勺子。

狱警喊:"最后一分钟!"

我扒完最后一口饭。看着朝我张着大口的碗,排队。一二一、一二一。离开。

那个拐角,警察的视线消失的地方。一个人拍我的肩膀,突然喊我。

"321。"

我一个哆嗦。冬天来临。

我看人,一个大头。眼皮耷拉,就像画出来的窗帘。因为剃光了脑袋,脸就大了,仿佛头顶也是脸,头特别大。但是,当头晃动时,他的颈子像安了个轴承。

"我是791。"我说。791是我的监号。

"你是321。"那个人阴沉沉地肯定说,"你检举有功,出卖良心。"

"我没。"我果断地说。

"你要出去了?"

"没有。"我否认。

"你说要出去报复膘子?他带话来在外等着你!伙计!牛屄呀!"那个人笑了。还有几个也在笑。他们把大拇指朝我伸出来就像多了一个手指。这让我毛骨悚然。

"你想死无葬身之地。"他们说。似乎。

017

麻雀的叫声如急雨

我因为吃黄连丸一直拉肚子，皮包骨头，连屁股也没有了。这一段时间因为无端恐惧我饭吃得多，肌肉开始回升。我的呼吸比较强大。我伸过头来，一股黄水流入我的嘴里。这是我第一次品尝到自己脑袋里流出的液体，腥臭、咸、酸，有一股腐乳味。那几个人用棍棒挤压我脑壳里的黄水，那个断颈的大头左右晃动，让我眼睛都花了。血糊着眼睛，我看到了红色。一个人的脖子很长，像一只鸟。没有下巴。坐牢的人为什么都长得丑？

"你也应该上路了，柴燃灯，狗日的321。你不停地告密，原来是这样减刑出去的。你还要报复人，你真是神人呀！你不怕在出去的路上就丢了吗？……"

又是一棍。他们踩我的胳膊、腿、背脊和手。朝我吐唾沫。

我不叫。不能叫。车间空旷如荒野，整齐排列的织布机像坟墓。你大声喊叫，你会死得更快。

我抱着头。头像麻木的塑胶，任由他们击打。

他们用木棍卡住我的喉咙。血从嘴里涌出来。

把感觉控制在"麻"上，省却"痛"。痛不是一种感觉，痛是一种意念。我不想痛。痛的上面是麻，就待在上面。这种对付击打的方式是我多年来摸索的。这样疼痛就会减轻。

我心里命令说：麻！我一声不吭。后来我什么也不知道了。好像软软地把身子折叠起来，蜷进了柜子。

他们在我的颈上拴绳子，想制造我上吊的假象。他们把我拖进疵纱堆里，用疵纱塞住。

他们走了。

麻雀的叫声如急雨。天黑了。监狱外的森林发出铺天盖地的骚声。每个夜晚都是这样。很低沉,像是呻吟和灼痛。河流钝响。野兽叫。回声深邃辽阔,像箭镞一样尖锐地刺向夜空。

养生地

"你是如何回来的？你为什么半夜到达村庄？"

有个声音在黑暗中问我。

野猫发出尖利的怪叫。芦苇像黑魆魆的狱墙，里面躁动着风和水鸟。苦味沉浓的艾蒿和沾满蛛网的菖蒲，把黑夜扯得嘶嘶作响。空气湿润。坍塌的沙岸边，蟹和水獭在打洞。一只眼睛。一些眼睛，一些乡村生灵的眼睛，正在闪着，向我传情。一条鱼从一只野猫的嘴里掉下来。看见我，它们吓得像风一样飞跑，抛出麝的淫荡香气。

这时候我什么也不做，世界也在向我慢慢靠近。田野、夜露和雾气。

我触到了岸。我的魂触到了岸。

事情的发生很突然，我的身子像地震一样震动，好像通了电。电流将我打得一蹿。我陡然"嗖"地醒来，体内的石块纷纷坠落。我身轻似燕地站到一个地方。

"这是哪儿？我为什么来到这里？"

是不是发生了什么悲惨事情？又是泥石流？越狱了吗？我被枪毙了？……

过去的记忆越来越远。一个声音暗示我说：你会慢慢明白，你的魂触到你的养生地，于是还魂现身。

养生地就是你的胞衣所埋之地。

我从浅水里站起来，手摸到了一些辣蓼的穗子。我揪了一穗，捧在双手里，对着它喊："狗哥哥，狗哥哥。"

一些微小的黑虫像灰尘一样从穗子里爬出来。噢，它就叫狗哥哥草。

"狗哥哥,狗哥哥。"我唤。我唤回了童年和少年。

我真的回来了。

一只黑鹳大叫起来。我没理会。我的腿有些生涩,我要保持平衡。我平衡了,整个阳世就平衡了,像晨雾一样展现在我眼前。

一只金色的龟爬出来,嘴里衔着一束秧苗。

脚下的芒草刺着软软的布底鞋,远处的水闸,放水的声音像山洪暴发。就像解冻,我的身体一寸一寸地拔节出土。像一个崭新的人,一个物件,现身故乡。

村庄在黑暗的睡梦里,白茅高过所有的房屋。蚂蟥向我聚拢,淤泥的气味十分浓浊,好像夹杂着有东西烧焦的味道。像是遭遇到大火。但是这种柴烟的气味很好闻。弥漫在村庄里的时候,香糯沁心,让人沉醉。

很冷。仿佛所有人都死过一回。一根细长的渔柱还挑着天空,矗立在村头,上面的风球发出咔嚓咔嚓的碰撞声。时间很快,就像昨天。

死去的鬼是要收脚印的——凡是我走过的地方,我都要收回脚印。我在凹凸不平的村路上摸索。狗站在石头上。我绊了一跤。

我死了,才回来。

瞎子的半夜

在夜半游荡的是盗贼和瞎子。他们失眠。

一个瞎子根本不知道日夜。他坐在水闸边断腿的石狮上,跟黑夜说话。

"……今天的风有点大,天像是阴的。"瞎子看了看星星稀朗的天上,"昨天的一场大火,烧死了五只野猫。"

"现在,我想吃野猫。"他说。

"这村里的路我半夜转来转去,不过是在瞎兜圈子。"他说。

如果我不碰到这样一个人,我不知怎样开始我的生命。我看见他走进闸房。

"柴草老弟,你烧了野猫吗?"他问他的亲弟弟。

他摸到盘子里那些油光水滑的石子儿。

守闸人像一条拉磨的瞎驴在绞闸门,他听不清他哥哥的话。他耳背。

头上有腊制的野猫,在梁上挂着。失眠的瞎子柴棍知道,可他够不到。他走出来,好像心有不甘地走到路上,暴牙咯咯作响,磨着茫茫夜色,感到生不逢时。所有的野草都向他驶来。湖水絮叨的声音盖过了他的抱怨。

"谁踩着我了!"他大喊。

"对不起,大伯。"我连忙说。我从地上爬起来,发现我的一颗牙断了。

"你是谁?"

"我是燃灯。"

"现在是什么时候了?"

"鸡快叫了。"

"你是说这是半夜?"

"对的,是半夜,大伯。"

瞎子凑到我跟前,把鼻子贴近我的衣裳,十分挑剔地嗅了嗅:

"你身上有死尸味。"

他说:

"许多人在世上走来走去,其实是死了。你的手这么冰凉。前天我给一个死人在棺材里吊线正脸时,摸到的手和脸,就跟你一样,还滑溜溜的,发出一股恶酸味。人到死的时候,身上会冒出一层汗水,好像死要花很大气力似的。跑进地府不是一件容易的事,人死就像产妇生孩子一样难受,死了就好了,就轻松了。大汗滚滚证明他行的是顺路。不出汗才不对头呢。这叫尸汗……"

有一线天光正在不安地游弋,在任何时候。可以看到他的头发在吹动,就像头上有一只双腿被陷入沼泽的鸟。

"你走了很远的路。你应该在太阳出来之前,去看你的养父。"

瞎子的手有些急拘。他给了我重重一拳。我的鼻子里流出冰凉的血。

闸　房

离天亮还有一截。我走到闸房我就要劝说自己这是某个人的家。

路在诡异地蜿蜒,发白。田野有雾,树呼呼地响。青蛙在歌唱。

闸房的剪影曾经是我恨爱交织的心痛。

就像有水磨在呻吟,在水底。沉重的闸门发出嘎嘎的不堪重负声,拖带着厚厚的苲草,从水里浮出。这个过程像地球运动一样缓慢。

高高的水开始下泄。湖张大嘴巴。水渠里,浮萍疯长,蓬蒿四仰八叉,像些妓。两岸的杨树欢呼雀跃。

养父推着闸门的绞盘,围着它,沉重地转圈。一只野猫歇在他高耸的肩上。

铰链被折磨得哑号,就像要随时断裂一样。

"你是过路人?"绞闸人听见了脚步声,或者有一阵风。

"我是燃灯。"我说。

绞闸人在闸房里笑着,没有停下来,依然还在走着。他脚上的鞋因为转圈,已经靠里边磨出了脚趾。他还将这么走着。如果我不回来,他将一直走到死去。

"猫下来。"他说,"这只猫跟随我十多年了。我下夹子夹野猫,为了给燃灯送钱减刑,挣麝卖。野猫就腌了。野猫不能吃新鲜的,腌过后,晒一个六月的太阳,用蒲草熏了酢着才有香味,可以做火锅,多放辣椒。猫肉太酸,还得放一点烧碱,加一把湖蒿煮。青蒿、臭蒿、藜蒿都行。还有艾蒿、白蒿、萎蒿、龙蒿。掐尖梢上的都好吃……燃灯喜欢吃。"

"爹,我回来了。"我终于喊。

我在流泪。我看见一个像亲人的人老了。看见了一个与我的人生有关系的老人。我看见了养父。一下子,世界老了。

"我很想他。"守闸人说,"他在坐牢。"猫舔他的脸。他的脸全是断裂萎缩的皮,没有肉,肉干了,骨头在里面走动。

"你能听见我喊你吗?"我哭着说。

"前天的一场火,烧了几家人家,老秦抽了我一嘴巴,他说我放的水不够。"

养父从盘子里拿起一颗油亮的冷石子,放进嘴里吮吸,又端起一个黑乎乎的玻璃瓶,喝了一口。是酒。

"不是我在喝酒,是我的酒嗉子在喝。"他捏着喉管,把皮揪得很长,好像很舒服。他吐出石子,盘子里"当"的一声。"猫常给我叼鱼回来,有时叼回一条两三斤的。不过我只吮这些石子。你是过路人,你喝茶吗?那边有。"他指了指墙角的一个红瓦壶。

"你为什么瞎了?"我声嘶力竭地问。

"噢,你是?……"

"我是燃灯,我回来了!"

"很多人都瞎了,这是个瞎子村。吃了村长儿子结婚的酒席,哪知是假酒,所以大家都瞎了。当时,吃他的泡鸡爪,全是臭的,就知道有问题,那么大口缸装的,就像粪缸。没想到酒是害人的。他也是为了省几个子儿,哪知道镇上的奸商多。奸商早给毙啦。留下我们这些瞎子在世上摸黑……"

水闸房的窗户四面敞开,外面是黑油油的沼泽。鹳和鹭在旷野里嘶叫。水牛踏溅着冰一样的水花。一只大鸨恶声恶气地刨着淤泥。鱼鳍是水中的刀斧手,在神秘地潜行。可是这一切瞎子看不到。

我抓着他的耳朵,把话喊进他的心里:

"我是燃灯!"我再说。

025

"……他的养母早死了,他有个妹妹,我给她招了个上门女婿,想让他早点帮我们干活儿,说好了,女儿不到十八岁不得圆房。我那个养子,我从小打他太狠,没读书,不知怎样被抓进去了。听说是村长将他送进去的,也不知犯了啥法……说我那不争气的女儿,有一天我从湖里回来,看见他们俩赤身裸体滚在一起。我气,随手将镰刀甩过去,落在了女儿身上。她没死。血倒是流了一地。我找根绳子把女婿捆起来吊到梁上。结果当天晚上,他们双双吊死在闸房里。"

的确有一根绳子在梁上,像钻进水泥顶的一条死蛇,与黢黑的电灯线平行。

"她叫小秧子,有四个月身孕了。"

"我的养子还有三个月就要回来了,"他说,"昨天我梦见他死了。"

谁在黑暗中拍刀

绕过池塘和竹林,一个废弃的粪坑。沿着非常稀薄的气味找家。家被藤蔓全部盖住。在一条有蛇蝎出没的芦苇路上,那个房子还挺立着,土墙站成一圈,没有被时光打倒。上面写着出租冰棺和电话号码。

路边有一条沟,我曾淹死在里面。是怎么活过来的我不知道。我的同学大脚弓把我从沟底捞起来的。他比我大四岁。那时候,同班的同学有大七八岁的。

水沟里有一头牛被绳子拉得呼哧响。它想挣脱鼻桊或者是因为自己转圈把绳子缠住了。没有人帮它。黑夜里村庄的气味非常重,带着露水和湿气。这种气味亲切得就像把你抬往高处,让你浮起来。我若是活着我一定会想,什么都是温暖。就是被母亲揍了逃到竹林里哭泣不想归家也是温暖无边的。赌气也是幸福的……

——竟然有灯火!这是……什么人霸占了我的家?我在那儿站着,像一棵树影。鸡在叫,我很紧张。夜还很深。我记起,在那时,在鸡叫声里,牛和人都有可能在野外。也许是未归,也许是干早活。沉重的呼吸声可能是牲口的。

我惊喜,莫非我的亲生父母回来了?一切重现?……

他们在我五岁的时候把我丢给了守闸人,从此无影无踪。

灯火跳闪,谁在黑暗中拍刀?有牛粪的气味从房里袭来。堂屋的那堆火在喘息,发出低低的吱呀声,照见一些墙角。墙角边有一辆自行车,除了有两个轮子,其他光秃秃的,踏板是两根铁棍。

墙角站着一个人,手拿着刀,像是靠墙睡着了,他在喊:"我杀死你!"声音像一团雾在撞击。

027

一个像树皮一样的少年歪倒在火边,头发稀乱,嘴巴不停地蠕动,他在梦中骂人。

他们醒过来了,他们,都。我被一只野猫吓了一跳,我哼了一声。

"你们都累死了吗?谁?谁没把门关好?这么大的风!"一个人抱怨说。

那个少年,脸比树皮更硬,他发现了我。他很冰凉,脸上像霜打过似的。他看着我的腰、腿、脚。不看我的脸。两只血红的眼睛像两枚图章,刻着横蛮。握菜刀的老人正在慢慢醒来,就像从墙上走下来一样,像一个衣衫褴褛的门神钟馗。

"不许出声,否则踩扁你!"

一声断喝不知从哪儿冲出,几个流浪汉向我扑来。

我的腿被扫倒了。也许是少年怪异的举止转移了我的注意力。在故乡,也有背后击打我的人。

我用肩着地,并且迅速地翻过身,但,还是有一只臭烘烘的脚踩住了我的脸。

这个扑倒我的男人拿着大袋子,是蛇皮袋,里面有野猫乱叫。他长着红胡子,手腕上缠着一些破布作为装饰,仿佛与众不同。

半袋子的野猫在里面惨叫,表达它们无可奈何的绝望和愤怒。

"你们是干什么的?这是我的家。"我说。我想好言说。回到故乡,还没弄清楚。我要做个好人。

我拼命反抗,意识里被头部痛击的痉挛还未过去。还在疵纱里挣扎,向生爬行。我与他们纠缠到火里。我的头好像又摁到墙上被撞来撞去。一个人把烟头塞进我鼻孔里。

"那不是我吗?"我指着墙上贴着的老照片。

"你的肩膀为什么抖动?"红胡子逮猫人问。

"杀死你!"门神老人说。他不是说我,似乎。他低着头,好像还在梦魇中。

"不许抓他!"红胡子指着少年说。

原来是误会。我说:"我不是来抓他的!我是回家的!"

少年突然推出自行车,往外跑去。他像一只鸟跨上车,倏地消失在黑暗里。

那两个流浪汉也疯狂地往外跑。

拍刀人,多像我的父亲!你是善良的门神,你至今还守着家。可你不认识我了?我陡然心如刀割。

我躺在摇篮里

起风了。我躺在儿时的摇篮里。棉絮还依稀有几十年前淡淡的尿臊味。

窗外的野瓜蒌藤在拼命往上攀缘。从湖上吹来的风,铺天盖地,奔腾厮杀,摇撼着村庄的根,譬如一些树和田垄,一些土筑的房舍。一只鸟从门前的大树上掉落下来,野猫的牙齿开始撕噬,就像村庄给狠狠撕开了。

我头枕着手,双脚吊在摇篮外。北风掠过屋脊,像一条巨龙呼啸而去,仿佛揭开了所有的瓦。地上一汪汪发霉的水,墙角长着青葱的麦门冬。它们过去长在门外,不敢越过门槛。一些陈旧的画片上,巩俐、刘晓庆还多么年轻,露着单纯的牙齿笑着,满怀理想。

——些被虫子吃过的苇编席子顶棚。

——些蝙蝠屎。

——些被母亲割了蒜头的枯萎的蒜梗。

——些吊着的竹篮。

——些已经朽去的木头和床架。

——些接漏的、爬满千足虫的塑料纸。

——些黑暗。

——些悲伤。

"我看见了父亲。这证明我死了。"我说,"母亲,你知道我的噩耗吗?"

母亲走进来,摇动摇篮,她很美丽,她唱着:

　　好娃娃,睡觉觉,

狗狗你莫叫,
猪猪你莫闹,
娃娃觉觉来了,
妈妈轻轻摇。
摇啊摇,摇啊摇
摇到外婆桥……

这是我此生睡得最好的一觉。我彻底松弛了。

甲鱼晒背

天空被切割。围墙里,挖出许多大池子,纵横交错。绿油油的水。一大群大大小小的甲鱼鼓着眼睛,晒在太阳下。这是早晨村里的太阳,格外鲜亮,像钢一样,带着水气,呼啦啦地从湖里升起。老秦走在灼热的沙子上,眯起眼睛凑过来贴着看我说:

"嗯。你该不是燃灯?"

他的脸上堆满癞蛤蟆似的肉疗,左眼仅剩一条缝,似乎能看见人。右眼瞎了,坍陷了,就像没长过眼睛一样。

我看着他细细的脖子。告诫自己:我要做一个好人。

如果我是从水中回来的话,我必须杀死两个人才能投胎转世。这两个人叫替死鬼。

"是的,我回来了,秦叔。你眼神还不错。"

"吁,心里难过啊!……我是说这些鱼塘。我知道你会回来。我已经得到通知,你还有三个月刑满释放,没想到提前回来了。孩子,你还好吗?"

有一只大种鳖,被他用绳子牵着。

"我还好。但您永远过得不坏。我一时还认不出来……"

"瞎了。脸上长满了脂肪瘤……有人说我是艾滋病,咱能得那个富贵病吗?没有一定级别是不行的……我难过是有人经常从院墙外往我的鳖池扔农药瓶子,我得罪了许多人。一个人不能在一个位子上待太久,会遭人妒恨的……这是个学校你知道吗?你的母校……"

我说:"是的秦叔,我在这里栽过跟头,因为爬树掏鸟窝掉落下来胳膊脱臼过。我们三年级时在这里与语文老师一起赶过鬼……"

"你说什么？赶鬼？"

"是的,赶鬼。那天上课,老师发现她寝室里有一个老太婆在梳头。我们去赶时,根本没有老太婆……"

"别说了,你一回来就是想吓我吗？这儿没有鬼！学校并校到镇上去了,因为招收不到孩子就租给我养鳖。"他的嘴唇颤动着,牙齿缝里跑着一些酸气,不停地走来走去,拉扯着大鳖。

他突然想睁大眼睛看我。但他的眼睛没啦。

"好了吧,"他说,"在这个村,没有一个人能像英雄凯旋一样地回来。你也不能例外,何况你是服刑回来的。弄来弄去村子总是被人毁了,你说你还回到这里干什么？"

他很大的抱怨之气,往外头走,让我跟着他。

"你好像很冷啊。"他回过头来说。

"是的,我很冷,秦叔。"

我们这就走到一家烧焦的房子前。就像战争过后的景象。橡子和墙互相倚靠着。半截床匍匐在地,貌似一个人栽了跟头。还有青烟从废墟里冒出来。一条狗在那儿嗅着。

"除了野狗在增多,我们的房子在迅速减少。"

"这是怎么啦？"我问。

"你这辈子算是毁了,好歹你还有一双眼睛,你能看见。现在,你想怎么做？"

"……我吗？我还没想好,秦叔。我想我会跟乡亲一起往火里面泼水。我们要制止这种焚烧,我们必须泼冷水。这样,大家的心里会好受一些。当然,接着,我们要帮助这家人渡过难关。应该安置好他的家人,将烧死的人和动物处理,再用村里的积蓄帮他建一个安身的地方……"

"你说得很好,但是村里没有积蓄。上面来了领导,我们到处赊账吃饭。我的工资还是转移支付……算了,讲这个你也不懂。你回来准备给村里多少捐款？"村长看着我空空的双手,笑着问。

033

"秦叔笑话我,我是坐牢回来的,我是个劳改释放犯。可能给我发了几百块盘缠和两套衣服,我记不清了……"

"但你见过了世面,你比村里的所有人都有档次。"

"哪会呢秦叔,我这二十年,见过的全是犯人再加上狱警。"

"不能这样说,你学会尊重人了,没有了当年那种直冲冲的火气,这说明你没有白过。"

"是呀,二十年谁都不会白过。"

"那你回来打算做什么?这是个百无禁忌的时代,可以发挥你聪明才智的时代,你还年轻,而我们已经日薄西山了。"

"我想做……"

他抢过我的话:"做一个道德模范。"

"您也这么想,秦叔?"

"谁回来都这么想,乡情比天大。在外坑蒙拐骗、杀人放火的,到老了,回来,也想在过去的老地基上做一栋好房子,门前铺上水泥。瓜棚豆架,含饴弄孙,装着光宗耀祖的样子。我知道你这么想,现在,你立功的机会来了。因为你还没瞎。你能帮我们捉拿到一个人。"

"谁?"

"五扣。"

五扣的家,所有的窗户都拆了,门敞开着,像一个女人岔开大腿。

"只要你回来不无理取闹,一切 OK。你在里面学到了什么技术吗?"村长问我。他说"里面",不说"牢里",避免刺激我。

"我什么也没有学到,秦叔。"

"那你就为村民立一次功,这是你的福气加运气。"村长痛苦地闭着瞎眼,眉头拧得铁青,就像有严重的便秘。

"我不懂你说的什么。"我摇摇头。

"大脚弓,这是大脚弓的家,想起来了吧?你同学。偷瓜上树翻棺材的那个贱货。他有个傻儿子叫五扣,弱智。他爱放火。一个人要毁掉一个村庄的时候,他是不顾一切的。他是准备着与村庄同归于尽的。如今这世道……总有些人想玩火,连一个傻孩子都这么干,而且明火执仗。"

"哦,秦叔。这不是开玩笑吧?"

"这样说吧,我们村里第一次遭难是一九六六年,把黑鹳庙拆了,菩萨砸了,石头去修水闸。你养父现在的水闸全是庙里的石头修的,其中有好多石碑。有宋代有元代、明代和清代的。可是江南十大丛林呀,好热闹的湖边小镇,方圆几百里的善男信女全来这儿上香,香火旺盛。庙一拆,啥也没啦,野草很快就长上来了。"

他说:"一个村子总有阵发性的毁灭,现在是有人放火。"

"我们必须搞死他。"他说。

"噢,我刚回到村里,你就让我与你合谋杀死一个孩子?"我的心掉进了冰窟。我本来冷。

"事情摆在这儿。任何人回来,只要眼睛好,都要参加这场拯救村子的行动。"

"就是杀人吗?"

"跟杀人没什么两样。如果你非要这么说的话……"

"因为我是带着热切的愿望回村的,我热爱故乡,我还不适应这样说话。我希望不要太猛地让我失望。如果换一种说法呢,秦叔?"

"噢噢,嗯……现在,我们这儿的口味比二十年前越来越重了,越来越咸,越来越辣,酒量人人看涨。说话大家也都喜欢直来直去。你在里面二十年没吃辣,清汤寡水的。非要按你的换一种婉转温柔的说法的话,那就是……将一个纵火犯缉拿归案。"

算　账

"老秦说,如果有一个明眼人回来就好了。终于把你盼回来了。"大伯柴棍白眼望着天。

"他是这么说的吗,大伯?他真的这么盼?"

"不会盼回个死人吧。老秦的报应啊。"

大伯家的后门外就是大片的秧田,绿色的光一直射到前门的禾场。前门是一个湖汊,有一条旧船泊在柳荫下,两只红嘴瘤头鸭摆着尾巴嘎嘎叫。

一个老女人坐在后门边,不停地咳嗽吐痰,她患了痰火病,身体消瘦,趿着布鞋在等死。她的手上在给鱼钩上饵。

"伯妈。"我喊。我放下礼物。有两袋点心。

"你是引生。"她叫我的小名。

"是的,我是引生。今年的秧长得非常之好。"

"马虎吧。"

我曾吃过她的奶。那时候她还是个鲜活的年轻女人,有生育能力,盼儿子。看见她,我突然想起一句话:女人是一种鲜货。就那么几天鲜。

"是这样的,"大伯说,"你吃了不少苦。不过灾难是件好事。如果你在村里,你也跟我们一样瞎了。所以,当坏事从头上走过的时候,就变成了好事。"

他说:

"我有时候信村长说的。他是大人物,可以去省里给人送礼。在县里跟县长喝酒,还把县长灌醉过。这样的人物我们村里一千年也只出一个。后来我瞎了眼学道士做法,我认为这是命定的,所以压制了我要杀村长的念头——我们村许多人跟我一样想。明明能看到天下哩,突然什么都看不见了,你说这能活吗? 五个指甲在墙上刨。后来,也就慢慢适应了,反正大家都看不见,这样可以安慰自己。我们村长料事如神,他把你故意安放在牢里,就等这一天让你这个明眼男人回来,为民除害。不过我认为这是一个报应……"他坚持说。

"我现在想给您说,爹的耳背……"

"就是不背他也不信。"

"但我的确回来了……这事儿我还是要说……"

"你想怎样?"大伯忽然紧张起来,手抓着桌沿。

我笑了。我说:"我是想说,你们如何害怕一个孩子? 大伯,我不是来跟你讲别的,我也不是来跟你讲怎样杀死一个孩子的,杀死一个孩子丧尽天良。我是来看伯妈和您的,还有狗牙。后来,我想知道她回来时路上怎样?……"

"难道她死了吗? 你心好坏!你想看她,不要使坏心眼,狗牙她可是没害过你,那么远跑去给你送钱,你可要手下留情……"他快哭了。

"我没有坏心眼,大伯,无论如何,我都不会对亲人有坏心眼。对于亲人,我就像捧着一把瓷器。我走近你们我都会小心翼翼。因为我摸过你们你们就会头疼。"后面一句话我是偷偷给自己说的。鬼摸人会头疼的。

我看见有东西摇曳,像绿色的旗帜。一个极不耐烦的女孩子站到我面前。她的头发好像披着绿雾。她是狗牙。她的牙齿像藕一样白,跟野猫湖的所有姑娘一样傲气。瞳孔里宛如有莲花在飘曳。

"她回来脚都走跛了。她看见过山中的猴子和狼。她差一点被狼吃掉了。她不会恨你,她很高兴。"大伯说。

如今她成人了。但她像不认识我。胸脯荡漾,像是从湖上回来的。她把一个本子塞给她父亲。

她的父亲用手指沾了点口水,翻开,翻着白眼高声念道:

"第一年到第四年,稻飞虱。是刮南洋风从东南亚一带刮来的外国虱,什么都吃光了,啥药都不顶用。用稻飞虱吡仲和卷叶虫毒死蜱双配——这是我发明的。那时我还未瞎。我摸索了两年才杀死这些外国虱。再一年收割的谷子是黑米。结果那一年喝村长的假酒,一村子男人全瞎了……"

他说:

"我们种过荸荠,但不好挖。你伯妈有病。挖完荸荠十个指甲壳都全没有了。也有风调雨顺的年份。你晓得农药、化肥、种子涨到什么样了。宁愿抛荒大家也不愿种。你家的地又不能抛荒,抛荒了村里就收回去了。这是我老弟交代的……"

他的另一只手放在他黑黢黢的茶杯上。他因为说得太多口干舌燥,不停地喝水。几朵稻子花飞进来,在狗牙的头上飘飘荡荡。

"我不是来要地的,大伯,也不要钱。"我尽量平淡地说。

"这地我们给你保住有二十年了。"伯妈嘶哑着说,"做梦都盼你回来。"

"怎么保住的你不清楚。"大伯不停地点着头说,"你竟然恨我们。"

"不,我没有仇恨,大伯。我很幸福,看见你们,我很幸福。几亩地给我和我父母保着,这是我的牵挂。我没有仇恨。"我在流泪。

我走在自家地里的土埂上。我背着手,像一个老农。秧田漠漠,白鹭飞。连野草都在自在地摇晃着,在风中。水田里没一点杂草,但秧苗整齐有序,一垄垄的白水,映照着天空。如果活着,种地,我会感谢苍天。我会在清晨背着犁,叱牛。踏着最后的月光归来。我会在中午小憩,睡在柳树下,啃一颗瓜。草帽盖在脸上。我会在最疲倦的时候回家,走在村道上,看鸟返巢。我会在沟渠里捉虾。在水田埂的洞中掏鳝鱼和乌龟。我会吃自己碾的新米,睡在清香的稻草上想女人。

暮 色

天色晚了。夕阳在湖上滚动,腾起一些水烟。每个人面对夕阳的时候,他会收拾手中的工具,内心开始疲倦,想家。

一个老太婆站在村口的渔柱下。她是个哮喘病人,腰全喘弯了。渔柱那么尖细,不知是哪年竖的。

她在等我?

"我是村里的田婆。你是燃灯吧?回来了可好,都不认识了。可我的儿子还没回来。你见过他吗?他大学毕业,后来就失踪了。我去武汉找过他。也在五祖寺和九华山找过他。他说不好找工作,愧对我们,就这样跑了,学生证是寄回来了。"

她从怀里拿出一个红色的小塑料证件。正是一个大学的学生证。翻开有她儿子的照片,戴着眼镜,面皮清瘦白净。

"我每天在这儿等他。我相信我儿子是会回来的。那时,他在城里念大学,暑假和寒假回来的时候总是快到傍晚,鸟雀归林的时候。我只要有空,我就要来望一望。我儿是会回来的,不会忘了我们,不会忘了他的老父母。"她擦着眼睛。泪水像檐雨一样流。

"我记得你妈云婆子有一天在湖里绞猪草,就把你生下来了。听说她在湖边大喊:我有了儿子?她扯断脐带,将你扔进湖里。她脑子不好使,人标致得像仙女。好在湖中水蒿很厚,你在水蒿上哇哇大哭,一个放鸭人闻声把你抱上来……你知不知道,那个鸭佬就是我死去的老伴。"田婆说。

"谢谢你们。可是活着是受罪。我也许不该活着。也许当初溺死是我的福气呢。"

039

"话不可这么说,谁看见一条性命都是要救的。不管以后这孩子干什么。老话说,救人一命,胜造七级浮屠呢。救别人,是给自己添福报。你看,我七十多了,除了喘,其他病都没有……"

在火光和闪电中

黑云像一副磨子飞快地旋转。一道蓝光闪进屋子。接着,金色的裂纹突现在黑暗的天空,就像一头老牛抽筋。

恍似北崖和南崖监区,峡谷里惊天动地的雷暴,是我们唯一的摇篮曲。好好睡觉吧。那种时刻,我们会觉得自己是个幸福的人。旷野里有多少生灵在挣扎哀号。树木和石头都在发抖。狱警会面临被雷劈死的命运——他们要巡逻。只有犯人在安宁的仓室里高枕无忧。各自的床头有一个彩色的亲情寄语连心卡。"爸爸,我们好想你,等你回来。孩子写。""孩子,克制你的情绪,培养爱心,你永远是妈妈的好儿子。妈妈写。""希望你在这儿安心改造,家里有我,会照顾好咱爹妈,争取减刑,早日归来,妻子写。"我们可以看到同改的亲情寄语连心卡。

雷声敲击大地,警告恶人。暴雨洗刷着天空。
靠东边的一堵墙轰地垮塌了。墙缝里的蜥蜴四散逃窜。有的爬进房间。它们青褐色的身子湿淋淋的,像一群小乞丐。
村子里有一片大亮光,谁家的房子被雷击中了?
雨没有落下来,在远处呜咽。
"放火啦!又放火啦!"
路上有杂沓急促的脚步声,有呵唤声。有哭喊声。
"寒婆啊!寒婆那边呀!"
"是那边,往那儿救火,快点呀!……"
所有的声音是从雷声低低的胯下钻出来的,沿着田野和村道滚动,像荆棘编成的轮子。火光先是从湖岸向东前进,但一会就升上了高空,嘭嘭地响。火在风中像稀烂的旗子,把一些黑色的物质也烧透了。村庄在沸腾。狗在叫。火在卷噬。

我从后院的篱笆趸过去。水沟里的蒲草吓得呜呜乱摇。风把路都掀翻了,螃蟹爬到路上逃命,滚烫的空气像拳头挥过来,你一不小心就被砸中。树在喘息。

我跑去时,火已经成为巨大的事实,布满天空,火接上了夜空中的云。闪电依然不依不饶地撕扯着。

在火光和闪电中,一个骑车少年,高举一支燃烧的火炬,正在渠岸上飞驰。可以看见他迤逦拖曳火炬的倒影。他的轮廓就像在云中奔腾,像一匹安了轮子的马。黑黢黢的村子亮了。又亮了。亮了一下。又亮了一下。整个通红通亮的背景在起伏。

"抓住他!抓住他,这臭小子!牛鸡巴日的!"

许多人在奔跑,叫嚷。

一些瞎子翻到路边的水沟里,爬起来,又点着竹竿狂跑去追。

"是人放的,不是雷劈的!"一个明眼的妇女信誓旦旦地说。

有人敲着铜锣。有人高举尿罐,大约是冲晦气。有人在喊:"是他,是他!看哪,又烧起来了!那边又着了!"

草垛燃了。又一个!能看见的都看见了,在闪电深处,一个少年手上举着流星锤一样的火炬,举着传说中的神器,在大风中奔跑,见东西就点。有谷仓烧着了,风中焦糊的气味里有米烧熟的饭香。田野上,一片金黄色的绸缎在漫天飞舞。

"没有出来呀,我的女儿呀,刚回娘家没几天呀!"矮小的寒婆跪在地上头捣地在哭叫。几个人拉着她,她要冲进火场。但是火已经封了门。救火的往火里泼水,用扫帚扑打,沟渠太远,运水的瞎子们互相撞着,骂骂咧咧。水洒了一路。

追赶少年的人在找这个纵火者。他不见了,被黑暗隐去,与村人捉迷藏。但是在很远的地方,在天空凌厉的闪电下,少年又出现了,步履矫健,像旷野里的精灵。

"雨啊……雨啊!"

"那火炬是黄瞎子的,是他多年前参加省残运会传递的火炬,放进棺材里一起埋了,狗日的五扣是怎么挖出来的?……"

"寒婆的女儿终是烧死了。"有人守在大火边抽着鼻子感叹地说。瞎子嗅觉很灵。有一股皮肉的焦煳味,散发出香气,让人们不知如何是好。

野鳝鱼馆

我点了一个炒鳝丝,一个蒜茸红薯尖,一盘花生米,一个鸡蛋炒糍粑。

烟和油腻把屋子熏成了沥青色。桌子被刀砍过。筷篓里的筷子是被千人捣过口腔的。一个斜挂的小黑板上用粉笔写着许多菜名和定价。有红烧鳝鱼、盘鳝、鳝鱼焖藕、腊野兔、尖椒炒腌野猫、黄豆煮猪脚、土匪猪肝、炒田螺、烧田蛙等。还有赊账人的姓名、金额。

墙角里有黑陶坛子翻扑在水盘里,装着腌制的酸菜。水盘的水发臭,密密麻麻的孑孓在里面一伸一缩。

守闸人坐在我的对面,苦巴着脸。野猫湖风起水涌,芦苇在动荡不安。荷叶翻出背面的白。有一些荷爬上了岸,长在墙角下。

"我只吃炒石子。"养父说。

"这是二两装的苦荞酒。"我说。

"我特意让师傅帮你炒过了石子。"我对他说。

老板的下巴有一拃长,他也瞎了,但像没瞎一样,能准确放菜。炒菜的是他的老婆。

"不是都在筲箕坳办丧事吗?"长下巴老板问。

"我会去的。"我对他说。

我给守闸人搛菜。我把养父的碗里搛满了。我看菜在他碗里堆出碗沿,红辣椒一块一块。炒糍粑堆在最上面,鸡蛋黄与糍粑被油汪着,散发出细腻软糯的香味。

"是燃灯请我吃饭?"守闸人说。

"是的。"我说。

"我没有吃过这么贵的菜。不能这样破费。"

"您只管吃,尽是些不值钱的菜。大伯说种了我的田给了我五百,我只要了五百。"我说。

他耳沉。不能让他真的吃石头,或者别的,比如一堆布片和虫子。

"你刚才说你真是燃灯,我摸摸。"他全是骨头的手摸索过来,"嗯,这么凉。你的手这么凉?你身上很冷吗?你的心里没一点暖和的?"

"有的,爹,我的心里很暖和,尤其是与你一起。今天是在湖边,风太大。"

"湖吗?风是大。今年的风邪乎,我的瞎眼也吹得流泪。这是多狠的风啊。湖慢慢臭了。"

"是的,爹,湖在臭。是这样的。"

"我不喜欢吃猪身上的东西。年纪越大越不喜欢吃肉。年轻时我在唤鹰山峡谷里放木排到这边,那深山老林里种田缺肥,全是用猪踩肥。让猪站在粪水和杂草里,踩来踩去,猪一辈子不能睡个干地方,四个蹄子一年四季泡在粪水里。那儿的猪蹄子做成菜一股粪水味。从那以后,我再也不吃猪蹄子啦。"

他说:

"明天,我去打新鲜茭苞,把它剥开清炒。我吃这个。再加点韭菜,放上豆瓣酱,七成熟就成了。那水腥味特别好,全往心里灌。"

他说:

"芦笋是最好吃的。把它掐来,用开水焯一下,用菜籽油炒。芦笋这东西服菜籽油。炒芦笋火要大,锅要烧辣,大火炝,因为焯过,一下锅就赶快起锅,趁热吃,让嘴里有烫出泡的感觉……我如今什么也不爱啦,酒也是粮食……"

有几个村民来买鞭炮和火纸。野鳝鱼馆兼营小卖部。坟山里有鞭炮声。村庄显得有了生气。

"我不吃鳝鱼,没有野的。全是用避孕药喂大的。一到出货,就

045

喂膨大剂。"养父说。

我看着长下巴老板的货柜,又看了看养父的鞋子。不是鞋子,是一圈破布。

"我想给你买双鞋子好吗,爹?"

瞎老板说:"你喊得很亲热,但不像是亲生的。你自己想要什么样的自己选吧,总不会不给钱。"

我起身时看到桌子底下一只难受的蜈蚣,正在挣扎。养父的猫在门口对蜈蚣虎视眈眈,时刻准备扑上去吃掉。

蜈蚣像是快死了,正在拼命翻动身子,一百条腿蹬动着。

我跨过那个露出木胎、被老鼠啃得千疮百孔的柜台,在垃圾堆一样的货柜里去翻寻。

几只老鼠从一个装农药的纸箱里跑出来。

一堆蛤蜊油。一堆刷子。扫帚。一堆野鸡毛。一堆野猫皮。一堆塑料管装的饮料。一堆农药。一扫光。统杀。全虫杀。虫怵。啶虫脒。乐果。百草枯。虫卵透叶杀。杀螨龙。

一个影碟机。一些三级片。盒子上是女人的大奶和阴毛。一些古装片。盒子上有皇帝和他的女人们。还有一脸正气的复仇剑客。

"可能不剩了,我记得还有一双套鞋,晴天雨天都能穿,给柴草瞎子很好。"老板说。

"你究竟是他什么亲戚?"长下巴瞎子老板问。

"哦。呵呵,我就要这双套鞋吧。"我说。

套鞋散发着一股浓恶的劣质橡胶味。我脱掉养父那双露出脚趾的解放鞋,将红色的套鞋套在他的脚上。

守闸人站起来,却成了不会走路的样子。他想到野外去。他很羞涩。

猫跃进屋里,钻到桌下,一口咬住了翻来覆去的蜈蚣。然后,蹿上了守闸人的肩头。

"老板,还来一包黄鹤楼和一个打火机。"我说。

"烟有,我们不卖火柴火机。您可不要开玩笑。"老板眨着瞎眼连连说。

村庄依然弥漫着烧焦的窒息的火烬味,味道像一张牛皮癣,紧贴在路上。

吊　冤

1

寒婆边哭边给烧死的女儿打伞。因为女儿是产鬼。她在火中抢出了一床被子,一口锅。还有一口缸,女儿躲在水缸里,最后还是没能逃过一劫。

产鬼和胎儿像焦炭,放在禾场上。产鬼用黄表纸蒙着脸,看不清她的面目。烧焦的胎儿放在她怀里,像吃奶的样子。产鬼当时蜷缩在水缸里。她快生产了,后来那个胎儿流产了,她就抱着他,是个男孩,裆里有货,发育良好,手脚齐全。因为在水缸里,又被人抱着,只是熏黑了,胖胖的手张开着。但眼睛未睁。这世界用火阻止了他看一眼人间。

"不要掀死人的东西!"有人喊。

"我乖乖是门框烧塌了才出不来的呀!"寒婆哭着向众人说。

门框依然横在那儿,缸还在。青烟东一线、西一线地往外冒,就像一头大兽死了,散了架,在吐最后一口气。风很柔。野猫在有些滚烫的灰烬里找吃的,四只脚掸甩着一步一步走,因为烫。或者脚爪沾上了烧熟的糯米。果然有糍粑的香味。

"我已经给孙儿取好了好名字叫江山,无论是男是女都叫江山。"

产鬼的丈夫背着一块石碑出现了。他热汗涔涔,瘦骨嶙峋的脸上全是黑土。他是从矿区来的,头上戴着红色的安全帽。他把碑放下来,嘴里哈嗤哈嗤喘气,然后找了个未烧塌的凳子坐下,木呆呆地望着地上的死尸。

2

道士穿着青色的道袍，上面印有太极图，手上拿一柄桃木剑和令牌。这个年老的道士仿佛被鬼抓伤过，脸上有许多划痕。他这一生被唤魂驱鬼的活计折磨得全身无力，呵欠连天。

"赶快准备个棺材。"道士说。

"这个你不管，你只管超度就行了。"村长老秦吩咐说。

"我当然要尽责尽力的，秦村长。这野猫湖一带谁人不知，哪个不晓，我黄道士十七岁拜坛，二十岁'度职'，这是我拟好的牒文，请村长过目。"

村长极不信任地接过去，贴到那只左眼上，估计也看得难受，略显尴尬地还给道士："你念嘛！"

道士先生展开纸来，高声念道："饯送邪祟，扫荡宅舍……"

村长立马插嘴呵斥："还有鸡巴宅舍！"他站起来，叉着腰对乱哄哄挤在人堆里的"八大金刚"（抬棺人）说："你们这些要烟的烟鬼，这次就别要啦，抽了烟去死的！想得肺癌早些死吧。你们，跟着回来的燃灯走，我的眼睛是亮的！"

"请水应该去矿区，孩子是在矿区怀上的。"产鬼的丈夫告诉大家。

3

高举五色魂幡的黄道士在前。

已经走了一天一夜。

这一趟路太遥远，我们必须赶到矿区去取那儿的水为死者净身。土路曲折。灰尘浮在夕阳里。雾霾在傍晚再一次降临。

道士和他的徒弟双手抱着沉重的魂幡，以免被湖上吹来的风把它们刮跑。道士不停地打着嗝，胸腔里发出"呃呃"的声音。就像患了禽流感。

产鬼的丈夫抱着取水的瓦罐,一双深眍的眼睛艰难地看着前方。他喘得直不起腰,他是个矽肺病人。

脚下的浮灰有三四寸厚,走的时候就像踩在黄云上。我带着七个瞎子走在最后。道士踩进一个深坑,摔在尘土里,爬起来,腿瘸了。大家只好找了一处山崖歇息。

"没有什么,比起死去的人,我们不算什么。"黄道士说。

"不管怎样,水是要取的。黄道士,矿区死人你也来吊冤吗?"

"当然,我有一次吊过十八个冤……"

月亮像红色的南瓜挂在天空。几只枭飞过月亮,发出狼一样的叫声。

"我跟她结婚已有三年了,去年才怀上。"产鬼的男人说,"这是个危险活,死去了很多人。山下的村子也被飞去的石块砸穿了屋顶。有些人一炮轰响时就无影无踪了……得矽肺病算是幸运的。"

"好歹,在炮声中她怀孕了。原指望,生个儿子,等我病重了可以养我,一切都没啦。"

"有个撬石头埋进去的小伙子,他父亲本来可以救他,但,他父亲打上了儿媳妇的主意,就干脆再加几块石头把儿子埋了。真有其事……"产鬼的男人把头埋在膝盖中狠狠地咳嗽。

山区的夜有些古怪,山影像一群打劫者蹲在前方。夜晚的宁静有更深的敌意,带着险恶的用心。这种时刻,不停地回忆和讲诉会令人伤心。

"……我们按出石头的车数算钱,我岳母的房子,就是我们打石头赚的,可惜一把火烧了。我媳妇说,炮声太烈,会流产的,就回娘家待产,哪知是这个下场……"

"她也不知道五扣这个恶鬼会找她要奶吃,你们知道这事吗?"

"不要说了!"狗牙在黑暗中大喊。

产鬼的男人好像没听见,依然说:"全村女人的奶都让他吃了。

这是我老婆给我打电话说的,不让他吃他就放人家的火。"

瞎子们支棱着耳朵听着这千古奇闻。

"我老婆在电话中给我说算了,让他吃,一个孩子。吃还有可能将奶吃通,这样我孩子生下后就不需要催奶了。他吃的是空奶。但是他会又抓又咬,这可不行,孩子还没生下来,咬坏了怎么办?这样,就得罪了他……"

"不要放屁!"狗牙说,"你这不是在放屁吗?"

"我老婆每天到芦苇荡给他送奶吃……"

"放屁!放臭屁!"狗牙说。

一个瞎子制止狗牙的乱叫,说:"狗牙,你听人家说完。不干你的事。"

"他说得多恶心!"她呕吐起来,很夸张。

"让他说完。"瞎子们齐声说。

"这件事真的不要传了,丧家是个病人,他现在精神恍惚。现在,这不好了吗?他睡得很香。他会在幻想中求得安慰。"我对瞎子们说。

哪知那个已经开始打鼾的矽肺病男人突然把手机按亮,翻开屏说:"我不是在这里乱讲的,看看我老婆拍的照片……这是她通过微信传给我的。"

果然,那个小小的屏幕里,是五扣埋在产鬼怀里吃奶的影像。照片很模糊,像素不够。或者拍摄的人双手发抖。

瞎子也凑过去,他们也想看看这画面。但被狗牙摁熄了。

"没意思啊。"她拦住那些人。

"真的很可怜。"有人说。

"太冷,受不了,还是听听燃灯讲点在里头的事吧。"有人说。

"你这二十年是怎么过来的?"

"你回来习惯吗?"

"明天早晨就可以取到水了,难道不是这样吗?你们还是睡吧,

051

大家都累了。"我说。

"但他们是瞎子,不知道白天黑夜。他们以为是中午呢,哈哈。"一个明眼人笑起来。

"那就午休吧。"

4

夜越来越深,露水打在浮土上,噗噗直响。

没有天光。狗牙的牙齿像萤火虫偶尔一闪。银河倒悬,这是非常开阔的夜。

"你听到产鬼丈夫的鼾声吗?"我问狗牙。

"听见了。这样的话痨鬼睡死了才好呢。"她说。

"如果肚子饿了,可以到沟里喝些水去。"

"我不饿。当我想到产鬼和她孩子的样子,我就不饿了。吃什么我都会吐的。"

"哦。有野兽在远处叫。你睡一会儿吗?"

瞎子们的鼾声此起彼伏。接着响起了狗牙细碎的、柔软的鼾声。

背靠着的崖壁是冰凉的,坚硬的。一个瞎子的脚伸在了另一个瞎子的嘴里。夜风像用鞭子在抽打石崖。

风把狗牙的头发吹到我的脸上,带着油脂味和汗香味。我把狗牙松散地搂进怀里。

"我要做一个好人。"我再一次告诫自己。

狗牙在梦中抽动着,并且磨牙,发出梦呓。

"你在说什么?……"我轻轻地问。

她的脸靠着我。我的手搂着她冒着热气的胸脯。

"不。唔唔……"她说。

"你是在说什么?"我的嘴找到了她咕咕噜噜的嘴,不想让她说出梦话。

我们互相吮吸。她的衣扣不知怎么散了。我把头埋进去。

"不唔唔……不……"她浑身不安地扭动起来。

汗的咸味和酸味沁入我的舌头。我咬着她。我很想哭。黑夜比星空低。

一个不眠的瞎子唱道:

　　阿哥钻进妹被窝,
　　顺着肚脐往下摸,
　　阿妹问哥摸什么?
　　阿哥说,想给雀雀找个窝。
　　……

5

早晨,矿区笼罩在阴冷的雾霾中。道士的徒弟给他铺开了红纸。他用十分虔诚的字体写道:

　　北帝御前主令太岁殷元师麾下位
　　东极太一救苦天尊莲座下
　　招亡人唐杏儿及亡子江山之魂
　　魂兮归来

这位被肠胃炎折磨得气息奄奄的道士,坚持写好了两个引魂幡,让鬼魂平定,安于自己的位置,以免魂无所归,乱跑乱窜。

在一个黑咕隆咚的矿洞里找到了一处相对干净的水源。水边有一些被炮声震死的青蛙翻着肚皮。还有一些啤酒瓶浮在水里。

道士竖起了亡人牌位,点燃蜡烛,放了酒杯,为其安魂。

瞎子们不喜欢外村道士的这一套,要不是此趟为村长掏钱和坚持,就让柴棍在村里比画一下也就行了。他们催促产鬼的丈夫赶快将水取了。但取水和抱水有规矩,必须是未婚女子,黄花闺女。这得要狗牙抱。

在瞎子们打着火钹、吹着大号的混乱声音里,水取好了。道士念迎亡诀、净心诀、净身咒、金光咒,在矿洞里撒了带来的野猫湖香米,杀掉了一只瘦骨伶仃的公鸡。

他们把鸡毛拔了,把鸡身装进一个蛇皮袋子里。回去的时候鸡血一直在滴。

破血盆

产鬼因为蜷曲,身子穿衣时不能伸直。

要为死者穿"五领三腰":上身五件,下身三件;内为白衣,外为青衣。谓之清清白白去托生。湖北省野猫湖一带的丧俗如此。

一个大嫂过来对死者说:"唐杏儿你这样蜷起,你托生会成为驼子的!"

果然,再穿,产鬼的身子就平顺了。

道士对产鬼的男人说:"请你磕八十一个头为亡者赎罪。亡者在生前犯了八十一条罪孽,哪八十一条,我就不唱了,免你伤心。"

产鬼的男人一口气没喘过来,挣扎了半天才理顺肺部,高声质问道士道:

"我老婆才二十七岁,犯了哪八十一条罪孽?莫非你比纪委书记法院院长派出所长还狠?"

"你没经历过家里死人,或者你没碰到国家颁证的道士。书上说你来到人世就将犯八十一条罪孽。是的,是八十一条,既不是八十条,也不是八十二条……"

产鬼的男人见道士这么说,极不情愿地跪下,对着那把桃木剑磕头,嘴里嘟嘟囔囔。

道士将已扎好的花篮摆放在灵位前,让人拿来一个塑料脸盆,放进花篮里,将矿区请来的水倒进盆中,再倒入红墨水,于是,水变红了。

"各位安静,现在,破血盆。"

他把花篮提到祭桌上。桌子已用白色的幡帐围住。

"亡者早产,血水污染了地府,阎罗王要治罪于她,众亲友,众乡党,请破此血盆为她赎罪……"

大家知道是怎么回事,没有人上来。突然寒婆大喊一声:"我的小乖乖啊,我的杏儿啊!"她散着满头麻白色头发就扑上来,伏在花篮里的盆子上,去喝那个红水。

老人咕噜咕噜地喝,嘴里发出溺水的呜呜声,甚是痛苦。大伙儿的气都憋不住了,就上前去拉她。但这老人力气巨大,脚下像生根了一样。几个人拉。拉到拉不动的时候,老人脚一软,倒在地上。

道士徒弟的火钹叮叮当当地敲起来,道士唱起来:

人死如灯灭,
如同汤泼雪。
要得亡魂转,
水中捞明月。

每个人都是一座坟

八大金刚抬着装有母子的棺材,别别扭扭地往坟山走。围着的人都散开了。一个玩耍的孩子被家人抢着抱走。这条路现在属于死者。

鞭炮噼啪作响。铜锣震颤。鹳鸟和池鹭惊起,又落到水田里。那里有灿烂的野苜蓿。天上挂着一轮月亮。银河出现。天色还未晚,这情景很让人诧异。

鸭佬的一群鸭子挡住了送葬人的去路。棺材正好要停一下,抬棺人受不了啦。两条板凳伸到棺材底下。棺材前,是一泡牛屎。产鬼的男人只好跪在牛屎里。

道士热得脱掉了上衣,他的腹部有一条蜈蚣样的瘢痕。通往坟山的路太窄。大家披荆斩棘。他很伤心,一瘸一拐地自言自语:"死了倒好,这地方。死去的人年轻美丽,活着的人腿瘸眼瞎,什么世道啊!"

道士将一张写有地契的纸袋放进一个酱油瓶子里,连同棺材一起埋进土里。

一百匹纸马点燃了。有一座别墅点燃了。

这个傍晚,坟山里一片耀眼的火光。野猫们大喊大叫。一只獾冲进火里,从地洞刨出两只小獾叼着跑开。

沉重的仪程走完了。一个人正正当当地进了土,永远消失在人间。成为一个坟包,长上荒草,仿佛是很自然的事情。坟地是村庄的另一种风景,有草摇曳,无人打扰,兀自存在着,成为村庄的另一种暖,而死亡还会出现,太阳照常升起。

每个人都是一座坟。

寒婆将一罐猪蹄汤泼到坟上。猪蹄汤是催奶的。然后,她将瓦罐"叭"地摔碎了。

"杏儿,娘跟你天天撑伞。"她颤颤地说。

雨有着它幽暗的光

怒吼的湖风在屋顶穿梭。横过广大的沼泽,一直深入到湖的深处。夜雨泼下来的时候,天空有些明亮,仿佛天快要亮了。雨有着它幽暗的光。

我的头处于一种阵发性的钝痛中。狗牙的影子在我的房子里乱窜。她不像她的姐姐。

篱槿在噗嗒噗嗒地掉水。

被大伯接到他家的那天,雨水一直在长长的篱笆那儿徜徉。他的老婆怀孕了,要找个引生的男孩。引出一个儿子。就像新母鸡快生蛋时,要在鸡窝里放一个蛋或蛋壳一样,这蛋叫"引蛋"。

那时我三四岁吧,被父亲送到他们家。那时候还不是大伯,养父还只叫干爹。我想父母,喊着要回家去。天黑了,我望着门外,盼着有人来接我。伯妈抱着我,哄我。大伯拿出一个绿色的鸟蛋给我玩,被我狠狠地捏破了,蛋青蛋壳沾了一手。"引生,伯妈给你焙干鱼吃。"后来我就在大伯家住下了。伯妈的肚子像倒扣了一口锅,要我摸她的肚子。住了几个月,我"引"出一个女孩。

生下表妹的那几天里,他们家里的人天天咒我不得好死。有一次大伯要我跟他一起去湖边钓鱼,他一把将我推下湖坎。要不是旁边有一个割草的老人把我拉起来,我早就完蛋了。这件事——大伯推我下水的事,我跟谁都没说,但那凶狠的一掌,我永远记下了,刻在我的梦里。

据说我回家后整天整夜地哭喊。父母不知道我得了什么病,找过不少医生,都没查出个什么。他们觉得我是中了邪,又找了巫婆,没有好转。到我五岁的时候,父母把我丢下跑了,永远不知所踪。

后来养父在我的头上抽出了五根缝衣针。我怀疑是他的兄弟柴棍所为。这个大伯在湖里捞水草时曾往我母亲的下体里塞小鱼。他对我母亲怀有僭越之心。大伯曾经强奸过公社书记的老婆,坐过牢,被打得半死。后来我被抓进去拘留,警察给我剃光头时,发现头皮上有金属。等我的头上流黄水后,有几次流出过缝衣针。我总是梦见头上有密密麻麻的钢针,失踪的母亲在我的头上做针线活。

母亲是"云婆子",村里的人都这么喊。她很漂亮,穿着绿色的灯笼裤,她从哪儿来的?谁都不知道。她精神不正常。生我的时候她正在湖边割草,因为高兴疯病发着,差一点将我溺死。

他们说云婆子是从云端来的,后来去了云端。

伯妈说:"这孩子活不了啦,可怜的孩子。"她一定知道是谁干的。

现在,我感觉我的头皮裂开了。母亲把它们拢在一起,说:"我给你缝缝。"

老流浪汉

他们说:"你的父亲回来了。"

"那个鸭棚里,有你的父亲。"

我在狂暴的湖风里向他们说的那个鸭棚跑去。我记起这里曾是父亲搭建的鸭棚。

父亲,我要告诉你我的一切。生锈的铁丝真的是拧开了,但柴门半掩。这里也曾有我的温暖。但是,最正常的情形是,你如果回乡,你将找不到你的亲人。他们全散失在苍茫的时间里,你再也无法与他们相遇。

父亲,真的是你吗?你还在人间?你是来为我送葬的吗?这很值得一哭。我奔向你,这个地方,鸭声嘎嘎,也是我小时候最喜欢的地方。我记得沿着一条芦苇小路,两旁全是水鸟和青蛙的叫声。

我推开门,看到了那个人,恍若隔世的人。他平静,手拿着一把菜刀,目中无人,大声说:

"我砍死你!"

这个人见过。真像父亲——如果他老了。他现在应该这么老了。

"父亲,是你吗?我是燃灯啊。你是什么时候回来的?你跟我回家好吗?"

我用尽了所有的力气,喊着。因为,我怕人间听不见我的喊声。

"我砍死你。"他攥着刀,依然低着头这么说。

他头发蓬乱,没有牙齿,下巴凹陷,脖子黢黑,胡子成堆,背着编织袋,两片厚嘴巴像是被人打肿的。

"您是想砍我吗,父亲?"
"我砍死你!"
我哭着跑开了。

断头坝

野猫湖中不知何年有人投下石头,想在湖中修一条路,一条湖坝。大约是人民公社"战天斗地学大寨"的日子吧,只弄成了半截湖坝。犬牙交错的巨石逶迤在夕阳下,像一条断尾巨龙,一头扎进了呼啸浩荡的烟波里。

一些被浪打上岸的死鱼,发出恶臭。几只野猫瞪着绿色的眼睛躲在石头缝里。滩头枯黄的辣蓼和苇丛扭曲嚣叫,蛛网到处飞舞,扑向人的脸。

"父亲!"

风把我的声音掳去。我的喉咙被风噎得难受,好像脸在我的喉咙里捣弄。

他太脏了。他的脚被石块刺得血淋淋的。胡子上缠着蛛网。我想推他入湖。这个人,像一个从垃圾堆里扒出的活鬼。

你要做个好人。我对自己说。

我扶他坐下来。跪在他脚前,把我的鞋子脱下,换下他的鞋子。我赤着脚。我宁愿赤着脚。

"父亲,你穿上我的鞋,走路会舒服一些。"

"父亲,你走了多少路?你到过哪些地方?你去过北京天安门吗?你去过黄鹤楼吗?"

"父亲,我妈呢?你找到我妈了吗,她还好吗?"

"父亲,你的脚上全是伤,有一万个伤。你究竟还要走多久?你不再走了好吗?"

我帮他系好鞋带,打上活结。我说:

"父亲,你回来好吗?"我哭着说。

那个人像死的一样,望着浊浪滚滚的湖面。

"你们为什么当年要丢下我?是因为我不停地哭号,你们觉得我是号丧鸟吗?"

我这么说的时候,整个湖水都在摇晃。

那人看着说话的我,他的蛇皮袋子缝制的包里不知装了些什么,他紧紧地捂着。嘴巴像要说点什么。

他走了。他被天边的湖水吞噬了。

风在渔柱上呜呜地吹着,浪发出一阵紧似一阵的叫唤。湖边的野猫凄厉应和。潮湿的夜把所有柔情都洒在犬牙交错的路上。

在芦苇里

　　茭苞在水中显得非常粗壮,但是狗牙每次下水摘上的茭苞都被羊吃了。后来她把茭苞放到几根盘起的芦苇上。三只羊找东西吃,一会发出惨烈的叫声。

　　有一只羊,双膝跪地,疼得已经站不起来。它的一只眼睛往外流血。

　　羊的眼睛没了。

　　"哪个该死的抠我的羊?"她仰着头骂。

　　"一个放羊的也想当妇女主任,活该!"

　　几个逮猫的流浪汉坐在草丛里嘲笑她。

　　"你们铁定了不想告诉我是谁抠的?"她对他们说。

　　那几个流浪汉挤眉弄眼地笑。

　　狗牙对我喊:"总是在最裁的时候见到你,我爸说你是死人,你究竟是不是死人呀?"

　　她扯了一把嫩草给那受伤的羊吃,羊不吃,依然叫唤,身子发抖。黏糊糊的血在它的脸上凝固了。它不停地后退着,一条后腿触到了水沟里的水。她可能想怎么把羊牵过来。怎么让羊不疼。羊成了残疾。它没能躲过。

　　"我想熟悉村里。这件事情我会有办法。"我指着受伤的羊对她说。

　　早晨的雾气在湖汊间流溢蔓延,很蓝,靠近草滩更蓝,就像桑蚕丝在水里起伏。它们挂在芦苇上和播娘蒿上。

　　"你离我远点!"她不相信我。她现在很烦躁。

　　我站在那儿。一支芦苇戳到我的脸上。

"你晚上就在这儿住吗？"她说。她把我当成野鬼。

"不是的，我有家。"我说。

水花生覆盖的水面下，有鱼游动的动静。也许是在水下撵鱼的水獭。

我感觉有一个人在芦苇里。我可以保证。因为浅水里的水色是浑浊的，有人踩着了水底的淤泥。

"有一个人。"我无聊地说。

"你把羊帮我牵去到镇上治眼睛！"

她撵我。

我牵起那根血淋淋的绳子。我对羊天生很反感。它们太软弱。它们的叫声就像是看守所犯人的声音。估计羊都是被打死的人托生。我牵羊。羊受了伤却很倔。它并不那么逆来顺受。它有性格。

她好像对那天晚上的事全然不知。好像并没有发生。是的，没有发生什么。如果发生，在床上，这该多好。对床，对自己家里的床我十分迷恋。床就是家。监狱的床不是床，它被子单薄，床板是硬的，不会让劳改的犯人很舒服。每天早晨要收拾得整整齐齐，被子叠得方方正正，跟当兵的一样。没有柔软的稻草，没有很高的芦花枕头。谷壳枕头也好，我怀念谷壳枕头翻身时发出的嗦嗦叨叨的声音。就像把梦的四周壅紧壅严实。

噢，我要等到秋天，采摘芦花，填充一个大大的芦花枕头。它柔软。我喜欢柔软，像女人的身子。

所谓家，就是家里要有剩菜剩饭。有灯火，有几双筷子，有狗和鸡。鸡在半夜会叫。不知为什么，鸡能准时叫，它们又没有手表。更多的鸡在更多的人家里遥相呼应，团结一致，叫着，把黑夜吵去，这是它们的使命。它们轮换着叫。叫一阵，歇一阵。它们在人们的睡梦里叫着，它们饥肠辘辘，叫着。越来越多的鸡叫，越过湖泊，越过村庄，越过山冈，越过堑壕似的噩梦。村庄越叫越荒。村庄被叫醒了。

在很远的监狱里是电铃声。但是,鸡叫声依然可以听得到,不管是野鸡还是山村里的鸡。鸡叫的声音都是一样的。可以传很远。只有在自己的村里,自己的枕头上听鸡叫才是幸福的。估算着天亮,可以继续睡上一个回笼觉。鸡从笼子里出来,满院子飞跑,拍打身上的螨虫,撵母鸡,你还是可以睡。电铃过后,一阵从梦中拽出的惊慌,心脏负荷加大,突突地跳,好像是棒打醒的。不能怔愣一会缓过神来,必须翻身起床,迅速漱口刷牙,整队早餐,睁不开眼睛,往嘴里填食物,咀嚼,一碗一碗。用分量把自己撑醒。

我拽着受伤的羊,沿着闸口的西头走。我准备把羊牵回院子里,明天再去镇上找医生。

太阳像个怪兽趴在云层里,天空一直斜向远方。一棵树像一座房子。一个撮虾子的老人朝我笑。几只惊慌的水鸭翘动尾巴在荷梗上神经质地跳跃。

我从一丛水杉林和一个破猪场后面绕过去。我看到了一行新鲜的自行车印迹,从湖边而来。

羊站在很深的毛茛草和败酱草中间。它抠去一只眼珠,估计它的疼痛期过了,在那儿坚强地喘息,并且将准备活下去,像村里所有的瞎子一样。

有很多遮挡人的菖蒲,上面挑着黑色的水烛,像一双双眼睛。我从湖埂下面靠近芦苇。

那个藏在苇丛中的自行车辗断了许多芦苇。我绊到一包东西,苍蝇轰地飞散了。一张荷叶里包着一只血淋淋的东西。我扒拉了一下,黏糊,滑溜,是一只羊眼。拂去血瞖,似乎还在看着我。苍蝇不离不弃地围着我转。几只牛虻也飞过来了,它们是重型轰炸机。

先看到狗牙,站在低洼的湿草中,仰着头,像被开水烫了似的发出压抑的叫声。一个红薯样的脑袋贴在她胸前。她抱着那个红薯脑袋。她的胸是向上捋着的,那个红薯头少年,在她胸前马一样呜

067

咽着发出呃巴声,另一只手紧紧抓着她的另一只乳房。并且把红薯头在两边换来换去。两个乳头都是血紫色。

"燃灯,你出来了你要做个好人。"我对我自己说。

但是我的手与一块大土堡结合了。我把它捏碎,捏成齑粉。当然我想把它扔出去,砸那个红薯脑袋。

那个少年晃了几晃就倒下了。两只手像两只折断的翅膀。

他砸着了吗?我砸了吗?土堡明明在我的手中成为粉末。

我不敢告诉另一个我,这是我做的。这不与我相干。

最后,我的嘴也没放弃,狗牙的乳头被我的牙齿拽得很长。

我恨她。

把他交给我吧

村长对逮住的这个小流氓并不兴奋。他把一双鞋子穿了半天。门口的那个少年,就像村民送来的鳖饲料,或者一包蚯蚓一袋鱼虾。他还是松了一口气。"喔"了一声。

他这样说:"终于没让他跑掉,这个火神鬼。"

村长看着他的嘴。"从哪儿抓到的?"他问。

少年一点都不在乎。他活过来了。从水里抓他的头发时他哼了几下,吐了几口黑淤泥就活了,摇头晃脑哼哼叽叽,就像在背诵接头暗号。他的嘴没有停下,依然像是含着女人的乳头。女人的乳头很适合他稀疏的牙齿。他的味蕾也对此驾轻就熟,天生就应该大把抓女人的奶似的。

村里的人都来了,大家近距离看这个纵火犯。这个年轻的、稚嫩的、吊儿郎当的、一坨狗屎样的泼皮少年。不谙世事的傻流浪儿。无家可归的孤单孩子。

脏。傻。瘦。丑。像一只一月未进食的小猴子。他吃了村里那么多奶,可村里没有一个哺乳期女人,吃进去的全是女人的皮屑、汗液、皮肤排泄物、乳头中的灰土。那是填不饱肚子的。

他就跟我的吮石子的养父一样,严重营养不良,维生素缺乏,手脚破皮,口腔溃疡,牙龈肿大,头发枯黄稀少。

他绑在村口的渔柱上。柱子歪斜摇晃。他跪着,脸上锉去了一大块皮,眼窝里有瘀青。他满不在乎地往四处啐着。干啐。

一个瞎子捂住自己的脸,经由五扣的头往下摸。

摸出了一盒火柴。

一个打火机。

又一个打火机。

又一个打火机。

又一个打火机。

又一个打火机。

又一个打火机。

又一个打火机。

又一个打火机。

又一盒火柴。

连他的鞋壳里也藏着打火机。

"大脚弓姓罗,他的祖先是祝融。祝融大家知道吗?是火神。这恶鬼遗传返祖啊!"村长掂着手上一大把打火机说。

"我们要感谢刚回来的燃灯兄弟,不是他,我们一村的瞎驴,黑灯瞎火,能逮住这个精怪啊?"村长老秦说。

大家七嘴八舌地议论。几个明眼人看着我,指指点点。

"云婆子的儿子。他回来了。精神正常。"村长这样说,"完全是正常的,但是大脚弓正常,生下的儿子却不正常。世上的事情怪着哩。"

有人说:"是生五扣的时候没去镇里医院,大脚弓想省点钱,让接生婆接的生,难产,接生婆在产道里扯成这样的。"

村长抓着五扣芦柴秆似的胳膊,有一种想捆断它的表情,就像捆柴火一样。他抓了一下他裆里,把手拿到鼻子底下闻闻,龇出了牙,拍打着手,又蹲下去把手放在草丛里擦,正擦,反擦:"这货鸡鸡倒是不小。"又问:"你前世是吃了三鹿奶粉,成大头娃娃后死去的吗?"

"但是你的死期也到了。"村长不容别人说话,狠狠地甩着手。他把少年细细的脖子掐住,让他喊不出声,啐不出来。让他直翻白眼,让他的舌头越来越长地伸出,让他的脸像一块迅速煮过的紫薯。

"这下你是跑不了啦。这是咱们村应该庆贺的时刻。我们曾经把他交给过派出所,但不到两天就放出来了,说是个小孩。现在,我们把他交给谁呢?"

"阎王!阎王!交给阎王!"瞎子们众口一声地喊。

"是你们说的,可不是我老秦说的。"村长得意的脸上每一个肉疙瘩都泛起光芒来,"我们,搞死他,又不能让大脚弓以后找我们。谁愿意当英雄的请举手?"

"出头椽子?大脚弓回来杀我们的……"瞎子们说。

没有人举手。谁都不会这么傻,去对付一个手无寸铁的孩子。瞎子虽然瞎了,内心是有底线的。当然,主要还是因为他们胆小如鼠,怕惹祸上身。

村长说:"……大家的手是垂着的。手举起来的时候,天空中有光;垂下,藏着,空气里的声音是咕咕嘟嘟的像虫子爬。你们全是些软蛋子,老二硬过吗?儿女是怎么生出来的?老婆全部偷人?养的野种?……"他站在高台子上,是专门让人为他开会训话,填的一个两尺高的土台子。

"杀人是折寿的事……"

"就算他的父母不知,但天知地知……"

"一个瞎子折什么寿,活着不就跟死了一样吗?"

"那你为什么不想死呢,秦哥?"有人问。

"还不是想当一万年村长,哈哈……"

有人笑着起哄。

"……我,我还能看见一点点嘛,我不是完全的瞎子。我只不过是一个视力低下的人。我是视网膜严重萎缩,左眼还有0.03的视力……"

"那是因为你能有羊眼酒喝呀。"

"所以我不想说了。村里就是这个瞎鸡巴样子,每一个瞎子都算尽心机。那就让它烧吧,烧吧,我老秦不在乎,反正烧完了大家散伙……"

"村长！村长！你可是一村之长！"所有人都围住他，不放他走。他们可怜巴巴的，望着他，拉着他。渔柱上的篾球在风中撞动，嘎哒嘎哒的，撞得人心凄惶。球里面挂着些飞来的黄丝草，像是水鸟衔来的。

许多人都快哭起来。他们忍着悲痛。村里不成样子了。人烧死，屋烧光。这是啥日子呀。现在把坏人抓住了，可大家却不敢动手。这就是自私。一个个比畜生还自私。但你要大伙怎么办呢？让杀猪佬拿刀来每人捅他一刀吗？

这时，终于，产鬼的男人从人堆里艰难地举起了手并扯着虚弱的嗓子说话：

"村长，反正……我也是快死的人，又不是这个村的，那就交给我吧。"

村长不回答。其他在场的人也不说话。

天快黑了，夕阳平着射过来，落到这个失去老婆和孩子的矽肺病人脸上，他的颧骨像一座悬崖。

"算了！"村长终于发话了，"交给谁都一样，他的命运就是死。纵然我老秦被枪毙，我也要让这小杂种活不成。你们，告诉他的父亲大脚弓去吧。老子不怕，消失是他的命。你们这些瞎子软蛋，老子我姓秦的翻祖宗的底也不是软脚蟹！当年，老子的父亲在野猫湖做土匪，在这里丢字喊款抓到的人往湖里一扔，往淤泥里一踩不就没了吗？多大个事！你们在湖里挖藕，不是经常挖出人骨头吗？那是谁干的？"他愤愤地说。

鸦雀无声。

他拍拍矽肺病人的肩说："你好好保养，我不会让你去冒这个险的。我，担了！"

他狠狠地抽了五扣两个嘴巴，解开渔柱上的绳子，像拖一条死狗，把他拖走了。

瞎子们不敢吭声，大气不出。少年的脚在地上划出一条深深的槽来，他死勾着地不让拖，并且用口咬村长。

密　谋

我和村长蜷蹲在五扣四壁透风的屋子里。墙渗着水,蜥蜴从墙缝里探出头来。墙上长满了小草一样的绿绒苔。

"他唯一不烧自己的房子,这证明他不是完全的傻子。他是因为缺氧,生下来的时候头在产道里挤瘪了。"

扔在墙角里的五扣躺在地上,闭着眼睛好像在睡觉,却不时突然发出嗷嗷的狼叫声。两个看守的瞎子呵斥要他别瞎嚷,"想死啊!你知道芦苇里有狼吗?喊来了狼可有你好的。"

"看看捆好了没有,他既然是火神,就有逃脱的能力。"村长老秦说。

"他插翅也难飞。"

一个瞎子想用一块大石头压住他的头,被村长制止了。

"你们回去吧,让他喊,只要他喊得没什么气息了,事情就好办……"

我留下。

村长吃着烟说:"我们只能神不知鬼不觉地把他做了。这件事还是有点怵。没有不透风的墙。到处都是眼睛,到处都有告密者。听说,你不就是321吗?"

我笑了。我不说话。我淡然一笑。虽然我内心一震。

"……没有不透风的墙嘛。"他又接上一支烟,"你给出个主意,你眼明心也明。"

"我觉得他很可怜……"

"那不是你抓住的吗?"

"我仔细看才觉得他太可怜。"

"他有血债。"

"只能让他死吗？让一个人死很容易，让一个人活下去却不容易。"

窗前有野猫被一只夜鹳啄下来，咚地一声摔在地上。

有人给村长端来了晚餐。

"来，你喝点这个。"

他把酒瓶拧开。

他让我尝了一口，是一股腥膻味的药酒。

"明天你可以到我的甲鱼池吃甲鱼，当然是熟的。"

现在，有几条咸鱼，还有一个干蛤蟆，上面洒满了孜然和花椒。我撕扯在嘴里，辣得眼泪直流。

"你哭什么？"

"是辣。"我说。

"你的脸为何这样难看？像刷了石灰一样的。"

"你看不见。不是的秦叔。你喝酒吧，秦叔。"

"我喜欢说话。我老了，喜欢跟陌生人说话。"

"我们并不陌生。"

"是的，你在心里一定恨了我二十年。你回到这村里来有什么意思呢？你一定是有目的的。"

"一个人回乡没有目的，秦叔。当你离开二十年，你就知道，回来仅仅就是回来。就像鸟在晚上要归林一样。"

"我虽然看不见你的眼睛。但我感觉得到你的眼里有仇恨。"

"不，秦叔，时间已经解开了仇恨……"

风在外刮。雨好像在下。各种虫子在摇唇鼓舌。村长在腿上拍打着蚊子。

"虽然村庄太老，不值得留恋。但肯定有人在保卫这个地方。你或许不相信，我秦某不为别的，只为我能在这里安静地死去。我们都活在这里，所有的土墙都站着，都保持原样，所以你二十年后回来,还能找到自己的家门。"

"非常感谢,秦叔。还有水田。就像昨天一样。"

这时五扣坐了起来,他闻到了酒菜的香味。

"我刚才喝了多少?这小子是不是醒过来了?"

"是的,秦叔,我们可以把他丢到很远的地方去。"我说。

"你是说矿山?让炸炮的石头炸死他?"

"到回不来的地方。这样好,他是活着还是死去,让时间说话。"

"你心地善良。你改造得很好,证明党的改造政策是英明的。那……咱们早点走吧。我这人不喜欢磨蹭……"

"是的,我也是。"我说。

雨敲打着屋顶。空气很新鲜。湖上的风浪一层层地跑上岸来,卷到夜晚的梦里。

"边走边想法子吧。"我说。

准备远行

很晚的时候,村长把十个甲鱼烤熟了装进袋子里。

"又有人将农药瓶子拧开丢进我的鳖池。不过我抢上来一些没中毒的甲鱼,路上可以补充体力。"

他把我带进他的孵化棚。他交代一个老头怎样帮他照料这些甲鱼。他举着一个大灯泡,穿着套鞋。孵化棚有一种让人窒息的缺氧感觉。

一些鬼头鬼脑的小甲鱼伸长脑袋看着我。它们的头像蛇一样,背上全是跟村长脸上一样的脂肪瘤疔。

"这些养的是宴席鳖,卖到城里去的,很便宜。"他又问,"你的养父死了吗?"

"还没有吧,秦叔。"

"那就好,可以给他吃一些这样的鳖,那个位子腾出来,你就可以上岗去守闸了。"

"他炒石子下酒,不会吃你的甲鱼。"

"如果你送他吃,他会接受。再说,他有权利死去。"

"什么叫他有权利死去?"

"因为他活腻了。"

他手上拿着的一只鳖蛋,从里面钻出一只小鳖来。

"现在如果有一个人死了,他就转世变为鳖。不过他会再很快转世。因为这种甲鱼只能活一年,超过一年就会肝脾肿大死去。所以,必须一年将它们卖出去,否则就全砸在手里了。"

村长蹲在凳子上抽烟,用手抓着火一点点地抽。所有瞎子都是这么抽的。他的右食指和拇指被烟烫成黑茧。

"在临行前我们喝一杯。"

他抱起桌上的大玻璃瓶子,打开盖子,往一个碗里倒酒。他像抱着一个大冬瓜,小心翼翼。那个瓶子里,泡着一些动物的眼睛。羊的,或者野猫的,或者别的眼睛。他眼神不好,只能慢慢倒,生怕酒泼洒出来。酒瓶口就像一个严重前列腺病人拉出来的尿。

倒好了酒,他把碗沿溢出来的抹到嘴里,品咂了一下。再从桌子肚里拉出一个小盆,揭开。

"这是凉拌甲鱼。是我小时候最爱吃的。这门菜已经绝迹三十年了。从今以后我怕我再也吃不到了……"他的脸上黯然神伤。

"为什么?"

"因为此行凶多吉少,我算了算会有人暗算我……"

"您多心了秦叔。如果您不放心……"

"你先尝尝。"他用手指挑了一块,送给我,说,"过去都是野生甲鱼,没有太多的脂肪,不腻,这样,把甲鱼蒸熟后,再用香油啊、酱啊、醋啊、蒜茸啊、姜末啊、辣椒酱豆瓣酱什么的一拌,那个味道,就像是魔鬼附了身。现在是饲料鳖,你敢凉拌?全是肥肉和淋巴结。我这个,是喂鱼虾长大的,自己吃的。我想等三个月再吃,没想到你提前回来了。"他的口气很颓废绝望。

我没有吃出什么特别的味道来。我知道有这门菜。但我早就忘了。我的口里只有鸡骨架,馒头和稀饭。这凉拌甲鱼只是辣,我已经不适应辣了。在监狱,全是清淡的饮食,希望犯人吃成清心寡欲的人,成为和尚或者道士。让他们看见一把刀,就像看见一片菩提树叶一样。

"你并没有吃。里面没有毒药。"

"不是,我不喜欢吃这个,秦叔。"我说。

那些甲鱼因为长得怪头怪脑,我对它们失去了兴趣。我对辣非常排斥。我的肠胃已经不适应辣了。我会不停地拉肚子,肠胃炎。

"你干吗老瞅着我?"

077

"没有,秦叔,是你盯着我。"

"我的脸,是吗?人老了就老成这个样子了。人老了就是用来让人恶心的。"

"不是,我在想,这个我可以拿一点给我的养父吗?"

"行的。看来你想通了。"

我用纸夹了两只卤甲鱼和几块凉拌甲鱼。说良心话,味道真的不错,但我是一个死人,吃只是做做样子。

"酒呢?"村长问。

"当然也要一点。"

"说来说去,你还是有孝心的。"村长把未喝完的酒倒进一个空瓶子。

"这是羊眼酒,明目的是吗?"

"你不是明知故问吗老弟?嗯你有钱吗?"

"我没有。"

"我很有钱,所以我不想死。"他可怜巴巴地用祈求的口气说。

"为什么是羊眼酒?太腥了。有那么多死不瞑目的眼睛在酒瓶底下看着我们……"

"秦叔,可以出发了吗?"

"但是我还是要弄清楚你究竟是谁,你的声音瓮声瓮气的不像燃灯。"

"那时候我曾尖叫,因为被打。"

"不是,你的声音像是水鬼。水鬼是坐在坛子里的,我们叫坛子鬼,讲话就跟你一样。"

"可是,秦叔,你不记得我的父亲就是这样说话的吗?我们有先天性的鼻炎,这是我们家族的特征。"

"那你说说你的家庭看?"

"我的母亲大家叫她云婆子,是个智障女,我的父亲叫黑大地,

"我的祖父杀过你的父亲,那时候闹革命。你的父亲是野猫湖一带最大的土匪。后来,你把你仇人的孙子送进了监狱,你买通了镇上审判庭的庭长,将他判了死缓,后来改判无期,再改判有期。二十年后刑满释放。"

"这个人是谁?"

"你应该认识,秦叔。"

在三百瓦大灯的炙烤下,村长一动不动,额头冰凉冰凉,没有一丝汗液。孵化箱里传来簌簌的爬动声。正在孵化的小鳖此时一个个钻出沙子,它们睁大沾满沙子的眼睛,看着这两个人。

村长用脚把沙子砺平,将小鳖踩进去。一会,那些小鳖又爬出来。

"所以,我准备将五扣丢到前方的黑鹳岛上,我不会与你同行。"村长说。

湖心,前方,隐隐约约的水天交接处,在雾霭茫茫的浪烟里,一个黑色的岛影横亘在那里。

"那个岛曾经是楚庄王流放他儿子楚共王的地方。楚共王在这儿流放时,渔民常见他变成一只黑鹳飞往楚国都城郢都。能关一个楚王的岛,不能关一个毛孩子?"

"我想说服你不能让他上岛。他会饿死的。也许,趁这个傍晚出发我们还来得及,如果你将他丢的这么近,如你所说,没有不透风的墙,你会被诅咒的。"

"在路上,你想做些什么?"

"我听你的,秦叔。"

"我已经留下了遗嘱:我如果死在路上,将是燃灯所为。你是个可怜虫,不然,你不会做321,对吗?我的父亲,面对你祖父的围剿,一个兄弟也没供出来。你也许是这个村的第一个告密者,真丢人呀!"

"我只是想不被他人连累,因为我太想减刑。我必须抢在他们之前报告,顶多是检举。这不是很正常吗？我只是想……早一点回到家乡。因为我太思念家乡和父母。"我又加了一句,"你不要逼我,我想问,这一切,又是谁造成的？我二十年光阴谁来买单?"

"你的父母早就不见了。再说,你做了什么你心里清楚……"

"因为我强奸？可我现在四十了还是个童男。"

"你去问庭长吧。"

"我会的。"我平静地说。

双头婴

　　太阳焦灼难忍。大地发烫。草蒙灰。群山如齿。山冈仿佛像一只拔光了毛的野鸡。有雾。路很崎岖。路上有许多死去的虫子。这是从头顶的树上掉下来的,太多,挤得慌,就掉下来了。蚂蚁在亢奋地搬运。鸟在啄。一只鸟的喙嘴上,衔着一把虫子。

　　一个又一个村庄在石缝中坐着。天空顺手牵羊,带走了许多道路。灰尘在前方等着我们。

　　"你能为我们唱一首歌吗?"村长老秦用他的竿子绑着五扣的衣角,"你休想逃跑,小兔崽子!"

　　他一路骂骂咧咧,情绪不好,嘴角沾着怒吼的白沫。

　　我擤了擤鼻子,全是黑灰。就跟从烟囱里掏出的东西一样。

　　"这天气太难受了。我们何时走到山里?还没把我转晕呢。五扣小杂种,你他娘的记得回家的路吗?"

　　五扣的眼里没有这两个人。我看他的头上歇着一只大苍蝇,我过去将它赶跑。这少年一口涎沫唾向我。唾到了眼里,因为恶臭,眼一下子就看不清。我想洗洗,没有水。我的眼睛都想呕吐。我呕吐,想把舌头和牙齿,把嘴里的一切呕出来。

　　我实在忍无可忍,给了五扣一耳光。然后将他拖着往前走。

　　"对他就是要用专政手段。"村长在后头给五扣说,"都想把你做了,你是不是该死了呢?你知道他吗?坐过二十年牢,杀过人的。"

　　"我没有杀过人。"我说。

　　"那是吓唬他的。"村长说。

　　五扣死死地用脚巴地,不肯走。他怕我了。当他看着我,就会一个激灵,尿到裤子里。不止一次,在大太阳下,五扣干了的裤子又会因我盯着他而尿湿。我给他在路边店买了一包尿不湿。

"我的后脚会踩着前脚,是不是到了?"村长跌跌撞撞地在后头喊。

我看到了前面的路边有个福利院的牌子。在一个砖砌的拱门顶上,被路边疯长的狗儿蔓和茜草藤覆盖了。几个老花台里,搭着黄瓜架子,黄瓜花张牙舞爪地盛开着。

院子里有几棵树,成了结绳晾晒衣物的地方。绳子上有小孩的衣服,也有老人的衣服。

我们正在东张西望的时候,一个中年妇女过来,看了看捆着双手的五扣,说:"这个孩子看起来好可怜。"

"这是我们的院长。"

屋廊下坐着的几个清醒人说。

还有几个是痴呆、口齿不清的中风病人、脑瘫孩子。脑瘫孩子们看到一个人被捆着手站在太阳里,嘿嘿地发笑,并把蜷曲的双手指向天空。

"他的确很可怜。"村长老秦说。

"是你们村的吗?"院长从兜里掏出一颗糖,塞进五扣嘴里。她面色苍黄,眼皮下垂,头发凌乱,劳碌过度。

"是我们村里的。"

"你们并不是他的亲属?"

"什么也不是。"

"那好。你们也累了,估计没少走路,你们可以在这儿休息一宿。我们正好缺男人,这个孩子有十几了?"

"我们不知道。应该有十五六岁了吧。"

门口晒着一些萝卜干,还有桔梗、细辛、白芷等一些药材。我们在院长热情的引导下往一间屋子里走。

"这里有些破旧,但大家很幸福团结,一家人似的。所有的孩子都叫我妈妈,我被叫了三十年,所以,我没有老的时候。"

阴暗的房间越走越深,风长驱直入,拐个弯,从一块野地里穿出去,吹翻了几只老鸹。

一张床上,一床印花毛毯里躺着两个婴儿,在互相抓挠、哭泣。

"继续往里走。这儿的气味你们可能不习惯。因为有猪圈。虽然苍蝇令人讨厌,但我们解决了院民的肉食供应,保证一周两顿肉。我们完全能自给自足。我们还有自己的茶园。"

一个无臂女孩给我们衔来了两杯茶。院长说是雨前茶。"这个茶叫空山雀舌。是我梦中得来的一个名字。你们尝尝,品品是不是像空山藏鸟语,松雪万顷绿呀?看杯中支支银芽凝翠,朵朵清香宜人。一旗二枪,翠晓鸣雀舌,春烟染碧峰啊!"

我们品尝着院长的盛情,品尝着绿油油的茶汤。无臂女孩笑意吟吟。

院长说:"她叫党小霞,是全省残运会两百米蛙泳和三千米自由泳冠军。可惜她做纪念的一支火炬被人偷跑了。"

接着这女孩给我们表演了用脚写字和穿针,真是神了。她还给我们表演了用脚画画;用粉笔画了一幅微笑的外国女人。

晚上,我们吃上了热乎乎的饭菜,还给五扣洗了澡,并换了一套福利院的新衣服。

后来,洗得干干净净的五扣盯住院长的胸前不放。村长风一样地扇了他一巴掌。

"这个孩子缺少母爱,他喜欢女人的胸脯,比较无耻。"村长给院长解释说。

好在这时房间婴儿的哭声解了围,我们忙跑过去看出了什么事。

两个婴儿见来了人,哭声和打闹声戛然而止。

"她们就像精怪。"院长打着呵欠对我们说,"我有六个晚上没有睡觉了。今天麻烦你们看管一下她们。"

"好的。"村长老秦说。

我们在另外一张床上安顿好五扣。我们把他的一只脚绑在床腿上。这样，他无法逃走。

一个女婴闭着眼睛，用一只小手挠着后脑勺的痒痒；一个女婴嘟着尖尖的鸟嘴，两只眼睛带着成人的忧伤和拒人千里之外的警惕，一只手去抓另一个女婴头上的蝴蝶发卡。马上被另一个女婴将那只手打开。

院长这时掀开被子，我们只看到一个身子。这让我们吓了一大跳。

是个双头婴。

"我的院门口经常会捡到这样一些孩子。"院长说。她给双头婴盖好被子，又在她们的肩头披了披。

一个女婴用一只手蒙另一个头上的眼睛，但被另一只手狠狠地拽住了，那个头疼得哇哇叫。

"她们喜欢打闹。不要打了，听妈妈的话！这两个讨厌鬼！"

院长要无臂女孩衔来两个奶嘴，给她们嘴里各塞了一个。

"晚上要喂她们吃一次。可能要两次给她们端尿啊。"

无臂女孩又叼来一个盘子，里面装了几个鲜红的桃子。

"你们吃桃子。"院长说。

"这不算磨人的。最磨人的是一些孤寡老人。不过我都要给他们尽孝，他们死了我都要披麻戴孝。一个老人死，是有征兆的，有的老人脸上会长一根根的长毛，很长，这叫尸毛，这表明他快要死了。有的身上会出现土斑，你给他们洗澡的时候，要是发现土斑，深黑的，特别怪，无缘无故地就出现了，这个老人也就没多少天了，哪怕他精神很好。再就是亡魂疱，一般长在背部，打针吃药都不管用，用我配制的绿药膏、用氯霉素加青霉素粉调都治不好的话，再用口含了隔夜茶给他嘬吸，三天不封口，再过三天，老人就会死掉……"

雨 雾

下起雨来了。凉风宜人。猪圈的臭味被吹走。但猪的叫唤声很浊重。

五扣撕那套新衣服。他的手没绑着。他吃得很饱,两个眼珠子发出猫一样的光。这是昼伏夜出的人长期练就的眼睛。窗前的灯泡下,一只壁虎在抢食飞蛾。风雨打进来的时候,把一些野草梢也打进来,就像一些贼的手贴着墙壁往里攀。这些手是绿的。

我站起来徘徊。

"你很不安,321？"村长说。

"请叫我的名字,秦叔。"

"这种时刻使我想起监狱。你没看火神鬼五扣想逃命吗？"

"我们只有深夜跑。"

"这很不道德。"村长又说:"她好像是害怕,让我们给她做个伴儿。"

"谁？"

"院长。"

"我们是怎么到这儿来的？我们的运气真好。"村长喃喃地说。

"是吧。也许是。"我说。

"你走在前面。你知道这究竟是一个什么地方？"

"不是福利院吗？"

"我是说这里所处的位置。"

"山里。"我说。

"她们的叫声很怪。"村长龇着牙痛苦地说,"看看是哪个头这么叫。"

"应该是她,左边的一个。"我指着说。

"但是这个女婴有两个喉咙。"

"应该是两个女婴。"我纠正说。

"是一个。"

"两个。"

"不跟你争了,你把我带到这个鬼地方。我浑身发冷。五扣火神鬼,捅你娘的不能安静睡一会儿吗?明天收猪的屠夫就要来了。"村长老秦喊道。

这不能吓唬住五扣。他是个傻子。

灯是二十五瓦的灯泡,吊在高处。我真的想起监狱。当风雨袭来的时候,整个黑魆魆的森林发出无边无际的吼声,像有一万头兽向我们扑来。这时候,人会很安静,觉得少有的安全。觉得人太渺小,那个判决你的机器太强大壮阔,就像这山谷里的狂风暴雨。好在,你被关了,但此时,无论床有多硬,被子有多薄,总是有一个地方悄悄喘息。而那些树,那些露天在外的生灵,却任由风雨欺凌着,东倒西歪,怒吼哀号,被流石流埋葬,被洪水卷走。电灯太小,却是静谧的温暖,同改的鼾声像是亲人。

"从她的脸上看像是有病,我总觉得她心里,泪汪汪的。我说的是院长。"村长盘坐在椅子上忧心忡忡地说。

五扣在梦里扯着腿上的绳子。他用手抓挠。甚至抓自己的眼睛。

我去把它解开。

"我们只能给院长说这是个好孩子,就是调皮了点儿。"我说。

"是的。我们只能这么说。我们要说他是天才,许多天才都是傻子。"

"她在笑。"我指着双头女婴给村长说,"右边的一个头。"

这个头相当漂亮可爱,灯光恰到好处地照着她光滑娇嫩的面容,就像是云端里跑出来的孩子。

另一个却也对着我笑了。因为我也在笑。

应该说,左边的这一个,她虽然霸道,但比右边的更可爱,甚至有点儿妖媚。跟小时见到的年画上的胖娃娃一样。

左边的女婴摸着右边女婴的手,不让她对自己侵犯。就那么温柔地摸着,像是要哄她,说服她。

檐雨像泼似的打在地上,雨越来越大。夜越来越凉。小池塘的蛙扯开了喉咙,在雨声里呱呱地叫。

"想走也走不了啦。"村长老秦说。

我看见这两个婴儿好像要漂起来一样,像漫水。也许是雨雾拼命往屋里挤。

"你们想吃点什么吗?"我问女婴。

她们摇摇头。

雨雾在屋里撞来撞去。柜门叮当地响。门突然被风打开。一个披头散发的女人进来。我们看时,竟是院长。

"我刚才制伏了一个吹号的老院民。你们听到吹号声了吗?"

"……好像有。"

"是一个抗美援朝的老军人,快九十了,脑子里有一些弹片没取出来,不过他现在吹号像蛤蟆叫。"

"噢。"我们听着这个失魂落魄的院长讲。我们望着她两腮下垂的脸,又望着发霉的门楣。

"他是我心中的英雄,不过英雄也要制伏他,不然他会让大家不得安宁。他吵着要上战场。所以,这里就顾不上了。这个双头婴,在没人也没电的时候会掐架,谁也不能阻止她们打斗。照顾她们的一个老院民前天死了,刚埋掉。你看她们精神多好,从来不睡觉。只要你一睡,她们就开始打斗,大闹天宫。你们等着吧。不过,你们放一个傻子在这儿,你们帮我一个晚上是应该的。"

"他不是傻子。只是生他的时候,脑袋挤扁了点儿……"

087

"你很冷吗?"院长问我,"你的肩膀一直在抖。你可以上床偎一会儿。"

"谢谢院长。是有点冷,雨下得太大。"我说。

"这儿的雨有点多。我是来告诉你们,如果听到蛤蟆叫,是我们的老院民吹号。我用一张老蛤蟆皮蒙住了。这儿没有池塘,不会有蛤蟆。……喂,两个小家伙,晚安!"

那颗头死了

"我们必须离开这里。"村长老秦说。

比蛤蟆响亮几倍的声音又响起来了,但使人昏昏欲睡。这声音在空旷的荒野震颤,野兽在很远的地方回应。

我实在困了。我让村长先照看两个小时。我紧挨着五扣睡下了。我在梦中听到五扣用鳖壳磨牙齿,就像磨锄头。咯吱咯吱。

"你快醒醒,她们两个打起来了!"有人喊我。我睁开眼睛,看到村长甩着头发抖。手上拿着一个啃过的桃仁。

我跳下床,右边的女婴头已歪倒在一边,而左边的头正在像野兽一样自负甚至嘲讽地狞笑,嘴里嚼着一只手指。

那颗头,耷拉在这个女婴的肩上。她坐起来,喊饿。她胜利了,整个身子属于她了。

另外一颗头死了。

并且那颗头迅速变蓝,就像被蓝墨水染过。

一切都结束了。我从女婴的嘴里抢出那根手指。活着的头开始睡觉,一会,打起了细匀的鼾声。

门又一次撞开。是风。一只蝙蝠几乎沿着房间飞了一圈,把灯光摇出一层黄色的涟漪。

我闭上眼睛,还看见那支手指在桌上跳动。

"鸡叫了四遍。"村长老秦说。

"我们有什么办法把死去的一半剔除掉?"我问。

"只能让那一半随着她,直到腐烂。或者去武汉大医院切掉。她是不幸的,你没看见她正在疼痛吗?那死去的也是她身体的一部分。她吃的那只手指,也是她的手指。可是她还太小,不懂得这个道理。"

"好在她睡了。雨也小了,我们走吧,秦叔。不然我们无法交代。"我说。

村长说:"好像在流血,这颗头。"他擦拭着那颗头上七窍流出的血,淌着泪。

果然,猪圈里有猪叫了,是嚎叫。那里亮起了灯。院长说过天亮后会有人来杀一头猪的。东边的窗子有了一丝纯蓝的曙色,像是天空弯腰窥探这里。

走廊里有脚步声。往窗外望去,地平线上,一排树像是下过雪,白得让人发瘆。几户农家的房子几乎斜进田垄。天晴了。天上的层云像着火一般,从地上延烧到天空。有山影,在云雾中包裹,好像天边堆放着一堆杂物。云收走了最后的雨意,撂下狠话,放了一把火。于是村烟升起来了。

一头猪被杀了。屠夫在热水里刨毛,一身肮脏的猪现在现出白净净的皮来,比少女还白。四脚朝天。一个老人在扎一朵红绸花。厨房的烟囱高挑着炊烟。

院长被烟熏得直咳嗽,她拿着几根劈柴,告诉我们:"今天,我们要把这头猪献给政府。你们帮我们一下,把猪肉拖到镇里去。我们这儿没有男劳力。猪血豆腐汤马上好了,咱们喝了汤就出发。"

乡村屠夫小心翼翼地刨着猪,像是给猪洗浴。那个盛猪的椭圆形大盆子,被千万头猪的血染得乌黑。旁边有一根梃杖。有几把杀猪刀。

死猪被翻来覆去。

老院民给我们端来了两碗滚烫的猪血豆腐汤,上面漂着一层葱花。

我们吃完后回到那个屋子里。村长老秦撑着脖子,两只手的大拇指和食指不停地捻着。

"死婴的事给不给她说呢?"我问。

"好了好了,我们最老的老院民,我们的号手吹号出发啦。"院长在外头喊我们。

一头猪,披红挂彩,放在板车上。板车铺上了红纸,并且让猪嘴里衔着一束野杜鹃。

年迈的号手因为激动把鼓起的腮帮紧贴在号嘴上,寿眉飘拂,神情高远,背着一个老旧的黄挎包。他的旁边,还有锣、镲、鼓。院长走在最前头,手举一支小红旗指挥。节奏铿锵,步伐整齐,老院民和脑瘫儿们训练有素。

野草欣欣向荣,早晨的露水晶莹剔透。路被矿区来往的大卡车碾压得东倒西歪,深坑遍布。

一路上都是碾死的癞蛤蟆。我们穿越土路。狗在路上狂奔,追撵着啄食癞蛤蟆的乌鸦。几个老人走错了方向,他们跟着一头叫驴往土坡下走,最后被院长追了回来。大家一阵哄笑。

板车在凹凸不平的路上很犟,轮子发拗。还得躲过五十吨的高耸入云的大卡车。他们有随时翻车压死这支队伍的可能。

来到了镇政府。一个老院民因为心脏早搏躺在了政府门口。立马出现了两个彪形大汉,不由分说将他抬起就走,以为是闹拆迁的。

他们将老人丢在不远的庙门口。庙叫凹岩寺,在一个石壁的凹处,因为常年淋不到雨,屋顶全是灰尘,跟镇政府一样。寺里有一些和尚穿着宽大的黄衣袍在敲木鱼念经。

因为干渴,一个老院民用锣去舀寺庙放生池里面的水喝。

这时候院长冲进了政府,告诉他们她是代表福利院给领导送猪肉来的,是一整头猪,慰问镇领导为了全镇人民奔小康辛苦了。这是绿色食品,全是院民们一把草一把糠喂大的。

一个穿着红蜻蜓皮鞋的三十多岁的人,一口黑牙地笑着与院长握手,不停地握手。两人都弯着腰,说话。但是没有让座喝茶的意思。院长也是要拔腿就走的姿态。她的身后是那些站立不稳的老人。

后来手松了。猪搬走了。猪嘴上的一朵杜鹃花掉在地上,被院长踢到一边。后来院长高兴地对我们说:"感谢你们!"并且握手相送。

在道别的时候,村长忍不住还是把女婴的事情说了。他做出很沉痛的样子,眼泪快从瞎眼中蹦出来。哪知院长拍着他的肩膀说:"没事,没事。结果肯定是这样的。一个头容不下另一个头,只有死掉一个。也可以让活婴把死婴的头当成一个洋娃娃玩具嘛。这是好事,免得她们一辈子打架。"

"是啊,"村长说,"还是院长心胸宽阔。那就再见了,你多保重,祝你的福利院越办越好,兴旺发达。"

消防车追逐着鸟群

路渐渐明亮了。太阳几乎要把这车辙深切的土石路照成康庄大道。云雀在空中歌唱。

走了好一截,我们才回过神来应该往回走。

太无聊。没有了五扣我们突然觉得很空虚。我在路边掐了两个苘麻果,用一根树棍穿起来,像一对磨子转动着玩。这果子就叫磨盘果。太阳针。当然我也会玩太阳针。还喜欢在麦子成熟时,掐一根燕麦,吐一口涎水,插在土里,看它沿顺时针转动,永不停歇。它就叫"燕麦钟"。童年,就像丝绸和豆腐一样嫩和美。

太阳在云里移动。空气黏稠闷热。人犯困。

"老弟,回去可要守口如瓶,这不是件小事。"村长老秦似乎在对我反复说这个。

"唔……我的耳朵里老有蛤蟆叫。"我说,"可是,您的父亲杀了那么多人,没像您现在……"

"那个时候没有法律。这也不叫杀人,不是让他到更幸福的地方来了吗?"

一阵消防车的警笛声从前面冲过来,从山头拐弯的地方拉过来,越来越大,追逐着惊慌的鸟群。有三辆红色的消防车,车里坐着许多消防战士。车呼啸而过。

"我们只能找个地方喝点酒了。"村长这么说。他又加了一句,"没有酒,是很难受的事。我喝了一辈子酒,没有断过顿。咱这腿筋是靠酒撑起的,没有酒,筋就软了……"

路边有几家人家,修电器的、卖肉的、卖盖浇饭的。从这些破旧的屋子里出来许多人,男人女人,都伸长着脖子看消防车呼啦啦地

093

开过去,议论哪儿有大火。

我们跟苍蝇搏斗了一阵子,终于挤进了一家小饭铺。里面黑咕隆咚,案板上堆着垃圾。

"我们还是走。"我对村长说。我惴惴不安,"五扣会逃出来。"

"他的活动范围包括这里。无臂女孩的火炬是他偷走的吗?不过现在偷火炬的人不少,都想成为带路人。五扣如果没有火炬,他会在村里那样发狂吗?"

"他是个疯子,不要说了。这消防车说不定……"

但村长闻到了店里肥腻辛辣的气味。他把脚撩到凳子上对着黑暗喊:

"老板,拣好的炒,有没有新鲜肉?有干子加干子,没有干子加薤菜梗,豆腐也行,用豆瓣酱炒。"

他从袋子里掏出几个小甲鱼,闻了闻,塞给从里面出来的老板:"帮忙回回锅,放大蒜和辣椒。口味重一些就是了。"

"再来两杯苞谷酒,不要掺水的。"我接着补充说。

我闻着屋子里又腻又霉的气味,鼻子堵塞。到有了炝锅的声音时,我才慢慢好受些。

菜炒上来一个,还不错,堆头不小,老板比较诚实。回锅的卤甲鱼色彩更好看。村长先把酒当水喝了一杯,舒了一口气。再倒第二杯时,一辆哐啷作响的三轮农用车就停在了门口。

那个疲惫不堪的院长蹒跚地下来。车上有个捆着的人,是五扣。

他被五花大绑着,整个人就像拧过几圈。他的两只手掌朝外,已经乌紫。眼死鱼一样看着,像没有了瞳孔。

"你们跑不远的,我寻思在这儿喝酒。好在烧掉的是我的猪圈,可是我七八头大肥猪全烧死啦!人你们带走吧,不然我的福利院要成火葬场啦!"

院长就像在芦苇荡里讲话,嘴巴灌进浩荡的风。她失魂落魄的样子,仿佛心都被烧焦了。

你自己跳下去吧

"你这个狗日的!"村长老秦先是笑,后来不停地骂他。他猛扯绳子让五扣站立不稳,扑倒在地。他再拉起来,再扯。

悬崖。算不上很高。往下看,有些尖锐的遗弃的石头。远处是坡田,至少没人。土堡伤痕累累拱起。远处的山影昏昏欲睡,被大地切割得忽高忽低。

"我们可以动手了。"

这是一处杀人的好地方。他也许这么想。人到了激愤的时候,看哪儿都是杀场。

"噢。"我说。

这是一个阴沉黏稠的正午,万物噤声。空气中有一股被石灰呛昏的味道。村长选了一个地方站着。他是去拉尿的,无意中发现了一处悬崖。他的一只脚踏出了石崖,一只脚紧紧勾住一棵树。他的手上,攥着一块有棱有角的石头。

我看着他的手上,又看了下鼻青脸肿的五扣。这少年毫不在乎,也不看谁,躲闪我的目光。鼻子往上翻,嘴里鼓着涎沫。

我围着悬崖和五扣看了一圈。

"你真的想把他丢下了,秦叔?"我问村长。

"你如果再搬几块大石头来也行。我们把他推下去后,再砸石头。"

我的肩膀突然抖动。

"你难道没看到他像一条狗一样可怜吗,秦叔?"

"烧死的人和猪莫非比狗还不如?"村长反驳。

"我们一起用石头砸他?"

"是的。"

我想象自己嘴里淌着血,张着两颗獠牙大嘴,抓住一个匍匐在地号叫的人,举起尖锐的石头一下下砸他。我现在茫然无措,不清楚自己究竟死没有,是人是鬼。如果这样,我就是一个魔了,就是真进了地狱。我的肩头像寒号鸟一样颤抖,一阵阵。

"我们不这样,莫非还把他弄回去?那么你说,我们出来餐风宿露,究竟是为什么呢?不弄死他,弄死我?"村长的手腕勒着绳子,好像在跟自己的皮肉生气。

"我们再往西走,走远一点到矿区去。那样我们不会更好一点吗?"

"我们会在这里转上一年。你难道没看到袋子里卤甲鱼都馊臭了?"

"总是有办法的。"

"他十二三岁,我们要等到他十八岁,你的意思是我们再忍耐六年,让更多的村庄和人死于大火,让更多女人的奶子被啃得千疮百孔?"

"你不也会有更多的羊眼可以泡酒吗?"

"……嘿嘿,那是他自愿的。所以我说这个小杂种精呢,知道我需要什么。"村长摸着脸上的肉疗说。

"你自己跳下去吧,小杂种!"他厉声吼道。

"我仔细观察了,他早上晨勃的雀雀好大,比成人还大。所以他有侵犯意图,虽然他包皮过长。"

"可以给他割。"我说。

"让阎王爷给他割去吧。"村长吐了口气说。他又问我,"你们在里面经常比雀雀吗?"

"没有。怎么可能!顶多躲着手淫吧。我好多年没手淫过了。"

"你身体很差,脸色像吊死鬼。"

"伙食不行吧。不会顿顿吃卤甲鱼喝烧酒。秦叔你还拉我干这个!我的腿关节也不好。在拘留所时同室的犯人不让我睡床,我三个月睡在水泥地上的,得了风湿。"

村长老秦用拴五扣的绳子把自己勒得更深。舌头像铁一样地打着嘴唇。他很纠结。

"你自己跳下去得了。"他用乞求的口吻对五扣说。

他坐在原地,没有解开五扣的绳子,只是放牛一样地将绳头丢开。示意他往悬崖那边走。

五扣明白了,害怕着往后退。他眼睛畏惧,像个小绵羊。脚贴着地。

"跳啊!这是大不了的事吗?像你这种比鬼还可怕的家伙,跳一下是个难事吗?"老秦甩着手吼。

"你一跳就飞起来了,小杂种,信不?就是飞,飞向云端,云里头藏着一堆打火机,你身上有多少荷包装多少荷包……然后你把云点燃,云就像火箭,你坐着火箭就飞到了你父母的身边,多爽哪……小杂种,你想你的父母吗?你知道他们在哪儿享福吗?他们在天上的云里等你。你只要一跳,他们就从空中伸出手接到你了,你就回到了他们身边……"

风吹得人真的很爽。是那种吹去一切烦郁的风。风像鹰的静悄悄的翅膀,是可以托住人往远方飞去的。

五扣看了看前方的断崖,可他没动。他的脚没动。他不跳。他不朝崖下看。

"我就睡在悬崖边。"村长老秦沮丧地说,"你们两个现在可以联手将我推下去。我是晚期飞蚊症,活着就是等死,不在乎。这样你们两个就可以一起枪毙,村庄就安宁了。"他呛着了自己的喉咙,咳了一声,像壮胆似的,"我的遗书已经交给我老婆孩子,清楚写了,如果我死在路上,你们报案去抓 321……"

他也许是太累,他真的靠在石头上睡着了。他手上的石头却有一声没一声地敲打着石壁。五扣躺在他的旁边,鼾声大作。

097

遗 弃

一个黑洞洞的矿井口。一堆矸石堆在那儿,像是矿井吐出来的食渣。两辆坏掉的架子车在井口边。还有一个生锈的磅秤,被人拆得只剩下骨头。五爪龙草顺着磅秤向上生长,盘踞在洞口并爬上洞顶,像绳索一样招摇着。

"我想够了吧,这是个好地方!咱们不要挑肥拣瘦的,就是这里。这里离野猫湖够远了。"村长老秦说。他神情恍惚,牙关紧咬,总想说服我。但是他有犹豫的本性。他是一个农民。

我们是怎样离开机器轰叫呜呜生产的矿区,找到这个废弃的矿洞的?这无从说起。反正我们在这一带像乞丐牵着一个傻子到处瞎撞,生怕人看见。

这是出门的第四天。

"这很好。他会成为一个好矿工。最好是黑矿。矿老板会在火车站拖来一些弱智,给他们挖矿。这些弱智就像机器一样,不服就打,打服你。除了挖矿,吃馒头,就是挖矿。有时几天几夜不睡。矿老板赚饱了。砸死了,病死了,就往矿洞里一丢,神不知鬼不觉。谁也不知道这些弱智是从哪儿来的,他们自己也说不清楚,他们生来就是牲口一样的矿工。他们也有编号,123、321……"

"请你不要再这么说,秦叔。"

"哈哈,戳到人的痛处就是不舒服。"他眨了眨半瞎的眼,说。

他拉过五扣:"……我是跟蹲过监狱的人出来的,所以我心肠很硬。我不后悔。你害人也太多了,是罪有应得。你最后还有什么话要说吗?这个,钱,是给你的……"村长把一些钞票塞进五扣口袋里。他的翻出眼睑的半瞎左眼红得像鸡屁眼,好像要掉下泪来。最

098

后,他把袋子里仅剩的三只卤甲鱼也挂到五扣胸前。

"等你死了,你可以回村里看看。你可以在半夜吓我,在梦中掐我的脖子。你可以继续往我的鳖池里丢农药。当然喽,这是不可能的,人死了就死了……"

他果真哭了,泪水像决堤的洪水直往下淌。

他恨不得抱着五扣。他后来忍了。他摸着五扣乱哄哄的头,帮他抻了抻衣裳,又突然笑了:"你这屎货,你这短短的一辈子比谁都值,你吃光了村里上至七十、下至十七的女人的奶。你过的是皇帝生活啊!"

他办完了。他站起来拍打手。他如释重负地说:"我们走吧。"

我说:"他自己并不会走进矿洞。"

"那你送进去。"

"还是你吧,秦叔。你是怕了,嘿嘿。"

"我怕你?我从来不怕鬼!一个村长掌握天下的阳气!会怕谁?你说呢?"

他得意地笑着,对我嗤之以鼻。

"我们可以将他绑在那边。"我指了指不远的一块空旷平地。

那儿有一个两层楼高的大架子,上面有矿车运送来矿石,下面是为卡车装矿石的大口,让矿石下泻,也可人工转运。

"我们把他绑在这儿,便于有人发现给他口吃的。如果被矿石砸死了,是他的命。"

我们这样做了。

那个晚上天黑得很早,我们陪他坐了会儿,决定连夜启程,沿着星星出没的方向回家。

我给他的屁股下垫了一些干草,我还把衣裳剥下一件给他穿上。矿区的夜比监狱还黑,也冷。四野裸露,荒凉得像是月球。

从星星的位置可以看到家乡。放火少年低垂着头仿佛有了悔意,不再亢奋。有一条很白的路通向山下,像是一条冻僵的蛇,吃力地向远方爬去。他的嘴巴咬到的是"蛇"尾。他将看着我们离开这个地方。

那个经常火光冲天的村子将在他寒冷孤寂的梦里,直到他消失,变成骷髅。

我在他口袋里悄悄放上了一张纸条:

瞎子村。

大伯抬来了棺材

"……这几天喜鹊不叫,全是老鸦子。人的心里全是阴暗的东西。"大伯柴棍说。

"……我打听到,监狱遭了泥石流,犯人都死了,那可是坏人,全都下了地狱,去了该去的地方,我侄子燃灯是怎么还活着回来的?"他质问天。

"……有的鬼是会回来的,如果他触到了养生地。他会一次一次地回来。只是他这样清清爽爽地回来,没有遭刑弄杖的痕迹,老天,这是合理的吗?又是抢劫,又是强奸,世上的坏事都干尽了,不让你锉骨扬灰那是有违三界道义的……"大伯柴棍说。

"……有人给我说,他不是碰上了糊涂官判糊涂案吗?政府不会冤枉他,不然政府会让他坐二十年牢?我是相信政府的……"

这天大伯柴棍睡在野鳝鱼馆的屋山壁晒太阳,一个关于报应的噩梦把他的手甩在旁边的棺材上,生疼。一摸,里面有几只黄鼠狼崽。他把它们掐死了。他将棺材套上绳子,对餐馆门口搓绳子的江瞎子和蹭墙根的万瞎子说,帮忙抬个东西到我侄子家。

两个瞎子叼着柴棍的烟,吭哧吭哧抬着没盖的棺材,来到爬满葛藤的我的屋里。大伯柴棍对我说:

"鬼,去死吧。"

那两个不明真相的瞎子在大伯的带领下硬要把我塞进棺材。

"五扣没把你烧死,是一大奇闻。"江瞎子说我。

肩膀压破了皮的万瞎子在骂我:"你娘的,老子死了还不知谁抬呢。给你这个鬼抬棺,有什么好处?算我瞎了眼!人瞎了看谁都是鬼。他们说你身上冰凉冰凉,我摸摸看。"

他摸到了我的屁股,说:"你脸上裹着什么呀?真像是牢里放出来的见不得人呢。"

"至少应当把他攮走。"大伯说,"咱们村子阴气太重,人鬼混居,筲箕坟这么大,死人比活人多。这地方风水好,十里八村的死了人也偷偷往这儿埋。埋这里儿孙发达。人在这里住久了都会变成鬼,何况坐了二十年牢的人,二十年没晒过太阳,不就跟耗子一样浑身长白毛吗?"

他还挑拨说:"他的手绝对是冰块,我摸过无数死人,他不是死人我去跳湖!邪恶的灵魂总是寻到好去处,我倒要问问那些死去的人,他们究竟去了哪儿?而老实可怜的好人却送进鬼门关。像我们这样一辈子倒霉的行善之人死了,还会白衣飘飘地回来吗?要不就是身上系着很粗的渔网钢绳,头上挂着吓人的滚钩鱼刀,回来的时候恶狗追赶,浑身像村长的脸一样长满瘤疗,手爪比甲鱼的还硬……"

我无法挣脱几个瞎子的手。我终于被他们恶狠狠地塞进棺材,我央求说:"别闹了大伯,我又没找你的麻烦。你非得要攮我是吗?你今天喝了多少酒?"

"我刚做了个噩梦,被一群鬼掐住了喉咙。"

"怪不得,怪不得。你要我们抬棺是因为这个?"两个帮忙的瞎子恍然大悟。

"整天摸死人的脸,心里放的全是僵尸。柴棍你要下地狱。"江瞎子说。

"我下第一层,江瞎子你下第二层,村长老秦下第十八层……"

我从棺材里翻跌出来,坐到地上。

我又回到人间。风在吹。太阳华丽地照在脸上。瞎子们用衣服扇着风。

野鳝鱼馆瞎老板的老婆挥舞着劈柴来了,她一路追着偷她家棺材的人。三个瞎子闻声丢下棺材就跑,把鸡攮得扑扑乱飞。

到了晚上,江瞎子高烧了一场。

雾很大

雾很大。风从芦苇深处往外钻,就像有人拼命想挣脱纠缠,披头散发往外跑。池塘像开水,冒着白色的气泡。

一只羊被雾咬得难受,跑进我的院子里。它抖着身子,水珠四散。浑身瘙痒似的叫唤。后面是狗牙。

"你进来。"

我一说这话就开始哆嗦,牙齿非常响亮,想盖被子。四肢冰凉,抽筋。不要有那样龌龊的想法。我告诫自己。我现在想有一盆火该是多么幸福的事情。鬼为什么这么寒冷呢?鬼是不是都在八寒地狱?

她在唤羊。并且嘴里骂着羊。她进屋来把两个倒扣着的碗放到桌上。

是扣肉。把一个碗里的菜蒸好后倒扣进另一个碗里,放在上面的梅干菜就到了下面。而上面的扣肉,全是梅干菜奇怪的香味。

"趁热吃了吧,我妈做给你吃的。她说你恨她,她不恨你。"狗牙舔着手上的油腻,斜睨我。她像是给死人上供饭,木着脸,就像在坟地说话。羊跑过来。她的耳朵新打了孔,不穿耳环也很好看。

我翻着梅干菜吃。我吃得很少。我的眼前看见一个坟。

我说:"我不喜欢吃肥肉,我真的不喜欢,在监狱就像在庙里,我已经多年不吃这样的肉了。"

"倒给狗吃。"

"看在黑鹳神的份上,我不会恨你们。不会恨你和伯妈。当我回到村子,到处都是阳光和清风。还有那些羊和鸭子,我会非常喜欢。我没有仇恨。那都是无端生出的。我的心里很平静,也很悲

103

痛,但我不想太靠近你们让你们遭殃……"我说,"大伯想要埋掉我,他没有一点变化。他见过那么多死人,他应知道生命不容易,活着应该相亲相爱……"

"哦,你告诉活人的。你埋了吗?终归埋了吗?……我第一次看见你的时候,你会发怒,脸上有光亮,不像回来这样,就像一个影子……他们说你吃虫子和生鱼。喝酒的时候用的是空杯。鸟会歇在你的肩上。你真的死了吗?……"

"胡说八道的。"我说。

"你的声音不在村里。"

"没有看见我的脚印吗?"我说。

"你是从湖边来的……"

我手里的碗掉落地上,"叭"的摔破了。肉和油汤泼了一地。

给死人供饭是要将碗摔破的。

"刚才是我摔的?"她问。

"不是。"我说,"是我自己。"我顽强地说。

好在这时候羊跑了。羊钻出断墙和篱笆的破洞往湖边跑。狗牙去追。羊是往坟山跑的。它只有一只眼睛,跑的是斜路。它跑沼泽。像受了惊一样,尾巴左右两边剧烈地摆动。成群的黑鹳不知发生了什么,拍翅高飞,黑鹳立在花蔺草盛开的浅水里等鱼、螃蟹或蚂蟥。它们等着,它们的绰号叫"老等"。它们会站一整天,站成木桩。现在它们乱飞,等羊走后,又回到浅水里。它们红色的嘴和长腿非常好看,就像蓼梗。

我捡着了狗牙一只鞋子。雾还没散。羊带着她走。有人在废墟上建房子。有锤子和锯子斧刨的声音。荷塘的埠头,几个农妇在捶打衣裳。一个少年挥舞长竿在牧鹅,鹅们踩着开满红花的苜蓿。我要以这儿的水埠和杨柳为自豪。这是人间的杰作,没有人能舍得它。我要踩住泥土。

羊不见了。我好歹追上了她。

"我去给你找回来。"我说。

我的声音很亲切。是的,我的声音非常亲切。我对所有。我轻言细语。我们站在坟头。坟像波浪的纹路,一浪一浪、壮阔无边地伸向湖畔。我们坐下来。因为噎着了风,她在不停地吞咽。

寒婆在她女儿的坟边搭起的棚子已盖了顶。像一个新编的斗笠。坟山很清明。草比庄稼还葳蕤,但很绿。酢浆草花开得娇嫩。

她看着我,说:"全是些该死的老瞎子。"她摇晃着脑袋哭泣,"老瞎子们都是色鬼又胆小怕事,每天在自己的屋檐下啃红薯。"

"只要告诉我,没有人敢动你。"我说,"即使你念一遍我的名字我就会回来,我有办法让他们受罪。"

这话就像用手传递的。我攥着她的手,给她力量和勇气。我把她抱住。我要为她拭泪。我用嘴舔。就像风舔她。我掀她的衣服。就像坟地暖暖的风掀她。她躺在阳光和野风里。是风。

风抚摸她。风吸她。她的手颤抖地抓着风,好像抓着一只信任的手。或者好像风随时会钻进坟墓。

风在扫描她的胸前,鼓胀,匀称,袒露在野外,在阳光下。有抓痕在愈合。风在上面打滚。风摩挲着平缓的斜坡和高地,就像豆腐的边缘。在床上嬉闹。光洁的床单。

"啊……"她叫。

她扭动着身子。想起在芝麻地里吮吸芝麻花的甜味,那些童年吮过的小小的花蒂。

"啊……"她继续叫。

是风在进入。风在长满漆泽的野草地上进入她的身体,吹拂阳光的热。

风会拱动。风轻柔得像是水在浸入。风会劲厉,就像失足。风跌下了陡坎。风撕扯着叫声。她闭着眼睛。她抬起臀部,疯狂地转圈。

风射出晶莹的液体,飞向空中。

风停止在那个坟山。酢浆草在颤抖。云在天上不好意思地飞跑。我快速地从她的身上下来,望着偶尔一过的飞鸟和眼际的荒滩。地平线被草占满了。我庆贺她成熟了。我内心愧疚难平。心一直像刀一样割。天空太高,高入云端。我想哭着送她走。此刻我才知道我像一个少年,还没有长大。我停留在二十岁。我有无穷的伤感可以写在纸上。我虽然坏,但我爱她。我愿意为她再坐一次牢。

　　她躺在坟山睡着了。她梦中一定梦见一个男人像一只饥饿的鹳啄她,让她愉悦快乐。

　　"它来了!"我惊惶地喊。

　　那只羊像一匹呼啸的野兽,用两只黑色的犄角向我抵来,嘴里发出呜呜的呼声。它的角直直地插进坟堆的土里。

　　狗牙望望空荡荡的四周,吓了一跳。

琴　声

"村里并没有议论我们。说明这件事干得不坏。"村长老秦说。"就像世外桃源,其实灾难深重。村里死人的事我都没往上报。我比较喜欢虚名,对名誉爱争。看看村委会的一屋子奖牌吧。就当村里什么都没发生……"村长叹着气说。

水田里一片白茫茫的。房屋虽然陈旧破烂,但安静如初,大美不言。连牛卧水都是静悄悄的,生怕打破了村庄的寂静。

"你是走螺壳路来的吗?你回到村里的时候,你的脚没有划伤?"他问我。

"……当风雨飘来的时候,我最不愿听到的就是房子倒塌的声音,那样轰轰的,比埋人的声音还难受。一堵墙倒塌了,更多的野草会漫上来。蛇会聚集。一堵墙倒了,一个家就没了。这户人家会从此在村里消失。人们不再念叨他们。风经过那里的时候,就像鬼唱歌……"

湖边。一个瞎子在拉二胡,拉的是《二泉映月》。

"这个拉琴的人是在幸灾乐祸。"

"他的心里很难受。"我说,"他的琴声里全是流不出来的泪。"

"他很蛋疼。他喝了点酒,爱骚。就像杀鸡一样的水平。"

"还行吧。"

"村里曾经有许多人才,可是有的死了,有的老了,有的走了。有的瞎了。不瞎的话完全可以出几个教授、博士和百万富翁。有一个瞎了,在武汉归元寺门口算命算成了老板,成立了什么国际易经研究中心。这个人上了县志,还说是国学大师。只有黑鹳庙村的人知道就是个算命瞎子。"

"噢。"

"还在拉。晚上听了最难受……"

"我听见过,晚上他的琴声像是在召唤从远方归来的魂灵……"

"你说的是《二泉映月》还是《良宵》?"

"我不知道。我不懂音乐。我只是听他用弓弦如何割自己的眼泪。"

"他哭什么?"

"他哭土地。"

所有的尘土都是爱的遗骸

  是的,我踏着螺壳回来。
  我将在有螺壳的路上咯吱咯吱地走来走去。
  我将在沼泽、荷梗和芡实深处跋涉,腿上全是划痕,爬满吸血的蚂蟥和钉螺。
  我将在路上出现,也将在路上消失。像树叶变脆和破碎,委入尘土,躺在曾经爱过的地方。
  大地上所有的尘土,都是爱的遗骸。

鳖与狗

"必须让它跑动。"村长用竹竿敲打沙子里的大鳖说,"这是真正野猫湖的野鳖,你看,皮厚,爪子像鹰爪,背上生黄锈。"

是一只母鳖。它有两只鬼眼,淡褐色的,比蛇的眼睛还阴毒。两只圆圆的鼻孔戳向人。它像是与毒蛇杂交的怪物。

"这是我在外几天回来的意外收获。它自己从湖里爬上来的。它很寂寞。它有一只钩吞进肚里去了,不过它很大,它不在乎。但是心里有一只钩,它的脾气会很暴躁。这也好,它会不停地跑动,会出汗。越热越产蛋。"

"我们在自己出生的地方生活,可是这里并没有你的亲人了,你很可怜。我说过你养父的事,你会自己处理吗?"

"您是说我游手好闲,秦叔?"

"你今年四十。在古代,四十就死去了。"

"我会有亲人的,秦叔。我不会去争我养父的那个岗位。我不会在这里待很久,你放心。"我说。

村长眯着半只眼,嘴巴想说什么。

"哦,我没有别的意思。一个英雄他做了什么,在这个村里是不敢讲的,譬如你和我。我们就当个隐姓埋名的英雄吧。我会记得你一回来就跟我吃的苦。你果真没有在路上对我咋样。这证明,我们这个社会是有救的。我出去的那天内心很绝望,但是现在我又恢复了对国家和民族的信心。我看到你回来我在想:我干嘛把你的房子保护下来? 我如果心狠手辣,我就要以绝后患,把你的院子扒了砌猪圈,挖鱼塘……明白了吗? 我是个什么人,你应该明白了。不要听那些挑唆。我一直同情你的遭遇,如今你这样,半残不残,半老不老。上不靠天,下不靠地,孤家寡人一个。你二十年耽误的光阴确实太苦,可咱们国家,有多少冤案,除了同情大家还能做什么?看看每天的新闻,被枪毙了的后来真凶查到了,赔几百万,又能让冤死的人复生?这样想你就是幸运的。你不可能改变历史,让时间回来,能平安活着回来就是有福,一切也都让它过去吧……"

"即使憋屈也是一种福报,看你怎么看待。我承认我看起来很风光。我在你面前风光,在上级面前是孙子。比孙子还不如。我先后给人家当过孙子、重孙、奴才、太监、奸臣、狗、小丑、傻子、妓男、乞丐、皮条客、马前卒、孝子贤孙、暗探、打手……守住黑鹳庙村这一块地盘,还不是靠我老秦这个瞎鬼吗?我也去岳阳卖过水产。上海也去过,上海的铜川水产批发大市场,武汉的武泰闸水产批发大市场,全是我们野猫湖的人。我卖水产的时候,村里的黑鹳岛丢失了。后来,这么多瞎子,他们恨我,想造反,想揭竿而起。有他们的空间吗?有他们的机会吗?再是,你现在就是背一百桶汽油去自焚,也轰动不了世界……"

他在鳖的产蛋室与我推心置腹。这个过去的教室里还贴着国旗和"好好学习,天天向上"的标语。

"……我这个产蛋室要把沙子耙平,到了晚上,甲鱼上来,先挖洞,把蛋下到里面。(我插嘴:这我知道。)第二天早晨,我就来挖沙捡蛋,再用沙子盖住。(我插嘴:这我也知道。)把捡的蛋放进泡沫箱里孵化。要用一百瓦灯泡照,气温要达到四十度,整个孵化温度要达到三十六万度……"

"您是真专家,秦叔。"

他得意地拿起一个蛋放到眼皮底下:"要有白点的,白点越大越好,没有白点是未受精的。有气泡的也不能要,孵不出的。"

外面的池水全是绿油油的。

"水虽然是绿的,没有坏掉。水至清则无鱼嘛。这样,一来可以防止野猫偷吃甲鱼,二来防止天上的鹰子叼甲鱼。最难防的不是野猫和鹰,是人。他们把农药瓶拧开丢进来,主要是'灭扫剂',封喉的。鳖起先不死,就是不进食,两天后才死。你进去的时候,那个年代,人心还没有现在这么坏呀……"

他的狗在他的胯下。狗本来在外面的。但狗在他身边很不安定,呜咽不已,像肚子里有蛔虫。它看着那只大野鳖,野鳖抬起毒蛇样的头让它退缩。鳖用爪子抓狗的后胯。狗躲让着。

"这只母鳖是个女汉子!我要把它保护好,它有二十三斤半重。从来没见过这么大的野鳖。昨天有个广东佬出十万元要买去,我没有答应。"村长老秦说。

"它在不停地呕吐,它想把钩呕出来。"我说。

他像往常一样,给自己倒了一杯酒,也给我倒了一杯。他凑过脸去看酒的深浅。

"来吧,喝上一杯。狗很让人讨厌,这只狗迟早要倒霉的……"

"嗷——"

突然一声狗叫。原来大鳖咬住了狗的后腿。这一口!卡在狗腿的上部,像是要咬它更重要的部位。这条狗哀哀地叫着求救于主人。村长双手盖住酒杯,他看不清楚。他以为是我踩了狗一脚。

"狗的腿被鳖咬住了。"

"呃?总算我说对了,狗太蠢,没见过这种天下最蠢的狗……"

"它咬得很紧。"

"鳖咬是不会松口的,而且是老鳖。除非打雷鳖才会松口,狗只有遭罪了。"

他过来弯下腰看了一下,连闻带看,大致看明白了。他不能把它们拉开。他束手无策。他把酒杯放在膝盖上翻腾着。

我朝大鳖猛踩一脚。大鳖的四肢和脑袋被挤出来,但嘴丝毫没有松开。我又踩了一脚。鳖还是咬着,不放。

狗这时可怜巴巴的,急了,转过身子去咬鳖。但能咬到的地方全是甲壳,何况鳖不让它咬到。鳖太有办法,简直像个斗牛士。狗,就这么拖着沉重的大鳖,满屋子嗷嗷跑。

野鳖是在水里修炼过的,经历过大风大浪。它沉潜,镇定,凶狠,机智,阴毒。

"由它们去。"他说,"鳖凶猛才是真正的母鳖,何况它肚里有钩。"

他说:"……你那个屋子,不明不白死过几个流浪汉;要么是饿死的,要么是病死的,要么是老死的。村里只要见流浪汉没地方住,就会指着你家的屋子说那里没人,人都死了,坐牢去了。你那屋子周围村民看见过水桶粗的蛇。晚上没人敢走,特别在有月亮的晚上,或是下小雨时,那路上总碰见有老太婆坐在路中间梳头,谁都不认识。连五扣都不敢烧你的屋子,为什么?他一定看到了什么。小孩子眼里干净,会看见鬼。你那屋子,都说是鬼屋……有一年腊月三十,从里面抬出一个发臭的老头,身上爬满了蛆。谁都不知道他从哪儿来的……"

我只是笑——现在我只有笑:"我听说了。还有比这更吓人的。一个老屋,总会有这些事情。您这儿,这个学校的鬼事……"

"别说了。"

"可是您说起来的。您鱼塘里不会有坛子往下沉的声音?……"

"水鬼?坛子鬼?啪!"他的嘴都快吓翻,拍着桌子壮胆。

採麝人

话说野猫湖远在天边。湖水会卷起风暴和雷电,把它管辖的世界弄得乌烟瘴气。当湖水泛滥时,整个大地都会呼喊飘摇,陷入深不可测之中。仇恨变成水底的骨质,骨质再变成怒潮。离开家乡的人会想起当年诅咒它们的情景,而倍加怀念。就像骂过母亲。此后这里一直貌似荒凉。人们靠它活着,又爱又怕。一些沿岸突然出现的路和房子,包括中国移动和中国电信悄悄竖起的带来辐射的信号差转塔,人们都满怀兴趣,深情仰望。好似新的景点出现了。一些割草的孩子会爬上去瞭望远方。正午的阳光把水中的一条道路铺得很远。如果有渔船在这条路上,人们的心会悸动。所谓命运,湖边的人尤其相信。湖水不可捉摸,像永远有一肚子的悲愤泼泄给无辜的岸。岸会莫名其妙地忍受,是个出气筒。在这里,蚌在湖底孕育珍珠。叼鱼郎的叫声像刀子在波浪间划动。鱼腥味弥漫在村子里,仿佛大地的伤口正在化脓。一阵风卷起路上厚厚的浮尘。

荒弃的沟渠,是野猫们的家。它们嘶叫着出入于此,仿佛要恫吓这里所有的居民。它们与湖上的狂风拼嗓门。满地都是它们拖来的死鱼,一条条像泥巴一样风干着,腐烂着。蚂蚁、蛆虫、屎壳郎,还有一些人们不想认识的虫子,蚕食着它们。一些绿头苍蝇在这里长期驻扎,死鱼就是它们的家乡。

长得最为茂盛的野大黄和鱼腥草,不需要肥料。它们靠自己活着,朝气蓬勃。

有两个人影跳进沟坎,一下子就不见了。

接着几声野猫的惨嚎。我抬头一看,那个长满红胡子的流浪汉将手高高举起来,手上是亮晶晶的鲜血。而且半截指头往外折叠着。他猛烈地向另一个人咆哮:"摁住!操死你娘的,一只猫也摁不住吗?"

拿刀的老流浪汉并没有拿刀切猫。一个活物在蛇皮袋子里挣扎踢蹬。他的刀举着,只是举着。另一只手按着袋子。红胡子抱着猫头往里塞。

我的父亲在逮猫。

"揉!揉呀!"

他们用肮脏的血手按着袋子里冲撞的猫,揉它的肚子。他们的屁股撅到天上。猫被揉得疼痛难忍,在袋子里左冲右突,又抓又咬,像袋子里装着一团火。嘶叫声惨绝人寰。整个湖滩都被那种活剥的声音灌满。

一阵异香袭来。

蝴蝶醉得摔倒在草丛里。苍蝇吸着气箭一样飞走了。

断了手指的红胡子毫不畏惧地将手伸进袋子里,掏着。睬猫。他的手拿出来,手上已有一块黄灿灿的块状物。他哈哈大笑起来,手举得更高。衣袖奓开,手膀上全是猫的抓痕。

那是一块麝。我被那香味冲得一个趔趄,身上轻飘飘的。

一只巨大的野猫从袋子里蹿出来,差点把红胡子撞倒,跃向空中,摔在地上,向湖边的芦苇丛跑去。那两个人也跃出荒草,奋不顾身地去追赶。

他们提着鞋子回来了。

他们在田埂上抽烟,烟里放了麝。抽一口,整个骨头都是酥软的,像泡在蜂蜜里。

"这一块是五百元。"红胡子捧着麝对我说。

他抽着烟,风细细地从眼前吹过,野草一浪一浪。这里有长着红穗子的白颖苔草,美丽纤细的小水葱,在沼泽中大片生长的横杆荸荠,气味浓烈的牛蒡子,高大的野稗。

115

杜鹃鸟闷声闷气的"豌豆八果"的叫声横过天际。一条长云从湖上飘来,散成流丝。

老流浪汉从布口袋里拿出一根死猫的骨头塞进嘴里。

我将骨头从他的嘴里抢出来。

我对他们说:"他是我的父亲,我不准备让他跟你们一起玩了。"

红胡子他们笑得前仰后合:"村里有不少人认他爹。他不待见。村里的好人真多。"

我很尴尬。我说:"那是假的。"

"你也真不了。他跟着我们会很自由。"

"可是你们吃不饱啊。"

"我们顿顿野味。"

他很自豪。他们。是的,他们是乞丐,可是他们活着。他们来往于天地之间。

"你们从哪儿来?"

"我们没有家乡。"

"你的口音是北方人。"

"我是个大学生。我后来出家了。我后来流浪。我托钵向四海化斋。"

"你们真的能吃饱吗?"

"吃多少叫吃饱?是的,人要有足够的热量,也就是足够的卡路里。卡路里就是热量单位。1卡就是让一克水升高一度所需的能量。食物能量通常用千卡计算,也称为大卡。按国际单位,能量是用焦耳表示的。1卡等于4.182焦耳,1千卡则等于4.182千焦耳。一个人一天摄入的卡路里要两千左右,也就是半斤米饭,半斤肉。"红胡子不停地笑着说,"通常,我们没有饭吃,我们的耳朵焦了,于是就叫焦耳,嘿嘿。"

"你们很乐观。"

"这世上有许多流浪的人,他们没法不乐观。他们没有人管束,天当被子地当床,没有上司,没有政治学习,没有量化考核,没有家庭累赘,没有经济负担精神负担,吃的野味菜,烤的木柴火,天天有酒喝,除了皇帝就是我……你好像住在筲箕坟是吗?"

"我有自己的房子。你们在我的房子里揍过我。"

红胡子的疼痛显然回来了,他记起他的半截手指还在野猫的胃里。他抱着手,不停地踢猫。

"我回来的时候,我的父亲应该回来。"我在一边抽噎着说。我沉浸在自己的悲伤和思念中。

我忽然想起他们。如果我不想起他们,这世上就再也没有人想到他们。这世上太多的人进入忘川。

说与父亲

"父亲,你揉麝的时候像蜜蜂搬动花蜜。"

"你看那群鸦子在墙缝啄食壁虎。"

"我手里的这个南瓜非常好,是产鬼的娘给我的,用你的刀削皮,我们晚上煮南瓜吃好吗?到了秋天,我们的监狱里天天吃南瓜。"

老流浪汉拿着刀走进来,穿着我给他买的鞋子,他不时地往后看,好像有什么跟着他。

"这曾经是你的床,这里有我们一家人的合影,你不记得了吗,父亲?

"这些画片都是你带我去镇上挑的,过年的时候我们熬糯糊贴的。这是毛主席和邓小平;这是《西游记》里的唐僧师徒去西天取经;这是仙桃献寿;这是林青霞、刘德华;这是刘晓庆,她看起来很朴素,后来听人说她不停地离婚和找男人……

"这是母亲的针线笸箩……这是夜交藤,它钻进屋里生长了。它的根叫何首乌。

"这是你曾经劈过的木柴,上面长满了木耳。这些透明的木耳,就是木头的耳朵,它在聆听。屋上的瓦松很厚了,它们开着花,身材纤细,就像望着路上,等待主人回来……你终于回来了,父亲。可你浑然不知。

"蒜头吊在屋梁,已被虫子蛀空。树的根须从地里爬出来,它爬去了很远,它将爬向更远的村庄,让道路成为森林。门上有锈蚀的铰链,被空气啃噬。土墙泛盐,羊经常来舔。树上的黑鹳在屋顶盘旋。

"床上是他们铺的干草,是一些无家可归的人。有一个夜壶,里面住着癞蛤蟆。我曾经因为打破一个碗躲在床下你还记得吗父亲?整整一个晚上,你发现我是因为我的磨牙声。后来你给我驱虫的宝塔糖吃,打出来二十多条蛔虫。我因从不洗手,还有蛲虫,每天半夜它们爬出肛门产卵。你等我熟睡后,就用小棍挑起它们然后碾死。

"每到三月青蒿抽芽的时候,你带我去湖边采摘嫩蒿尖,再买几条黄古鱼来,做'黄古鱼炖蒿菜'。你边吃边说:山珍海味我不爱,只爱黄古鱼煮蒿菜。那汤是绿的,浓绿浓绿,喝起来清爽在口,有一点儿药味。这汤你说可以打虫、清火。是吗,父亲,是这样吗?到了冬天,家里的火塘生起来了,你将我们自己打的糍粑从水缸里捞起来,切成薄薄一块块,搁在火钳上,烤。糍粑就会膨胀,你再翻动,等两面焦黄后,就将鼓起的糍粑掰开,放上白糖,咬着吃,又香又软又脆又糯啊。冬天你打来鱼,掏出鱼肚里鼓鼓的鱼籽做成鱼籽灌肠。还有的鱼籽煎着吃。真好吃呀!这是我们野猫湖的菜,外人吃不到也不吃,说胆固醇高。你还给我烧猪血块吃你记得吗父亲?就是将买回的猪血捏成坨,裹上灶灰,丢进灶里烧。烧熟后拍了灰就可以吃了,外脆内软,那一个香呀!灶灰很干净,是稻草灰……

"我想起冬天吃晒干的青蛙。父亲,我们一起去湖边挖野生的鳖蛋你可还记得?往松软的沙土里挖,总会有一些鳖蛋。一窝少说几十个,回去煮,总是稀的。野猫湖的青蛙有多种,一种是湖塘边的,有麻皮,也有青皮。但芝麻地里钓到的青蛙最好吃,皮薄,个大。是吃芝麻叶上的青虫长大的。它们歇在芝麻地的阴凉里。用一根竿子绑根线,线头上缠两条大蚯蚓,随便往芝麻地上下提放,就会有青蛙'叭'的一口咬住不放。在夏天,一天可以钓一口袋。吃不完,就晒干,放到冬天没菜的时候吃。炒的时候放点辣椒、葱蒜、生姜、酱汁一起烹。那个味道,一直是我在监狱里回味和想念的第一美味。

"你的牙齿为什么全部脱落了?你是在听树上的苦哇鸟说话

吗？它在和湖上的风说话。今天晚上的风是有点大,你冷吗父亲?"

"……"

"我拍死你!"他说。他突然说。他紧紧地握着刀。他的眼睛看着巨大的虚空。

"你是说我吗父亲？你恨我吗？天已经很晚了。树上的苦哇鸟全部睡去了。你应该好好地睡一觉。可以躺在我的摇篮里睡吗,父亲?"

我把老人扶到摇篮里,让他躺下。

我摇着摇篮,轻轻晃动。就像父亲小时候摇我。

　　杨柳梢,杨树梢,
　　蝉不吟,鸟不叫,
　　宝宝快睡觉。
　　悄悄睡,快快长,
　　长成五尺高。
　　扛长枪,放大炮,
　　为党为国立功劳。

月光泻在地上,水一样冰凉。风一吹,就像有下雨的响声。

曾经,我喜欢听监狱外下雨的声音,整个森林风起云涌,一片涛声。这时候,人是温暖的,心会随雨飘去,进入森林的梦幻深处。

他睡着了。脸上平静如婴儿。风声正在泛滥。

筲箕坟

水灵灵的村庄。

村庄一头栽在清凉的雨水里。一个瞎子举着一支荷花。荷香着。雾浓着。老人老着。狗叫着。太阳出着。路弯着。坟荒着。

寒婆很寒,到了夏天依然冷。她叫寒婆。寒。

她一迈脚走出棚子就是女儿的坟。每天,或者下雨的时候,她都要给产鬼撑伞。她撑在坟上。她坐着,一动不动,任风雨飘摇。

"燃灯,前天是我的羊给你驮去的一个南瓜。虽然它只有一只眼睛,可它认得坟山的路。你问它的眼睛是怎么了?鬼晓得的。村里的男人都是瞎子,容不得有眼睛的东西。嫉妒呀!连一只羊也嫉妒。"

"这里叫筲箕坟。筲箕坟不是说淘米的筲箕,是说它像人的手指纹。一种是螺,一种是筲箕;螺是圆的,筲箕是瘪的,不规则的。这么埋,是按风水先生的指点。过去这里是大庙,黑鹳庙。庙拆了,就成了坟山。按筲箕纹一圈圈埋,是让鬼迷路,在这里走不出去,免得到人间害人……"

她说话的时候不停地擦着眼睛和嘴巴,从一个坟穿过另一个坟给我讲解。

"我都会转晕,鬼没有这么好的记性,它们会转晕的。一般人走不出去。你想想,连鬼都会迷路。经常这里面发现有晒干的人,就是迷路了。必须有一只羊,有羊带路我才能到村里去。"

"你没有活羊,有个羊头举着,也不会迷路。如果我这只羊死了,我就把它的头割下来,以后给我带路。"

羊似乎听懂了她的话,啃着锹柄,耳朵簌簌地发抖,小尾巴左右乱摆,一声一顿地叫:咩、咩、咩。

一只蜜蜂衔了太多的花粉,一头栽下来。

她养了一箱蜂,蜜蜂们进进出出,在天上熙熙攘攘。

"这是中华蜂,当地的土蜂子。坟山里有许多花蜜。春天这里有野油菜、苦桃、和野樱的花。这会儿,你看牛耳朵开着吊钟似的紫花。瞿麦的花像观音的佛手。花蔺的花到了早晨,盛开得满坟山都是。黄堇躲在阴处,悄悄地开着,良菪的花是属于苍蝇的。还有悬钩子的花。野鸢尾在太阳落山时就会把它们蛇眼一样的蓝花开出来。我的蜂子要去搬运最后一趟花粉酿蜜。这么多的蜜,你尝尝,是蜂蜜,甜着哪!……"

她搭的黄瓜架子,全爬满了藤子。此刻它们的花全朝向太阳,黄灿灿的,像一面面旗帜迎风招展。

一些粗壮的南瓜藤子顺着坟包到处跑,也开着花,结着大大的果。

我摘了一根黄瓜,脆生生地吃着。

寒婆端来一杯蜂蜜水让我喝。两只蜜蜂歇到杯沿上,爪子上沾着黄色的花粉。

小时候,这里就成了一片坟地。上学时要经过这里。这里,坟和野草平分秋色。坟顶上会盘着晒太阳的蛇,同学会说这就是坟里爬出的鬼。有胆大的学生会用树棍在那些腐烂的棺材里捣弄。一个劁猪佬的儿子,书包里装一个很小的骷髅,常拿出来吓唬女生,并用骷髅吹出各种凄厉古怪的曲调,像女人的号哭在半空中久久不散。有时候,你一个人撞到这种声音,背脊会凉飕飕的,仿佛来自阴暗的地狱,像人的舌头在石头上砥磨。让你头皮发麻,眼睛起雾。后来,这种声音常在坟山里响起,现在消失了。但愿它永远消失。

"……天气多好。你看天上的大雁像苇席一样飞过来。我不怕这儿。许多死去的人会半夜出来跟我说个话,他们闲得慌。人死了,就最后闲下来了。莫家三爹、霍香儿她娘、黄有财、万和尚、二喜、八斤、小凤的丈夫、涂九、田猫子、刘龙高、黄金半、徐疤子、大苟坨、赵福林、罗青全、熊武正、杨月良、万芝、章家六婆、但瘸子、胡老麻、王安、毕三爷、李臭、蒋前进、杨老五、赵四⋯⋯多着哪!这些村子里活蹦乱跳的、走来走去的、乱搞人家媳妇的、偷鸡摸狗的、小气鬼、二愣货、地富反坏右五类分子、长年生病的、能喝一斤半酒的、赌博剁了手指的、打鱼的、放鸭的、算命的、编蒲席的、收鳖壳的、骂人家八代的、投毒的、放蛊的,都到这里来啦,这地头上,热闹着哩⋯⋯"

她坐在坟上,用嘴穿针。

"你再摘个南瓜回去。就摘那个,那边的⋯⋯那儿昨天有个鬼坐过的,跟我说了好一阵子话。"

"你还记得你妈的事吗?她不知从哪儿来的,人家说她是云婆子。穿着大绿的裤子,梳个髻子在后头,可是天下第一好看的女子。那时候,村里还没有一个瞎子,村里来了你妈,男人的眼睛都绿了,到处是唱歌的人。村口、船上、埠头、田埂、闸上、芦苇荡子,全是唱歌的男人。风中都飘着蜜糖。可她就看中了你父亲。你母亲生下你时,扯断脐带,把你扔到湖里,听说是一只黑鹳把你叼起来的。你的胞衣就埋在湖边⋯⋯燃灯,你为什么流泪呀?"

"不是,寒婆,有灰吹到我眼里。"

"⋯⋯这个地方,曾有一个庙,叫黑鹳庙,好大的庙啊!四进加一个泮池。泮池前面一条老街通到码头边,多热闹啊!有卖香火纸钱菩萨的,有卖渔具的,卖桐油的,有银匠铺、包子铺、铁铺、裁缝铺、肉铺、搬运社、船业社、布匹店、茶馆、酒馆、牲畜行、干货行、客栈,还有炼龟鞭膏的;店家把一条条龟鞭贴在门口的墙壁上晒,然后用线索子一把把捆扎好吊在门口出售。到庙里来进香的人,整船整船都是。也不知一些什么人,干吗要把庙砸了,把菩萨全丢到湖里去了。庙就没啦,有个砸菩萨的公社书记,后来脑壳疼死的。不得好死啊!

街没了,村子也冷啦,庙里的砖全被人拿去垫了猪圈,瓦盖了厕所,石头砌了闸房。大家都黑黢黢地活着,瞎子越来越多。活着的明眼人全出去啦,除了瞎子就是黑鹳的叫声。你听,黑鹳在湖边叫,他们说,这是被抛到湖里的菩萨在哭……"

她睡着了。她靠在坟上,干瘪无牙的嘴腮一起一伏,说着叽里咕噜的梦话。伞翻在一边。是一把红色的遮阳伞,上面印着"荆楚都市报"。

黑鹳果然在叫。刺破雾霾,在旷野里蔓延。

露水升起

一条船上有一盏灯在亮。没有人。一只鸟站在船头。

"你还是去找你的父母吧,免得我噩梦缠身。"大伯柴棍对我说。

"你这个劳改释放犯,你会强占我的女儿。因为你们两劳人员都是些头顶长疮,脚底流脓坏透了的家伙。"

"我不知道武汉在哪里。"我说。

"你说话的口气这么平静,就好像改造得很好了。"他的手在断腿的石狮上摩擦着,发出微小的火花。

"你过去满世界乱跑,把你的养父不当回事,你难道连武汉都没去过?"

"没有,大伯。"我说。

银河倾泻下来,像一道亮晶晶的簪子斜插在湖面上。那只伤风的鸟在船头咳嗽。银河倒悬的夜空如此庞大。我已经不记得哪一颗星是织女,哪三颗星是牛郎挑着的一双儿女。天上很有几处三星一字排列的,中间大,两边小。

"不准带走我的狗牙!我虽瞎,盯着你。如果你起这个心,我一定要杀掉你。把我祖宗八代的命赔进去我也不惜……"

露水升起。漆黑的夜深邃无边。浪声高,像一阵一阵垂死挣扎的荒兽。村庄的灯火陷在田野上。

"你怎么样都是对的,大伯。"我说。

"我不会要你的地。村长不会放过我的。你们合伙丢掉了一个孩子,如今,像你们这样的坏人只要有机会就会纠结在一起。今年是什么年份?"

"甲午吧,大伯。"

125

"哦，我都忘了。我活着跟死一样。"

"当我说我在村里的时候我比较踏实。"

"你总得找个事干，你要养你的养父。你总不能二十年回来跟从前一样吧。"

"是的，大伯。我明白。"

"你想干点什么？"

"我走了。"

"现在是半夜吗？"

"是的，大伯。"

"有人偷鸡摸狗吗？"

"有流浪汉在抓猫。"

"很好。你很能干。你还是与我的兄弟解除父子关系吧！我们家不配你，你是伟大的两劳人员……"

"您可不能这样说。这会让我很伤心。我这就去跟爹绞闸，大伯。我懂了。夜晚非常美好，你跟夜多说说话。我走了。"

"你走得越远越好。"瞎子大伯说。

我不吃鸭子

两个瞎子掉进了我挖的凼子。

我在挖厕所。

一个瞎子掉进去的同时,把一只鸭子丢到了地上。那鸭子的翅膀贴地乱扑,瞪着野鳖一样的眼睛。

"你挖这么深的坑不是坑害瞎子吗?"那两个人在坑里吐着泥巴说。

"我们是来感谢你救了村庄的。"

"难道村里有人造谣,说是我杀害了孩子?"

"这并不影响你的声誉,恰恰相反。"瞎子从坑里爬出来,手上还拿着一束花。是木槿花。

"在我们村里,有报恩的传统。当然,不客气地说,在我们村里,明眼人也跟瞎子一样,对如今大伙的灾难视而不见,绕道而走,没有是非观,个个明哲保身,等于是瞎子。甚至比瞎子还恶劣。但你却不是这样。你全看见了,你管了。自从你回来,村子里连盗贼也没有了,过去许多吹毒管偷羊偷狗的,现在不敢进村,连狗的叫声都柔顺多了。都知道有个坐牢的人回了村,你比警察还灵啊!"

"他们说的是村里闹鬼。说瞎子村到处闹鬼。"

"你是我们的守护神。"另一个瞎子说。

"你究竟在挖什么呢燃灯兄弟?拉屎的。你挖出金乌龟没有?过去这台子上挖到过金乌龟,还是活的,可以打金戒指。"

"挖出来一条狗婆蛇。但跑过来一条绿蜥要吃它。有这样的稀奇你们看吗?可惜你们看不见。"我对他们说。

棕绿色的蜥蜴正在与古铜色的狗婆蛇打斗。蜥蜴因为有脚,灵活地移动,两只鼓出的眼睛转动着,充满狡诈和机警。狗婆蛇从深土里挖出来,显得无所适从,对这个光亮世界还没有准备,它蜷伏着,可怜巴巴的,滚动,盘成一圈,想逃。它一边琢磨一边应付,打得鳞片乱飞。一下子,狗婆蛇的尾巴断了,像一节大蚯蚓在那儿跳动。棕绿蜥一口将蛇尾吞了。

"谢谢你们,我不吃鸭子。"我对他们说。

吹　嘘

"村子的安宁是我侄子带来的。"大伯吃着别人的烟,跟人吹嘘。

"他是个杀人不眨眼的魔王。是个鬼。如果你们想给他点颜色,你们将比我更惨。"

那块涵闸的石头上,刻有许多古字,是一块墓碑。上面写着"故显考"之类。还有模糊不清的字迹:诞德于嘉庆壬戌年×月×日×午时,不禄于咸丰庚申年×月×日寅时……

满身柴油味的男人

月光下,一个人背着东西过来了。

村长跟在后面。他走路的样子有些急促,但前面那个人不声不响,像水一样飘。

"他是饱儿。"村长对我说,"他回来了,跟你一样,但不是坐牢。更多的人将回来。他顺路给我背点甲鱼饲料。"

那个高大的人不说话,有一股很腥的柴油味,像是拆机器回来的。远处的雾霾浮在芦苇上。水声起伏,淹没了整个田野,把土地撕扯得呱嗒直响。

"他是高老六的儿子。"大伯柴棍在路边插话说。

螺壳路上的萤火虫明明灭灭,在月亮沉落的光线里,我看到这个人的脸上有一个窟窿。

"我都走得腿肚子抽筋了。"村长老秦说。

这个人依然走得很快。当雾飘过来的时候他就不见了。旁边的白茅摇曳出一片阴影,跟着他的影子一起晃动,声音凉飕飕的。

有土堡在脚下碎裂。一只老鼠被他踩到了。死了。老鼠最后消失的声音就像杀猪一样响亮。

"他没有话,一杠子打不出个屁来。我喜欢这样的人。"村长老秦把烟头吐了。一粒火星陨落在路上。

"我知道他们都会乖乖地回来,他们无法离开自己的家乡。"村长在鳖池边笃定地说。

村长给了饱儿卤甲鱼。饱儿低头用大嘴撕扯甲鱼,显得很饥饿,胃里发出咕噜噜的像山洪暴发的响声。他的食管宽大,几下就吞吃了一只,没吐多少骨头,又拿了一只。他头发很长,帽檐压得很低。他根本就没看碗里,随便攮起一块。是只鳖头,没有找准骨头和肉的位置,放进嘴里就嚼起来。

"你喝口茶会利索些。"村长心疼地对他说。

"可是他这人走了这么远的路,背这么重的东西没流一滴汗。"村长嘀咕。

"秦叔,你给村里人说,五扣是我杀的?"我问村长。

"这么晚你问这么凶狠的问题?"村长很烦。他喝着酒。

"不是我杀的。"我说。我的声音在晚上有气无力,无法说服别人。

"……估计这小子命大。我昨天梦见他被人收养了,住在一间大别墅里,天天吃蛇肉,头枕着一条非洲大蟒蛇睡觉。燃灯你喝一点。饱儿你不喝点酒吗?你究竟回答一句话看看。晚上我给你找个鳖小姐陪着你会高兴的。这孩子闷闷不乐……"

我喝了一口,羊眼酒很难喝。

"为什么是吃蛇肉睡蛇枕?"我问。

"我不是说了我有严重飞蚊症吗?我总是看见蛇。譬如,我看他饱儿吃的就是蛇,不是鳖。"他指着那个一声不吭埋头吃甲鱼的人说。

"那是个鳖头。"

"蛇。蛇头。他吃得脆嘣嘣的响,全是一窝小蛇,生吃的,他满嘴是血。"

"我要用刀给你刮刮眼睛。你看见的是眼屎吗,秦叔?"我说。

"刀?你说用刀?……我跟蛇是冤家对头。但愿我全瞎了什么也看不见。"村长说完这话便将那坛酒倾倒了。酒泼到地上,那只老母鳖淋得跳起来,嘴里似乎在骂人。玻璃酒坛里剩余的泡酒料完全露出来了,一只只羊眼,顷刻间全活了,目光炯炯在一堆盯着我们。

鳖开始跑。它有一天放了狗。可这时它又在找狗咬它。那些被酒泡肿的羊眼睛,一颗颗在地上滚动,滚到我的脚下。眨着,闪着。鳖咬住了一颗羊眼。羊眼发出尖锐的蝉鸣。也像纺织娘在干旱时节的叫声:咿呀——咿呀——

羊眼滚到村长老秦的脚下,环绕着他,将他包围。

"我不再喝了!今晚我发誓!我永远也不喝酒了!我想我全瞎了才好呢!"他酒性发着,大喊大叫,双脚猛踏,羊眼发出破裂的声音,像是气球爆炸,叭叭叭地乱响。那个饱儿停止了咀嚼,更低地埋着头。

他来来回回满屋子踏着羊眼,嘴里骂骂咧咧。羊眼黑色的汁液到处飞溅流淌。

"我究竟患的是什么病啊?来生老子要长上四只眼!当狗也行!……"

他还在诉苦:"有一天我看到我的碗里全是寸长的小蛇,哪里有米饭啊。后来我把自己的眼睛抠瞎了。"

他转向那个吃鳖人:"我给你的是鳖,你怎么换成了蛇?你小子去城里打工会玩魔术了?"

他告诉我,这个饱儿他爹那年喝假酒死了,为这事他赔了他家两万多。

"你在加油站工作吗?"他质问那个人,"我问你呢,喝柴油喝哑了?"

"村里的瞎子都是好人。反正在瞎了后就成了好人。坏人不会瞎。他们看到金钱和女人的时候,两只贼眼放贼光。要知道,那些瞎子,没瞎之前,许多是偷鸡摸狗的,瞎了之后就金盆洗手改邪归正了。坏事变成好事,我那坛假酒,不知拯救了多少人。这样的辩证法谁又知道?不感谢我?!"

他看着桌上的大肉大鱼,不敢动一根筷子。"全是蛇,我老伴全是给我做的蛇,她咒我快死。"

他说到后来呜呼哀哉地哭起来:"我前世做了什么孽啊?村里的黑鹳庙和菩萨又不是我砸的!"

第二天一早,饱儿的骨灰盒从城里送回来了。他是在城里烧的,听说是浇的柴油。

刺 蛇

我心里有些惆怅。我想去镇上纹一条蛇。

我往镇上走。沿途小雨,荷叶布满湖汊和池塘。荷叶们亭亭玉立,荷花含苞待放。牛在滩头吃草,背上都歇着一只淋雨的黑鹳。

淋得发黑的一些大楼小楼下全是店铺,全是做生意的,餐馆一个接一个。锯铁条做防盗门防盗网的在争相工作。所有的窗户焊着不锈钢防盗网。窗户里没有坏人,坏人全在防盗网外面,在大街上。

"有谁能给我纹一条大蛇吗?"我问一个女子。

"我就可以,但你不像纹身的。"

"我是专门来纹身的。"

"你是想嫖娼的。"女子哈哈大笑。

我躺在纹身床上。她做了些什么我也不知道。先是疼,后来就是痒。后来我睡着了。我醒来看到一条眼镜蛇鼓着两只眼睛趴在我的手臂上,一条长长的分叉的红信子,扁脑袋。我从一个面色蜡黄的农民,变成了一个神秘诡异的中年人。

"你为什么没出血?"纹身女子说。

"我也不知道。"

"你是这个镇上的吗?"

"是的。不过我不在镇上住。"

"你的身上有一股露气味,你是个昼伏夜出的人。"女子狡黠地说。

"我帮人看鱼塘。"我说。

"啊,我明白了。"

女子长得丰满粗俗,看起来像餐馆跑堂的。她脖颈上纹了只大蜘蛛。她大口吐气。

"纹身跟刺绣一样。在人的皮肤上扎针的时候,刺破皮肤的声音就像蚕吃桑叶,非常美妙。也有喊疼的,说像是电钻钻身。"她说。

我把手放在她的大腿上。她的胸口很低,能看得见黑色的大乳头。

"你丈夫也纹身吗?"

"我离婚了。我一个人带女儿。所以我的老公基本死了。"

"可不要这样说。他是干什么的?"

"在县政府看门。"

"不就是门卫和保安嘛。"

"……你如果疼,我就给你讲个笑话吧。我们那儿死了丈夫哭,都是哭'我的姊妹我的伴'。我是杨家汉那边的。我们村一个男人骑摩托去卖鱼被汽车撞死了,放在家里停丧。一屋子守灵的人,死者老婆这样哭:——我的姊妹我的伴呀,昨天晚上都看到你的呀!别人劝她:唉,不哭了,人死不能复生,能哭得活我们帮你一起哭。来,打几盘牌,麻将在哪里?那女的哭:——我的姊妹我的伴呀,麻将在鸡窝里呀!守灵的人把麻将从鸡窝里找出来,说:不要哭了,打几盘散散心。你的桌子呢?搬一张桌子来。那女的哭道:——我的姊妹我的伴呀,桌子上放的灵牌呀,把灵牌放到鸡窝里去呀!守灵的人把她男人的灵牌放到鸡窝里了,桌子搬过来了,说:来来来,不要哭,哭哑了不好。我们开始玩一会儿。洗牌,摸风。那女的哭道:——我的姊妹我的伴呀,你怎么把我们母子丢下了呀!你们摸,不要的就是我的呀!码好牌,坐好。守灵的问她:那打多大的呢?那女的哭道:——我的姊妹我的伴呀,五块就行了呀,两百封顶呀!姐妹们劝她:来来,吃牌,东风要不要?那女的看着躺在地上的死男人,哭道:——我的姊妹我的伴呀!你躺在那里就像个东风呀!……"

有一万棵针扎着我的痛处。我还是笑了,并摸了一把纹身女人的屁股。人间有许多嘲笑死亡的笑话。这不道德。但人间很好。

路　口

1

　　几丛野苎麻。还有一些挖过土的坑里长出了瘦弱的慈姑和芡苞。这就是路上的风景。

　　吴庭长坐在路口。他很老了。参加过县老年大学诗词培训班三年,学会了押韵、平仄和对仗。但他放弃了成为一个诗人的打算,走上了职业上访者之路。

　　他坐在路口,看路上的坑有多少。他数着车辙和时间。对汽车的颠簸时常大笑。有时候会有满脸胜利的光芒。有时候会数着手上的老年斑,一个人放声大哭。

　　"你需要一棵树吗?"我问他。

　　"树?我需要一棵树?是的,我需要。它们会给我阴凉和鸟叫。我要大树,最好是里面藏着一百只鸟。有喜鹊、乌鸫、椋鸟、池鹭、夜鹭、斑鸠、杜鹃、白鹳。我不喜欢黑鹳,像一些巫婆。我虽然老了,可我不喜欢老人。一个老人要深刻反省。我特别不喜欢有表现欲的老太太们,音乐一放就来了神,就开始在人多的广场跳起来。人越多越跳得起劲,音乐放到最高,一百五十分贝以上,想让全世界的人听见,都来看呀,看我们跳舞呀!神经病!得瑟个啥哩?七老八十了。一个老家伙,就等于是死了。因为老,等于死。他的肉体死了,有一部分还活着,鼻子嘴巴和手脚。有一部分早就死了,比如耳朵,比如牙齿,比如鸡巴,比如皮肤,比如前列腺。五脏基本死了,满嘴臭气。我也死球了,我坐在这里,是因为我死了还能走动。我死了也要上访。"

"你认识我吗？认识一个叫燃灯的？黑鹳庙村的。"

庭长从一堆死去的眼皮里翻出眼睛来，好像拨开了满地荆棘。他看到了和他说话的人。一个肩膀抖动的中年人。

"……燃灯？"

"对。"

"我不记得。我不认识你。"

他的头上蒙着灰土，耳朵里全是灰。他的双手扶着屁股下的小凳子，抓着两只凳腿，好像要让自己稳当一些。他换过角膜，泪汪汪的，两只眼睛里充满了老年人的懵懂和善良。

"现在瞎子村的？"

"是的，当时你为什么判我死缓呢？"

"我判了太多的人，我实在记不清了。"他抬头看我，就像看久别的亲人，似乎想哭。

"因为在法律上你说了算？"

"那你说了算？领导要我干这个事，把我放在这个岗位上，不让我说了算谁说了算？总有一个人说了算的。这既是一种结论，也是一个结案。"他起来把小板凳磕了磕，想走。可他看到我站在他面前，往路中间走了几步又回来，像一个躯壳又空空地坐下。

"你看见所有的人都比你年轻，你会悲哀吗？"

"被我判入狱的最后一个人，也坐了十一年牢了。你算算我多大年纪？"

"七十一。"

"你说对了。"

"我可是有二十年。"

"你说那么远，跟做梦有什么两样吗？"

"乙亥年，说远也远，说不远，也有年头了。"

"噢，乙亥年总是发大水。那一年雨哗哗啦啦地下，没完没了地下，把天都快下塌了，街上到处爬动着螃蟹和虾子，鱼用鳍走路……"他闭上眼睛回忆,"我们开庭的时候,每个人的脚上都爬满了蚂蟥,甚至有几条蛇盘踞在我们的卷宗和公诉书上。晚上睡觉的时候,几寸长的绿霉就在身上呼呼地生长,人就像睡在水里一样。镇郊那些坟茔上全长着鲜红的荷花。突然跑出很多云婆子卖这种荷花。你知道那时候,人还想活吗?大雨泼下来的时候,我真想用锛子把我的牙齿全部敲下来。我穿着棉袄,在那个夏天。我坐着一个大木盆上班。我的桨,就是审判庭的那块牌子。你是在下大雨的时候抓进来的是吗?"

"是的。"

"那样的时刻活该你倒霉。原谅我,我的心情不好。我浑身都长着水疮。那一年,镇上通往县城的班车在野猫湖过轮渡的时候滑到湖里,死了五十多个,你还记得吗?"

"我忘了。"

"看你这记性,只记自己的事!……你听说过云婆子卖坟墓上开的荷花和莲蓬这件事吗?人们买了这种莲蓬吃过后,产生幻觉,以为吃的是女人的奶头,所以镇上的男人们疯狂买来吃。于是犯罪率激增。你一定是吃过这种莲蓬。那些莲花放到窗台上,半夜起来看,花蕊上浮着一个女子,我们叫她云婆子。跟人招手,如果你走近闻一下,你就会在半夜三更,跑到大街上裸奔。那一年,我们公检法和精神病院联合执法,抓了近百个在外裸奔的男人和女人。反正全镇子的人都差不多疯掉了……"

"我在说您为什么要把我抓起来上拇指锛?将我锛在窗户上,迫使我招了,判我死缓?"

"……乙亥年也出现了许多孝子。有一个村的年轻媳妇,听说吃人肝可以救活患癌症的公公,于是划开自己的肚子,在里面割出一块肝来,让公公煨了汤喝,果然治愈了……"

"你们让我站在板凳上双脚踮着,基本悬空,让我站了三天三夜,我只想招了睡个觉。什么都招,说我杀人我也招,甭说一桩强奸,十桩我也招了……"

"……第一个从莲花上醒来的人他看到花瓣上刻着一个'奠'字。他只吃过一颗,就看见满街的水里长着莲藕。听他们说,其实这是洪水淹死的死人的手臂……"

"你们究竟凭什么要判我死缓?我不过是跟他们一起认识玩过,我没有……"

"……那一年蒲草上的水烛都燃烧起来,蜻蜓遮天蔽日。我女儿的脚被一只鳖咬住了,怎么都不放。我请了巫师来做法。后来我从公安局借来一把五四手枪,对着鳖放了两枪,才让它松口。我也因此被人举报,受到党内严重警告处分……"

"我在看守所两个月没有换短裤,睡在潮湿的地上……"

"……那一年你真的没有吃过坟上的莲蓬吗?没有闻到那种荷花?"

"……我没有犯罪。我没有闻什么荷花。我是想问……"

"……有许多晒背的乌龟爬到政府的屋顶上,被政府的厨师悉数拿下,全是百年老龟,龟板上都刻有放生人的名字和年份。有的是民国的,有的是宣统、光绪、同治,还有道光年间的。我哪有心思吃这个,我的女儿脚上还夹着一只死不松口的鳖,你就是把它的头剁了,它还是不松口。一连几天,我都盼着天上打雷,最好是炸雷。但是那几天,水没退去,天气焦晴……"

"你在审讯我的时候按捺不住,有一次见我翻供,进来就踢了我几脚,踢中我的腰部,我疼痛难忍,屙了几天米汤样的尿,还给了我几耳光,说我耽误了你的事。我是被打不过招的……"

"……那些流氓在那一年全出动了,因为摘了莲花吃了莲蓬女孩们全赤身裸体在外乱跑,很容易遭到侵犯,你是不是就这样趁机揩油?"

"我没有。我是瞎编的。"

"……那一年我呼吸不畅,愤怒无处发泄。后来医生在我鼻子里镘出了两条蚂蟥……"

"因为不让我睡觉,我只好承认我强奸。但我只是认识他们,帮他们打过架。我承认我游手好闲,不务正业。但那是被我养父打出来的。我不是他亲生。你们说我强奸,我依然是个处男,女人的屄长成啥样我也不知道……"

汽车、拖拉机隆隆驰过,带起漫天黄尘。搬运着泥土、石头、砖瓦、钢筋和水泥。周围有大量的挖掘机和推土机在工作。一些墙轰轰烈烈地倒了,鸡飞狗跳。

"乙亥年发大水哪,暴雨成了灾,淹村倒屋几多惨,妇孺水中埋……"他唱道。他的眼睛没有睁开。

他从小凳子旁边的布袋子里拿出一个法庭的卷宗,抽出一摞纸来。

"这是我的上访材料和申诉书。我的房子被黑心的开发商强拆了。他们可赶上了好时候,没人管。把人轧成肉饼也顶多赔几个小钱。你要是淋上汽油点火,疼的是你自己,那是你不识时务。先在半夜把你的窗户砸破,再放蛇进来,条件就是:搬也得搬,不搬也得搬,没道理可讲。因为,他们都是黑社会。不是黑社会的,都把自己装扮成黑社会……"

"我是想问你,真的你一句话就可定人生死吗?当时你是这么说的。"我低下头去靠近他耳朵大声问。

他的眼皮似乎抬不起来,挂满了灰尘。后来抬起来,像一个狡猾的狐狸看了我一眼。

"那是过去么。你现在没了权,你什么也不是。我似乎想起你的事了,呵呵,是你砸了我一铐子吗?老子审了一辈子案,你是第一个敢砸我铐子的人。"

"你就恼了?"

"呵呵哈。"他直着喉咙像个孩子那样怪笑。

"你难道不会在内心受到谴责吗?不会忏悔一下子?"

野苎麻的叶子飘到他腿上。

"我跟你一起上诉。明天我还要去县政府。但是他们不让我进去,说我扰乱社会秩序。如果往北京走,我可以教你怎样递上访材料,怎样防止关进非正常上访人员遣散中心,怎样躲避截访人员,怎样不被他们以寻衅滋事的名义拘留,对法律这一块我是熟透了。我已经上访八年……"他双手笼进袖口里,像骆驼一样的双肩耸起,眼睛空洞地看着地上,"是另一个乙亥年,没有发大水。我的女儿在上班的路上,就是在这儿,被一辆摩托撞死了。凶手至今仍逍遥法外。"

"也许你结仇太多,你的家人在劫难逃。"我说。

"我接到消息来时,看到我的宝贝女儿倒在路中间,头上汩汩流着血,一条洁白的连衣裙像用血画上了几朵荷花。蚂蚁爬满她的身上。她的脸还笑着,一定是在路上想着什么高兴的事儿。也许她是在唱歌。她走路时最喜欢唱《莲叶何田田》。她用生命爱上了这首歌曲。"

他唱道:"江南可采莲,莲叶何田田。中有双鲤鱼,相戏碧波间。鱼戏莲叶东,鱼戏莲叶南。莲叶深处谁家女,隔水笑抛一支莲……"

他像在哭。他的嗓子很窄,一触到这些水灵灵的歌词就像被开水烫了似的喉咙发颤,里面充满了铁刺。

"你究竟判了多少人死刑死缓?你冤屈了多少人?请你告诉我!"我大声喊。

"一个人还没有准备好时,突然会遭遇到很大的权力,也许我穿着很差的衣裳和鞋子,抽几块钱的烟,早上也就跟街头收破烂的一个桌子吃一张油饼。但,我的工作全是生杀大权。你就干吧。难免会滥杀无辜……我也帮助过很多的人,伸张正义,惩恶扬善。"

"你现在呢?"

"一个老上访户。一个孤寡老人。一个被强制拆迁后无家可归的退休干部。"

"你的权力呢?"

"没啦。属别人啦。一旦属于别人,你就一钱不值了……"

2

路已经不叫路,就像被巨人踩过,被牲畜啃过。像是一条兽道。深坑豁着大嘴,车辙像井,通往地狱。几个人懒洋洋地铲着石子往里填。一个驮着几笼鸡的摩托被一辆运土车挂翻了,正在地上抽搐。鸡们叽叽喳喳飞向云端,也有在路上奋跑。一辆车与另一辆车追尾了。

突然跑出来许多抢鸡的人。仿佛他们等候了多时。

庭长站起来,摇晃了两下。在喊。声音有些高。天空里飞翔着土鸡。一只歇到他头上,又飞走了,拉下一泡屎,落到他的卷宗上。

人在涌动。人们与鸡竞赛奔跑。那个挂翻在地的贩鸡人闭着眼睛,没外伤。也许他是吓坏了。他被卡车司机鼓励着站起来,看见他的鸡被别人提在手上,拧下鸡头。灰尘里全是提着鸡的人和鸡凄凉的叫声,咯儿,咯儿。

风里的尘土灌得人喉咙窒息。庭长的嘴边有一只哨子,他站在路中央,拼命吹着哨子,指挥交通。

你过!你等等!你让让!过!过!可以过!直开!好!好!这边!盘子往左一点!再左!让一让,摩托!你妈的个屄,老子看见你们这些摩托就恨,你们最好一个个被卡车撞死!这里的鸡,你妈的给别人,不是你的鸡!等等!好!你走!你等等!抢着去火葬场的!那个!那个!说你呢!你先停!好!走!走!直走!不要往右打了!再打就进沟里了!好!直走!走!

他弯曲的手指装着不弯曲,很有力。他的额头冒汗,顺着灰脸往下淌。他因为激动和大喊大叫和破口大骂而脸色发紫,额角上的青筋像青蛙一样跳动。

"我从不气馁,路总是这样。"他说。

"你不想知道,因为你的判决,我遭遇到更多仇恨吗?现在,我将要作为一个鬼魂跟着你。"我说。我头疼。反正他听不见。我的声音散在重型汽车的引擎声中。

"你带来的风很冷。"

"当然会很冷。我的心里全是冰,现在,我要化开。"

"我的耳朵里为什么听到稻谷摇动的声音?"老头说。他的耳窝里有一根稗草在摇曳。

路的尽头是夕阳的反光。高压线像是投掷出去一样,划着漂亮的弧线。麻虱草和臭蒿在道路的两旁变为剪影。疯狂生长的构树被灰尘压弯了腰。塑料纸在黄昏里飞动。一个孩子在牛背上睡着了。

"如果玩法律就像耍流氓,你们是无可匹敌的。"我说。

乙亥那年大水涨(呵)

堤崩房倒好心伤(呀)

哎哟耶我的娘

缺吃断粮去(呀)逃荒

耶依子呀喂哟

一家大小惨凄凄(呀)

风雨飘零腹中饥(呀)

哎哟耶我的娘

来到荒湖挖(呀)荠米

耶依子呀喂哟……

糕　点

我往街上走。

我知道那个糕点铺的位置。

铺子里有一匹驴子,我给他们家送过几次青草。父亲带来的,我也一个人来过。因为我太喜欢吃这家的火楠片子糕。是焦脆的,两面烤黄。

我看到的是一个院子,挂着镇卫生院的牌子。一张彩色大喷塑上印着各种疾病的价格和国家报销、自己付费的多少。

阑尾炎:2800,报销部分:2176,自费部分:624;

幼儿疝气:2000,报销部分:1536,自费部分:464;

胆结石:3700,报销部分:2869,自费部分:804;

肾结石:5200,报销部分:3710,自费部分:1490;

前列腺手术:6500,报销部分:4910,自费部分:1590;

宫外孕:2900,报销部分:1800,自费部分:1100(含专家出诊费用);

……

一些玉米或是高粱,稀稀拉拉地站在院子里。代替了绿化植物。在太平间旁边有一个卖糕点的摊子。

那个做糕点的白胡子老人去哪儿了?他躺在一张泛红的老竹躺椅上,趿着布鞋。那个在碾坊里哼哼叽叽给驴添草料的傻儿子去哪儿了?驴子戴着眼罩,日夜不停地沿着碾槽行走拉磨。它一生在黑灯瞎火中,它本来有眼睛。它拉着沉重的磨子。它的一生就是如此。就像有人一生都在牢房里。就像闸房的养父,不停地转动着那个绞盘。

卖糕点的人是个矮个子,虾一样弓着腰,对顾客谦卑有加。"可以尝。"他说。我用手抓着那些云片糕、水晶糕、黄豆酥、米子糖、芝麻糖、雪枣。

"那就来两斤水晶糕,一斤云片糕,一斤黄豆酥。"我说。

雪枣入口即化,依然入口即化。黄豆酥很硬,依然硬,更硬。云片糕一块块撕着吃,小时候。但现在怎么撕也没有味道了,而且不是过去的味道。

云婆子喂我云片糕吃,就是一块一块撕开给我吃的。

我想做个好人

绞闸人的白发在绞盘边转动,像一个小小的鸟窝。

野猫坐在门口,地上是一条发绿的死鱼。猫用金色的眼睛看我进来,用薄薄的舌头舔着满口小米牙。

"今年因为没有了放火的人,会风调雨顺,村里的黄瞎子钓起了一条九十八斤的大鲶鱼,牙齿比牛牙还大,胡子三尺长。是条鲶鱼精。今年翻船死人的事会少许多。这条鲶鱼精听说卖给镇上的餐馆了,估计吃了这条鲶鱼精的人,都会发疯,嘴角流涎,口眼歪斜……"

"这是黄豆酥,它比石子软点儿,您可以磨磨牙。"我说。

野猫进来,假模假样地伸了个懒腰,闻闻椅子上我提来的点心,兴趣不大。

"你是说让我接你的班?我不想,我去纹了条蛇,你看得见吗?我在回来的路上后悔了。我是想回家做个好人。"我放下袖子,并且扣上腕上的扣子。

"我真想做个好人。我说的是——人。"我再说。

我用手刨臂上那条蛇。刨得血往下滴。血是绿的。

农药的气味很重

村长手举着包扎得像两根棒槌的手指。狗朝我狂吠。这条狗一直朝我狂吠,对我保持警惕。好像我有侵犯它主人的企图。

"昨天的蛤蟆叫得非常厉害,今天早上沉寂了,就像死绝了一样。昨天晚上的事没人看见,你看见了什么吗?"村长问我。

"我没有看见,除了月亮。"

"我昨天喝多了。他们就近找了一家人家,有人把我扔到你大伯那儿。太无聊啦……我醒来的时候我很难堪……我不说啦……"

"昨天的月亮很圆。你在干什么?月圆的时候会有怪事发生。坟山里有鬼火通明。要么是有人送骨灰回来了;要么就无法解释。天上还飞着圆圆的火焰飞盘……哭得那么响亮,肉吃多了,现在的肉都是有激素的……"

我希望狗不咬我,但这是徒劳的。狗能看见人看不到的东西。农药的气味很重。有几只死鳖被守池人捞起来了,它们翻着白色的底壳,头耷拉出来老长,像男人丑陋的下身。

"算了吧,你看那些鳖干什么?"村长老秦说,"还有三瓶农药我让她捡着。是你的表妹。我让她把这三瓶投毒未遂的农药吊在脖子上。是的,我是这么说的。她还犟嘴说你是不是让我分三次喝下去?我说是的,你想怎么喝怎么喝吧。我得罪她啦?你大伯指使的?我这么栽培她。我说你往湖边走,不要让我再看到你。我是太气愤,我喝多了。我当然后悔,她还是个孩子,我怕她一时想不开就往湖里跳呢。我说,你牵着我走吧。到了晚上,我什么也看不见。明眼人也看不见。但我知道昨天的月亮像金边碗一样闪亮,大地亮如白昼。蛙声轰鸣,虫声高亢,蛇在草丛里蹿行,野猫们在叫喊。她扑倒在地上不起来了,骂我说你娘的强奸我吧!我记不清是不是喝醉了,是在野外还是在床上?她四仰八叉躺着,我摸到她,衣裳全脱光了,全身都是鸡皮疙瘩……"

"你再接着讲。"我说。

他说:"一个酒鬼的话你信吗?好吧。你信不信我也要讲这件事的奇怪经过。她把我的手拿到她胸前,就是这样。是她拿到她——胸——前的。她的乳头像两粒铅弹。过了一会又软了,像两只小虫子,软绵绵的。我抓住。她狠狠踢了我一腿,她是个烈性女子。我的腿就像被人掰断了一样疼痛,这妮子下的是狠手,跟她的爹一样的。我听见瓶子拔了盖子的嘭的一声,又听见咕噜咕噜的声音,爬起来一看,她就像喝汽水一样地在喝那农药,已经开第二瓶了。我扑过去就夺她的瓶子,泼了我一身。我掰开她的嘴要她呕吐。可是她的两颗大门牙就像是两把钳子。我听见咔嚓一声,就像喝酒吃脆肉,我的手咬断了。我还能管这手吗?我抽了她嘴巴没有?我忘了……这妮子……掰开她的嘴才抢出指头,折了根芦苇插进她嘴里吸痰——她被痰堵住了,脸色发紫,已经没有气了。肚子像蛤蟆一样鼓出来。终于,通啦!我抽出芦苇管,那个喷射,就像是牛屙尿一样的,农药和痰液喷了我一身,嘴里叽里咕噜。唉,这妮子,你为什么要灭我的甲鱼呢?你跟我有什么血海深仇?这才是怪哩。是你爹指使的吗?瞎眼的事过去了好多年,你突然发什么疯啊?我是想让她当妇女主任……"

农药的气味很重,就像一块豆饼压在头上。

"你的袖口藏着什么?"他问。

"你看见了什么?"

"一个影子。"

"一条蛇。是的,就是一条蛇。"

"你玩蛇?"

"我喜欢蛇。"我说。

"你去了镇上,镇里给你什么回答?"
"没有回答。"
"你是去买车票外出吗?"
"我不外出,秦叔,我喜欢待在村里。"我说。

她摔成了一张纸

今年的稻花很香,一直浪到天边。

黄瓜长刺了,吊在藤子上。南瓜的叶子张扬肥大,在叶子下面,藏着小南瓜,怯生生的。蜻蜓翩翩飞来,透明的翅羽在风中倾斜,落到叶尖上,转动两只绿色的复眼。它们的头,只有两只大眼睛。往后门望去的秧田里,绿油油的。几只黑鹳在涉水逮鱼。整个湖滩都被农药的气味缠绕。

一个警察用棍子打草惊蛇。他跟在村长的后面。他在湖埂上走。他很热,用衣袖扇风。帽子盖着一个耳朵。

"你不要再来了,你难道不觉得你可以做狗牙的叔叔吗?你又穷又老,名声太臭。头上流脓,肩膀晃抖,脸色死白。"大伯见到我就说。

狗牙在房里,用破嗓子大骂。笑声忽高忽低,像一群鸟从喉咙里挤出来,穿过荆棘。

阳光在所有的草上都是白的,伏在草叶上呼吸。太阳很小,因为太高,没有谁在意它。几只鸡在自己刨出的灰窝里扑腾,除去身上的螨虫。鸭子却在水洼里打盹,发出狗一样的鼾声。

太阳很好,我很喜欢。

大伯屋里有一些道袍、令牌,除去这几样鲜艳的东西,全是破旧的东西,三口缸(用旧锅盖着)、缠上塑料薄膜的坛子、废电饭煲、篮子、锡壶、木盒子、箩筐、鸡窝、筛子、吊着的力士鞋、雨衣、旧铧犁、水泥块、养子乇的瓷盆。挂在墙上的耙子、镰刀、毛主席像、邓小平像、日历、稻谷种子两优363和金迪尔鱼饲料宣传画。墙角里藏着喷雾器、老化的热水瓶壳子、空油壶、装过磷酸钙和钾肥、氮肥的编织袋、砖头、霉。

"大伯,我是来告诉你,有警察来了。"我给大伯说。

"那又怎样?关我屁事?为人不做亏心事,半夜不怕鬼敲门。只有你们这样的人见了警察才像老鼠见了猫!"

"您不想跟我说说吗?为什么狗牙不开门?"

大伯柴棍在穿鞋,但好像是要下田。他拿着锹,瘪着半张嘴。脚后跟裂着乌黑的口子。

"你滚蛋!"

"您是要出去给死人正脸吗?"

"不关你的事。说不定是你害了狗牙呢!"

"她若有个三长两短,您就不担心吗?"

"生死由命,富贵在天。"

"是她关自己,还是您关她呢?"我问。

没有回答。

"我不是找您来乞讨的。我虽然无家可归,被父母遗弃,坐了半辈子牢,但我也是可以活下去的。"

我不知说了些什么,语无伦次。他拿着镰刀朝我逼过来。

"我们家兄弟对你念念不忘,自己舍不得吃舍不得喝还喂你吃,你太没良心。不仅不报答,还尽打鬼主意。你的心真的是鬼的心吗?冰冷冰冷的?狗牙真的是你的表妹?不要脸的武汉佬!"

"你们是赶我走?"

"你总得走的,你不可能赖在这里。"

窗户发出响声。

"好吧。"我说。

狗牙在翻窗户。窗户底下就是稻田。她掉入了稻田。一只秧鸡惊飞走了。她好久爬不起来。她摔成了一张纸。

黑鹳号叫

坟山那里,有辽阔的鸟叫。一些虫子在奔忙。野草疯长,铁蒺和鬼蒿,还有一些柔软的鸡爪草、香薷和野薄荷。没有人动过的坟是老坟。新培过的也有老坟。会有亲人来,在清明的时候。也有被忘记的。但在心上,坟里的人,永远不会忘记。记起他,不会是一把骨头,一定是个鲜活的人。

在天空下面,这些小房子。

在一个坟头,一只狗獾竖起了脑袋。

羊向远方叫唤,远方赏心悦目。羊发炎的眼睛抹上了灶灰。

"燃灯呀,你能跟我弄点柴油来么?这里的柴禾不好烧,全是湿的。瞧我的腮都吹酸啦。"跪在地上吹火的寒婆说。

"狗獾喜欢把人的骨头拖出来。"她说。她揉着眼睛。

坟头的一把伞从鲜红变成了白色。

"我回到村里,是想回到我爱过的地方,而不是回到犯罪现场。我是为了爱奔回的。我要爱。"我对坟说。

"我喜爱村庄,小路,野草,湖,鸟,牲畜,安静动荡的水声,夜晚的鬼火和墓地。别人讨厌的我都爱。我爱青蛙,蚯蚓,芝麻地,秧田,春夏秋冬。我都爱。这里,我不会因为我铐着双手离开而诅咒。我背负着仇恨而归,但我内心没有仇恨。"

"我丢开一切,我什么也不想。我会把什么都忘掉。包括脑袋里的针和脑袋上不停流出的水。"

"因为有你,这个现场没有犯罪,永远不会有……"我对狗牙说。

"我什么都给了你啦!你跟老流氓有什么区别?你没有改造好!你昨天怎么不来?你是玩我吗?我是想让你带我离开这儿。

这是个鬼魂遍地,坏人成群的地方!"她晃着脑袋,气鼓鼓的。

"去哪儿?"我问。我明知故问。我跟她想的完全不一样。我没什么可想的,我的命运就是还乡。我不可能再离开。我将永不离开。

她的胸脯上有许多抓痕,像是长着红瘢,触目惊心。

"你恨谁?我会帮你。"我痛苦地说。"农药的事,是真的吗?"我问。

"我要毒死天下的人!"她像遇见鬼一样地喊。

我听见天空的回声。野草发出碎裂的声音。

"昨天晚上月亮很好,这儿有太好的月亮。你毒死他的鳖?然后他真的喝醉了被人抬去扔到你的床上?"

"一帮臭瞎子!"

"是真的?"我问。我的心里像有火车驶过,地动山摇。我的心在战栗。我说过我要忍耐。

"他喝醉了他会哭吗?……你真的很难受?莫非是大伯害你。他想让你当妇女主任?把你送给……"

"带我走!"她对坟山喊。

"武汉吗?"

我恨我自己。我想结果只能是这样。

"我想毒死他!"

"谁?"

"叔叔!"

"他?"

"他推到一百零八圈的时候,把闸门绞上来。后来又把它放下去。又绞了一百零八圈,又放下去了。我就说,您喝茶吧叔……"

"他喝了?"

"猫死了。"

"人们因为互相仇恨就投毒?因为不想活了就喝下了?"

"我要离开!"她哭了。她用一根带芒的草梢刮眼泪。

"阳光真的很好,这一切我都喜欢。"我无力地说。

"你没听见地下的人全在磨刀子吗?"

她像一匹牲口大口地嚼着草茎,嘴角流出浓绿的黏汁儿。

"……他说这里有一个怪东西,他让我来看。他向我跪下,说,我跪着吃可以吗? 五扣咬你的伤没好村里可以出钱你去治……他趴在我身上说其实我不行,我老了,又是个瞎子。可是他吃了药,两耳赤红,他说我真的不行。他骗我。他像一条蛇在里面猛钻。他说你不用害怕我真的不行。我后来昏死过去了。他干了我一个小时,说我不行,真的不行,你不要害怕。我醒来的时候我他还在最后挣扎着拱动,说如果我今天死了,你以后一定要给我上坟……"

"你一动不动?"

"他会死的……"她哭着说。

黑鹳在沼泽里号叫。风把我的鼻子弄酸了。

"他会死的。"她再一次说。

风是一刀一刀砍进来的

"刚开始我很要强。我撞上了一棵树,我把树砍了。我撞上了牛,我把牛打了一顿。门槛使绊子,我把门槛锯了。后来野猫和老鼠都进来了,我斗不过它们。"养父说。

风是一刀一刀砍进来的。窗外的黄花往闸房丢花瓣。

"后来我认命了。我摔了一百个跟头,我就认了。我不收灌溉费,因为我吃石子。"

"……她给我放药我不会喝的,她还是个小姑娘,她斗不过我。人眼睛瞎了,鼻子可灵了,她不知道。我只是不想说破,她是我侄女。她是为我好,说我活着可怜。可我的存折埋在哪个地方,谁也不知道。"

"让水过去。"他好像腾出了一个地方,身子向一边挪了挪。

水就过去了。

水在闸下流着,流进村里,唱着欢乐的歌。他的声音在闸房里嗡嗡直响,就像鼓声。

坟山明亮得像镜子

我拎了一桶柴油放到寒婆棚子门口。这很容易。我拎的是水,能燃烧。

"我听见我的外孙昨天哭了。"寒婆在坟上拔草,"每个人都有自己的乖孩子,是自己的命,比自己的命还重。没看见五扣,我的心里挺难受。别人说是你弄死的,你的心也狠哟。"

"不是,寒婆。村长说的话您信吗?"我坐在她的后面,太阳升上来了。坟山明亮得像镜子。

"人总是要走的,我也想通了。我的乖女儿,我的乖乖!我走她伤心,她走我伤心,总有一个伤心。算了,就让我伤心。当我走的时候,就不会有人伤心啦。"

"我会伤心的,寒婆。您还做房子吗?"我问。

"做呀,"她指了指坟,"在地下。呵呵。我在这里多好,我要给我的乖乖撑伞的。我不怕死人。屋没烧的时候,我门口有一个坟,他后人全搬到城里去了。刚开始清明、春节的还来上上坟,后来就不来了。我知道他们把这里地下的亲人忘了。后来那坟渐渐塌了,他们都要我铲掉,开门见坟不好。可我没有铲掉,还添土培坟,逢年过节还给坟上烧些纸,供一碗饭菜,有酒有肉。到了除夕晚上,还要上一盏灯,我们叫送亮……"

羊把绳子绕到一棵苦桃树上,周围的草吃光了,它摇着小尾巴直叫,用力拉着绳子,树在抖动,像要拉断。羊嫩红的鼻子像是冬天冻伤过。

风刮得厉害,羊更加叫。寒婆还在说村里死人的事。风大得像

155

毡子挂在树上拍动。

她的一个侄子给她端来了一块豆腐。也牵着一只羊,带路的。我要跟着羊回村里去了。

夜 火

篱上的木槿被夜风摇撼得噗噗直响。风穿过一些不知名的缝隙时,会疼得大喊大叫。在这种时刻,许多人因为恐惧,捂住婴儿的嘴,把狗打昏,让鸡鸭不叫。抱着头让世界平静。一个人被风掳走的时候,我会爱上一个遥远的地方,一个遥远的人。许多灵魂正在风中疾跑,寻找归宿。仔细谛听,旷野上全是疾走的脚步。

仔细听,真的有脚步声。野猫们在取麝的流浪汉手下惨嗥。风把这一切送进村里。

红色的亮光?天亮了?湖上有什么异事?天空发生了什么?这么深黑的夜总会有些奇怪的事情发生,在穷乡僻壤,在连传说和谣言都不喜欢的遥远地方,但是事情就是发生了。人们惊起。一个又一个亮光,燃烧起来的时候就像是响尾蛇从湖里冲起来在空中游动。亮光很高,村庄突然被照亮了。人们看时,村庄的半夜竟是这一副模样,很低矮,深蓝,蜷伏。树和道路都像失血的产妇。空气仿佛在油煎。

我正在抢救一只被流浪汉夹伤的野兔子。一个少年举着火把又重现了。不是火炬,是火把。少年在田野上奔跑,呼叫。他用简单热烈的火语在田野上说话。火跟着他像一匹奔马在飞驰。火就是马的形状。他举着马。

沉睡的稻子抬起头来。有惊慌的小兽和像琴键一样的白杨。草丛中的野猫愣在一堆。鸟一嘟噜一嘟噜地往地下掉。螃蟹在沼泽里叭叭地跳进水中。

霎时,村庄的灯全亮了。人全醒了。

一个人在路上说:"我们只有快点!"

一个人在路上跌了一跤。一只空水桶滚去老远,叮叮咚咚地磕碰着。

"三货!三货!你不能先跑吗?你踩着我了。他娘的我不生气!"

"不止一处!不止一处!这是咋回事?他不是死了吗?"

"你真是个瞎子,瞎走的啊!"

有人抬着水在赶路。

两个在路上互骂的人用电筒一照,看到一个瞎子正从水沟里爬起来,像一个水鬼,脸上全是污泥,嘴里含着草。

谁家燃了?

一个草垛在烧。还有一个草垛。一蓬竹子。一大片篱笆。

茅草炸裂的声音就像是炒豆子。

我在火光里走,哆嗦。我知道假如我不在这里,这个晚上的一场火也会燃起。就像是命定。是你的,永远是你的,不是你的,永远不是你的。这样一个话题,迟早是要出现的,在瞎子村。

所以,后来,我就背着手走去看热闹。这不关我的事。烧我的房子我也救不了。我不在这儿。是的,我根本就不存在。我会很伤心。在这种时刻,我会想自己是存在还是不存在?是人还是空气?在田野上飘。噢,熠熠闪光,这样的村庄也是很美的,虽然是一种破坏的美,摧毁的美。可惜坟里的人看不到了。这世界无论多么荒唐都是有趣的。一条走丢的狗在路边吠叫,仰着狗头,很有趣。火弹蹿上天空,像焰火四散,又射向远处,有的落在我的头上。但烧不着我。很有趣。

"未必是另一个放火的?"有人侥幸地问。

"水渠里为什么没有水?柴草这瞎子把闸门关了?"

"开闸哟!开闸哟!"

路上全是上气不接下气的人。

有人用竹竿扑火。有人用长钩子把燃烧的草垛扒开,朝火里吐口水。

有人掉进了水田里。有人站在田埂上,黑压压的。是些瞎子。瞎操心。

"……抓住了没有?"

"又回来了?是五扣还是他的魂回来了?"

"这可是冤孽啊!……"

一些人颤抖着说,打着清脆的牙嗑。

火把飞舞,撂下一串串火星。

没瞎的和自以为瞎了也能健步如飞的人,向那个手举火焰的妖孽撵去。就像鸭群往水里奔。

有个人说:"我白天看见有辆面包车进村了,在树林里,一定是丢下了他。"

"你这是常人常理的猜测。"有人说,"为什么不能猜测是有鬼呢?鬼火不能烧起来吗?科学说这是骨头中的磷。问题是磷有火就能燃烧的。"

"那我又问了,为什么总是乡下有这么多骨头变的磷呢?"

"刚才哪个说看到了面包车?你怎么不早报告给村长和警察?"

那个人说:"以为是偷狗偷羊的,报告给110有鸡巴用吗?案子小了。"

"不会吧,他坐车?不会!今天又不是鬼节,他真是从土里钻出来了?"

有人终于把这个少年摁住了。他因为意外地踩上了一泡牛屎滑了一跤,崴了脚,这样才让人逮住。几个按他的头。有一个被他咬住了脚,这个人就叫起来,同时叭叭叭地打他的耳光并掰他的嘴巴。

"请你们让开。"

村长老秦一脸严肃地凑近地上的少年,忍受着他抓起的牛屎乱掷。村长没有躲闪,也没有说话。他蹲下去。

"是你吗,小子?你有神通吗?"

"村长,你先洗一把脸了再说吧,看你满脸牛屎的。"有人劝道。

"我把最后三只卤鳖给了你,你知道我们回来的时候饿了两天肚子吗?一个瞎子,走了多少路啊!你就不心疼他一下永远消失算了?告诉我,狗杂种,你是怎么活着回来的?"

"灾星啊!"大家感叹。

寒婆哭着说:"我女儿尸骨未寒哪。这孩子究竟是怎么了?"

"今天没有水,很怪的。我们还是看看闸房里发生了什么吧。这个家伙,交给韩瞎子,你是杀猪佬,你总有办法的。"

韩瞎子连连说不行不行,说现在改信佛了,是在家吃素的居士。

"韩瞎子你哄我啊,红烧肉是你的最爱。那还有谁?杀过狗的也行。杀过鸡的也行。最不济,杀过鱼的也行,只要懂刀,你们比我有办法。"

一个人问:"可以踩死他吗?"

"可以。随你们的便吧。"

那些人把他捆起来,像扔一捆猪草扔在了路边的草丛里。

沟里的水来了。一股水从闸房那儿流过来,顺着沟渠。水却是红的。

火光很凶。照着沟里的红水,像红绸子一样在鼓荡。

那些去沟边洗手的人,洗到了满手的血。

守闸人的头轧断了

我走到闸房时满身都起鸡皮疙瘩。其他人无一例外。好像有一股冰水,直往人的心里灌,往肺里塞。

那只老野猫在台阶上暴躁地叫唤,用它脱毛的尾巴击打一条鱼。它身上湿漉漉的,刚从水里爬起来。

闸房里空无一人,绞车散了。钢丝绳松弛着缠在绞柱上,就像一堆肋骨。夜雾从敞开的窗户里流进来,泛着湖水和荷叶的清香。

有人看见一个盖子生锈的玻璃瓶酒杯,像是从垃圾堆里捡来的。有几颗石子黑不溜秋,搁在酒杯旁边。

猫往闸下跑。人们跟着它跑。猫边跑边瞧后面的人。那里有个斜坡,一百多级石坎,全是老旧的墓碑,被人的脚板磨得光滑可鉴。

像雾一样,血腥。夹杂着水草的腥味。

跟着猫,沿着石坎走到闸底去的人,发现了一堆水草。草里面还闪着蹦跳的小鱼和虾。用电筒一照,那个沉重、生锈的闸门挂着一层层的水草,钢丝上也是缠得死死的水草。钢丝断了。闸门触到了水底,水在闸前满溢着。另一边,浅浅的水和血在流淌。

"他正在清理水草,可能现在还在呢。"有人说。

"莫非他打死了一条大鱼?"

"那是他的脑袋!"有人大喊。

有人跳下水去,在闸板下摸到了一个人,头已经轧断了。

"我以为他被水草缠住了呢,想帮他一把的。可怜的瞎子。"

"把他的脑袋也捞上来。脑袋在那儿……"

那个头泡在水里,好在是浮着的,谢天谢地,有一些乱七八糟的草托住它。电筒照见的脑袋有许多蠕动的蚂蟥,直往那个断掉的脑袋里钻。

"好像是突然轧断的,钢丝断了。他的眼睛还睁着,是在捞水草呢。"

"看他瘦成那个样子。燃灯是有责任的。"

"这么瘦,是怎么绞动这么重的闸门的呢?是和燃灯吗?"

"二十年没吃饭了,就吮石子,活这么长是个稀奇啊!"

"我们喝他的水,用他的水,却从来不知道他还活着。"有人叹气说。

"以为是自来水呢。"

"他在等他的养子燃灯回来,昨天还唠叨说他要交班的。可惜他的养子判了死缓。"

"我不是回来了吗?"燃灯说。

声音很嘈杂,没有谁听我的。

"他就像一只黑鹳,老等啊。等到死也没能见上一面……"

两个人拖着守闸人的尸体,我和另一个人抱着养父的头。我们爬上坡来,将头套在尸体上。

那个被闸门轧断的头是惨白的,很安静。头发上还挂着几根水草,像一个唱戏的小丑。嘴巴大张着,里面呛着泥。颈子上的皮像破布耷拉着,可以看到一根喉管,像一根爬进脑壳中的蚯蚓。

"看你的膀子!"有个人猛地大喊安装断头的人,并且一巴掌打过去。

一只肥硕的油蚂蟥就吊在那个人的膀子上,身子鼓胀胀的,但没有松嘴。那个人十分恼火,找出打火机就烧。蚂蟥扛不住,掉了下来,但那人的膀子上开始流血。蚂蟥释放出一种溶血剂,让伤口的血不能凝固,让血像泉眼一样淌。

一只脚不停地踩碾着。但油蚂蟥的身子皮实,依然圆滚滚的。

"踩不死的,还是烧!"

"烧也烧不死,烧成灰了,一遇下雨又会变成无数条蚂蟥。只能用树枝把它的肚皮翻过来晒。"

有人折了根树枝,捡起那条蚂蟥,从屁眼里戳进去,把蚂蟥肚皮翻过来,肚里刚喝的人血鲜红鲜红。但肚子翻在了外面,那蚂蟥还是在树棍上扭动着,非常有力量。

"燃灯兄弟,请你过来一下。"村长老秦喊。

"他们以为我已经死了。"我说。

"今天你严重失职,现在大火还在烧。虽然死了,但应该批评的还是要批评。"村长拍着断头说。

"他去捞水草。钢丝断了。钢丝太旧了,绞车年久失修,不是他的责任。"我说。

"他冒着生命危险去水底清除水草,他是一个英雄。"有人说。

"他是一个伟大的守闸人。他应该得到县政府的表彰,甚至可以将他的事迹上报,评为今年的'湖北好人',上电视台。"有人接着说。

"他是英雄。他死而无憾。"

"他死在自己的岗位上。"

"要用五扣的血来祭他!"

村长被这一边倒的赞誉和评价弄得左摇右晃不知如何是好,这时候只好做顺水人情顺应历史潮流啦。

"大家说得在理,我们要隆重地为他守灵送葬!"

村子里的火正在偃息。天色慢慢亮了。有一只水鸟率先在苇梢鸣叫。是一只鸣禽,叫声婉转悠扬,好像是追着黎明来的。

所有人都低头向守闸人默哀致敬。

穿过天空的是乡愁

穿过天空的,是乡愁。

如果你死了,你将回到故乡。

你将埋在翻来覆去埋过无数死人和祖先的那块地方。

你将变成泥土和稗草。太阳落在河流上,照见你。

村庄是一种渐渐消失的景物。我们会渐渐失去青草和湖滩,在毒芹、野蓟挺立的地方,村庄顽强地存在着,扛着时间,遥远而长寂。它们扛着,才可能腾出一片空间给那些四处游荡的亡灵,让他们逍遥游荡。

正　脸

"……就把他埋在酒鬼刘千克、张公斤、曹无底的旁边,他们还可以给他分点花生米。"村长老秦说。

"酒也比瞎子柴草的好。"

"刘千克生前只喝瓶装酒。他儿子在镇里管批宅基地。"

"他儿子比较清廉。他死要面子。他从镇上打了散装酒,找收破烂的买几个空瓶子灌回来,死要面子活受罪。人家的酒瓶子是装过农药的,结果把自己喝死了。"村长说。

"村长,不是喝你儿子的喜酒喝死的吗?"有人笑嘻嘻地纠正。

"鬼!"村长吼。

他们拿了一条长浴巾,把守闸人的脖子缠住,又找了些野花遮住拼接处,这才好看了些。

入殓的时候守闸人的瞎眼里好像流出了泪水,并且越流越多。那只老野猫跳到绞车上呜呜狂叫,从闸房跳到闸房外的急雨里,又从雨里摇摇晃晃跳进来。

"现在下雨还有什么用呢?老天是帮五扣的。"几个瞎子在门口仰天长叹。村子里焦煳的气味依然没有褪去,贴着庄稼和树木,经久不散。

雨还在懵懂地下,鸟在哆嗦地飞。湖岸线被涛声改写得面目全非。烟霭混沌。

死者的兄长柴棍跪在棺材前,用一根索子吊他兄弟的脸。头两边塞上黄表纸。但是死者的鼻子总不在中间。

"瞎子你又看不见,摸摸索索的。"有人抱怨说,"你用手摸不到的。"

"就这么一个头,滚来滚去。"柴棍说。

"正了吗?"柴棍的汗下来了,急切地问。

"没正。右边去了。"

"难道村里没瞎的一个都没有吗?吊线正脸的事应当明眼人做。"村长老秦气恼地说。

"但柴棍是做这行的,别人不懂。"

"我吊了一千个死人,但没吊过断头。"柴棍流着汗说。

"你的兄弟特殊。"

"镇政府已经委托一个副科级干部送来了花圈。是副科呀!村里谁有柴草风光!"

"可是一个脸吊了半天……"

村长还在火头上,对在场的人吼:"难道你们不能过来帮一下忙吗?找些鸡巴理由!一个瞎子再聪明能把一个断脑壳吊正?人都是要死的,假如你们死了,没有任何人管,大家袖手旁观,让你的尸体永远歪着脑袋,让你们托生投胎后是个歪脑壳,长着两只斜眼睛,你们会开心吗?真是不讲情义的!这些年不是他守闸开闸,放水蓄水,你们活得会这么滋润?"

村长把烟头和痰一起吐到窗外的湖里,他因为激动在钢丝上绊了一跤,差点摔倒,被人抢着扶住了,但他把那个人甩开。雨溮进来,一波一波的。

"他总是往右边歪。"

明眼人一眼看见了右边的桌子上放着死者吮了二十年的一盘石子,恍然大悟:

"就是这个,他舍不得这个,下酒菜!"

于是有人将那一盘石子倒入死者的右脸下面。

老野猫在哇哇地叫。村长又找到了诅咒的对象:"这只猫有谁能抓住它摔死算了,作为柴草的陪葬。它叫得太瘆人啦!妈的屄!"

有人立马挥起一根棒子去打猫。猫像一只老鹰,一下子就跳到屋梁上,摇晃着一排守闸人来不及吃的干野猫肉。干野猫就像几块木板发出喳喳喳的声音。

"腌猫啊,谁要谁拿走?不要的话,一起下葬了。"村长指着头上的响声,像个内行的明眼人那样说。

"还是不正。"有人嘀咕。

"把石子拣出来,再给他炒一炒,多放点油。"村长老秦指挥说。

明眼人到棺材里去找刚才倒下的石子儿。那些石子儿全部漏进缝隙里,要一颗颗找出来得花费些时间,于是只好把那个断头拿出来。一个木讷的小道士在锅里炒荞麦面,锅铲与锅底的摩擦声砺得人心脏难受死了。另一个小道士在火上画符。火很盛。火叫"五雷火"。天火、地火,二火对接。将准备好的牒文、符、给亡者去阴间的盘缠(封包)一一烧掉。

"快盛起来不行吗?你们几个老烧个什么?做事这么磨叽。柴棍,你的徒弟究竟怎么回事?不要把面炒焦了。出不出师呢?"村长说。

"不是好吃懒做不会学道士,嘿嘿!"瞎子们说。

"跟着柴棍还有什么好馍吃吗?"

"真是些笨蛋,天地之火一接不就行了吗?老子看得心滴血。"村长夸张地呕吐起来。

雨像乳白色的溪流到处流淌。窗台上落了许多打湿翅膀的黑鹳,恶狠狠地瞪着闸房的人。它们的嘴里叼着鱼或蚂蟥。

村长的咋呼让小道士手忙脚乱,赶快腾锅,倒入灶台上油瓶里所剩的油,再倒进石子。石子儿被油煎得跳了起来。

"再快点儿!"

那个头与断颈还在不停地往外渗血,把周围塞满的草纸全染红了。

坐　棺

挖坑的挖出了一堆螺蛳和蚌壳,在长锹下发出不停碎裂的声音。低云翻滚的天空,被雨后无力的雷声打得咚咚直响。雷在云里穿梭。几个闪电哑哑的,烤着被雨水泡软的土地,大地好像铺上了一层粉红。

"那只老猫始终撵不走。"一个人赤脚拿着一把镢头埋怨说。

在坑里挖坑的两个人哼了一声。

"够了。雨冲不出来就行了。"柴棍拿竿子朝底捅了一下,用手丈量后说。

"应该不够,棺材盖一定在外头,柴棍,我们打赌。"

"是我的兄弟,我还让他暴尸不成!"

"这很容易让獾子打洞。"

"再怎么深獾子还是打洞。你能挖多深? 人死了,不让獾子在头上打洞是不可能的。谁叫你死了呢?"

挖坑和抬棺的人都是两脚稀泥巴,裤腿上也是,手上不消说。

有人说可以放进去了,不要等雨下来把坑灌满了。村长抬着头乜着瞎眼看了下下天,说:"应该不会再下了。既然是英雄,我们应该抬棺在坟山里绕一绕。再者,柴草是有后代的。让他的后代坐坐棺,以后他的子孙会官运亨通、荣华富贵的。我们要祝福一个村里的英雄。"

有人赞同。不赞同的也不想直接跟村长顶牛。于是他们让我和狗牙坐上了那口薄薄的棺材。

儿子应该坐在前面,狗牙抱着我的腰。坐在黑漆漆的三角形的棺材上,屁沟硌着。我拽着抬棺的绳子。我这样与绳子拗着,就像是自己抗拒进入坟墓。离坟坑那么近,绳子的力量是拽你的。棺材在粗麻绳的勒索下发出嘎吱嘎吱的声音,好像快散架了。里面用黄表纸偎紧的断头似乎在棺材里滚来滚去,撞得叮叮咚咚乱响,那个头在尖声喊叫。

这样折腾什么样的鬼都会醒来,打断他们赴黄泉的路。八大金刚虽然是瞎子,但会整人。他们围着坟疯一样地跑,从坟头越过去,自己跌倒了爬起来,摔得鼻青脸肿也在所不辞。一个人跌进了寒婆的棚子,掉进了滚烫的汤锅,爬出来,脸上的皮全没有了。

我和狗牙一个倒栽葱滚落下来。几个人重新将我们扶上棺材。

"好呀,好呀,让我的姑娘又多了一个伴。柴草老哥是个好人。好人命不长啊!"寒婆说。

就像骑在马上。一匹烈马。狗牙紧箍着我。好像颠出了高潮,她在我背后轻轻呻吟。

"行了,行了。"村长坐在一个大坟上招手喊。

每个人都是一身泥水,整个坟山都踏得稀烂。于是我和狗牙跳下来,抬棺的将棺材丢进坑里,七手八脚掀土将它掩埋了。

天放晴了。大伙收拾工具回村里去的时候,留下那只老猫在新坟上呜呜地哭。新坟会使墓地添上生机。

一个声音在唤我

快傍晚。村里人先把等待儿子回来的田婆劝走,把五扣绑在渔柱上。

有个瞎子递给村长一支烟,已经点燃了,这样免得他烧着手。村长坐在那个断腿的狮子头上。狮子的牙齿被敲了,很久前的人将狮嘴中可动的石球拿走了,狮子张着没牙的嘴,张了一百年。

这根渔柱都爬过,凡是村里的男孩子。我也爬过。我们还在这儿玩过一种"穿梭罗"的游戏。就是大家牵着手从别人的手臂下穿过去,手不会别扭住,并唱着歌:"金果果,银果果,庙里打鼓穿梭罗。梭呀梭,燕子窝。燕呀燕,摆铜钱。摆呀摆,铁拐李。铁呀铁,抱火铁。抱呀抱,神花庙。神呀神,读书人。读呀读,想葫芦。想呀想,八把桨……"

五扣身上的衣裳就像渔网,头发因为灰垢一绺绺的纠结在一起。他像变了个人,甚至长老了,有了老相。喉结突然出来,咕噜咕噜滚动。但是他依然像笑一样哭着,像哭一样笑着。他感觉到他将像一团火,要熄灭了。

"这里蚊子多,蚊子可以将他抬走。"瞎子们愤愤地说。

"如果有妖怪,就拖他到坟山里吃了。"

"水鬼也行。水鬼会找替死鬼,一进村就会看到他。"

"……"

晚上,五扣的哀号像是遭遇到了船难。像是在大风大浪里。但很弱。因为风是往湖里吹的。人们装着没听见,把耳朵塞住。有的瞎子在推牌九。

总算有一个安稳觉了。有的人在想是不是绑结实了。最好将他绑进木缝里去,让他成为一个木瘤,不能喊叫和挣扎,安安静静,看着湖里。

那个喉咙也会爆发,一两下,就像死灰复燃,倏地到了高处,但又坍塌了。那个声音不像是少年的声音,像一头狼。他是从山里回来的。声音会变。

后来,村子完全安静了,就像死了,睡去了。这很好。

村子在熟睡的时候,梦像棉花和白云。

突然,有一个声音出现了,一个苍老柔和的声音,在唤他:

"五扣啊!五扣啊!"

"燃灯,你看见五扣了吗?"这个老人的声音飘进了我的耳朵。

我从床上一个激灵醒来,声音就在床头。是寒婆的声音。

"我没有看见他,寒婆。"

"五扣啊,五扣啊!……"

那个苍老柔和的声音飘过了篱笆,上了路,去了别处。

还有一个寒婆的声音在耳边。

"没爹娘的孩子,就跟一根草似的。"

"您不恨他吗寒婆?"

"我不恨他。我也吃得下他,假如我长了一副狼牙的话。跟日本鬼子没两样,见什么烧什么。他父母也把他送进城里的培智学校,差点一屋的学生烧死了。后来就丢下他跑了。"

"应该去找他的爹妈呀!"

"到哪儿找去?世界这么大。找到能让他父母赔我的宝贝女儿和外孙?唉!"提着一个马灯的寒婆站在野外说着。

"您难道不可以控告他,让他父母至少能养您的老。"

"不是说你们将他丢很远了,为什么又回来了呢?这次抓住凶多吉少,可怜的孩子……"

"五扣啊,五扣啊!……"她的声音在湖上。

擀酒火

"他在这个窗子里。那就是他。"寒婆用灯高照着村委会黑黢黢的窗户。

那里有个人,有个脑袋正在往外挣扎。或者挣扎过了,耷拉着,舌头也往下耷拉着,好像死了。

几个年老的女人费了好大的劲把他从窗齿里拉出来。窗户太小。他的头已经扁了。不知道是踩扁的还是铁齿挤扁的。

"好在他的骨头有些软。"一个老妇人捏了捏他的脑袋说。

老人们将他送到坟山寒婆的棚子里。

他趴在我的肩膀上。一到坟山,他的情绪就安定了。我把五扣的手压在床沿上,寒婆给他擀酒火。

寒婆将一碗酒点燃,将煮熟剥壳的鸡蛋放进酒火里,拿出来放在五扣身上的伤处,来回擀动。这样可以将内伤提出来,风湿、痨伤都可以治。

酒火是蓝色的,像薄薄的蓝绸子。寒婆似乎不怕烫,她拿着飘火的鸡蛋,轻轻地在五扣的伤肿处推揉。擀着擀着,她"啊嗬嗬"一长串噎气就哭起来。

"五扣,你干吗要烧死我的女儿呀?!……"

她一边擀一边哭:"再怎么也不能烧了我的女儿,我就这一个女儿,赶上了计划生育……你究竟是什么鬼托生啊?……"

五扣哼哼叽叽的很舒服。他趴在床上。他睡着了。

我 问

"你为什么要放火?"

"你的心里很焦躁吗?"

"你脸上和身上的伤是谁打的?"

"你的父母在哪儿?"

"你举着火炬奔跑的时候是不是特开心特爽?"

"你后来……是怎么找回村里来的?"

"你还认识我吗?"

"火在你的眼里是不是很漂亮?"

"你很冷,是吗?你想暖和。可你为什么在夏天也要放火呢?"

"你的手很痒,总想玩打火机或者火柴?就像小孩喜欢放鞭炮,往牛屎堆里扔,是这样吗?"

"在火中你看见了什么?你看见了你的父母?你需要爱是吗?"

"你崇拜英雄吗?你知道玩火者必自焚这句话吗?"

"你并不想把整个野猫湖都烧光?你不烧我的房子是吗?"

"你晚上睡在哪里?"

"你喜欢吃女人的奶子?"

"你吃过多少,你还记得吗?"

"你想贴近女人的胸前,在她们怀里睡觉吗?"

"你是孤儿?你在很小的时候没有吃过你妈的奶?你的父亲是大脚弓?他学名叫罗大功?"

"你没有父母吗?"

"你怕不怕死?当那些人打你的时候欺负你的时候,你想不想报仇?"

"你可能不是因为恨才玩火的。你是想引起大家对你的关注？因为谁都不管你是吗？你一共烧死了多少人？几个？"

"你是不是恶魔？你从娘胎里生来就是恶魔？"

"你带着一身的毒素是吗？"

"你喜欢挨打？只有当村里人全部出来在半夜追打你的时候，你才觉得你很幸福是吗？"

"你痛不痛？"

"你为什么一声不吭？"

"你不会说话吗？你心里明白吗？"

"当你点火的时候，火越烧越大的时候，你在火中看到了什么？"

"你喜欢火的热闹？是的，火燃起来很热闹，但是火会毁掉一切，你想过没有？"

"你从不与小伙伴们玩耍？你有伙伴吗？比如谁是你的朋友？逮猫的？流浪汉，他们保护你？"

"你喝酒吗？你滚过铁环没有？你会不会唱儿歌？比如'月亮粑，跟我跑，一跑跑到黑鹳庙。你割肉，我打酒，两个吃的真是饱……'"

"你的火炬是从哪儿来的，在哪儿偷的？"

"你想当火炬手？想高举火炬让村里的人全都跟在你后面？"

"夜太黑是吗？村里的夜太黑，你想照亮它？可你为什么要烧别人的房子？这些人给你吃给你喝，东家一瓢汤西家一碗饭给你吃了，你却恩将仇报，把人家房子烧了，把人烧死，你这是为何呢？"

"你的心里究竟是咋想的？你是个畜生吗？你没有脑子？"

"你是个鬼？鬼是你这副模样？你以雨露为食，以天地为家是吗？"

"你不停地放火是因为你很失落，这个世界都不理你，你的父母把你抛弃给村里了？……"

"你在矿区见到了什么？"

"如果你是十六岁,你就可以枪毙掉了你想到了吗?"

"你想蹲监狱?你想关禁闭?"

"你想成为321,但你还不够条件,你是个傻子。"

"你想让人用拇指铐吊在窗户上,让你半月不睡觉?"

"你进去后想到的事不是放火,是想减刑、减刑、减刑。你不会这么自由,让你到处放火……"

"你在这个世上应当学会被遗弃,学会孤单生活,学会没有父母。你不可走我的路。可你比我更糟糕……"

"你要成为一个正常人。跟我一样,面带微笑,心如止水,像一个修行的和尚。但是你得要像我一样,经受二十年的牢狱之苦……"

"我们能成为好朋友吗?"

"你能成为我的亲人和兄弟吗?我们是难兄难弟。"

"兄弟你好,你温暖吗?"

"放下放火的念头,我可以保护你。当然我也可能保护不了你。你作孽太多,你必死无疑。"

"他们不会放过你的。你罪恶滔天。你这么小,干尽了世上的坏事。不是善良的村人宽容你,你早被乱棍打死了。你已经死过一百遍。好在,你在这个村子里,让你多活了几天,可你依然作恶,魔性不改……"

"在最后的时日,你想吃点什么?你吃什么告诉我好吗?"

他的面前出现了一盘虫子。还有菱角。带着淤泥的气味。

我给他洗澡。我给他擦身上的泥垢。我给他掐稀朗的阴毛上的虱子,发出嘣嘣的声音。

他躺在我的摇篮里。他双手抱着头,蜷着脚,像缩在母亲的子宫里。

他的双脚不时地抽搐。他笑出了声。他梦见了母亲。

乡村的夜晚

　　这是很深的、很遥远的、把亲人的牵挂压在很微弱地方的夜晚。假如今天有月亮吧。这是宁静的夜晚,雾气之上漫着一层繁星。当星夜来临的时候,其实幸福开始充盈。有一盏灯,偎在被窝里。有一个人在怀念。风从很远的地方,从湖的某一个方向刮过来,有时候很轻,比如现在。就比如现在吧。我不知道最深切的怀念是什么,我知道我有母亲。每个人,如果他有一个村庄,他一定有一个母亲,是他心中永远流淌的清泉,流过许多伤口,一声不吭,让伤口愈合。比如现在,月亮正对着湖水反射着它的镜子。是红色的紫铜镜。景致很古老,在这面铜镜里,村庄特别柔和,大地是蓝色的,冒着热气。田野像美食蒸笼。有人的呓语声。有猪拱圈的哼哼声,声音浊重。狗。狗的叫声是村庄警惕的神经。对夜晚发生的事情,它们当仁不让。鸡也因为在笼里打架而咆哮,仿佛黄鼠狼来了。池塘的瞳眸永远盯着天空,像大地的眼睛。湖是大地扒开的心脏,翻滚着跳动着。星空在最黑暗的时刻旋转,就像亲人们发出思念的信息。

　　湖上的风总有些凉,是荒凉的凉。窗外的青蒿挤在一堆瑟瑟发抖,被风翻出磨牙般的声音。蛤蟆在咕哩咕哩叫。这时候,田里的土堡像一个个人影,蹲在水中。有一盏灯,一个亮。不是踩龟人就是捉蛙人,他们是旷野的游魂。蛤蟆的声音落落寡合。黑鹳依然不眠,在水沼地里唳叫,叫声刺破长空。也许是雁吧。它们是夜空里孤独沉默的迁徙者,谁也不知道它们要到哪里去。所有活着和死去的人都在同一个时刻沉睡。因为这是夜晚。

　　好像有一道瀑布在空气中流着。这是自由的,可以让人想着远方的亲人。可以出门,在田埂上,在村路上,像一个鬼魂那样行走。

在这里,夜晚依然属于村里的那些瞎子,他们可以失眠,也可以不假思索地活下去。因为明眼人也有一半的黑暗在梦里——他们的一半也是瞎子。那是上帝故意让人闭上眼睛扪心自问。

夜很辽阔。夜太辽阔。没有比这更广袤的呼吸,可以表达自己内心的无言。

声音永远是夜晚的主题。露水正在纷纷而下,窸窸窣窣地滋润着千古不变的庄稼和季节,滋润着女人的皮肤。但我愿意睡在我自己的床上,关门闭户。我像一缕挤进门缝的扁扁的月光,收拾着它们浪游天下的剑鞘。夜风呼啸,裸露在空旷之上的树木呜呜直响。

月影幢幢。村庄终于熄灭了最后一盏灯光,萤火虫也躲在瓜叶下休憩。孤零零的水塘依然睁着它们惊恐的眼睛,夜不能寐。湖岸荒芜蜿蜒着的微光,是人们梦境的灯。那些倾圮的墙,坍塌于他们心灵守望的尽头。数不清的亡灵,用亲切的目光重新复活。大地的这座牢狱变成无尽的大路。许多美好的愿望,像蜘蛛一样,在露水中勤奋结网。野猫在急切呼号,声撼旷野。它们是醒着的村庄。

三个瞎子

一只鸟像一块石头往地上砸。天上的鹰在打斗。

"我们去寒婆的棚子里抢五扣,刚进坟山我们就迷路了。"江瞎子说,"我们总不能没有打火机用,我们要抽烟要做饭。连个火也要找村长借,这日子还能过吗?"

在野鳝鱼馆门口。晒太阳的江瞎子蹭着馆子的土墙,墙被他蹭进凹去一大块,光滑明亮。他的屁股上有一块补丁,都是蹭墙磨的。

"我们往筲箕坟走的时候,天气还很好的,但一进了坟山就下起了瓢泼大雨。不过我们赶跑了几个挖坟配阴婚的外村人。"

"是寒婆女儿的坟吗?"长下巴瞎老板问。

"就是。我们去的是时候,他们把寒婆已经捆住了……"

"那可正是时候啊。五扣呢?"

"没有找着。今天总算晴了,可老子感冒了。这小子跑到哪儿去了呢?咳咳咳……"江瞎子咳嗽起来,"今天……晴到多云,东南风二到三级,下半夜有小雨……咳咳咳。最高温度二十七度,最低温度二十度。咳咳咳……"他咳喘着用野猫湖不标准的普通话播报。

"江瞎子说得比气象台还准,每个小时他都会播报一次。"搓草绳的万瞎子给我说,"肯定还是被寒婆藏起来了,莫非寒婆这老妇人心术不正,想要再烧死几个人给她的女儿阴间作伴?"

"感谢村长把我的眼睛弄瞎了,不然我哪有这样的性子搓草绳?没瞎的时候,我是个赌棍,把家都败啦。我无心在田里做事,有一次我准备出门赌博,老婆要我下田撒化肥,结果我背着一袋米去了田里,把一袋米当化肥撒了,心不在焉。现在,我每天搓草绳,一个月有大几百块钱的收入,家里也幸福和谐了。没有村长那一顿害人假酒,哪有我的今天。"万瞎子说。

他的双手裂着很大的口子,还要不停地往手上吐唾沫。他坐在稻草中。

野鳝鱼馆的长下巴瞎老板双手滴着水,口里含着一支烟,瞎眼因烟熏眯着,问江瞎子:"后来呢?后来你们就走出来了吗?寒婆感谢你们没有?五扣究竟在哪儿?你倒是说明白呀!"

"她感谢了我们,让我们每人吃了一条黄瓜。不过她的黄瓜有棺材味。但她死活不讲五扣的去处……"

"人老了心跟菩萨一样。"长下巴瞎老板说。

"你是跟村长去的?"万瞎子问江瞎子。

"你不要紧张。那个田界我是要定了。"江瞎子说。

"你这个样子去抓人,原来是另有所图啊江瞎子。没掉到湖里淹死!"

"他想跟我争那几米的田界,讨米的容不下讨饭的。"万瞎子对着我说。他又指着江瞎子:"江瞎子,你为什么盯着我?我一家五口人,就三亩水面。两三米的田界你非要跟我一战吗?村长两百亩水面,你为什么不去找他要?"万瞎子气愤地质问。

但江瞎子在咳嗽,他缓不过气来,他没听见。

我问野鳝鱼馆的老板:"你是怎么瞎的?"

"我么?村长瞎了后,心里不爽,就找我去陪他。因为我不会喝酒,过敏,躲过了一劫。村长满脸疙瘩瘤疗,他老婆脸上也全是黑斑,心术不正的人一般脸上会长黑斑。腮帮上还有一颗痣,长着一拃长的黑毛,牙齿像砖一样厚,就这样,还整天对我挤眉弄眼。我急得吐血。我这样一个大帅哥会理她的勾引?可村长还总是提醒我,不要盯着他老婆看。我就说,我闭上眼睛不行吗?于是我闭着眼睛陪他一年,结果我也瞎了……"

在墙上抠出了血

狗总是对着我狂吠。中午的太阳有些激烈。但何至如此凶猛?

"我这里有五扣手上的一块皮,我让狗嗅,只要他敢来搞我,狗会咬掉他身上所有的皮。"村长老秦对我说。

我看狗。凌厉,眼毒,牙齿却没什么力气,且尾巴并不趾高气扬。它的后腿一走一瘸,鳖咬它后就瘸了。所以它现在是色厉内荏,叫得凶,却眼睛始终不离那只野鳖。野鳖因为嘴里有钩,眼睛都是歪的。哪一天它将爆发。

狗退到塘埂上叫。那儿趴着一些饲料鳖,对太阳毫无兴趣,像癞蛤蟆一样躺着。

"看起来你并不怕我的狗,但它又对你咬得紧。这有蹊跷。一个是狗,一个是牛,都是能看到鬼的。我的身边有不祥之物……"

"噢,"我说,"噢,您这么想……您不找五扣了吗?"

"我找他?"他说。

他觉得太阳对他微弱的视力有杀伤,退到了屋檐下:"我正要找你,五扣是怎么回来的,这么远,你一定知道这里面的事……"

"秦叔,我是来说另一件事。我想你一定等着我说。是这样的:你指使狗牙去毒死我的养父。他身上有很浓的农药味,你于是匆匆把他埋了……"

村长按着他的瞎眼,似乎很疼痛。不停地在原地转圈。他嘴里吃了辣椒和酒,抓着头发抽冷气。

他像个死人一样地望着我,准备哆嗦。但他毕竟是个村长。他有许多说辞。

"哈哈……这话,你说的是什么话!我的鳖又是谁毒死的?我自己?"他拾起脚下一个"立斩清"的农药瓶,"你难道没看见你眼前这一堆死鳖？是我的苦肉计？"

"你很恐慌,你想让我在村子里失去最后一位亲人。这样我就会离去……"

"啊嗝……"

"如果我回来——因为据你们说,我会很快回来,但是我在村里已无立锥之地……"

"我老秦可没有坏到这个地步。退一万步说,我想让你再进监狱,我歪歪嘴就行了,信不？今天不是有警察在村里执行任务吗？你可以叫他们开棺验尸。我很乐意给你提供这个信息。"

"你不怕追究……"

"不怕。"

那个警察在很远的地方钓鱼。他直嘀嘀地站在太阳下。有云彩飘来,好像是一些风云,很厚。但没到头顶,就往一边飘走了。警察戴着一个草帽,上面画着五角星。他的竿子突然弯成一张弓。因为使力,人往后仰,肥厚的肚子往前翘得很远,就像在风中撒尿。一条大青鱼拉上来了。

"你在看什么？看湖上吗?"村长问我。

"是的。"

"你看见了什么?"

"几条渔船正在向岸边驰来。"

"景色怎么样？可惜我看不见。"村长面对墙壁。

我的手抠进了墙缝。我说：

"……茶黄色的渔船。船头是一些丝网和滚钩。有干净的船舱。一辆自行车绑在左边的船舷上。一个篮子挂在右边的竹竿上,估计是晒茄子。有几个装东西的塑料袋。有一串干鱼在竹竿上随风飘荡,两件红色的衣服晾在船尾。还有一些小丝网晾在后面。云彩像爆炸。到处是金色的湖岸和稀泥。好像有人正在湖边焚烧植

181

物。这很危险,因为他们不是从你这儿借的火。整个湖岸就像是一个瞎子,闭着皱皱巴巴的眼皮。船头上,一个老渔民用背对着我们。他的头发又乱又长,他的手搭在膝盖上,望着天,抽旱烟。太阳往水里铺出一条路,就像有人拿电筒照着水面。这条路一直在那个老渔民的脚下……"

"太美了。"村长感叹道,"可惜呀,这些水面都不是我们村的了。这些年,大家拼命抢水面。可我是一个瞎子,我无力带领村民去争夺。这是一场旷日持久的战斗,要有英雄气概,要有牺牲精神。但是,我,连命都快没有啦。我的眼前,飞蛇狂舞,我彻夜难眠,心烦意躁,死的心都有。我说燃灯,你来干吧,以你坐牢的背景,你只要心狠手辣一点,就可以带领全村去开疆拓土……"

我的手在墙上抠出了血。

"我很老实。正因为我太老实,你才这么说。你笃定想,燃灯已经废了,二十年的牢狱,什么人都会废了……你没有看到我站在这里的时候,中指紧贴着两边的裤缝吗?"

"你正在发抖……"

"是的,我的肩膀抖得非常厉害。"

"为什么弄成这样?我很同情你。其他的,我无能为力。……你知道咱们野猫湖的历史吗?有一个明代的诗人这样写道:陵谷千年变,川原未可分。野湖百里水,中有楚王坟。楚国在咱们这地方建都四百一十一年,楚庄王,还有谁?春秋五霸,战国七雄。逐鹿中原,饮马黄河。这些故事你都知道吗?咱这里曾经的王者之气,浩浩荡荡。现在还剩啥?衰草荒冢,气息奄奄。就说咱们这个村子……不说也罢……"

"你还没有回答我的问题。"我说。

村长沉默了一会,他不停地眨巴着瞎眼,嘴里好像在轻轻歌唱。

"我想请你回答。"

"唉,你太幼稚。你就像还活在二十年前。说真格的,你那养父值得我杀吗?"

鹰

警察问我:"你、你……你是哪……哪个监狱放出来……来的?"

警察不停地搓着手,叼一支烟。一边咳嗽一边打喷嚏。他的手有一只没劲,而且步履蹒跚,口眼歪斜。他显然中过风,但死里逃生。

"我是北监。唤鹰山的。"

"那、那……你就是劳改人员啰。"他吃力地挪动舌头,"我、我们这里的治……治安非常好。"

"也不能说是非常,安静,并不等于安宁。"村长老秦说。

"那、那是……"他的脸上不好看了。但是他把许多思维弄成一句话说出来不是一件容易事,所以他时刻想着简洁。说清楚目前的事情包括治安,不是一两句能行的。他很痛苦。

他接过秦村长递去的一支烟,化解了各自的尴尬。

"你、你的身……身份证呢?"中风警察终于找到了一句简短又有威风的话,问我。

他的脸色越来越不好,青中带黑,像是有肺病。他坐在升旗台子上,用一块绸子擦着一把手枪。

他忽然用手枪指着天上:"你看!"他没有再追问身份证的事。

天上,他那只无力的手指着的天上,一只老猫被一只大鹰抓在了爪子上,正向着更高处奋飞。

那只老猫我很熟悉,是从坟山叼走的。中风警察用枪瞄准,他的眼睛很大,因为闭着一只眼,他的嘴更歪。

他瞄着,枪口随鹰移动。

可是枪未响,鹰和猫却一起栽落下来。

警察跌跌撞撞地向鹰和猫掉下的地方跑去,看起来很滑稽。
　　鹰像一只大鸡在草丛中抽搐,翅膀也折了,样子很难看。那只猫,养父的老猫,挣脱了鹰口,无事一样的往坟山跑去。它一直守在那个坟上。
　　原来,在鹰上升的时候,猫一口咬到了鹰的脖子。它在坟山里住,它有鬼手。
　　警察提着枪,得意洋洋地踩着鹰扑动的翅膀,好像是他打死的。他又踢了鹰一脚,用脚尖将鹰翻了个个儿。鹰的脯子下是白的,像雪一样白。
　　"中、中午炖……炖鹰吃。"他说。
　　鹰的尾巴上沾着一些粪便,是挣扎时弄出的屎。它在天空一定是非常干净的,跟云彩一样。现在,它肮脏了。一落地,它就脏了。
　　估计至少有五斤重。
　　"野猫湖……湖的猫太、太……厉害了,简、简直天……天下第、第、第一!"他说。
　　鹰的脖子往下滴着血。它已经死了。

一张遣送书

　　风带来的大雨降临了。也带来了深厚的潮湿和湖里淤泥的苦涩气味。
　　狗牙坐在空旷的闸房里,视线昏暗。断裂的钢丝像一条死蛇僵硬地蜷曲在那儿。雨猛烈地扑打窗户,雨雾像浓烟涌进来,又急匆匆地朝另一边的窗户挤出去,充满了浩荡的魅力。她的脸像石板一样发青,目光空洞。她刚才痛骂了一顿她的父亲。对着空空的湖,骂。
　　——只晓得哄鬼赚死人的钱,混吃混喝!你喝点止咳水不成整天这么咳像个痨病鬼!你天天晚上往外跑,在路上找鬼唠叨还不得痨病的!你就想着村长给你赏赐说让我当妇女主任弄个农家乐餐馆你就成了老板。去死吧!我就是当娼妓也比死在村里好!你成天给死人吊脸满手的尸汗,跟你的兄弟一样瘦得像个知了壳,两只瞎眼像鸡屁眼。你没觉得我给你的酒里下了乌头碱吗?可你精明,把这酒给你的兄弟喝,让他失足四脚朝天掉进湖里轧掉脑壳见了阎王。他喝了这乌头碱的毒酒浑身出血饥渴难忍到闸下去喝水让闸门铡了。是谁放下的钢丝绳?是谁?不是老秦就是你。筲箕坟咋就没你的一座呢?你这个杀人犯,去死吧!……
　　厚厚的水泥闸壁的回声,就像锈钉子一样四处射来,闸房膨胀着像要爆炸。

"你可以去城里做婊子。"我说。

"你才是婊子,你们全家都是婊子。"

"是你说的。"

"娼妓不是婊子。你这个婊子养的。云婆子都是婊子!"

我在盛着杂物的桌子抽屉里清理翻寻。有万金油盒子。针。生锈的剪刀。瓶盖。撬瓶盖的起子。方便面中未吃的调味袋。几粒一毛的钢镚。扣子。报废的粮油票。空药瓶。止咳粉。旧牙刷。刀子。鞋带。牙签。铁垫圈。毛主席像章。镊子。空了的水芯笔。牙膏皮。烟盒。废打火机。

有一张压在抽屉底的纸,我拉扯出来。纸已跟屉底的木头粘在一起。我还是小心翼翼地,一点点将它揭下来。

我展开,是一张印满水迹的、发脆的黄纸,印刷品。

最高指示

坚决地将一切反革命分子镇压下去,而使我们的革命专政大大的巩固起来,以便将革命进行到底,达到建成伟大的社会主义国家的目的。

武汉市江畔区军事管制委员会
遣送书

现行反革命犯黑大地,男,29岁,家庭恶霸地主出身,本人学生成分,初中文化程度。无固定居住地址。

黑大地出身于反动的阶级家庭,其父在野猫湖老家因杀害我农民革命游击队队长秦××被我镇压。本人一贯坚持反动立场,对我党和伟大领袖毛主席怀有刻骨仇恨,乘无产阶级文化大革命之机,大搞阶级报复,积极参加武斗,残酷迫害革命群众,其反革命气焰十分嚣张。特别严重的是恶毒攻击和侮辱我们伟大的领袖毛主席,竭力歪曲和篡改最高指示,后果极为严重。为誓死保卫我们伟大领袖毛主席,保卫毛泽东思想,保卫毛主席的无产阶级革命路线,加强和巩固无产阶级专政,特将黑大地遣送回原籍野猫湖接受当地政府监督,劳动改造。

敬祝伟大领袖毛主席万寿无疆!

一九六九年十二月一日
武汉市江畔区军事管制委员会

我把它折叠揣进兜里。我把历史人物隐藏了起来。

"我没有家。"我说。我感到身体里非常烦躁。冰川在血管里流动和碰撞。窗外的湖区全是野草,正在向闸房漫卷。芦苇骑上了一万匹战马。

她的嘴有一股辛辣的甜味。到后来她终于软下来了,咬着我的下唇不放。她的下面好像注入了开水,滚烫发热。

被子太潮湿,就像在水里漉过的。雨雾改变了方向,给闸房上了一道厚厚的窗帘。屋子里像进入了夜的浓烟。

"我是不是不能总这样?"我气喘吁吁地说,"我真的没有能力。"

她的嘴红得像松菌,透明闪亮。后来她腿根发紧地锉我,她吞咽着干涩的嗓子:"射在里面!"

大风口

有一只蝉从芭茅丛里飞出来,落到野鳝鱼馆门口的苦楝树上嘶叫。

这是野猫湖的一个大风口,大雁常常栽下来。

"尽管如此,我还是想咨询一下你,"村长老秦对我说,"你是从外头回来的,见多识广。一个老太婆为什么这样固执,将一个杀害自己亲人的杀人犯视为珍宝?何况这个杀人犯是个傻子,爱能解决一切吗?"

"恨也不能解决一切。"我说。

"奇迹也许能发生。"我喃喃地说。

"你想留下五扣这小子有什么用?"村长老秦问我。

"他总会回来的,活着或者死了,总会回来。"我说。

村长手捏着燃烟头,捏一下,吸一口。

"我说万瞎子,能给我编一个蒲团不?我要敬菩萨。"

瘦丁丁的万瞎子哗哗地笑起来:"老秦你敬菩萨?"

"是呀,敬菩萨,有什么稀奇的?"

蹭墙的江瞎子也呜呜地笑了,笑声有些发紧,好像吞咽困难,呛得咳嗽起来。

"一提到信仰,就会有人发笑,但是我是真的。"秦村长不在乎地说,"因为村里接二连三地出现厄运,不由得你不信。"

"因为得罪了鬼呗。"一个瞎子说,"你父亲烧过黑鹳庙,村里的老人全知道。"

"……那是一九四几年的事。是一九啊,不是二零啊!谁叫日本鬼子驻扎在庙里。他是为了烧鬼子。"

"可烧的是菩萨不是日本鬼子。"江瞎子说。

村长变脸了,厉声对他说:"我说江瞎子,你整天吃了饭没事干,就不能做点正经事吗?"

"我的两亩水面,却要我跟万瞎子争田界,现在还说那水面也不是我的,正要找你说理呢村长。"

"你们不是天天在这儿扯吗?你江瞎子当时不是不要么?"

江瞎子站起来,捶着墙说:"我不是不要,是要你换一下,我一个瞎子跑那么远,要经过多少湖汊水塘,我总有一天会掉进水里淹死,鱼没养成我自己的老命喂了鱼。"

"不要啊,万瞎子要了,万瞎子要了就发了。不要白不要,反正江瞎子不要嘛……"

"你说什么呀村长?"万瞎子说。

"你在说什么?"江瞎子气翻了。

"我说,太有意思了,嘿嘿嘿,我都要笑晕倒了……"村长大笑着扬长而去。

他与羊互啃

五扣与羊拼命地拉扯。到了白天,这里的战争就出现了。可是羊的绳子系在寒婆的裤腰带上。

晚上他跟羊挤在一起。有时候就啃羊的奶。羊啃得嗷嗷大叫。但是羊也是不吃素的,羊啃他的头发。有一天晚上,羊把他的头发连同头皮啃去了一大块。

"羊缺钙。"寒婆说。

她去沟里捡了野猫丢弃的死鱼,掺在草料里给羊吃。

我们坐在涵闸上

"我兄弟死的时候,我身上疼了一阵子,因为是孪生兄弟。"

"江瞎子和万瞎子打起来了。"柴棍对我说,"你是去看热闹的吗?你提着一双鞋子。"

"你怎么知道我提着鞋子,大伯?"我问。

"难道我臭味也闻不出吗?"

"是塑料味。"

"是恶臭,瞎老板的店里全是水货。你愿意把这双鞋给我穿吗?"

"听说你要当庄主了,大伯?"

"你听谁说的?我非常想念我的兄弟柴草。我正在悲痛之中,你不要提那些没影的事儿。村长说要在靠近湖边的地方给我们家狗牙做农家乐?我一个瞎子,你伯妈一个病人,瞎子择菜让别人吃出蚂蟥蚯蚓来,不骂死我?这地方谁来吃饭?鬼?筲箕坟不全是鬼么?黑鹳庙遗址有几个进香的人?又没有人商量筹备重把黑鹳庙修起来。前几天几个和尚在这儿坐了好半天,走啦,没人理。老秦说重修说了二十年,他的话基本是放屁……"

"可他代表一级政府。"

"那政府就是放屁啰。"

我们坐在涵闸上,跟断头的石狮子坐在一起。菖蒲上的水烛黑油油的,每一支,都像是人串上去的。我丢了一块土垡,几只蛤蟆跳进水去,溅起一些浮萍。

远处,到处是鱼脊似的波浪,也像一层层蓝瓦,就像有一座宫殿在水下时隐时现。

大伯柴棍的鞋子有一个洞,可以看到活蹦乱跳的脚趾头。

"我是给我的父亲买的,你要你换上,大伯。"我把鞋放到他脚前。

柴棍受宠若惊,用手去摸鞋。"这是……这是怎么情况?我兄弟的养子这么好的孝心?谢谢谢谢,真诚感谢。你那个父亲,其实哪里是,你心里清楚。是别人哄骗你的。我都知道是个不知哪里来的精神病。你的亲生父亲么,估计是掐死了你的精神病母亲云婆子,把你托付给我兄弟,自己投湖死了……"

"你听谁说的,大伯?"

"嘿嘿,都这么说。"

他穿上新鞋子。

挖 树

  一只通体洁白的鸟在树上叫。这是一棵树即将结束的征兆。

  一只野猫伏在墙角,眼睛窥伺着鸟的动向。这只鸟太漂亮,它的命运不会很好。

  白鸟的叫声有点落寞。野猫靠近大树,开始向上爬。鸟还在叫,好像失去了伴侣,沉浸在悲伤中。

  猫像一条蛇伏在树上爬,猫的爪子像雾。树上,那些早在此筑窝的黑鹳、白鹳并不怕猫,它们对抗过无数次,互有输赢,都长了记性,井水不犯河水,相安无事。

  突然几下扑棱棱的响动,就没了声息,那只白鸟已有半个在猫的胃里了,另一半作为炫耀,拖下地来。几滴血落到我的脖子里。

  "你的衣裳有一股奇怪的气味。还有沾在上面洗不掉的疵纱。"狗牙拿来给我洗过晾干后的衣物,说。

  我笑着抹去鸟血。

  "这个房子总有一天会倒的。"她说。

  "是的,会的,总有一天。"我说,"这个房子非常结实,我回来它竟然没有倒,多少外出打工或搬走人家的房子倒了。它是我的父亲垒的。他当时借了一种像耙的工具,在我们的水田里划砖,等干后铲起来就是一块块土砖,晾干,然后垒了这三间屋子。冬暖夏凉。而且因为土的黏性,不容易风化倒塌,太结实了。不过在划成砖之前,要用石磙反复碾压,不停地浇水。遇上梅雨季节,这墙上就会长出一些秧苗,并且结穗。砖土里有许多遗失的谷子。有一年,这墙上竟长满了秧苗,我和父亲收获了三十多斤墙谷。这是村里唯一一栋土墙屋了,到现在还完好无损,它好像在盼着谁回来⋯⋯房子是有灵性的……"

我说着话的时候,一只土獾子从树洞里爬出来,衔着两只幼獾往院子外面跑。嘴里嗡嗡地叫。

一个头发染得乌青、脸盘很大的男人像一匹野牲畜闯进院子,旁若无人地说:"树好大。"他上来就是一斧头朝根砍去。根是裸露的。

这一斧头,树上的鸟们立即拉下雨点样的屎,泼到持斧人的头上。

"这是怎么一回事?"那个人拔腿就往屋檐下跑,但鸟追着他拉屎。拉屎是它们唯一愤怒的武器。

鸟们斜抓着墙,朝他瞪着夜枭一样的眼睛。

"他们进来了。"

"……小声点,树上的鸟很烈,啄起人来是不留情的……"

"大家悄悄吃,喝……"

一大群人抬着一张小方桌涌了进来。村长老秦打头,戴一副墨镜,遮住他并不光彩的极度弱视。他让人在桌上放下小卤甲鱼、生荸荠、炒藕梢、红烧鳖裙、花生米、酒。

"这是粮食酒,是在镇上胡老二的酒坊里放的头槽酒。"

他因为半瞎,为了走路,身子前倾,就好像寻路上丢失的东西。

一个器宇轩昂的瘦老头正襟危坐,一言不发,脸上有疼色,脖子粗大。他也戴着墨镜,他望着那棵重阳树,那棵巨大的树。他的头上,从前额到顶子全没了头发,只有后脑勺还剩下一小圈,看起来就像后脑贴了个女人的卫生巾。

"这是珍贵树种。全野猫湖找不出第二棵,而且有百年了。"村长老秦对卫生巾老头说,但他伸出的是两个指头。

"有猪粪的气味。"那个人说。

"那是我的养猪场。今天风向不对,但不构成污染。"

"我是说,很有情调。很有乡村情调。"

"鸟语花香呢。"

"比我想象的要好。"

他不知是说树,还是说风景。

"当然好。百年盛世,有什么不好的。"村长谄媚地说,"感谢党,感谢政府。"

最先进来被淋了一头鸟屎的人,负责看管我。他的肚子很大,染过的头发像刚出生的乳猪的猪毛,闪闪发光。但年纪估计有四十多岁,拳头是做过泥瓦工的拳头。

鸟扑打着,撅着屁股想再拉屎,但鸟们已经拉过了,再拉,又没吃东西,拉不出,在那儿噪叫。这是这些挖树人使的一招,是村长教他们的。让鸟先拉完,他们再进来就平安无事了。

"两到三千块钱,这是他们的诚意。"大拳头把我叫到一边,对我说。

他把钱从一个黑皮包里拿出来。还用另一只手打了打,打出声音,或者显出有份量。

我还没拿到钱,突然有只手把那些钱夺了去,并高嚎道:"败家子呀,败家子! 钱你不能一个人得,不是我帮你看管这个房子,早就连房子和树都没有了。回来就卖树,还要卖屋的呀! ……"

大伯柴棍把钱抢着往内衣口袋里塞,被那个大拳头重新抢过去了。两个人拉拽着那钱,好在钱结实,又是成束。村长在旁边骂柴棍:"你是棺材里伸手死要钱,这钱有你的份吗? 你没想种了你兄弟养子的二十年田,得了多少粮食!"

"村长,要不是我制止你,你不就早分给别人了吗? 我怎么没有份呢?"柴棍气咻咻地争辩,"我没有功劳有苦劳。我帮燃灯守这个院子,五六年前,三个叫花子在树下烤火,差一点把树烧了,为赶走他们,我被打断了三根肋骨,村长我这样惨重的损失找过政府吗?"

"柴棍,我说了,没你的事,给我滚远点!"

柴棍只好瘪了气坐到院子门口的土坡上。

"各位领导,可以坐席了。那几个人,挖呀。"村长老秦说。

挖树的民工木头木脑地笼着袖子,聚集在大树周围,仰着头向树梢望着,看树上的鹳鸟,嘴张得很大,露出惊讶的表情。

有稀落的鸟屎往下掉。村长对大伙说:"咱们不要为几滴鸟屎坏了心情。潘主任,你坐上席。我坐左边,副村长坐右边。在酒席上,找准自己的位置是非常重要的。"

"我今天迟到了,我先罚三杯。"潘主任说。他晃着他的卫生巾头发。

"我是癌症患者,但我先罚三杯。"他吊儿郎当地发豪气。

"先喝上几杯,我的卤甲鱼不是饲料甲鱼。"村长说。

"在我自罚之前,我先把这些酒菜拍个照片发到我的微信圈里去……"

于是那个潘主任拿出手机,对着卤甲鱼嚓嚓地拍照。

"看它们表面多光滑,绝对不是饲料甲鱼……"

"你说的不是实话。"我说。

"在这样的时刻你敢驳我的面子,你是好汉啊。不过今天这里没你说话的地方。这棵树虽然在你家祖屋里,但你的祖父是土豪劣绅,解放时就已经收归国家了。你父亲当年遣送回来,是念及乡亲情分让他在这里住。所以这棵树是集体的,主任给你点补偿是看了我的面子。"

那个在撕扯甲鱼的主任这时插话说:"你的肩膀抖个什么呢?站有站相,坐有坐相。吃饭不能乱动。"

村长说:"潘主任,他是在监狱里被狱霸打成这样的。"

"我知道他是谁,不就是刚从牢里释放出来的强奸犯吗?我知道你,当年我就是政法委主任,你的案子是我批准的。我不怕邪,我也是坐过牢的,保外就医。我犯下的是贪污受贿罪。"

"燃灯兄弟,知道这位大领导是谁了吧?是曾对我们村有特殊贡献的潘主任。有一年夏天发洪水,他因为发现我们村堤上的一个大管涌,让我们躲过了灭顶之灾,全村老少的命都是他给的,一棵树送他算什么呢?"

"我不喝了,我有心脏病。再者我不想跟一个两劳人员同桌,虽然我也是个两劳人员。但跟一个被我判刑的人一起喝酒,掉我老潘的份。"

我很尴尬。这时一个村民哈着腰端着一个空碗进来,哈着腰对村长说:"我想讨点彩,听说村里来了这么多大人物,让各位大领导赐给我儿子一点食物,让我儿子好考上清华大学……"

"好吧。"

于是那些围着喝酒的,这个一筷子,那个一筷子,给他的碗里搛了不少甲鱼爪和甲鱼头。还有生姜、红辣椒和大蒜。

潘主任特别留下一个吃剩的像鸡巴的大甲鱼头,放进他碗里的最突出处,让甲鱼脑壳在碗沿上昂着。"不嫌我有乙肝吧?"他说。

"不嫌不嫌!谢谢主任,谢谢主任!谢谢主任的恩赐,我儿子考到北京了会忘不了您的大恩大德。"

"这么多的彩头,肯定能上清华了。那就走吧。"村长驱赶村民道。

"好,好,真是清廉,这么大的官来到他们穷乡僻壤,竟就吃几个卤甲鱼,到哪儿找这样的好干部去……"

潘主任因为赐菜给村民,显然心情好多了,加上挖树的进展很快。他问我:

"你是关在唤鹰山吗?北监还是南监?"

"南监发了泥石流,许多人都没跑出来。"

"你说什么?南监理了?泥石流?……"

"是的,泥石流。"

潘主任猛地顿下杯子,鼻尖冒汗,眼睛发直,忽然失声痛哭起来:"哇呜呜……"

"怎么啦,主任怎么啦?"

"哇呜呜……我的命大呀,完全埋了,不出来我死定了呀……"

"您就别哭了,哇嘿嘿,您这一哭我们也伤心,"村长老秦陪着哭道,"主任好低调呀,主任的心好软呀。就这一棵树,主任答应去找人帮我们把村里的道路硬化,找水泥厂搞水泥。主任呀你别哭了……"

无论大家怎么劝,这位潘主任越哭越起劲,泪水像暴雨一样止不住,止不住。许多人给他递餐巾纸,他的手上已抓了一大把,不停地擦泪丢到地上。"主任,你吃一点,别往心里去。这是湖里的新鲜茭苔,用大火炝的,什么都没放,清炒。我本想把荸荠拔丝,但是没有砂糖。生吃也很清火。来来来,吃一点。不过要是芦笋出来的时候你们来,我炖红烧甲鱼你们吃,加点地茸皮,加点芦笋,特别不忘要加点腊肉。老话说捡来的甲鱼费腊肉。将杀好的甲鱼肉放入锅内干炒,先把水炒干,然后再将陈年的腊肉在锅中煸出油来,放桂皮、八角、生姜爆香,再将甲鱼放进锅里同炒,腊肉和甲鱼,遇上了是天下大味……吃呀吃呀,主任……"

挖树的把树叶弄落了一地。新鲜的土挖出来还在抖动。树在哭。

抬树的依然是八大锤,抬死人的。七个瞎子加一个领路的哑巴。但这次加了四个人,四个瞎子。一共十二人。因为树蔸太重。前八后四。万瞎子的草绳这下派上了用场,把树蔸缠得严严实实。

黑鹳们全停在篱笆上,像送葬的队伍。

大家一起喊"起"的时候,有两个瞎子的尿挤到了裤裆里。后来终于抬起来了,离地很近,几乎是拖着走的。所有抬树人的腿都打不直。

这是一次危险的搬运。一个挖树人在树根的洞里打死了一条土獾,吊在腰间,血从土獾的鼻子上往下滴落。

没抬树的人,包括保外就医的潘主任和他带来的人,弯着腰看树离没离地面。

"咚"的一声,绳子断了,这棵树从绷断的绳子里掉下来。

村长说把闸房的钢丝绳拿来。

后来又"咚"的一声,钢丝绳也断了,把一个瞎子的脚砸成肉饼。问题是,脚拿不出来,压在树下。那个瞎子大喊大叫了一个晚上,还是拿不出来。

后来用锯子把他砸烂的脚锯掉才拿出来。后来树采用了滚木搬运,才运到大路上,装车。

湖像一盏灯

失去了窝巢的黑鹳们在屋顶号叫。湖像一盏摇摇晃晃的灯。光影似刀。

我摸黑回去的时候,我不认识我的院子。那种空,就像搬走了头顶上的天空,暴尸荒野。屋子完全暴露在时间的打击下,没有遮挡。我预感这个房子会很快坍塌和消失。我的心一阵紧缩。我将魂无居所。黑大地的黑氏家族将在这个村子里彻底消失。

一个巨大的黑洞。树苑的深坑还在撕裂。听见大量古代的幽灵在底下翻身。不再有风横扫树叶的恐惧,那种茂密的声响,带来村庄的深厚和神秘。

月光像乳白色的烟雾。两只土獾是蓝色的,它们在远远的地方仰着头,怀念家。

她把桌子掀了

"吃吗?吃了去死的。"一个妇人在路上边走边骂。

是在骂自己的小孩。我以为是在骂我。我用卖树的钱在吃炒鳝鱼。

"吃了去死的!"

我一阵脸红。不过长下巴瞎老板看不见我的脸。外面的两个人也看不见。他们全是瞎子。

我和狗牙在吃。然后我将一千块钱给她。她不是瞎子。她看到的钱不是冥钞。她吃下去的也不是虫子。

"是野鳝鱼。"长下巴瞎老板说,"但我不认为你一个小学毕业的黄毛丫头能当妇女主任。请问扁担倒下来是个什么字?"

"一字。"狗牙说。

"噢,你还认识这个字。那么,是阿拉伯一字呢,还是汉字的一字?"

"你站着的时候你裆里是阿拉伯一字,你躺下,你裆里就是个汉字的一字。不过也说不定什么字都不是,是个小田螺。"狗牙说。

"啊?!啊呀!"瞎老板跳起来,"这是你说的话?一个没结婚的小姑娘说的话?真是时代变了,时代不同了,男女都一样,男同志能说的话,女孩子也能说得出……"

"是呀,时代变了。老娘我好歹也是条女汉子,还不是你们这些为老不尊的老流氓教坏的。"

"可不要包括我。"

"你也算一个。"狗牙今天伶牙俐齿。

"你把钱收好。"我对她说。

"你也想让我不快活是吗?"她把桌子掀了。

瞎子打架

两个瞎子在打架。他们是江瞎子和万瞎子。他们两个人扛着肩膀,来来去去地推搡,谁也无法把谁扳倒。

"是村长要我们打的。"他们说。

江瞎子说:"你把我的塘埂种上了黄豆,明明是我的塘埂。"

"村长说那几亩水面说不定是我的呢,我当然能种。"

"我们不在湖塘那儿打,在这儿打,明火执仗,好歹有人劝架。在那儿打,离村里远,自己打死自己埋,不划算。"万瞎子气喘吁吁地说。

狗牙上去把他们拉开。一下子就拉开了。两个人还各拍了拍手,像是干完一件活一样,蹭墙的继续蹭墙,搓绳的坐下来搓绳。

"每天我们都这么来一两次。"万瞎子咳嗽了一声,拿上一把稻草说,"互有胜负吧。"

"上帝是公平的。"江瞎子说,"未来的妇女主任在这儿说个公道话吧。"

瞎老板也出来看热闹。他伸出右手的大拇指和食指,追着狗牙问:"这是多少?"

狗牙没理他。他自己回答道:"这是一杆枪。你不认识,你只认识村长的一杆枪。"

狗牙飞起一脚朝瞎老板的裆里踢去。

她的脚可能硌上了一块耻骨。她瘸着走了。紧接着湖里的波浪呼隆隆爬上岸来。

瞎老板的痛苦没有人能看见,所以不叫痛苦。

江瞎子对我说:"燃灯兄弟,你能找村长帮我要回两亩水面,我一辈子供你鱼吃。说假话死全家。"

"你老婆不也跑了吗?"万瞎子说。

"死我一个也是死全家。"

"不要做美梦了吧江瞎子,我早就投放了两百只小鳖,是村长主动赊我的。谁叫你下手晚了呢。"

"让全村人评评理,你这个万瞎子肯定是要死在我前面的。"

"那倒不一定。我又不是没有鱼叉。如果我用叉把你今天就挑了喂鳖呢?"

"好吧,那我就等着。大不了筲箕坟再添上两个黄土堆。"

瞎老板说:"你们可不要留下我一个人让我太寂寞呀!"

拦　截

黑鹳的尖叫像树叶抛撒在坟上。许多鸟都是这坟山里的游魂，他们假装鸟儿，在这里飞来飞去，在各个坟上串门，寂寞地说着只有他们才懂的话。他们曾经美丽地活过，现在依然扇动它们的翅膀，在这里舒服活着。他们不死。

一个少年高举着一个羊头从坟山里走出来。

这是乡村非常安静的时刻，狗的呼吸有气无力。风摇摇晃晃地跌坐在水面上。所有的亡灵都在太阳下翻晒他们的脸。

这个羊头，不知是什么时间死去和遗弃的，它白得像玉石，暗藏着光芒。两支犄角却如活着时一样，黑得像紫檀木。死去的羊头也能认路，带他走回村里；举羊头的人像是从很久的世纪归来一样，脸色白净，眉目古静，身子越来越结实，并且长出了一些高高低低的胡须。头发像是被风吹乱了，张牙舞爪，嘴巴里嘟嘟囔囔。右手从羊脑里伸进去，高高举起，使人一下子就记起了那个恐怖的火炬。左手嘛，紧握着的，指甲搓着指甲。

"我们应当把他引到哪里？"几个瞎子且走且退，惊慌失措地商议。

"应当引到湖里。但不知他会不会游泳？"

"那个闸房也可以，我们用钢丝绳绞住他，跟绞盘一起走，然后他就成了肉酱。他会死得比守闸人更惨……"

"但是谁能下得了这样的手，我们都是善良的瞎子，谁要是来生不再怕瞎，谁可以做这种事……"

"我们总归要把他阻止在村口吧？柴棍呢，你在这儿吗？"

有个明眼人说他在那儿，他举着一根棒子。但他看不见，只怕哪个过路人会遭殃,替五扣挨上一棒。人瞎了眼是很可怕的。

但是,大伯柴棍是把一根棒子横在路中间。他是想绊五扣一跤。他只有这个能耐。

"他是不是来了,还有多远?"柴棍在大声问。问空气。他希望有个人回答。

"柴棍啊,你在第一防线。后面有我们呢!"瞎子们齐声喊。

"没有一个明眼人带头,瞎子不可滥杀无辜啊!"柴棍在心里哭着说。

"柴棍,这、这里!这里!"

有人将他的大棒调了个头。意思是那小子从那边跑了。五扣不按常规出牌,他往窄窄的水田埂跑,他甚至掀翻了一头在田埂上吃草的牯牛。那头牛掉进水田里,又奋力往上爬。

"这个疯狗日的!"

几个脸都吓青了的瞎子拼了老命大叫:"来,我们一起喊:五扣进村啦!五扣进村啦!"

羊头在笑

羊头咬着牙齿。羊头在笑。

"都守着自己的柴垛和房子!"

"我谅他没有打火机和火柴。"

"万事不可掉以轻心。他是个火神鬼,他什么都会有的……"

"……各家各户,注意哪!守住各自的房子和柴草哪!"

"收拾衣物,管好自己的小孩哪!"

整个村子都在大呼小叫,互相传递着信息。在田里劳作的人拼命往家里跑。打鱼的丢下网,什么也不顾了。

"昨天夜里,我给外村的一个死人吊了脸回来,一团鬼火跟着我,我就知道今天村里准会出事。"柴棍给人说。

"你一个瞎子怎么知道是鬼火?"

"绿莹莹,明晃晃的,背脊骨发寒,不是鬼火是什么呢?瞎子虽然瞎,眼前并不全是漆黑一团。我说嘛,我走它走,我停它停。那亮非常大,后来,我脱掉了一只鞋,提在手里,并且把我的探路棍狠狠地敲打,又念了二十遍退煞咒。天煞地煞,凶神恶煞,全给念退了。回来就发起了高烧,今天还没退。这个五扣一定是个鬼!村长是个内鬼,明明说是把他处理干净了,为什么又跑回了呢?听说这孩子就是村长的,他舍不得,下不了手。凡是偷人生的孩子,肯定没有好货的,大脚弓戴了绿帽子……"他在村口的人堆里说。

"是柴棍在造谣么?柴棍,我日你先人的,骨头痒了?"秦村长不知从哪儿钻出来说。

"不好解释嘛。村长你本来是个心狠手辣之人,怎会连个小孩子也三番五次地对付不了?"

"这只能说我老秦慈悲心肠。这孩子绝对不是我的,我这么聪明的人,我生出个傻瓜?"

"那也难说。就算他的父亲是大脚弓,大脚弓也不是傻子呀。"江瞎子说。

"你是对我有意见。你的水面是吧?你想得到那个水面还不容易吗?你不晓得买瓶氯硝柳胺往万瞎子的塘里丢吗?你就说是你自己灭钉螺用的。"

"村长这可是你教我的。"江瞎子说。

"做坏事还要人教吗?"

"村里的坏人不都是你教的嘛?"

"哈哈,我这么大一个牛屎?"他垂头丧气地抓着两颊,坐在地上,一个劲地打嗝。

大黑风

　　黑暗向湖上扑去。到处是砂石滚动的声音。最先听见乌鸦叫。黑风拖曳着沉重的水,往岸上泼。

　　是卷地而来的。黑雾被一个瞎子发现了;他半夜起来小解,狠狠地摔在学校门口的旗杆下。他是村长老秦。他眼里本来还有点微光的,但这是第一次。他以为他中风了,跟他的兄弟警察一样。他就在粪坑里拼命念数字,想得很复杂,一百八十九加二百三十一,等于多少。然后念社会主义核心价值观:富强、民主、文明、和谐,自由、平等、公正、法治……二十四个字。又背"八荣八耻"。

　　他背诵了三遍,确信自己不是脑溢血。吐出一颗摔掉的牙齿。从粪坑里爬起来,风把他刮得东倒西歪。好像有无数双鬼手在推搡他。鳖池的围墙哗啦啦垮了。他哭。风声一大,就好像所有教室里都坐满了学生,正书声朗朗呢。狗叫。狗对着院墙狂吠,风把狗的声音撩得直哆嗦。事后他曾回忆,教室里那夜真的是书声朗朗,学生们念的是一篇什么课文还记得的,但第二天因为惊吓,全忘记了。大约是一篇歌颂春天的文章。但是学生们齐诵的稚嫩声依然在他的耳边轰响。一直轰响了半年。直到他的头发枯了。

　　早上起来,天色全是黑的。他以为他全瞎了,但鸡的眼睛是亮的,鸡叫了六遍。鸡要吃食和生蛋。鸡跑出了笼子,跳舞歌唱。后来它们全躲进了鳖棚。被昏天黑地的风吓哑了。

　　甲鱼在尖叫。是无家可归的黑鹳在愤怒地啄食它们,但村长老秦完全看不见。

　　一千只猫被揉麝。一千只猫在旷野上号叫。

　　一千只黑鹳被吹得滚入湖中。它们的翅膀全被风吹折了。

几个喝闷酒的瞎子挤在野鳝鱼馆对瞎老板说:"今天可能回不去了,就在你这儿过夜。"

瞎老板说:"行,只要你们老婆明天不骂你们在外头找小三。"

一个瞎子说:"找小四也没人管。这大的黑风鸡巴再硬的人也吓成阳痿。"

风翻过沟渠、渔渡和河流,扑向村庄。然后是湖。湖被搅拌,像掺和着辛辣的油辣子。漩涡在形成。漩涡风也在田野上像龙一样直嗖嗖地卷向半空。土块滚动。天空倒扣。光在云罅挣扎。湖水趔趄逃上岸。

只有风。没有雷电。没有雨。有渔船在呼救。无人能管得了。如果那些人能逃过一劫,那是他的幸运;如果被吞噬,那是他的宿命。

"又是谁呢?"

"也许是有人在喊孩子回家……"

"谁还在湖上抓鱼啊,现在是捕大青鱼的季节,但湖里早就没有大青鱼了。有一个老头一个渔季一条鱼都没有捕到,就捕到了一只大癞蛤蟆,有一百多斤重……"

"水质坏了。"

"有的鱼长四条腿,你吃?你敢吃。我是不吃鱼的……"

风把野鳝鱼馆屋顶的几匹瓦刮走了,瞎老板的老婆去追。

"这很稀奇。"瞎子们说。

"牛也会吹上天。"

有瞎子想听听门外的动静,一开门,一大群野猫想往里冲。瞎老板大喊:"快关门!快关门!"

有明眼人往窗外看去,门口是黑压压的野猫。它们拼命地抓着门,想进屋来避风。它们哇哇地叫。

"这是黑风,在黑风移动的时候,每个人要一动不动。"万瞎子告诉大家。

"黑鹳神变成了一条黑龙,不是上天去了吗?莫非黑龙回来了?"

"在黑龙湾……"

"不是,是从城里的方向刮来的。没听见沙子在空中响么?"

"所以这是有科学的。他们要换空气,就在空中架了大机器把脏空气送到乡下来,就像把脏水送到我们田里来一样。听说一台机器有十几层楼高,把脏空气全部抽掉。是什么人发明的啊!"

"怪不得!"

"来来来,咱们喝酒,反正眼不见为净。"瞎子们举起酒杯。

酒冷盘空,兴致全无。他们坐在灯影下,一个个像泥塑。

运砖船

1

　　湖摆动着宽大的背鳍。浪花像碎裂的骨头。全是黑墙。一栋一栋坍塌的房屋。全是翻出来的鬼魂的肚皮。各种，白的、黑的、灰的、黄的、深蓝的、酱红的。一些脖子和赤身裸体的人。被咒语念中和被父亲吊了脸线的死尸。长满了杂草的骷髅和堆积成山的手臂。砍下的脚掌。拍打泡沫申冤的手，召唤着被万般蹂躏的幽灵。

　　她的船。狗牙和她父亲的船。龙骨有三条是坏的。没有船篷。铁锚三个爪。绳子结过四段。有麻绳，有塑料绳。有尼龙绳。有棕缆。还有一段是从闸房偷来的钢丝绳。

2

　　她和父亲出发的时候，村长给柴棍说："就是两百块砖。我的鳖池被雷劈倒了。也不排除是人推倒的，给你八十块钱。"

　　"你能不能只给七十九块，秦村长？"

　　"你取笑我？"

　　"我说的是真话。就算帮个忙吧，我闺女还等着农家乐呢。"

　　"那就一百。"

　　"我给死人吊线正脸最低也是一百。这比吊线轻松多了。"

　　"拿着。"

　　村长将三百块钱给了狗牙。

　　"我是家长，村长，只要我没死，财务这块我是不会放手的。"

　　"那就给你吧。"

村长再拿出一百,给了他。

"你可以泡点蛤蟆眼睛的酒喝,把眼睛擦亮一点。"村长对柴棍说。

"为什么要喝蛤蟆眼睛酒?"

"因为会蹦嘛。"

"你喝了羊眼酒不仅没像羊一样善良,却弄来了眼前毒蛇满天飞,这又是为什么呢?"柴棍装上钱,乐呵呵地讽刺他说。

"快点走吧,天气有点反常,老子很烦躁,趁我的火还没上来之前,在我眼前消失。"

"不就两百块砖嘛,跟你这老色鬼说点笑话让我少恨你点……"

他划船,狗牙在前面指挥。狗牙用渔梆子敲打船舷;往左敲左舷,往右敲右舷。

砖是两百块,不多,可压得水与舷干快齐平了。

先是,从黑龙湾砖瓦厂出发时,云像纠结着满天的南瓜藤子,垂挂装饰着半圆的天空。他们的船就在这半圆中穿行。湖水的气味发酸。桨喜欢缠上水草。一条水路,是沿着水中的芦苇往南走的。芦苇站在水里,有的爬上了小岛,有的就淹死在了深水中。

"不是我贱,我一个瞎子划什么船?我难道没有吃的?你不要瞎敲。你心里烦是吧?你敲得我左划也不是,右划也不是。"柴棍说。

"妇女主任不好当吗?不就是一年给在外地打工的妇女打个电话,让她们回来检查妇科病。不就这点破事吗?"

天空有鸟的叫声。两只黑鹳在他们头顶飞来飞去。狗牙好奇地看着。

"黑鹳我们叫老等。这叫声晦气。划船是磨性子的活,跟驴子拉磨一样,就一个动作,找准了方向,就不停地划呀划。划一下,翻一下桨,在船舷上顿一下,不会太累。顺着划,不要让桨拗了。你不来我还是能划。我去邻村做道场好几次不是自己划去的？明眼人能做的，瞎子一样能做。没听说有瞎子修手表的吗？只要是老渔民，一个人在湖上待久了，熟悉水路，就能找准大致方向。一是靠太阳的辨别，二是靠风，三是靠气味，每一个方向的气味不同，每一个湾汊的气味不同，每一个村庄的气味不同。村庄都是有自己气味的，就跟人一样。野猫湖，有九十九个汊，九十九种气味。因为植物不同，庄稼不同，活着的人不同，畜生不同，地的气味也不同，湾子的鱼也不同。咱瞎了后，全弄清楚了……"

狗牙依然用渔梆子乱敲，左左右右，弄得船就蛇行着。柴棍嘴里叽里咕噜不高兴了，"嫌老子啰唆是怎么？别敲了，我认得路！"

狗牙在找东西想把船凿个洞让它沉了。她不会水。她又打消了这个念头。

有一条黑杠似的东西突然出现在前方的湖面上。有一股阴风像刀子划过柴棍的耳边。柴棍支棱了一下。他听见空气中有千万条蛇在游走的嘶嘶声，就像利箭。

"有鱼么？是鱼？还是船，挡了我们的路？"

从西边开始，黑云有影子在奔跑，像一个端着盘子的巨人。云与波浪搅和，像在密谋。空气中有从兽嘴里吐出来的灼热的呼吸。

她很害怕。她开始忏悔：我不该想着把船凿一个洞，这样是不对的。一个女孩子不能有这种坏心思。

她小心地敲船舷，生怕惊动和触怒了黑鹳神。

"……没有人心里不装着仇恨。你恨我，我恨谁去？我柴棍你爹年轻的时候是省先进的海员代表进过京。海员？没见过海也叫海员，全国的内河船员全叫海员，就是这个称呼。上过天安门。从天安门往四下望去，后头是一望无尽的故宫，明清两朝多少皇帝住过的宫殿，前面是天安门广场，有雄伟的人民英雄纪念碑，有毛主席纪念堂。毛主席用水晶棺装着的，跟生前睡觉没有两样。站在天安门城楼上，不会只想一天喝二两酒吃盘花生米就行了，就是一个叫花子也会生出想当县长司令主席将军皇帝的妄想,像毛主席毛爹爹一样,挥手指引方向。后来,革命没了,只搞经济,我又想当个包工头,天天拉屎也数钱。后来呢?馋人家一杯酒,一杯假酒,喝瞎了眼睛,还想什么?啥也不想啦,第一次摸死人的脸,就像摸蛆一样。这就是命……"

划桨声发出的是"嘎当——咯吱——哗当——咯吱——"的声音。

"得快点了,狗牙,你睡着了吗?"

风在背后掀他的衣服。他似乎闻到了夕阳入土的气味。但太阳还有两竿子高。鸟在惊惶地叫。是他心里的惊鸟。

有水落在他脸上。是浪飞上来还是雨?

"你不说话是不是前面看见了什么?"他问狗牙。

一条黑杠,一条几公里宽的黑杠,像堤横亘在水平线上。又像蛇一样消失了。浪把它吞没了。

一条大青鱼跃出了水面。它像自残,赤裸裸地往水里摔去,就像恐怖的死亡在追赶它。

她看得两只眼睛鼓出来,好看的双眼皮就像掀开了帘子。

又一条鱼跳起来!又一条!又几十条,几百条!几千条!

"怎么啦?"瞎子柴棍也听到了。他是老江湖,他明白这是什么。

"我们要快点!看到咱的湾子了么?看见岸了吗?"他把身子侧了个方向,右手在前了,并且肌肉拧紧了,加快了双手划动的节奏。

3

一眨眼,天黑了。

"你敲呀!"

狗牙敲不了,她什么也看不见了。她还是一声不吭。她想哭,但她不说。风贴着湖面向这边推进,小船像是在地窟里穿行,一下子跌落到深渊。

"我们现在究竟在哪里?"一个上过天安门城楼的海员这样惊恐地问。

"你在吗?狗牙!"

她想说话,风把她的喉咙抢走了。我们是在哪里呢?一条鱼摔上了船板。

"大黑风!"他说。

"不要掀砖头!你这个傻货!要压住舱!不要掀!"他制止狗牙。狗牙在掀,她是想让船行得快点。桨不动了,桨要平衡船。他们死定了。

"趴下来,抓住缆桩!往后面退!"

他想,死也要父女俩死在一起。

浪涛像冰雹砸上船来,风用拳头在砸。黑魆魆的世界里全是狂怒激荡的水。水像是玻璃渣子,摩擦着,发出难听的碎裂声。

砖和船在撞。互相排斥。浪在扯着船龙骨,要将其拆散。用力撕,像撕一张纸。狂风低吼呼啸,獠牙交错。柴棍打倒了,风在噬啃他。可他的桨不能放。他拼命别着桨,找水,让其在水里,桨是船的翅膀。狗牙还在敲。这很好,听到这敲打就知道狗牙还在。他咧开嘴笑了,并且喝到了一口打进他嘴里的水,有点滋润。

狗牙依稀看到了一个蒿排,先以为是岛,但那个岛怎么会飞到浪尖上?是个蒿排。在湖里多年的水蒿累积起来的,随风浪漂流。

"在哪儿了?你还在吗狗牙?"

她想抓住蒿排,但是蒿排走了。是船走了。船也无根。湖面漆黑一团,就像人在染缸里。

"咚咚!"她回答父亲敲了两下。她不喜欢说话。

"天煞地煞,凶神恶煞……"大伯柴棍紧紧地攥着桨,他想桨就是命。他心里说老子这辈子见得多了。老天爷会保护咱这种可怜人的。要死让村长这样的坏人去死。他们什么都享受了,什么都得到了。他们应该死得了。

"还没有岸吗？再坚持一会儿就到了！你往前敲啊！你还是什么也看不见，狗牙？"

火光！

瞎子唠叨的时候，狗牙的眼前突然有一个亮光！就像湖上和田野上点燃了一支蜡烛。奇异的光，莫非是死人睁开的眼睛？

看到了！她内心惊喜，却不出声。朝前敲打，敲船头。她梆梆地敲，就像敲鼓点。

"火！"她终于说。

"好，好！我的瞎眼里也见到亮光了。是火！菩萨保佑咱们脱离苦海！"

船像一片骸骨，在火光里长出了血肉。

火与焰

1

太阳西沉,黑风漫卷。一个人在喊:"还有一条船!一片树叶!"

有两个人水淋淋地爬上岸来,像两个水鬼。

是火烧得他们手足无措,语无伦次。

稻草在悲恸痛哭,化为灰烬。

黑风把手一挥,火在风的衣襟里大片地溢出。光秃秃的村庄一览无遗。一个个被火烤得通红的脸像是卤猪脸,没有表情。村长脸上的疔疣在抽搐跳动,突然活了。火一直顺着树木和房子向上爬。天空里是滚烫的红。

"你们认为还有救吗?"村长老秦举行现场办公会。

但是没有谁理他。他后来呻吟起来,双手放在渔柱上磨,因为痒。火让他过敏。火太盛,每个人都赤膊上阵,风把空气里的水分抽干了,人就像在炉膛里,牙齿缝全是呼呼往外冒的火。

2

做豆腐的三夏,因为黑风骤起,卖豆腐未回来,门被刮倒。三个逮野猫的流浪汉,冒着被风卷走的危险,每人揣着一块石头,进了三夏家,偷他的卤香干子。

他们越过一堆专门煮豆腐的豆梗。电磨。架在梁上的豆包。压豆腐的石头。卤香干码在灶台上。他们往口袋里装,往口里塞。仿佛是热的。的确是热的。他们想喝卤水。

然后,他们往湖边的鸭棚里跑。他们住在那里。

门依然是倒的。他们离开时,看见有个东西钻进豆梗里,以为是头猪。

他们回过头时,就看到了有火在屋子里燃了。火像是画片在黑风里飘荡。红胡子流浪汉对同伴说:"你们看!"

另外的两个人捧着卤香干与风拼命抗争,弓着身子,没有听见。风把什么都刮跑了,像瀑布铿锵地冲过去。前面很黑。脚踝被风刮得嘎嘎地响。

他们站在湖堤上时,看到村里一片火海。火弹千姿百媚,像是焰火升空。他们坐在一个背风的土坎下,吃着卤香干,还喝酒,看焰火飞舞,火轰隆隆地炸响,就像镀了金子的森林。

3

黑风还在向前,没有减弱的征兆,火焰狂卷着,躺在村庄的暖流上,像无数条鱼在蹦跶穿梭。

"我们寻了他几个晚上,都提着棒,准备把他打死的。看来,这次这狗日的难逃一劫了。"

"这个畜生,是从哪里钻出来的呢?三夏家是谁在呢?烧死人没有?"

"凡是偷情搞出来的种都是害人的,特别是以权乱搞的⋯⋯"

"把黑龙调来吐水也扑不熄了,这大的风⋯⋯"

"造孽哟,这个火神鬼!"

有人终于发现了他,立即喊起来:"抓住他呀!他在那边!"

村长老秦牵着狗。狗吃过五扣的一块皮,它会嗅出五扣并咬住他。他在路上哭。狗绳绊倒了他,他撞着树,头破血流。狗却挣着绳子叫,它发现了纵火者。

"好吧,该死的狗!你来生还是吃屎的狗!"他恶毒地骂道。他把狗绳放了。

狗像一根竹镖往前射去。它高叫着,弯曲起尾巴,从细窄的田埂上飞一样地斜着奔跑。可是,它太急,拖着主人。拖了一百米,要不是村长老秦镇静,把绳子从手腕里脱出来,他就没命了。

他现在想杀了这狗。他脸皮被锉,裤子拉脱了,手在咕噜冒血,一只鞋子也不见了。

这狗,真他妈的是条狗!来生还是吃屎的狗!如果这狗他妈的这么贱,可以将它煮上一锅。他吐着血心里诅咒道。

4

"羊骷髅!"有人喊。

"羊骷髅!"又一个上气不接下气地喊。

"是他,是他,总算是他!"

如果风向不转的话,东边十几家就没了。黑风是从西边过来的,像一个巫婆,拿着一把铺天盖地的大扫帚,把火扫过来。拖拉机、驴车从村长身边驰过,拖着财物和人在逃跑,逃难。烈焰飞蹿,大地通红,天空如白昼。一些人的脸全是汗。火苗打通着道路,像洪水一样奔腾。空气令人窒息。

"就算有眼睛也睁不开了!大伙先把自己泼湿!"有人说。

火揭开了瓦,把瓦冲上天空,又落下来,落到救火人的头上,打得嗷嗷直叫。有个瞎子倒地抽筋。

明眼人看到举羊骷髅的少年五扣在大火边又跑又跳,手舞足蹈。他在火里。他在火的边沿。没人能抓住他。他在救火的人缝里钻来钻去,像一条亢奋的泥鳅。

所有的明眼人都在抓他。就是抓不到他。瞎子们也在抓他。

他往窗户里钻进去,就像跳火圈。一会,他又从人们的屁股后头钻出来了。人们拿着竹竿、棍子、笤帚扑打他。他在那些工具的追逼下往后蹭,做着下流动作。一步一退,哈哈大笑。

他的脸好像被火灼伤了,眉毛没有了。他的笑声像是强奸。有猪肉的香气从火里钻出来。有人哭。卖豆腐的三夏挑着空桶团团转。"猪也烧死了呀！杂种的这怎么得了哟！"他的母亲跑出来了，坐在门口浓浓的烟雾中，白着脸，没有表情，用一个梳子木然地梳着一头白发，旁若无人。

"把他逼住！看他往哪儿跑！"

一些人慢慢围成了个圈，严严实实。没有看见村长，他们围拢过去，慢慢收网。招呼瞎子也围拢过去。他们的手向前面张开，就像捉鱼。这本来是捕青鱼的季节。

火在飞旋。倒进去的水只当没倒。水在火上面就汽化了。一阵阵的白烟。房子还没有烧塌。看着自己勤扒苦做的房子，豆腐匠三夏狂暴地骂着，哭得死去活来。一切都将不存在了。都将化为灰烬。还有猪圈中的猪。大火中的血腥味火辣辣地直往人的鼻子里灌。烟尘像黑雨狂飘。瞎子们的眼里烤得冒烟。"这个火神爷怎么生在我们村呢？前世作的孽……"

村长的狗终于叼住了他。这可是一条勇敢的狗。这狗被火照得金黄，像一条金毛神犬。人们站住了。狗咬住他猛摆脑壳。五扣在挣脱。他想用拳头打，把狗往火中丢。狗着火了。狗的尾巴烧着了。狗，不知道往哪儿跑。那个少年也燃起来，想逃跑。但狗咬着他不放，被火烧得滋滋直响也不松口，死死叼着他。狗和人在地上打滚。拿着水桶的人不知是泼人还是泼狗，犹犹豫豫，就干脆没泼，找不到目标。人与狗已经烧成一团。一个想去泼水的人也烧到了，浑身披着火蹿上树，往空中跳。带火的老鼠钻进人的衣服里。

那少年挣脱了。狗这时却在火中蹒跚摇晃。它的眼睛好像烧瞎了，找不到路。它竟往火的深处跑去。它在凄然大叫，破着嗓子。

狗死了。狗倒在了火中。

明眼人和瞎子牵着手，迎着火的炙烤，把那少年推向火的中心，不给他一条缝钻。他受了伤。他的地盘越来越小。一头猪驮着他！猪是在火场上转晕了，鬼使神差地冲进火场。猪蹿进火里，有一根燃烧的木梁落在猪身上，猪回了下头，但是它已经驮着少年跨进了窗户。一阵大火从窗子里腾出来。

"好!太好啦!这猪比人还英勇啊!还有狗。村里的畜生都是英雄,人却是软蛋!"

猪在牺牲自己,帮大伙把这个火神爷送进火里。五扣从猪身上摔下来,滚来滚去。猪的叫声很乱,憋着劲叫。叫不出了。五扣却想夺窗而出。他的手抓到了窗户的砖头。

顿时,竹篙、棍棒、桨、扫帚,都扑向这扇窗户,就像一个密密的栅栏,少年在推着,在喊,刚才的笑声变成了杀猪声。一只手出来了,更多的棍棒铁锹扫帚抵上去。

没有人说话。所有的力量都在那儿抵住他,封住了火道,扫帚燃了更好,把火往他身上引。要你玩火的。大家都来玩火!瞎子顶住前面操家伙的人,不让他们退缩。救火的全都来了,让它烧去吧。让他烧!炽烈的大火在窗户里越来越红,有什么被烧得滋滋冒油,好像有人捧着火往天上撒。火接上了屋梁,屋顶上的木柱扛不住呼呼啦啦往下掉。这很好。五扣哀号。有一张一闪而过的脸在火里,一瞬间又吞噬了他。扫帚烧光了,他好像还在火里翻滚。这是个什么精怪?他还有性命?他有几条性命?这是个烧不死的精怪?火大些,再大些!所有人的咒语把火燎起来了。火不会熄灭。

人们可能想让村长老秦来看看。村长这个老鬼去哪儿啦?看这个少年最后咬一根棒子,口吐莲花。火由红色变黄,再变白,就像一年四季。火先是舔他,后来吃他,啃,伸出一百个爪子,抓住他,进入他的喉咙。他叫的时候喉咙里的声音变焦了,哼着,像猪在宰凳上。一股肉的焦煳味从火里蹿出,人燃着的时候整个火是绿色的,油脂噼噼啪啪地响。

后来,火在坍塌。风吹过时,火煽动着翅膀,显得疲惫不堪。但偶尔也跳蹿起来,就像男人最后射精的那几下。

村长抱着一棵树在颤抖,说:

"我是个瞎子啊,我什么也没看见。"

221

火焰在黑暗中闲荡,东一撮,西一堆。倏地爬起,又倒下了。月牙从红色的天空中漂出,像是一个美人的嘴唇,抿着。火中到处是镰刀砍伐的痕迹。几颗星星像油渍沾在天鹅绒一样的天上,像是被火弹射穿的孔洞。火跳闪一下的时候,每个人的脸上都是黑糊糊的,额头全被熏焦了,眼里闪着火烬的阴沉。有个人小声地唤风。

突然,大家都受惊骇似的哭起来,像喝醉了一样。

中部　守灵夜

陌生人

湖像一块大牌匾，黑鹳是从匾上飞出的字，老练沉着，风樯快马。它们落到浅湾的芦苇荡里，在里面交配和产卵。与别的鸟打架，争夺地盘。另一些鸟，沙秋鸭、野鸬鹚、白额雁、小天鹅、鸳鸯，像沙尘暴一样灌入湖中，浮在水面上，随波逐流。

湖水把天空养着，天空是一株水生植物，太阳是开出的水仙花。

"我已经没有故乡。"这个人在心里说。他趴在水里。他呛着泥。水和浮萍在颤动。一只癞蛤蟆拖着一条死鱼往岸上爬。

风吹着他的面孔，就像吹在石板上。好一会他从水里爬起来，手里抠着稀泥和螺蛳。牙齿的一条大缝中卡着水草，短戳的头发罩着绿莹莹的藻蔓，嘴唇流血。舌头哗啦哗啦地响，吐出一条缠着他的蚂蟥。他穿着的大头皮鞋咕咕地往外冒水。他独往独来，眼睛像被夜色漂了很久似的。他爬起来时不停地动弹，好像周边有刺。头部已经被水泡得僵硬，似乎有严重的颈椎管狭窄。

"我有故乡。"他哭着说，"我回来了。我将认识淤泥、鱼和水草、杂草，认识鸟和虫子，还有庄稼和人。我是洪水一样的乡愁，炸弹一样轰击过这里。感谢它的养育之恩。唔，我认识这些杂草，因为它们将成为我坟上的装饰。永远，一年一年，一百年一千年，装饰我的寝宫，直到雨水把坟地抹平。等于大地将我的头砍去（摁下去）。"他仰起头伏在浅滩里，只剩下最后一口气。

"噢，老人家，求求你，拉我一把……给我一口好水喝，给我水漱个口，给我一口饭吃……"

他对湖边捡浪渣的一个老太婆求情。

"你是水鬼吗？老天爷，你是从哪儿钻出来的，你是条泥鳅精？

225

你吓我一大跳。"寒婆说。

不过她赶忙俯身去拉他,想把他从泥淖里拉出来。

这很难。他一身腥臭,满脸泥糊,身上爬动着水蛭和毛蜢。他把手递给寒婆。"唉,唉哟……这就是瞎子村吗?"

"这是死人村。你咋比死人还沉呢?你就不能在稀泥巴里转动一下腿脚?"

"说是这么说,我陷在里面挪不动了。不是遇上您,我就会被蚂蟥吃掉。"他拔着脚。呼呼地喘气,好像站稳了,"您怎么这样说呢,我不是死人,就是又热又饿又累的……"

"你是从黑鹳岛游来的么?"

那个人挣扎出来,一只脚迈上了硬土。倒在地上。

"您说这里是死人村?"

"是呀,你起来跟我走,我给你吃的……我这里全是坟墓,不是死人村是什么?哈哈。你是谁?"

"刘衣裳是我的姐姐,她多年以前嫁到这里来的,我姐夫叫罗大功,别人叫他大脚弓……"

"可是他们早不在村里了。你有个外甥,埋在那里。"她的手往前头一努。那里的坟密密匝匝的。好像有个新坟,很小,像蚂蚁垒出的土堆。

"是用棺材装的吗?"

"没有棺材。你为什么问这个呢?"

"我想小孩是没有棺材的。"

"棺材有什么用,棺材只让狗獾找了个好房子。它们打洞进去住下后,把死人全吃了,然后打饱嗝睡觉,骨头当它们的枕头。我每天,给我的女儿防獾,当然也防配阴婚的挖坟,在这坟上下了好几个铁猫子,你可要小心。你如果去村里,我的羊可以带你。我看你模样不坏,不会是来村里投毒镖毒羊毒狗的……你怎么从这坟山上岸?"

"是啊,听说这里不是有个什么庙吗?船上的人说的。"

"黑鹳庙。咱这里就叫黑鹳庙村。他们说的是地名。"

她给他一瓢冷茶喝,还给了他一个大金瓜吃。

这个人先把水喝了,接着用手捏开金瓜,躲到一边去吃。

"您为什么跪在这里打伞,老人家?"

"我正在给菩萨说话。我打伞是为我坟里的姑娘打的。"

"您姑娘啊……老人家不要伤心。那您给菩萨说话为何不去庙里?"

"庙不在啦,在的话我就进庙里去了。给菩萨上几炷香,有几个和尚尼姑跟他们坐坐,吃点斋饭,念念经,敲敲钟。我不会得罪菩萨,我会轻手轻脚地在庙里走动,那里有树阴。现在,我在露天敬菩萨敬黑鹳神,露天给我的女儿外孙说话。这地方,就是当年黑鹳庙大殿,供黑鹳神爷爷的。跟如来佛祖平起平坐。还有阿弥陀佛观音菩萨文殊菩萨普贤菩萨,文殊菩萨骑狮子,普贤菩萨骑六牙白象,观音菩萨骑一条大龙。两边是十八罗汉。可威风啦!……"

寒婆牵来了她的羊。"你往这边走,可不能往里面走。你去看看你的外甥吗?"

"不了,我不看了,看也是死了。不过这里景致很不错。"

陌生人高大的影子投在坟上,仿佛镶嵌进去了,钻进缝里,随着野草摇摆。寒婆揉揉眼睛,她因为跪久了,用胳膊衬着地艰难爬起来,看着这个人:

"你说的是人话还是鬼话?这些坟,谈哪样的景致?全是伤心。每一个坟下都是伤心。"

"但是,春天来了的时候,再伤心的坟头也会开满鲜花。鲜花不选择是穷人的坟墓还是富人的花园,老人家是吗?"

"说得在理。你手上拿的是什么?"

"是一颗石子儿,老人家,好奇怪有浓浓的酒气。"

"在哪儿捡的?"

"那儿。"
"那可是守闸老汉柴草的坟,他的石子跑出来啦?!"
那个人跟着羊走了。他还在坟上扯了一把酢浆草的紫五星花。

踏 勘

　　成为烂泥的干草堆,目送着湖水浪向远方。堤坡上,奋勇生长的臭蒿和大蓟,狼狈为奸,张牙舞爪。一群屎壳螂围着牛粪斗殴。蒲公英随风飘散。漆泽绿意盎然。只有臭蒿是堤坡凶狠的气味,它们霸占着空间,摇动杀器,像一群披甲荷戟的武士。

　　"我飞身跃下堵管涌的情节就是这样的……我的塑像应竖在这儿,给你们村增添一处风景也是不错的。一定会成为全镇和全县的爱国主义教育基地……"保外就医的潘主任不停地唠叨。

　　"这荒村野冢的,您站这里多寂寞呀。"村长老秦说。

　　"再寂寞也要站在这里,站在我当过知青的地方,我堵过管涌的地方。我对这片土地一往情深,我深爱着她……"他动情地说。"我老了,身患不治之症,保外就医。我日日所思,夜夜所梦的,就是这里。"他哭起来,鼻涕眼泪哗哗地往外流。

　　远处的黑鹳岛在水中起伏。一群白色鸟往那边飞去。黑鹳神是楚王变的,大家都这么说。他是楚庄王的儿子楚共王,他曾流放到这个岛上。

　　"大约五米,应该是不错的。"旁边来给他设计塑像的美术家踏勘后汇报说。

　　"十米不行?"

　　"当然行。二十米都行。"

　　"十米吧。这是个风口。"

　　"你们村头的渔柱多高,村长?"

　　"五米左右。"

　　"就十米。"

"够气派了。"

"应该很威武吧?"

"当然。因为堵管涌的姿势有一点前倾,当然,可以将手弄高,举着。"

"举一个麻袋吗?"

"举着,就是举着,召唤着,让大家共同对抗洪水。"

"有一点大禹治水的劲头。"

"有一点。"

"就是……主任,我们村的财务状况你是知道的,我们村委会吃饭也是赊账,现在野鳝鱼馆不赊了……"

"你是说中午吃饭吗?"潘主任冷冷地问。

"不是,中饭给您准备了甲鱼。我是说塑您堵管涌塑像的资金……"

"放心放心,你不操心好不好……你们修路的资金还不是要我去跑的!还有你们村'维稳先进'的牌子还不是要我去争的!"

"那倒是,那倒是。不过今年我们村多起火灾,烧死了人,这个'维稳先进'怕是不可能了。做塑像基座的砖我们村里倒是有,拆学校厕所的砖……"

"厕所的砖?我的塑像屹立在厕所的砖堆上?"

"学校就一个厕所不用了。呵呵,那就拆咱们村委会的砖吧……"

"那还差不多。"

他背着手,像一个伟人,眉宇沉重,望着蜿蜒的湖堤和湖上。"我要在这里,这堤坡种满兰花。我要让湖上开满了兰花。"他说。

"那您就在兰花丛中喽。"村长老秦说。他以为这个瘦老头子在说梦话。

在兰苑

香樟树下,很像那个颈部肿大的主任。他干枯的手拿着一把修剪花木的剪刀。

院子门口有许多野芹菜,还长着些碧绿的天门冬和麦门冬。门口不起眼的砖磴子上,写有"兰苑"二字。有兰香。刚下过了雨,泥土在膨胀。兰花的香气浮在雨雾里。

进来的人在门口磨磨蹭蹭,东张西望。他在寻找什么。铁齿门关上时发出笨重的吱呀声。

"我的树。"我说。

我在读一块印有兰花的大牌子,上面是:

	上盆兰	是关键	好季节	春秋天	换盆前	须稍干	防根
断	轻轻翻	水洗净	晾见干	要分盆	也不难	下山兰	细挑
选	上盆前	先修剪	栽兰时	心要专	根要伸	叶要展	芽朝
外	栽宜浅	粗料先	细上面	浇透水	荫处安	喜阳光	忌暴
晒	喜营养	忌肥浓	喜湿润	忌水浸……			

他然后给鸡切南瓜。鸡把喙藏在翅膀里。一条狗舔自己的睾丸。

庭长并不想看他推荐的一盆大兰花,他表情迟钝,眼里汪着泪。一株花萼庞大的兰花似乎是送给他的,在他脚下。

"我不要。"庭长像个小孩一样说。

"杓兰啊,你懂不懂?"潘主任不耐烦地说。

"我想起我的女儿。"庭长说。

"还扯那么远的事做什么？你累不累啊亲家？"

院子里到处是花架子和花香。我的鼻子发痒。我看到了自家的那棵大树在院子的一角——那儿有不少新移栽来的大树。有银杏、丹桂、香樟、栾树、楠木。我的那棵，砍去了枝丫，正在输液，像一个病人。

"我可以看一下我的树吗？"

"你是来要工作的。像你这个身板，能守个门房就不错了。人家还怕你死在门房里。你没有看你的脸有多难看！像你这个年纪应该退休了。"

"是啊，我还没有工作就要退休了，你们觉得好玩吗？"

"这是悲剧。我一声叹息。"庭长说。

"看看我的花木倒是不错的。"潘主任又说，"我已经归隐啦。所谓兰者，君子也。兰花喻德泽长留，经久不衰。兰为王者之香，清风脱俗。我一生在官场鬼混，枪林弹雨，还能最后侥幸活到养兰花，看夕阳，我知足啦。然后我会安静死去。如今还有多少官场的人能像我这样？……"

光线斑驳地穿过树阴，像是生锈的刀剑。

潘主任说："当你跟两个老人说话的时候，你不认为他们是死掉了？你也是死去的人。你的声音很小，非常小，就像半夜我听到的野猫湖的水声……"

"我是一个保外就医的腐败分子。他是一个老上访户。我们都是这个世界的局外人了，这个时代已不属于你我和他。我们只是还待在这个世界上，好歹在太阳下还有自己的影子……兄弟，你知道昨天县里纪委的一个副书记在自己的办公室，自己杀自己十三刀的事吗？来的还是省里的刑侦人员，宣布是自杀，严重抑郁症。我知道的，一个平时嘻嘻哈哈的快活人，就宣布你抑郁了。还有政协的一个主席在卫生间喝药自杀你知道吗？"

"我不知道。"

"你们在说什么?"庭长贴过来问。

"一个聋子你跟他什么也不要讲。他会缠死你的。"主任对我说。

"你们是在说我吗?"庭长问。

"你这老不死的还不够资格让我们说。"潘主任说。

"我最风光也不过是一个乡镇审判庭的庭长。在煤炭厂借地方办公,审判案子。县里的事与我不相干……"

"你已经听到了!县纪委的人自杀十三刀!这是今天这个时代。你那个借煤炭厂办案的时代早就过时了……"他擤了一下鼻子,问庭长,"你那些破事跟这些比,算个毛!"

"……十三刀?是十三刀吗?"庭长比画着,"这太邪乎了。这怎么可能?……不是自杀那又是谁杀的呢?"

潘主任嘿嘿笑道:"我哪知道……你是庭长你可以判嘛。"

"我想请教下主任,如今的官场跟过去有什么两样?"

"更加险恶,更加……"潘主任停下切菜刀说,"精心的杀戮呀……得亏咱们离开得早……"

"你的儿子有血债。"庭长指着脚下的兰花说。

"是你说的。所以,你说我儿子杀死了你女儿,可以怀疑。但你是一名国家的庭长,你明白谁主张谁举证,这是现代公认的法制精神和原则。在没有新的证据出现之前,你要中院推翻过去的结案可行吗?何况是十多年前的案子,一桩交通肇事案!"他凑近这个耳背的庭长,声嘶力竭地喊。

"你可以调动公安局刑侦大队,再来调查。"庭长也大声说,唯恐对方听不见。

"调查我儿子杀人的事情?我疯了?我大义灭亲?"

"你是县政法委主任,你会主持正义的。"

"正义?呵呵。你这死老头,顽固不化,一个傻戾!你是一个傻戾!傻戾!"他烦了,骂,跺脚,翻着牙齿,怒得满嘴白沫。

"这里的柚子还没成熟。"他小声地对我说,"他有精神病,他经常因为冲动判人家无期死刑。活该你倒霉,撞上他了。活在他的管辖区是你点子低。也活该你幸运,落在我手里,不是我改判你今天还在这儿?"

我没有说话。

"因为我只顾着贪污受贿,对自己的疾病不闻不问。不过我也时常手下留情。不像他,这个老家伙是一个有严重迫害妄想症、焦虑症和狂躁症的人。你该不会知道内情后一时冲动干掉他吧?"

"你愿意帮忙的,你是在说他的吃饭问题吗?你可以给他找个工作。"庭长对他的上司和亲家说,"他没有工作他死定了,你没见他的脸色发黑?"

潘主任嘿嘿发笑对我说:"你看他这副想当好人的德性。"他对聋庭长说:"脸色黑那是因为你在煤炭厂审了人家三个月没洗脸。"

庭长听明白了,庭长也嘿嘿地呲着牙齿笑起来。

"这人活不了多久,看脸色就知道……"庭长自言自语地说。

"你毁了多少人的一生。"主任点着聋老头的鼻子激愤地说。

"医生?看医生吗?"聋子岔话。

"当然看医生。你的钱呢?送人家去看医生。"主任扯着聋子的膀子往外推。

"我不看医生!我说的是他,那个劳改释放犯!"庭长喊道,"你在狡辩你当年主修的一座桥垮了!"

"我何曾说桥的事?聋子真麻烦。我们在说官员自杀十——三——刀的事。"

"是糟糕。实在糟糕。我女儿嫁给你儿子的时候,你儿子已经是第四次婚姻、两个孩子的爹了。"

"是他自己送上门的,主动要与我结亲家。"潘主任给我说,"他女儿有严重的基因缺陷,跟她爹一样。所以,是她神经兮兮跑到公路上,撞了人家的摩托……"

"你这个老神经病,挖一挖你耳朵里的稗草吧。我虽然患了绝症,但比你清醒,这是我骄傲的事。"

他气得摔了一盆兰花。泥巴和碎片四处纷飞。狗吓得一口咬坏了睾丸,疼得跑向远处,一头撞向院墙。

我坐在坟墓上

我坐在坟墓上。

谁又将坐在我的坟墓上?

谁是祖坟?

那些大量的无人认领的坟,抛荒在大地上。如果坟墓越来越小,村庄唤回游子和亡魂的力量就越来越弱。最后,故乡就在许多人心中消失了。

他每天吃五十只臭虫

　　他每天吃五十只臭虫。这是民间治癌偏方。他自己注射吗啡。从肚子上下手。他因为化疗头发全无。全身,只有皮鞋闪闪发光。

　　他不能阻止他的儿子干伤天害理掘人祖坟之事。他浑身疼痛,癌细胞扩散。你能不能做点善事让我善始善终？他望着院子外灰尘扑扑的工地,那里哭声和鞭炮声一片。

　　"我已经什么都不要了,什么孔子孟子、老子庄子、佛教基督教,对我没有任何意义,我已经活过了,不需要什么支撑。政治家和政客要,想青史留名,想蛊惑他人,其他人要,要怎么活下去,精神怎么得到安顿,我什么都不需要了,因为我老了。我一死,世界就不存在了。一把骨头并不需要这个文化那个宗教。跟泥土一样,什么都不要。弃在野外。我现在需要的……嗯,我什么也不需要。"他喃喃自语。

　　他坐在花丛中,没有幸福感。

刨　坟

推土机开掘出的每一层土里,都像是我们曾经的墙基和禾场。

老鼠奔蹿。所有先人的魂都依附在它们身上。推倒的野杨树摇摆着。推土机推开了一座砖墓。老鼠在履带下轧成肉浆,它们的皮毛就像一坨霉。它们的血成了新土与新土的黏合剂。

这些逃亡的老鼠,湿漉漉地拖着它们贴地的小腿。所剩无几的皮毛上是一些长期不见天日的霉菌和癫斑。它们吱吱叫着,声音怪异,啮齿边挂着阴险的长须。全是地底下的怪物。

人们向这些老鼠下脚,狠狠地踩,用棒子打,用锹拍。

"可要利索点!"

"太难看啦,这些老鼠精!……"

几个老汉四处找老鼠尾巴,将它们割下来提在手里。鼠尾据说是一味中药,可以卖钱。

推土机歪在高低不平的土堆上,就像是一把大锹,凹进去的斗,厚重的铲口,呈齿形,就像是一个吞吃坟土的怪物,豁然张开大嘴。柴油的黑烟从屁股后冒出来。它拉开架势,用一排厚厚的填满黄土的牙齿铲进坟墓。加速。前进。一顿猛咬,坟包就推向一边,平了。棺木和零乱的砖头露出。另一台候在旁边的小型挖掘机,从长长的铁臂下也伸出一排铁牙齿,对准棺木的缝隙。嘶啦几下,棺材盖子裂开了,再一掀,棺材散了。鞭炮在周围叭叭地爆响,拿着大蛇皮袋子守在那里的人群,弓着腰,睁大眼睛,等着捡拾墓里残存的骸骨。

一堆土和几块散乱的棺盖板全掉进去。还有砖头。一个捡骨人怒气冲冲,头发飞扬,指着开挖掘机的师傅大声斥责,大骂,并飞身过去,跌倒在松土里,又站在掘开的坟墓和挖掘机中间,阻止司机挖掘。

几个人拿着锹和镢头在坟墓里刨,搬砖,搬棺木,挖土。

骨头被刨出来了。一块一块,一根一根。还有半个骷髅。从里面抠出一些白蚁。他们拿着骷髅在板子上磕,把骷髅掏干净。

"我的可怜的爹啊!"

"我的可怜的老娘亲啊!"

"我的爷爷呀!"

一个哭,更多的挖掘现场哭。一座坟,又一座坟。

许多手持木棒和盾牌的穿制服的人站在一旁。他们的皮鞋很大很结实,帽檐压得很低,稳稳地站着,叉开腿,个子高大,像些黑鹳。

一个人拿着手提喇叭喊:"来领钱了!"

"请报出你的姓名,拿出身份证!"

"一个墓三百元,包括墓碑、水泥和砖头和骨灰盒。"

在另一个挖出来的墓那儿,一个发放现金的人握着笔和香烟喊:"这是谁的墓?这是谁的墓?……"

没有应声,没有哭泣的人。没有一个人。

"再问一遍,这是谁家的墓?"

喊话的人发现自己的表述不太准确,就换了一种说法。

"没有?没有就填平啦!"

推土机早就推出了一堆土候在那里。但是,一些寻宝和找鼠尾的老头不会放过这个机会。他们一起涌上来,挥起镢头就往里面刨。从坟里飘出一股死臭蛙的气味,像是一个死尸的填埋场。

"住了,住了,里面有活物呢!"一个老头流着鼻涕挥舞着手中的小镢头兴奋地喊。

有人观望,有人在笑。只有那些穿制服拿大棒的人没笑,城墙一样地立在那儿。

那老头被笑惨了,横下一条心,撸起袖子将手伸进黑水里,拨开死者腐烂的衣物,在里面鼓捣摸索。他的头歪向一边。那尸水的气味实在太冲人了,不是被人讪笑他不会去尸水里抓物来证明自己没有说谎。

"好大的胆子!说不定是鬼虫呢。"

"鬼虫?"

"鬼虫有十八只脚,是专吃死尸的。"

"咬人不?"

"还有鬼獾,长四只眼睛。"

"……"

那老头好像摸到了什么东西,呲牙咧嘴,一只腿跪在地上,大喊:"让开!让开!"

黑水里果然搅动起来,有水溅得很高,有东西在水里扭动挣扎。

只见他的手从水中抽出,向空中一抛。一个又长又粗的家伙在空中扭动摇摆了几下,倏地飞落到土坡上。

一条一米多长的大蛇。它砸昏了。可它蠕动着,没有蛇那么灵活。看不清头,沾着泥土,身上没有鳞片。

"是鳝鱼,乌鳝!"

"起码四五斤!我的娘呀!"

"还有!还有!"

又有一个老头用火钳夹出了一条,一起丢在那儿。

"又有一条!看!"

"还有!"

几个老头争相去水里捉。把死人的骨头翻来覆去。

一共有八条。

"这可是老乌鳝了,一条就能炖一锅。谁要啊?"

"我要。本来是我发现的,不然你们不埋了吗?"

有人说:"你敢吃呀,这里面的东西毒可大呢,吃死尸长大的,这么肥。这个墓少说六十年了,可是个精怪,吃了要死的。"

那老头说:"我卖。"

"难怪你是孤老的,赚这样的黑心钱你不活该断子绝孙。"

看着老头将那些活物装进袋子里,一个人说:"你们再看它们弯弯曲曲的样子,不是死人肚里的大蛔虫么?它是泡黑了的。"

大家一想也是对的。有人就当场"哇"地呕吐了。

一只被逐出墓穴的狗獾在土堆上仰天哭泣。一伙人挥舞着大棒奔向它。

一阵婴儿样的奇怪的笑声从推土机下传来。开推土机的师傅从驾驶室里一个倒栽葱,落到地上,用沙哑恐怖的声音呜咽:"有鬼呀!"

他口鼻流血,翻着死鱼眼,肮脏的皮鞋蹬在履带上,手指向那儿。

一个长得像红薯的活物从土里拱出来,在那儿笑。婴儿样的笑声是从它那没有嘴唇的嘴里发出的。它有一排鲨鱼的牙齿,眼皮耷拉,鼻子皱巴巴的,鼻孔朝天。它翻出两粒眼睛朝大伙看,还有两只柴棍似的手。七八根手指——就是些树根,手指上的根须带着泥土,就是从泥里拔出的。

"这是土怪!"一个老头说。

"前天也挖出一个,是死的,推土机碾死了,这是个活的!"

"什么都挖出了。这可是老坟啊,土怪都是千年土怪,没有一千年长不成的。"

"打死它,不然它会跑的!那咱们镇子可要出大事!"

"要问它三个问题。"推土机手示意说。师傅在试着爬起来。并用泥巴锉去自己脸上的血。

他对着那个土怪问:"你是什么东西?你在这地下待了多少年?你还有兄弟姐妹吗?"

大家张着嘴巴等待土怪的回答。

土怪的嘴里咀嚼着泥土。好像依然在泥土里拱动。好像一块

241

埋得很深的块茎,充满着自得其乐的自由。它还在笑。声音又小又尖又细,就像是蚯蚓呻吟。

"听说原来黑鹳庙下面有许多这样的土怪,该不会是从那里跑来的吧?"

"这物件是古城古庙墙脚下的精灵。没想到古坟里也有啊!"

"它不说话,不回答,就把它打死算了,太阳快落山了,不能让它跑掉害人啊!"

几个老头就举起了铁锹和镢头,突然向它砸去。几下,就将这个东西砸趴下了,砸成了泥浆。那土怪砸碎后流出的血是深绿色的,肉是白的。可它的嘴巴那儿还在笑,还发出细微的笑声。过了一会,风一来,把笑声吹走了。

推土机反反复复地在上面碾压,不让它有一丝气息跑出来。然后,过了不多久,高楼大厦将压在它的身上。

不知从哪里走来一群人。我站在手持大棒和树脂盾牌的人中间,我看到潘主任的儿子小潘,被一块土里的半截腿骨绊了个趔趄。他一点不恼怒,从土里抽出那根腿骨,爬上推土机,站在履带上高声说:

"这里将是一个活人的社区。就是这儿,将建一个全县最大的广场,叫人民广场……"

黄昏热得发昏。地下传来咕噜声。一片急雨似的蛙鸣从湖上飘来,像乌云覆盖了这片空旷的坟地。黑鹳在月亮里扑棱棱地飞。

鳖的大雷雨

雷声是对大地的诅咒。

大雨溢肆。村里的老墙又垮了一片。对于死者来说,他们喜欢这些声音。他们无动于衷。

心眼很坏的活人,希望这一时刻,闪电和雷火落到别人头上。

旷野里,每到这种时候,会无缘无故地出现哀号声。太阳出来,这种声音会消失;没有谁遇难。没有牲畜丢失;没有争执和斗殴。事情很奇怪。谁在凌辱谁呢?谁在哀叫?

深蓝的光撕破天空的脸。它们在翻脸。一个恶人出场。拿着钢刀。这时候,心中会泛起一种生活不能到头的感觉,但你必须挺过来。那就睡吧。等时间熬过这夜。

拆迁的步伐已经临近这里了。听见咯吱咯吱的皮鞋踩过头顶。有手正在拔除所有的墙基。

蛇这时候从天边游来。

"如果你再叫,就是有鬼。"村长对狗说。

这是新养的一条狗,就是条当地土狗,又叫菜狗。狗很嫩,盯着一处咬。屋里,墙角的那只野母鳖,瞪着两只绿豆眼望它,目光像从水里射来的。野鳖把身子藏在一只饲料袋里。它怕雷。

雨像密集的炮弹往下砸,排空而来。所有雨线的根都在疯狂生长,盘根错节。这是季节的劳役。霉雾从每个角落里冲刷出来。因此空气中霉味扑鼻。整个野猫湖区都沉浸在沮丧中。雷雨发掘着伤心的往事。

一个瞎子在雷雨到来时束手无策。他用抽烟喝酒自虐。摆着许多瓶子,两个烟缸。对着野母鳖嚼它的儿女,扯它们的爪子,吮头,吃肝。

"有种的你来咬我。"他这么说。他在混沌中瞎着眼睛说。

烟头把手指烧焦了。他捻着火。这样好受些。他会绝望而甜蜜地想起,他明亮如鹰隼的眼里装过多少女人白嫩丰满的乳房。也有不丰满的。有大乳头、小乳头和凹陷乳头。有木瓜奶、莲蓬奶、水袋子奶、瘪奶、硬挺挺的奶、软绵绵的奶,有硬乳头有软乳头,有先硬后软的乳头、先软后硬的乳头。有白奶、黑奶、黄奶。有大乳晕的、小乳晕的。有红乳头、粉红乳头、黑黢黢的乳头。乳头周围一圈细小的突起物每个女人都不同,个数有多有少。每个女人把她们身体最温柔的东西藏在胸前。有福的人才能接触到它,触摸到它。这么多,每个女人内心无声的温柔全在这里,朝他看着,露出来,只有一会,只有在没有第三者在场的时候,让他看。现在,他只能看到一丝丝雨线的片断,看到蛇在空中飞。上苍戳瞎了他的眼睛,是对他的处罚。因为雷声,他会想到报应之类。

还有鬼在外头嘲笑他。

这时候,他想出去看看。他在此时什么也不怕,怀有"看你能劈死我"的拗劲。在黑暗里走来走去的人,等于是在阴间生活。

田野上这时候会有打丧鼓和唱丧歌的声音。在雷雨夜。每每如此。

他吞吃了三颗羊眼。他也在女人的乳房上睁大眼睛,听说女人的乳头有撑开眼睛的功效。他把大大小小的乳头塞进瞎眼里。可是,就像一颗桑葚塞进眼里。他会回想,女人的乳头都像桑葚,特别是未婚女子的乳头。青中带红,嫩红。粉红。桃红。发青。青得有光,懵懵懂懂。后来随着年龄和生子。桑葚变成一大片黑乳晕中的楝树果,像个多余的物件,越来越大,最后变成一个肉瘤。

他不会太多的回忆这些趣事。也不会在开心的时候回忆它,而是在痛苦的时候,想那些最后变成的肉瘤,跟他脸上的赘物一样。一个人成为今天之后,活着就是折磨。

所以他要有权。现在他想到了桑葚。他想最后的桑葚。他恨不得冲进雨里,去叩狗牙的窗户,溜进去,把她拎到床上。

往门外一跨,他跨进了水里。风很大,噎住他的喉咙。雨钻进衣领和耳朵里。漫塘了!他是在想为啥心里这样兵荒马乱哩。他往塘埂上摸去,这熟路全是哗哗淌着的水,扯他的腿。他要摸拦鳖的大网。他摸不到。他不会走错路,这地方,一天来回走几十遍。没了?他惊骇得喊起来。水漫过脚踝了。他踩到一个鳖,又一个鳖。他以为是砖头。不是,是鳖。鳖发现了逃路,正在无声无息地越过塘埂往沼泽和湖里逃去。

"鳖完了!"他捡鳖。他找网。他溜滑了一跤,干脆躺进水里,堵住鳖的逃亡。鳖越过他的身体,前仆后继地往外爬。鳖的爪子抓着他的心。他用腿、用手臂,把鳖往回赶。鳖知道自由的方向。在黑漆漆的雨夜逃亡是最好的时机。鳖抓他的脸。鳖抓他的裆。鳖,这么多鳖。是谁拆掉了他的拦网?狗太年轻,因害怕而未能阻止,只是叫。这狗一定是炖锅里的菜,它就是条菜狗。这狗日的狗!

他躺在水里。他就像一个水鬼。我算什么?他想哭。他内心悲哀。他想起准备修围墙的那些砖,柴棍运回的。他爬起来,他去搬砖,用砖拦。他滑进了鳖塘里。很深的水。他被淹没了。脚还没有踩到硬处。雷在头上,像刀一样劈,对他恨得咬牙切齿。一只手伸过来了,说:"抓住我!"谢天谢地,他浮出了水面。

这个人要把我拖到哪里去?这个人要杀我!

这个人把他拖出水了,放在漫水的地上。

"你是谁?"他壮着胆子问。他用吼的方式。

那个人像石头一样无声。

"你是爬院墙进来的吗?"

"我是来谢恩的,雨真大。我扶你进屋去,你能走吗?"

"甲鱼!我的甲鱼全跑了!你究竟是谁,谢什么恩?"他浑身惊悚得像进了冰窟。他看不到,听不出。

一个噼里啪啦的炸雷,屋里蓝光一闪。灯是亮的。村长听见那个人用浊重的声音说:

"恩人。您不是明天的生日吗?我给您提来了两条青鱼。"

村长摸到那黏糊糊的东西。是鱼。还是活的,在地上蹦达了几下。他突然想起在某一年生日的早上,打开门,收到过两条大青鱼。他至今都不知道是谁送的。

他离得很近看这个人。他模糊地看到了一个被雨水淋得发亮的人,站着一动未动,少言。有一股菖蒲上青虫的气味。

"狗,你妈的还叫个鸡巴,我的鳖全完啦。朋友,你要是没有坏心赶快帮我把水口堵住,找到被盗走的拦网!"

"好的。"那个人不急不躁地说。他走出去。就像飘出去。

村长换过一件衣服。闪电和雷声没有止歇,雨在继续。他瘫坐在那里发抖。他躺了一会儿并且握着刀。他有一种绝望感。到处是雨,世界没法喘息。雨让大地憔悴。雷电让人变疯。如果这样肆无忌惮地蹂躏,明天这世上会多一些恶人和脏畜。

那个人重新回来了。他希望那人离开。最好被雷电劈死。那个人告诉他拦网扔在院墙外,全都弄好了。

"我有什么恩于你?"村长问。这事太荒唐。这半夜,会有一些幽灵乱窜。但是这样的雷电如果你不怕,就是精怪也吓不住你。像我这样把人间坏事做绝的人,对一般的鬼根本不惧怕。要惧怕的是它们。你再脏没有我脏。莫非我就不是一个魔鬼?一个人在阳间,只要有足够的权力,是可以让魔鬼惧怕的。

他放狗过来。狗嗅到的应该是鱼,而不是其他。

"秦村长,我是罗大功的舅兄。大脚弓老婆的弟弟。"

"噢……你的姐姐和姐夫早离开这个村子了。"

"哦。雨好大。这鬼天气。我完全不知道。路很不好走……"

"你曾经把炸鱼的炸弹放到过我桌子上是吗?"

"是的,秦村长,是我把炸弹放到你桌上的。你还是村长吗?"

"我的生日你送给我鱼过?"

"是的,村长。"

"可你明明在监狱服刑。"

"是这样的,我是偷逃出监狱,我又在别人鱼塘里偷了两条大青鱼,放在你门口,连夜又翻墙回到监狱的。"

"你逃出来了又自己回监狱?"

"是的,村长。我想老老实实服完刑,成为一个堂堂正正的刑满释放犯,而不是越狱犯,再加刑,在监狱里待一辈子。"

眼前这个黑乎乎的人影,声音清晰温和,雷电打得屋子东倒西歪,可他如铁塔一样站着。

"你可以坐下来说。你换一双鞋子吗?"

"我把脚洗干净了。我的鞋子正放在您屋檐下沥水。没什么,天气很凉爽,可以睡个好觉。您放心,甲鱼跑不了啦。当时的情况是,我姐姐的户口早转到您村里来了,但您不给分鱼塘水面。"

"后来不是分了吗?"

"所以我感谢您。不过,我发现您跟我姐姐好上了。那天在鱼塘旁边的燕麦地里,您跟我姐姐,我本想一锄头薅死您的,但一想,我跟我姐姐是两个孤儿,姐姐能跟村长好上,以后也就没人敢欺负她。这样想,我也就释然了。后来,为我姐姐的鱼塘争田界,我失手打死了邻家的老头,您坚持给办案人员说是那老头先动的手,而且老头有心脏病。最后感谢庭长只判了我八年……"

"这事太久了,我都忘了,别提了。你这次是越狱呢还是刑满?"

"刑满释放,不过是第二次刑满释放。"

"啊?呵!"

"我是二进宫。第一次我在监狱里学会了撬保险柜,我出来后开始干这一行,后来又进去了……"

门外,暴雨似乎越来越猛。闪电像潮水掠过平原和湖面。一道道强光撕裂大地的肺。到处是腐烂的身体。雷声像铁钳,撬开天空的嘴嚎叫。

"你叫什么?"

"在监狱我原先叫 829 号,后来我叫 1547 号。我这些年就是个代码。"

村长笑了:"你不是 321?"

"321?噢噢……噢嗬,您也知道监狱的事。我可不是 321。我不是那么卑鄙无耻的人,我不干告密损人的勾当。我宁愿把牢底坐穿,也不会干这种伤天害理之事,心里踏实。"

"你姐姐究竟去哪儿了,我不知道。"

"我想我会等她回来。您一定应该知道她的去处。"

"我是个可怜的瞎子。"

"我的外甥都死了。"那个人说,"您说这日子……人活在这世上不像是什么都没活过吗?我走了,祝您生日快乐,长命百岁……"

他重又钻进了雨中。走了几步回过头来说:"青鱼的肚子里放了一块手表。劳力士的,我也不知道真假……"

他说·一

黑色的堤岸上有牛在吃草。一条船被人掀翻过来,上面是无家可归的鹭鸶。黑鹳在牛背上打盹,神情寂寥如佛。

"……我在这个村子里住了三年,"他说,"我喜欢这里湿润的空气,浑身滋润。说来好笑,我第一次吃莲子,是连壳一起吃的。我们那儿没有莲子。也没有这么多鱼,没有这无边无际的水。我喜欢鱼,所以我承包了鱼塘。是我姐姐找村长要的。"

他说:

"谢谢你的酒和野鳝鱼,好多年我都没吃到这么好的水乡菜了。我出来后,我听说现在的鳝鱼全部是用激素养的,我们与这个世界离别太久了,你不这么认为吗?"

我点点头。

"师傅!"他喊,"这个韭菜鳝丝是你炒的吗?"

瞎老板说:"是的,那还有假!"

"那你的刀功可不是一般的厉害啊。你是怎么放调料的呢?"

"这不好回答。你想看我用嘴穿针吗?"

瞎老板从柜台里摸出一根线和一口很小的针来,一只手举一样,然后放进嘴里。他的嘴蠕动着,没几下,把线头拉出来,那根针已经穿在线上了。

"简直神了!"陌生人说。

他说·二

"……这个地方,你进去后我才来。因为我不听我姐姐的话,失手打死了人,她没有去监狱看过我。

"你不认识我不要紧,我认识你。村里常议论你,说你亏得很。这个村子我比你更陌生。我记不起路,我是沿着记忆中的芦苇路往这里走的,结果我走到别处去了。我才知道,这里沿湖几百里,全是芦苇。无数个村庄藏在芦苇中,就像隐蔽的鸟巢,无声无息地活在人们的视线之外。后来我接连找了几个这样的村庄。我问过许多人,我记得是一个什么庙,可人们根本说这一带没有庙。有庙是很久以前的事,知道庙的人差不多全死了……

"后来,我坐了一条船。船翻了,我命大,爬上了岸,可是我的姐姐姐夫全不在这儿了……

"我跟我姐姐是同父异母的姐弟。我母亲生我那年四十九岁,我父亲那年五十九岁。我姐姐是母亲带来的。生我那天我父亲老来得子高兴过度,多喝了几杯,当晚脑溢血死了。所以我取名戴孝。我三岁那年,我母亲也死了。我们姐弟相依为命。后来,她嫁到这里的罗家,我姐夫就是你同学大脚弓,罗大功。那时我初中没毕业,我只好投奔我姐姐。感谢秦村长,我养鱼。在很远的湖边,我一个人住在渔棚里。我买了五十斤面条,天天吃面。可是与人争鱼塘田界,失手打死了一个老头。按老《刑法》第三十四条,我应判十二年,好在有村长说情,我只判了八年。"

门外的江瞎子和万瞎子又在互相破口大骂。他们站在风里,衣裳和头发呼啦啦地响。

"这个村为什么这么多瞎子?"他问。

"大概他们看世界看腻了吧。"我说。

"我觉得这儿的风景真不错,我是不会看腻的。过去我烦躁,只想养鱼发财,没有心思看什么风景。现在,当我从牢里出来,我看到的全是漂亮的风景。村庄、湖、庄稼、野草、鸡鸭、猪狗、白云、蓝天。连瞎子都是风景。你看他们搓着草绳,掐着虱子,抽着烟。船上的渔民抱着渔竿而眠,有人在捅秧草,有人在放羊。还有人在唱歌,你听——"

> 我肩背雨伞(哟喂)到姐家咧,哎姐——
> (女白)一稀奇!
> 小郎我心里(哟喂)想起了病,哎姐——
> (女白)该你死得成。
> 我双手捧在(哟喂)姐腰里,哎姐——
> (女白)不疯咧!
> 小郎我死了(哟喂)姐心疼啊,哎姐——
> (女白)我才不疼咧,看隔壁的大姐疼不疼?
> 我与隔壁的大姐啊无来往耶,哎姐——
> (女白)你赌咒!
> 我双膝跪在(哟喂)姐面前啊,哎姐——
> (女白)砍脑壳的你起来!
> 起来哟起来哟,心疼我的姐(啊)——

一个放鸭子的鸭佬,在沟渠上引吭高歌,一个人唱男女两种声音。鸭子们在水渠里嘎嘎大叫。

"继续说吧,我。"他喝了一口酒,抹抹嘴,"因为我惦记着替姐姐承包的几亩鱼塘,在号子里,我无事可干,经常被关禁闭,我就琢磨出了一种双层透明震箱捕鱼器,还有一种双层透明震箱捕鳖器。总算熬到了出狱,我回到老家找县科委,我说我想自食其力,我把发明的东西拿给他们看,希望能资助我一下,或者投资,与他们一起投入批量生产。我去找县科委。县里很远,我搭了一整天的车才到那里,按政府的指点找到那个叫科委的单位。这个单位在一个尿池旁边,没人接待我。我等了几个小时,等来一个人,给我回答说你自己发明的东西你自己找人投产啊,我们是管理单位,工资才发百分之七十,哪有钱给你投资。我说你们不相信一个劳改释放犯吗?那个人说,我想问你现在哪儿还有野生鳖?你把这个制造出来了不是去偷人家鱼塘里的鳖?

"我一想有道理。可我没有生活来源,也找不到我姐姐。我在监狱里找同改学了不少盗窃技术,只好去当'独脚行'——就是偷盗。我先是偷一些电器,电视机、煤气灶、微波炉什么的,赚不了多少钱。收购的人知道我的东西来历不明,价格压得很低。有一次我到一个县城去会牢友,看到一个电子商店的女孩蛮漂亮,我就进去跟她搭讪说,我是做这个生意的,我从深圳进一些钟表、电器你帮我代卖怎么样?她见有赚头就答应了。我踩了一家商场的点,偷了两百多件玉器和足足一麻袋手表和照相机。看时间还早,我打开柜台的音响唱了三首歌:一首是《爱拼才会赢》,一首是《我是一只小小鸟》,一首是《单身情歌》。看时间才转钟一点,我就在一张沙发上睡了一觉。我被窗户外巷子里的菜贩子吵醒了,我把装得满满的四个麻袋一个一个背到窗户外头,临走时我还在商场大喊:公安局都是吃屎长大的!后来,我跟那女孩子结婚了。"

"……你没干你体会不到,干这个太累。我就想起在牢里听他们说过撬保险柜,油水很大。但那些傻屄是用铁杠死撬,用锤子砸的。我这人特别聪明,我就买来了四个保险柜来研究。我是这样想的,再坚固的东西都有薄弱处。监狱那么多警察那么高的电网,我不是一样半夜爬出来吗?研究了半个月,终于搞清了保险柜的门道,根本不需要去砸锁撬门。保险柜是有缝隙的。我研究出用一根主杆,两根副杆,加上套筒、断线钳,藏到袖子里,有时断线钳也不要,只要主副杆加套筒,轻装上阵;两个副杆拨缝,拨进去。保险柜看起来沉,钢片都很薄。用主杆钩住,钢片是有弹性的,一拨弄就开了。"他比画道。

"你还是没明白吗?你确实是冤枉当犯罪分子的。我们才是实打实的坏人。你学不坏,只能当321。呵呵,我弄开一个保险柜最多半个小时,最快几分钟。根本不动保险柜的锁,动了报警器会响的。我这么搞,一点响动也没有。后来我偷顺手了,常在人家的墙上写'警察全是吃干饭的'。有一次我撬保险柜,弄了几个小时还是不开,惊动了楼下的保安,却不敢出来,关着门大声吼。我跑下去,狠狠踢了保安的门几脚,痛骂道:你们这些狗日的活着比狗都不如,国家的寄生虫!然后扬长而去。嘿嘿。你不知道他们有多蠢,我们这样聪明的人却没人用,他们只用一些蠢猪……"

"结账,老板。"他拦住我,"多少钱不用算了,我这儿有一块浪琴的手表,吃一年的鳝鱼也够了。"

瞎老板把手表掂了掂:"先存这儿。一个瞎子戴什么表都看不见时间。咱永远是在半夜。"

他说·三

"是的,我叫戴孝,"他说,"我现在是个孤儿。"

湖水被夕阳蜇了,它在疼痛地弹动。浪花泛着青光。一条歪斜的渔船像一个警察潜伏在水里。

暮色昏暝,野猫呼号,白茅摇荡,虻蚊飞舞。

"我已无家可归,"他掐着草茎,望着黑鹳岛在波浪中起伏的影子。那影子也快坠入深水。一切都似乎要结束了。"我还是讲上次我讲的,我讲到我偷保险柜是吗?嗯……我都记不清我偷过多少保险柜了。我发现每个公司每个单位的保险柜真是藏龙卧虎。你问我我撬过多少保险柜,只有天知道!嘿嘿!保险柜里有现金,有现金支票,有信用卡,有各种消费卡。现金支票只要把财务章、会计章盖好,只管填、取,我从没有失手过,一取几万。如果是单位的银联卡呢?就破译密码。这就是在财务室电脑里找。一般有DOS软件,放在电脑旁、抽屉里,拿回家去,打开菜单,搜索,最新交易额、交易次数都保存了的。但这些卡也时常换密码,你可以找到最早交易的,那里有密码。然后拿卡化装,赶快去银行取钱。如果没有记录的卡,密码也好破译。一般是手机号的后几位,再是生日。他要用最好记的。有身份证,有户口,就容易得多。你只要猜四十组数字,足够。也就是前后颠倒,容易猜的。这有技巧,一下子给你说不清楚。你在ATM机上输入密码,对吗?你今天输错三次就锁住了,你输两次,按取消,再输。我未遂进去时,密码是四位数,不像现在六位,很容易猜。"

"偷保险柜一般要破两道防盗门,这个不难。唉,那时候我活得最潇洒。我给你讲保险柜里的消费卡,这可是好东西。各单位送关系户和上级的,有蓝卡、绿卡、黄卡、红卡。我刚开始糊里糊涂,拿去消费。后来才知道哪种卡在哪里用。蓝卡是名店购物卡,绿卡是娱乐中心活动卡,黄卡是饭店消费卡,红卡是宾馆消费卡。有的卡五千,有的五万,还有十万的。最贵的是高尔夫卡,打高尔夫球的,五十万一张,那你敢用?"

"有一次我去取款,就被埋伏在银行的警察逮住了。警察也没问其他的事,知道我是惯犯。再者,其他的事他们也懒得查。我二进宫一直到今天出来。哈哈,我这人很乐观,人字两撇,站着是个人,倒下是根草,所以想开一些⋯⋯"

"你过去与人争的田界呢?"我问。

"野鳝鱼馆门口的那两个瞎子不还在继续争吗?就是那块田界。永远也争不完的。"

"哦。"

夜很晚了。我问他:"你在哪儿过夜?"

"我不是独脚行吗?星空下哪儿都是我的床⋯⋯"

星空很明亮,好像缀满了无数的宝石。银河睡在天空的怀里。一些萤火虫,掠过水面,提着自己与生俱来的灯,照自己的路。夜晚潮乎乎的,像是天堂。

探测仪落在大伯头上

1

早晨起来的时候,天像要下雨了。烟雾很低。水缸沿全是湿漉漉的,水草腐败的气味像是从闸下蹿出来的。早起的人就说,快去闸口那儿看,柴棍被天上掉下的一个铁砣砸中了。

"还没到七月半,他就撞上了鬼。"

"天上?天上的东西应该长眼睛。"

"只怕是真长了眼睛。一个白天黑夜到处乱窜的人,那还不遭打的。鸡蛋的命——欠打。老天是有眼的……"

有几个武警画了线守在那儿,不让靠近。有些雨。柴棍躺在一个大铁疙瘩旁。那个铁疙瘩上写着"北京"字样。

有人说:"这大的家伙,是不是俄毛子丢的炸弹没炸呢?"

"要丢也是小日本。"

"美国也有可能。他们不是炸过我们的南斯拉夫大使馆吗?"

"你们都不识字,那上面不是写有北京两个字嘛!"

"小日本还不是汉字吗?过去朝鲜韩国越南都是用汉字。连琉球群岛都是中国的……"

先来的反驳道:"瞎子说个什么呀,武警说了,是探测空间温度和湿度的家伙。"

"妈的哪儿都不落,落到咱们村,还砸着了柴瞎子。雷劈也没有这么准的。"

"看来柴瞎子是做了恶事……"

柴棍半夜被砸中的时候,以为是村里来的贼打劫他。砸裂了耳朵,让颅骨凹进去一大块,喉咙也砸没了。他醒过来破口大骂打他一闷棍的人。但发不出声音,他就爬。

最早的时候,村路上出现了血脚印。天亮后血脚印越来越多。

有人看到一只獾子,用尖嘴在路上舔血。

瞎子们都闻到了血腥,他们的嗅觉灵敏。他们以为是谁家在杀猪。明眼人发现后找血的源头,但脚印太乱,早起的瞎子太多,他们把这条血路走得一团糟。血有时钻进一个茅厕,有时下到一个水埠。

两个头脑不清的流浪汉因为露水湿了衣服,在沟渠边点野火烤身上。他们烧茅草、绊根草、枯蓼子。火在早晨虽然不大也不会蔓延,却烧出了几只野猫,浑身着火,朝两个流浪汉扑去。两个人咬得像没头的苍蝇,一个被火吞噬了,一个朝村口跑。被一个东西绊倒了,起来一看,双手满是鲜血,地上躺着个人,紧紧抱着个大铁砣呻吟,这人的脑袋砸扁了。他于是嗷嗷叫着跑去村里报信。

"雷公打死人了,雷公下来了!"

他认为这就是雷公手上的东西,砸着了一个瞎子。他口齿不清,村里人不信他说的话。这些流浪汉,抓野猫,偷东西,神出鬼没。明明没有打雷,哪来的雷公?

但的确有雨下来了。人们看见雨洇着血满街乱窜,就像整个村子是一只布满血丝的眼睛。

大伯柴棍是往村里爬的,但他几次昏过去又醒来。他记起好像是天上落下个东西。他知道自己快死了,但他又爬回去。那个东西也许是值钱的东西,是天宫落下的。他又爬回原地,抱住那个东西,死也不会放手。

路上的螺壳里,盛下的雨水鲜红,被人踩得咯吱咯吱响。蚂蟥从水沟里爬上来,朝血水里聚集。雨水照亮了天空、房舍、树木、庄稼。纵横交错的路上,血像铺上了红地毯。

257

2

……大伯柴棍捂着头上的血往一个很大的工厂车间里走。他的眼睛全能看见了。就像做梦,他看到红旗招展,人声鼎沸,机器的轰鸣震耳欲聋。这是哪里?他看见了三个字:阎王殿。不是写在屋顶上,是写在一个个箱子上。难道这里是阎王开的工厂?生产的什么?他惦记着赶快投胎转世,要找这儿的领导。他手上拿着一张表格,好像是一定要找到一个人才能让他离开。进了一个门,好大好长的流水线,原来这里才是生产车间。又像是屠宰场,血污遍地,惨叫声哀嚎声此起彼伏。一排闪亮的钢磨在飞速转动,一些空中伸下来的大铁叉子叉住一个个人往磨眼里投,立马被磨子给吞噬了,立马血溅三丈,磨子下,肉浆、骨渣、血水、脑浆不停地淌。没磨烂的手、脚、眼珠子、肠子、牙齿、头发往下掉。一些老虎大的狗在钢磨下,疯狂围拢来抢吃肉末骨渣,吠叫声壮如洪钟。然后一个大塑料袋来了,把这些烂的不烂的一股脑包好,装进木箱子里,一些人立马过来争先恐后地挥舞大锤钉死箱子,一个人拿着大大的朱红大印往箱子上盖戳,红戳是:"阎王殿"。

柴棍害怕得不行,赶快往前走。又是一个车间。一排排巨大的挂钩上挂着一个个人。有一种机械把人的嘴撬开,钩出舌头,嘎嘎地——剪断。鲜血像水龙头一样往外喷。舌头落到地上,像鱼一样上下跳动着,还发出呜呜的声音。有的像刚出水的鲤鱼一蹦老高。有一截断舌头蹦到大伯柴棍脸上,发出哭一样的声音,一波三折。他狠狠地踩了这舌头一脚。

正在他觉得晦气时,一阵火车开来的声响排山倒海而来。抬头一看,一群狂暴的野牛,戴着钢铁的嚼子向这边奔来。他慌忙闪到一边躲起来,前面的鬼,全被野牛给践踏了,野牛过处,全是踩断的手臂、踩扁的脑袋、踩烂的喊叫。心脏还在地上跳动,作最后的挣扎。

好大的圆盘锯呀！大伯柴棍想,咱师傅教咱的,说地狱明明是用两层木板夹个鬼锯开的,可这里全是高高的圆盘锯,在斜射进来的光线里威严地转动。人被送到锯齿下,一眨眼就锯成两半。这边一半的嘴里喊爹也,那边一半的嘴里喊妈也。合起来是一个声音:爹也妈也!

……香喷喷的滚油锅!咕噜咕噜地冒着金黄色的泡。一个大铲车铲起几十个人,往锅里倒去,人的头在锅沿上,身子已经炸焦了。可头还在喊:"我渴啊,我渴啊!"看着看着变焦的身子,变焦的脖子,变焦的嘴还在喊:"我渴啊,我渴啊!"那些穿着西服还打着领带的工人就给那张嘴递去一碗盐水,让那嘴咕噜咕噜地喝下去。炸焦的身体一个个从油锅里浮上来,膨胀得金黄闪亮。一些人用大锅铲把他们捞上来,装进袋子里,又是装箱子,钉盖子,封印戳,运出车间。上面还有一行字写着:油炸人形大薯条。

……又一个车间,又是一排排大挂钩,跟肉案子似的。刀光剑影,血雨腥风。刀斧手剖开鬼的胸膛,手往里面一掏,就是一副心肝,水龙头哗哗地冲洗干净,又丢入一个烤盘上,立马由红变白,由大变小,变成腊制的人肝。机械手抓起孜然、胡椒粉、盐、花椒往上面喷撒,几十把刀唰唰地将那肝切成片状,封袋、装箱、盖印。贴上"天下第一美食腊肝"。

正在看时,有人塞给大伯一副血水流淌的心肝,要他去池子边清洗,他吓得浑身哆嗦,两手抽搐,丢下那东西拔腿就跑,一阵热浪袭来,转头一看,几十个开水池,开水翻腾,白汽呼呼。一些工人两个抬一个,往开水锅中丢。那些鬼想从锅里站起来,刚站了半截,就成了骨架,肉哗啦啦掉进锅里。捞骨头的工人将骨头铲起,掀入一个轰轰作响的粉碎机中,骨头成了白森森的粉末。一些人装起来,封口,包装,打印。上写着:鳖饲料骨粉。

柴棍疯了,他在那儿大喊:"我可是冤魂啊,我冤枉呀,谁救救我回人间!……"

一盆冷水泼向他。他醒过来。

"我昨晚起夜时,听见村里轰隆一响,以为是院墙垮了。"秦村长蹲在柴棍面前,拨弄着他的眼皮和鼻子,对大伙说。"我有责任吗?"他斥责那些抱怨的人,"飞来横祸,大家好自为之。半夜在外头荡来荡去的人,有什么好下场? 你们说。我打110报警,就说一个北京的探测仪半夜砸中了一个瞎子的脑袋,现在危在旦夕,但是他的脚还能动,抱着那个铁家伙几个人都掰不开他的手。警察会相信吗?"

村长老秦还是打了电话。结果武警开着车,拉着警笛来到了这个湖沼和芦苇深处的村庄。

"相信不相信的,他也砸成这个屌样了。村里的灾难不是都起于你那杯假酒么?好在苍天有眼,你也一样。"瞎子们愤恨地说。

"再怎么我对你们还是不错的,每年春节我没有给你们分甲鱼吗?"村长老秦说。

"看啊,好在武警来了。你就别提你那甲鱼了,女孩吃了也长胡子……"

3

"你动动你的手看?你的脑壳还在吗?"

医院的气味让狗牙想咆哮。她问她爹。

病房里全是病人和他们的看护家属。病人呻吟着,有人咳痰。有人在笑。有人的脚吊在天上。有人骂祖宗和贪官。

烧伤的人五花大绑,露出眼睛鼻子,就像死的。有昏厥过去的在进行心肺复苏。一个医生用拳头猛击患者的心脏,咬牙切齿,吼声如雷。

大伯柴棍烦躁不已,瘪进去的脑袋因脑压太大,让他的两只瞎眼鼓出来,像两个灯泡吊在外头。他被掉下来的探测仪灼伤了,后来在昏迷中又紧抱着这个温度极高的家伙,两只手臂完全揭去了一层皮。

我负责给他的皮肤喷水,给他的嘴唇蘸水。有一天,大伯柴棍醒来,突然用纯正的普通话说:"这是在哪里?我是中华人民共和国湖北省江汉平原野猫湖乡黑鹳庙村的模范村民柴棍,我为保护国家重要财产光荣负伤了……"

谁都愣住了。他为何能有这么标准的普通话?难道仅仅因为他被京城的东西砸中,他就变成了京城人吗?

县科委主任来慰问他。提来了两壶金龙鱼调和油,一袋米,一床化纤被子,三百元慰问金。

他不停地呻唤,嘴里发出咴咴的嘶鸣。

几个县实验小学的红领巾,县《小科学家报》的小记者,急切地问病床上的病人:

"请问柴大爷,您被这个科学探测仪砸中脑袋后第一反应是什么?"

"您死死抱着探测仪的时候心里想到了什么?您不怕烫伤也要保护这个国家财产,支撑您的信念又是什么?……"

秦村长来了。他坐到柴棍对面的病床上,那床上是一个浇汽油自焚的拆迁户,被人灌了安眠药在酣睡。

"……对不起兄弟,你受惊了。这样的事,千载难逢,喜从天降啊!像你这种老不死的半夜还被砸中了几十万。等你好了,可要请我喝一杯。关于赔偿的事,你只管漫天要价,一百万!再就地还钱。最后你松口,算上医疗费、营养费、护理费、养老费、精神损失费,你搞到三十万就赚了。不过政府蛮抠的,给你两三万说不定就是大恩赐了,你可要有心理准备。你去告,你告谁去?……另外,我刚才与主治医生讨论了你颅骨修补的事。可以用进口材料,也可以用国产钢板。不过,如果医疗费包干,你这人又老又瞎,不如把钱省着留给狗牙。像你这个脑壳,放在马路上让人踩还嫌脏,我建议你用鳖壳补一下就对付了。如果他们将医疗费除外的话,你就用进口的钛钢。这样,再有东西从天上砸下来,你就不怕了。就是天塌下来,咱们村也有你柴棍顶着。你可是顶天立地的汉子呀!"

对　峙

两个瞎子站在田界上,各自操着铲草的锹。他们已经对峙了两天两夜,没吃没喝,偶尔会打上一架,但都手下留情。又到了傍晚,两个人在算谁先倒下,算年龄,算病。他们都看不见对方,锹碰着锹。夕阳把他们的影子狠狠地摁进水里。他们脚下的泥巴站进去很深,看不见小腿。蚂蟥在吮吸他们的血。他们知道,因为痒。但没有谁敢勾下腰去掐。都不会屈服。田界上的燕麦草凌乱不堪,老鸹在头顶上叫。黑鹳黑压压地飞来,趁他们争吵的空隙在水里啄鱼吃。

"这个田埂已经死了一个老头,让一个外乡佬坐了八年的牢你知道吗?"江瞎子说。

"大不了再死一个。"万瞎子说。

两把锹又叮叮咚咚地碰在了一起。这次,锹的破口给咬住了。这真是无奈。两把锹像两只连裆的狗,怎么也拉不脱。

两个瞎子的汗下来了。汗是黄汗,一颗颗像是黄豆。没吃没喝,力气也耗尽了。他们恍恍惚惚,恨不得让对方搀扶一把,就这样让两把锹纠缠着,你来我往,你进我退,暗里使劲。

突然锹被人抓住了。有人在把锹分开。

开了。两把锹轻轻放在地上。那人拍了他们各一下:"我就是那个判了八年的外乡人。"

"你叫什么?"

"我叫戴孝。因为我父亲生我那天死的,所以我叫戴孝。"

他和颜悦色地说:"如果当年有人也像我一样,有个人劝架把我们拉开,我也不会失手打死那个老人。老人也许还活着,我也不会关进去八年,不是吗?"

"是的是的。"

"所谓仇恨是要人化解的。我请你们去喝酒行吗?这点田界,你们怎么争还在这里,也没多大用处,死了也带不走是吗?人瞎了会很固执,你们还是回家去吧,该吃该喝地回去了,让我一个人好好在这里看会风景想想事儿,让我在这里好好哭一场不行吗?"

"行的,行的。"两个瞎子收拾起工具说。

眼泪出来了

一个鳝鱼火锅。我们面对面坐着吃。里面是咕咕翻腾的辣泡。鳝鱼是丝,放了些豆角。

那个外乡人闯进来,大大咧咧地坐到我们桌子前。狗牙恶狠狠地瞪着他,示意我不要招呼他。可他一点儿也不在意。坐下对瞎老板喊:

"给我上两头鲍鱼三只,生鱼片我要三文鱼和金枪鱼的各一盘,多来点儿芥末,里面再放点儿辣椒酱,这叫中西合璧。我不喜欢喝烈性酒,给我上瓶轩尼诗。当然,我最喜欢的还是拉菲。喝烈性酒的是土八路。"

瞎老板像公鸡一样扯着喉咙嘎嘎发笑。

那人闻到了一股奇异的香气。

"在烧乌龟吗?用泥巴裹了烧的?"

"这是叫花子菜,您看不中的。"

那人咕嘟咕嘟地吞着口水。"来点儿酱、葱、蒜、姜、醋,蘸着凑合吃也行。"

"你要几两的?"

"挑最大的。过来——"他喊老板。

瞎老板期期艾艾地蹭过去,用手扯着自己的耳朵说:"师傅,我说了不要表的。"

"你不懂投资,老板还是乡巴佬,你网上查查我给你的表是多少钱一只你再说话。我现在一百块钱一只押在这里,明年我五千块钱一只赎回。人不能把人欺死的。算了,给我一杯散酒。"

他在口袋里抠了半天,抠出几个钢镚儿,丢在桌上。

"你们不在意我喝酒吧?"他问我们。

"这里有五张桌子。"狗牙说。

"你很小气,"他对狗牙说,"你不就接我姐姐的班吗?在这个村子里,当妇女主任是没有好下场的。"

"我只当没听见。"狗牙说。

"我制止了一桩凶杀案,"他乐呵呵地对我说,"当我年纪大了,我什么也不会去争了。你呢?"

"我也不会。"我说。示意他攥锅里的鳝鱼。

他摆摆手。

"当年我吃鲍鱼就像吃萝卜,"把他的大头皮鞋踏在椅子上,"你们知道鲍鱼最好的是哪儿的吗?是中东鲍。鲍分几头?二头、四头、六头。四头是什么意思?就是一斤四个,两头就是一斤两个。价格差别很大。一只二头中东鲍,在五星级大酒店,少说一只一千五两千。我的朋友说,点四头的六头的,不要太浪费。我可是个讲味口的人,为朋友可以把爹妈杀掉的那种。在家可以吃腌菜饭,与朋友聚会,四头六头的非常掉份,面子挂不住。仁义值千金,诺言值万钱。"

"炒一碗米饭就行了。"他喊。

他后来埋头大口地扒饭。放了点油和葱花。那些热辣辣的鳝鱼在他面前,他像没见着一样。

炒饭端上来的时候他对瞎老板伸出大拇指说:"你是这个村里唯一的温暖。"

他扒了几口饭,眼泪就吧嗒吧嗒出来了。

他把那杯酒最后一滴不剩地倒进嘴里,摇摇晃晃地走向村外的黑暗深处。

"你的表,师傅。"瞎老板喊。

"这是你的。"他在门外答。

他在路上填土

这个老头,眼窝深陷,牙齿脱落,表情惝惶。褂子的肩上露着肉。让我忽然想一个人应该有自己的孩子。应该有一个房子,并且内心平静,但这并不容易。

"我是从北京押回来的。"庭长对我说。他看着我带给他的半只卤鸡。"你是个好人,但我没有向你赔礼道歉的意愿。我被关在驻京办和马家楼'非正常上访分流中心',截访的押我回来,在火车上因为人太挤,我的心脏病发作,抢救了几个小时才捡回这半条命。这些截访的是些社会闲杂人员,其中就有一个是被我判刑坐过牢的,找到机会报复我。并且用毛笔在我脸上写了'维稳典型'四个字;左右脸各一个,额头下巴各一个。威胁我说如果不回县里就要发到网上让我出丑……"

他的脸上果然有没洗去的黑迹,可以依稀看见一个'稳'字。他半睁着眼睛,脖子上有伤湿止痛膏。耳朵很硬,头发像是从戈壁回来的,风沙淋漓。

他向手心里吐了一口唾沫,弓着背,拿锹在路上填土。他瘦骨伶仃,像我们在监狱里常吃的萝卜汤中的鸡骨架。有时候,一想到那些剔得一点肉都不剩的鸡骨架,我会觉得整个世界都像是这样掏空的。鸡骨架庭长铲土,填那被大车碾成大坑巨凼的路。

"我一回来就填路。路太坏了,全被他们搞坏了。"

"……我突然想起,你三天三夜不给我松铐,不让我拉屎拉尿。尿就拉在裤子里。没喝水,尿也没有。最后一次审问我时我实在是想死的心都有了,刷了你一铐子。就为这,你把我送进死囚监狱。自从我判决后,我从野猫湖劳改农场到荆江三监,再到江南七湖农场,到皇天湖农场,到江北监狱,到唤鹰山北监区,再死里逃生到南监。因为是死囚,我戴着脚镣,两个月没换短裤。我研究了好久,才将短裤从脚镣中脱出,再换上新的短裤。这要有许多程序。同改后来说,我是什么拓扑学大师,以后出去可以演魔术。我三次绝食,撞墙,想一死了之。但狱警说,在监狱,他们是不怕你死的。你要绝食,他们就强制进食,用导管进行鼻饲。如果操作的人技术不好,插到你的气管里,你就完了,那是医疗事故。一个政委很厉害,他说,他只要掌握你的性格特征,总有对付你的办法。他说这话不是他说的,是一个苏联人马卡连科说的。我想活,想出来,想判刑,我只好成为了321,线人。我出来是为了申诉……"

一辆辆载着泥土和砖石的卡车像山一样驰来,按着疯狂的喇叭让这个挡路的老家伙滚开。他在灰尘中。他没有退让。他反应迟缓。我觉得他迟早会被这些大车轧死。他是在车轮的缝隙中活着。车轮把他铲的一点土锉起来,抛到后头,砸中行人和摩托车手。

"明天,我到县政府门口静坐。"庭长在灰尘里说。

兰与《荆楚秘钞》

他手上拿着一朵兰花。兰花像果实一样炸开了。香味像箭一样射入我的眼里。

"……在唤鹰山的监狱里,我待过一年就保外就医了。我在那里度日如年,不过很快我就成为了监狱里的特殊犯人。我穿狐皮背心,并且有加厚的羊毛袜,还可以用关禁闭的方式烤取暖器。在那儿我潜心研究兰花。我光着头,戴着乡下老头戴的'狗钻洞'帽子。唤鹰山的林涛给了我安慰。虽然我再也不可能做报告,视察的时候前呼后拥,每天在宾馆酒店出入。我只能整天跟犯人一样接受口令,接受点名,上集体操,打饭,吃饭。我可以被安排喝一点酒,后来我住上了单独监仓。还在床头摆上几盆兰花。在兰花的香气中我怀念过去,并且患上了不治之症。"

他举着一钵小小的植物,长长柔软的叶片,淡黄色如鸟翼的花萼。高高的花葶。他带着我走进花房,那里空气湿润,花架分成几排,有自动喷灌系统。有各种各样的花草。他说这全是兰花。

"我在另外寻找地方养兰。这儿空气污浊干燥。要有水的地方最好。"他说。

"我喜欢叫兰的女人。我不会告诉你她们是谁。唤鹰山脉、咤水两岸有兰花五十多种,是兰花的故乡。最令人不可思议的是处女兰。其他如……

"虾脊兰、独花兰、麦穗兰、舌唇兰、绿珠、独蒜兰、大叶杓兰、剑叶虾脊兰、开口箭、八角莲、璞玉梅(虽叫梅,但是兰)、君荷、一江春水、蝉兰、妮儿花、素心兰、咤水春剑、蕙兰、唤鹰山金边、墨兰、寒兰、四季兰、处女兰……这些兰花就长在我们监狱周围,你不知道吧?我记忆很坏,我记不住更多的花名。"

他在找一本书。他把头埋进门口的鸡窝棚。他爬上树,在鸟巢里摸索。

后来他大汗滚滚,终于在他的夜壶旁边的纸盒中找出一本书。是一个发黄的、卷边的线装书。

"谢天谢地,找到啦。一定是猫衔来的……这是清同治出版的《荆楚秘钞》,书上是这么说的:唤鹰山中,产处女兰,又名贞洁兰,花葶高挑数尺,风吹不折,花色碧蓝如瓷,花守达五月不谢,令人称奇。一旦开花,香袭十里。如若遇已婚及不贞女子,花即萎顿作水;如黄花闺女所持,花愈艳绝。且闻萼蕊中常现一女子面容,貌若天仙,笑而有声,又名天仙兰,妮儿花。此花旧为该邑验女子贞否器物,百试不爽。如有不贞想回归黄花身,需忍饥半月,采撷九十九株,跪护数日,即可遂愿,为又一奇也。有闻说此花为妖孽者,山精木魅而已,常钻入地下,幻化为金石土木,朝云夕岚,或托灵豹云狐之背嬉戏于山泉边,晴阳之下,雨雪之中,悱恻歌咏,化作风骚林潮,潸然于霜露之表,又借隼翅雉翮夭跃于长空,甚是为奇……"

他合上那本破烂腐朽的旧书,舔舔干枯的嘴唇:"我已经采挖到三十多种,但还没有找到这种处女兰。我相信有这种兰花。我正在作最后的努力……我不会被魔鬼引诱,我会达到我的目的。"他把手上残留的花香放在嘴上舔,"你知道'双规'是什么滋味吗?那天我正在党校礼堂做报告,我念到稿子的第二页,几个纪委的人将我请下台,把我带走了,台下是三千多人,众目睽睽啊,这是公开羞辱我。'双规'就是在规定的时间规定的地点说清楚你的问题。我被带到郊区的一个军队招待所,那里十分安静。我有三个人陪着,竟有一个老头,是哪个工厂抽调来的老纪检干部,胡子眉毛和睫毛全拔干净了,一心想反腐的样子。这老头听说'文革'就是搞专案出身,一双笑眯眯的老鼠眼眨着,会唱民歌讲故事。你通奸了吗?你跟谁谁在哪儿开房、跟谁在办公室里。好,弄出来了,还要问,那个晚上你们搞了几盘?射了几次?一次多少时间？你吃药没有？中国的还是外国的？我什么都不说。我要让他们先说。他们试探我，我也试探他们。问题是，你可不能把你的上级供出来，供出来你就死定了，因为后来的事情就没人保你了，没人替你活动了。但他们也有办法，车轮战，不让你睡觉。我发脾气，他们就将我用拇指铐铐在窗户上，只让脚尖落地。不到三天，我就全招啦。因为不睡觉可真是难熬，还不如死了好……"

"我挺了八天。"我说。

"他们后来得意地说，凡是来这儿'双规'的，都是不出三天会招，全一副德性。那老头说，再来一次革命，你们全是叛徒。其中办我案子的就有庭长。他的那一套我清楚得很。我说好呀，你把亲家送进监狱这是你的本事。他说，我时刻听从党召唤……

"……我抱着几盆兰花走出监狱的大门，我的儿子去接我。看天空真是蓝，群山辽阔，云雾缥缈，我原来是在这样一个仙境般的地方服刑啊。我突然放声大哭起来……"

他满脸泪水。过了好大一会，他继续说：

"我那时非常迷茫，不知道怎样面对我认识的人，我的领导和部下。后来我坦然了。后来，我这个腐败分子走在大街上，看风景的时候一样背着手。我笑着。因为很多人都来看我，请我吃饭，给我压惊。原来，除了网络，生活中或者我们那个生存的圈子，并不鄙视我。只不过认为我点子低，让我撞上了。我们躲在一个味道很好的小餐馆聚会，还有退休的县委书记，有市委常委和宣传部长，都是老伙伴和过去的上下级。我们讲笑话，讲爬灰，到处钓鱼，玩石头，看盆景，去乡下农家乐，打麻将，唱红歌，吃黄瓜。

"我带他们去唤鹰山挖兰草，在山谷的溪流里捡石头，在山民家里吃腊肉火锅，喝苞谷酒。那么美丽的峡谷、河流、森林、鸟兽，真是太美啦。钱算什么呢？权力算什么呢？有什么比瓜棚豆架，空山新雨更好？狗卵的职务职称、主席台做报告、满口哄鬼的谎言、整天的会议、应酬、笑纳……你可以跟我走一趟吗？"他后来问我。

他鼻子发痒

我去镇上买食品,走在路上,庭长拉着我说:"我的鼻子发痒。政府门口的便衣警察向我喷了东西。让我痒。以为我不知道他们的鬼点子。"

他拿着扫帚,但明显心不在焉,不停地揉搓鼻子,撅着屁股。

太阳灰蒙蒙的,就像一场战争的开始。整个世界在躁动,大地在颤抖。

"没有谁能轻易干掉我。"他像是说给我听的。他很坚定,也很自信。

这个季节没有洪水和蛊人的荷花。空气里全是火,没有一点水星子。

他说:

"你别以为我会犯迷糊。我会掉进水里。我在车前,就算我喝了酒,我也不会卷进轮下。我不会自杀,不会脖子上不明不白地挂一根绳子……"

"您这是什么意思?"

"没有什么意思,谁向我下手都是没有好结果的……有的人没有任何征兆跳楼。有的小学生上吊,用放牛的绳子把自己勒死。用红领巾把自己勒死。有的两杯酒就没有醒来。有的失踪了,谁也不知道他去了哪儿。鬼做的事情,其实是人做的……"

我真的很烦,我大声对他说:"信不信,我可以把你引到湖里,在堤上就消失……"

"是的,是他们做的手脚。"他在路上扩充着喉咙说。

"我要做个好人……"我绝望地想。

271

已经有了一个替身,五扣。我想早点投胎转世。

还要几个?

"你找我吗?"潘主任问他。

他的亲家老庭长没有回答。

"我的鼻子非常痒,我无法睡觉。政府门前的便衣可忒坏……"他痛苦地说。

"哈哈,鼻子痒? 我看你是骨头痒。"潘主任快哭起来。嘴里干巴巴的取下一个牙套放进口袋里。他的脖子因为钻进去灰尘很难受,像是失枕了一样。

"你把政府拆迁也算在我儿子的名下。欲加之罪,何患无辞呀。难道你真的没有想,会有另一种可能? 你女儿是自杀?"

"自杀十三刀。"他听清楚了。他说。

我往回走。这儿的灰尘太大,我咳嗽。呛得气堵在喉管里。

"你究竟想把我儿子你女婿怎么样? 送进监狱? 你现在没这个本事啦!"他将庭长推倒在地。

庭长从灰尘中爬起来,扬起锹吼:"请你注意用词,不是我女婿,只是你的混账儿子,无耻的官二代!"

他上去抓住潘主任的手。头上青筋暴跳,想要把他的手掰断。

潘主任拗在那里,动弹不得,他疼痛难忍,向庭长求情。他因为疾病凹陷的眼里此刻全是悲伤。

"……要解开仇恨不容易,我们之间没有爱。谁跟谁都没有。这究竟是为什么? 为什么这世界充满了仇恨和悲伤? ……"

他精瘦的手被庭长反扭着。这种情形持续到天黑。两个瘦子。

他坐在一个荒芜的坟边,他的儿子后来找到了他。

"你是谁?"他问。

歌声飘扬

她抱着南瓜。她听着歌,像半疯半傻的老人。悬钩子、老鹳草、星宿菜走在她的前面。野扇花盛开如白绫。天空云彩舒卷,大地明亮如水。

郎在冈上(嘞哎)砍担柴(耶哎)
姐在田中赶起来(耶哎)
一不是赶郎(啊)拿郎的烟(哇)
二不是赶郎(啊)拿(呀)郎的柴(耶)
看郎的脚样好做鞋(耶哎)

有三个南瓜被人用钢筋戳了洞。"那些被五扣烧了的人恨我,嘿嘿。"她不恼。她在听这久违的歌。她想起很久的生命,非常久远。她会笑。

她在极力想那个叫五扣的冤孽,眼睛散着光,滴溜溜乱转着,一双胶鞋比狗屎还臭。裤子吊到小腿肚上,腿有数不清的伤痕和瘢疖。手指不停地捻着,耳朵里塞满煤灰。

……在很远的蜃气浮动的地方,他举着那个白如玉石的羊头,脸上洋溢着凯旋回乡的笑。

"那是他么?"她抱着南瓜,手在额前搭凉棚,痴痴地望着。

"寒婆!"我说。

"我看见五扣回来了。"她说。

你记得 737 吗?

他们露出发黑的牙齿。有一个人脖子上缠一条蛇,就像是一条围巾。

在废弃的鸭棚里,拿刀的老流浪汉另一只手上拿一根钢筋卡住我。

"你?"

我突然感到窒息。一根绳索套进了我的脖子里。

"狗牙不是你一个人的!"红胡子说。

我在全力挣扎,一只手勾住绳子。一只手在抓一个人的脑袋。任何人。我不怕绳子。我的耳朵里发出咚咚的声音,耳鼓膜往外膨胀,像要爆炸一样。

我拽住绳子,不会让它勒住皮肉。我另一只手反转过来就薅住了一个人,仿佛是凭空虚构的。只有一下,那个人就像猫叫着倒下了。

"你会死去。"我说。

那个老流浪汉吓傻了,两只脚向后挪动。那个人在地上打滚。

我也倒了。我抓到了牛屎,手上热噜噜的,头皮发炸。我的头被这些比鬼还凶的人摁在砖头上,撞着,就像钉锤子砸核桃。

"你知道我们是谁派来的吗?"红胡子咬着烟恶狠狠地说。

"你们说说看!"

他们不耐烦说。他们准备用绳子绑上石头,将我沉水。他们把不成形状的石头缠死了,打结。绳子像蛇亮晶晶地在他们手上转动。他们为我送行的表情很严肃。

"战事完毕/战斗者死去,一个人走向前/对他说:不要死啊,我这么爱你！/但死去的身体，唉，仍然死去/另外两个人走过去，他们也说/不要离开我们！勇敢活过来啊/但死去的身体，唉，仍然死去。"红胡子在念一首诗。

……嗯。我在想。他们为什么要置我于死地。

"谁来救救我？"我心里喊。我要挣脱他们的魔掌。

那个在地上打滚的流浪汉弯着腰在地上旋转起来，接着口吐白沫摇晃抽搐，翻白眼，起来，又倒了。一个人踢了这个快死的人一脚进来。是那个外乡人戴孝。

"你好啊。石头不要绑了，没看到他临死前疯了吗？"

"你的手像石头？这一拳真狠。这是什么拳？"他问我。

他又踢了那个地上的人一脚。另外两个流浪汉，抬着那个气息奄奄的人跑了。

他给我解开了绳子。我看见风把芦苇遮住的路又分开。他板着脸，样子就像一个远离人群的土匪。

"你是在监狱里学的几招？"

我被绳子勒得满眼泪水，看到这个人从嘴里吐出一根芦芽。他掐着那截植物。

"你活过来了。好呀！你记得737吗？"

"他是我的兄弟。"他说。

我突然想起那个把我打得昏迷几天头上不停流脓水的同改。但后来我也一锹让他得了癫痫。

"……我当时出狱的时候就听说他要死了。有一次，他倒在自家地头的耙齿上，脑壳戳了个大洞。我去看他的时候，他住在一个拴牲口的老屋里，枕头是两块砖头。他的老婆儿女都不管他。因为癫痫，他吃上了政府的低保，一百块钱。他喜欢吃田鸡，又怕犯病后落在水里淹死……"

"不就是灰机嘛。不错，同改都叫他灰机。737，嘿嘿。他是野猫湖北岸人，发声'飞''灰'不分。他经常在监狱里干活时指着天上

275

的飞机喊:灰机灰机,快看灰机!"

"所以,他叫灰机。"

"他当时想越狱,他的妻子在家里得了病,孩子无人照料。是一个女儿,你知道,如今一个女儿在村里是危险的。很多老头子会虎视眈眈,他们对强奸幼女很感兴趣。结果是,他十三岁的女儿被村里的一个瓦匠给强奸并怀孕了,这个瓦匠比他还大十岁。每天他蹲在小姑娘淘米洗菜经过的篱笆旁,只要她出现,瓦匠就把她按在草地上强奸。灰机兄弟想出去讨个说法,但被你出卖了。你是线人嘛。他女儿在一个小诊所打胎打出一个活婴儿,有三斤重,竟然活了,七个月。他女儿患上了妇科病,下身全烂了。瓦匠不承认是他的,说村里有七八个男人搞过她。如果他越狱成功,出来带着女儿远走高飞出去打工,这所有的事都不会发生,包括你头上的伤口,包括我今天在这里……吃吧,这是田鸡……"

"我只因受了朋友的托付。我必须信守诺言。我还是想跟你决斗的好,我不想使阴招。活与死,大家都在明处……"

他们说着话,野猫上桌,把一盘田鸡全吃了。

"好吧。"我说,"嗯,好吧。"

那个人过来把我的手握住,就像握兄弟的手,温暖,诚挚。他身上有腥臭的淤泥气息,头发像是水藻,脸也像一只青壳螃蟹,嘴唇白得像瓷。野猫湖沿岸常见有这样的人,像是刚刚从水底爬到岸上来的野物。

乡 村

泪水铺就的道路,是回家的方向。

我们活在火焰和灰烬里。活在火焰和大风中。活在火焰和灾难深处。

你来到我的唇边。

我虽轻盈,但我像一块石头在梦里翻动。

我没有权利向这样的月光祈祷,我无权解读田野上的星辰,浩瀚的银河,无边无际的萤火的夏夜。

我不理解风的自由。没有资格将影子投射到田垄上。

流星像我的疼痛。朝向太阳的脸像堤坝一样僵硬。

我在苔藓里生活。洗濯浑身的寒冷。我怀抱伤口,是移动的坟墓。

像乡村一样安静和昏昧,像一堵坍塌的墙,占领夕阳的瞬间。

像雪,覆盖一切,就此终了。

涉过沼泽

水汽蒸腾。月色清朗。到处有奇怪的狗吠声。野猫或者别的动物在沼泽地里跑来跑去。那个叫戴孝的外乡人在前面伸腿探水沼的深浅,另一只腿在水草上拖。他的大翻毛皮鞋咕叽咕叽地在水里踏动,仿佛拖着一袋菱角。

"喂,哥们,你是说偷一条船咱们划?可我是不再干这个行当啦。我金盆洗手,宁愿去乞讨,我也不干那种事了。"

他气促地说着话,腿从膝盖那儿根本看不见。森蓝色的天空里到处是树木和芦苇的枝叶,岔七岔八。老鼠歇在水芹菜上。

星星在慈菇的叶子上旋转。月亮的羽毛在雾里飞行。

有一块高坡,我说:"我们坐坐吧。好在还没过七月半,夜晚也很凉爽。"我从腿上拉一条蚂蟥。像拉一根橡皮筋。蚂蟥断了,里面的血射到我的嘴里。

"刚才,一直有黑鹳在叫。有地方可能死了人。"他说。

"很多人在沉睡,而我们是夜行者。"他说。

"黑鹳叫老等,不出大事它一般不叫的。抽支烟吧。"他说。果然,黑鹳的叫声像刀子刺过夜空,闪着寒光。

"会有人来接我们的。"他吐着烟雾说。有一星火,像没有一样,闪了一下,在他的嘴边。

"黑鹳的脚是最高的。我们要是有一双黑鹳的脚就好了。不过,我们可以洗一下脚。前面就过了这个狗日的芦苇荡。好在,我们没有碰上滚钩。要是碰上滚钩,我们全完蛋了……"

天越来越黑,像酒一样浓稠。

"会有人来接我们的。"他再一次说。这次,他狠狠地攥了一下鼻子,像是发暗号。

"接下来的时候我们应该做点什么?"我离他很远,说。

"你应该买口棺材,嘿嘿。"

这就过来了一个人,是从月光里走来的,由高大变得矮小,并且成为驼背。他戴一顶有洞的草帽,头发露在外头,手上的两个螺壳咯吱咯吱地摩擦着。看不清他的面目。几只老鼠发出道士一样的叫声消失在水里。

"我等你们很久了。往这边走。"那个人闷声闷气地说,就像鱼的喋唼。

守灵夜

1

穿过夜的走廊,还是深邃的夜。比夜更悲恸。更宁静。更温馨。

一个泪水涟涟的妇人给众人递烟。有人摩擦裤子揿燃打火机,有人借火,互相点烟。推让。吸。咳嗽。说话。

一个人躺在冰棺里。冰棺是灰色的,很旧,装过许多死人,许多年的死人。所有的死人。所有的死人都要在这儿休息片刻,被大家证明死了,确认为将离开他们,成为鬼,然后推进炉膛,浇上柴油,烧。

这是一个三面临水的半岛。好像是水鬼们洗脚上岸的地方,有很旷朗的野草滩,前方熏着带牛粪和草香的柴烟,仿佛大地上煮熬着草药。这股气味冲淡了死亡的悲伤。大家有说有笑。

"他的死对我们村是很大的悲痛。"一个人说。

"他死了两天。"

"可是我上好了闹钟,"戴孝扬了扬他腕上的手表,"当它响的时候,灰机就会死去。这块表坏了。"他笑着说,舌头僵直。

"是我们大哥737灰机。"一个大约也是从监狱里出来的人说。

"他的命是321害的。"

我确信别人没认出我,就说:"应该是他先动的手。"

"我们吃夜宵。"戴孝说。

"是他生前抓的田鸡。"接他们来的驼背说。

我们吃着生田鸡。放了些辣椒粉。田鸡的背和腿像小孩的身子一样的,又白又嫩,散发出香气。戴孝将蛙腿嚼得脆嘣嘣响,像吃蚕豆。他没有吐骨头。他端着碗,有滋有味地嚼,咬肌很鼓,像一个滑轮在腮帮上滑动。他的表情很像在监狱的床前幻想家乡美食。现在他实现了愿望。

"每个人都有很深的悲痛。现在我们聚在这里为他致哀。"我走到冰棺前,像监狱点名一样,站得笔直,双手垂在裤筋上,一动不动。

我看着死人的双脚用一根白索子绑着,防止分岔。脚上是一双没有行路的千层底布鞋,他老婆纳的。

这时候,我才看到在幽暗的角落里,有一个满脸浮肿的小女孩,岔着双腿,在奶一个孩子。有一只奶露在外面,一点点白,像是墙的一角。她的乳房下垂,但很大很丰满,与她瘦小的身体不相称。嘴上有被男人拼命咬过的痕迹。

八大锤们在小女孩周围游走着,他们看她的乳房,逗沉睡的婴儿。她那只乳房上的乳头湿润润的,细看在不停地往下滴乳汁,就像水龙头失灵了一样。乳汁滴到婴儿的衣服上。有人趁人不注意在那湿处去摸了摸,放进嘴里舔。

八大锤是一色的老头,因为年龄让他们暗淡无光,神情落寞。一个患有喉癌,一个有严重下肢静脉曲张,一个有前列腺肥大,一个曾经中风。这个村的老家伙过去靠一种流传的药酒支撑。药酒里加了龟鞭、牛鞭、狗卵、羊骚和大蒜。还加了一种海螵蛸。"海螵蛸,海螵蛸,挺断十八岁姑娘的腰。"这么传。

驼背把臭烘烘的嘴附在我耳边告诉我,这八大锤大都强奸过死者的女儿,那孩子还不定是当中谁的呢。"都吃过她的奶。"

"你呢?"我问。

"你这问的,我是她表叔。"

"吃过?"

"也吃过吧,这年头,逮着吃的就吃,没谁客套的,反正村里也没什么禁忌……"

2

后园水埠,蛙声嘹亮。洋芋茂盛。草垛臃肿。树上的鸟窝像是个蜂巢。红薯牵绊了所有空间。

丧鼓师在屋里唱着一个很古老的哀伤故事,好像是一个上京赶考忘恩负义的故事。鼓声铿锵悲诉,像是夜哭。

我坐在水埠上,对夜说:"我来到一个陌生的村庄,踏着丧鼓的点子,许多鬼正在赶来。"

风带来了雨。竹林里哗哗地响。一个人出来小解。一个唱丧歌的女人。接着雨像女人急促的尿声就来了。

雨像泼墨,什么也看不见。森林里轰隆隆的流水声像要把监狱连根拔除似的。所有犯人穿着透明雨衣鱼贯而行。云像花岗岩一样坚硬,风朝我们猛扑,打在脸上如鹰啄。我们撬石头。他碰上了一块大石头。他对我早有提防。可是石头卡住了他的锹。机会来了。这样的机会稍纵即逝。因为滑坡,我们很少得到这种沉手的工具,像一杆枪。

那个脑袋在雨中湿漉漉的,很小,像一个何首乌的块茎,上面长满了夜交藤,被雨水打得一颤一颠,我想不到737的脑袋会牵出无数的藤子来,这种嫉妒让我不顾一切,明天拉出去枪毙也得干!"好吧。"我说。就像与谁商量好了似的。

我把锹扬得很高,与大地垂直。这一锹下去,是锹背。直着下去,就像陨石。更像刀。而737正在与石头拔河,他卡在石头缝中,他拿脸对准我,可我闪到他背后。他忽略了背后。你不也是从背后袭击我的吗?

"好吧。"我又说了一句。

我砍了下去。虽然我的臂膀和手有些抖,但是极短时间的目标是有准头的。我想扑过去掐他的脖子,但我没有。我觉得够了。我想就这样。这一锹解恨了。

"是我砍的。"我高声说。我让自己镇定。我全身发抖。我双手双臂酸软无力。

"是我!"我说。我站在石坡上,满脸泪水,"是我。"我说。

"你有种。"有人过来看了看灰机,对我说,"灰机不行了。"

灰机在泥浆里抽搐,就像坐电椅,有一下没一下。就像一团肉,在变成碎片。

"我,是我,是的,我!"我咬着舌头说。

3

"你看我还能够出狱吗?"戴孝问那个职业守灵的妇人,"我们是飞回来的。"他指着我和他自己。

"今晚的月亮像是白天。"职业守灵人说。

月亮很大,红得像太阳。这很不寻常。

她没有理我们。她穿上裤子。

"作为321,你能解释一下吗?"戴孝对我说。

"我不想解释。人怎么活着,怎么死去,全是苍天的意志。"我对他说。

"你可以进去了,给你盛了一碗面你把它吃掉。总之,这是一个守灵的夜晚。看在同改的份上,他会很高兴的。他会在阴间等你。"戴孝说。

"我是791号。"我说,"你告诉他,我是791号。"

"其实我们都没有活着。"他似乎这样说。

"我会原谅我自己,就像原谅别人。"我说。我的血凉如水。我的声音像是草梢上的微风。我跪下去。

我们守着冰棺里的死人喝酒、吃面。

已经逝去的岁月,

为它守灵为它哭。
也不知道,
这漫漫长夜,
我在为谁哭?
为这失魂落魄的人,
阴阳相隔,
我只能唱丧歌。
今夜里,
好多的好人在死去,
好多的好事不再来。
好多的美德没有了,
我怎能不哭不守灵?
一个守灵人,
一个夜哭人,
哭人间不太平,
哭乡村不安宁,
这世道,
咱们哪一个不是守灵人?
为了那曾经死去的乡村,
我们为它守灵,
一起哭皇天……

职业守灵女人的嗓子在迅速嘶哑。击镲和打丧鼓的男人在打瞌睡。烛光摇曳,绕棺的人无精打采。这是最难熬的时辰。

"……我在二十岁时就进了监狱,一直到如今。生活对我就是监狱,仿佛我生下来就是要进监狱的,既然有那么多监狱,老天总要让一些人把牢里的床铺填满。这是一个人的命,我想通了。不是你就是我,不是我就是他,你撞上了,你就认命。我还想也许我的云婆子母亲生我就让我脑壳里蓄满黄水,不过是灰机把那个洞砸开了让它流,也许呢。我是冒着生命危险做了个好事,可是他没有领情。也许他只能这样栽在水里死去,与我真没有什么关系。你看他多么安详,你看今夜有多么热闹的歌场,我们都不会有。我们是无家可归的人,你和我。不是吗?"

戴孝点点头。他说:"是的,真是的。"

这时候,进来了几个男人,都喝得醉生梦死,手上拿着白惨惨的蛤蟆肉。

"喂,驼子,要你找斗歌的呢?"戴孝冲着在门口发呆的驼背喊。他发现进来的一群人不是歌师。他把酒杯猛地顿在桌子上。

"找不着啊,现在到哪儿找歌师?夜这么深了。"驼背苦着脸说,"你看,我就找了块石头回来。"他扬起手。有一块黑乎乎的东西,看起来像坨牛屎。

一个老酒鬼勾着腰看死者的女儿。突然指着她对妇人斥责说,"你姑娘在打瞌睡,这样是对父亲的极大不孝!"

戴孝握着酒杯走过去马上说:"你也不能证明你儿子对你很孝呀,你看你穿的跟叫花子似的。"

他脱下自己的外衣,盖到小姑娘和她怀抱的婴儿身上。并把她因为流汗贴在脸上的头发撩到耳边。

这个亲昵轻佻的动作让老酒鬼很不高兴,甚至吃醋。他打量着这个高大的陌生人,问:"哦?嗯,你是哪来的大神?"

"以后,这里就是我的家。"戴孝用手往地下指了指。他的话不拖泥带水。

"狠呢?你敢住这儿试试。"那老头晃着他的手,挑衅地说。

"你是八大锤?看你喝成这样,抬得动棺材?"

棺材就在冰棺的旁边。冰棺是从镇上租来的。戴孝一只手将黑漆漆的棺材抬起来,一只手擒住老酒鬼,扔进棺材里。

他吹拍了一下手上的灰。

那个老酒鬼在棺材里念叨说:"升官发财!升官发财!"他把头从棺材里伸出来,脸都吓白了,身子软绵绵的,像一只螃蟹往外爬。

"你敢动手?"他生气地说。

"能动手的我绝不说话。"

"大神可真有一把力气呢!今日我非得要讲几个荤故事你听了。反正也来不了斗歌的歌师,你不说话我说点笑话你们混时间。"

老酒鬼抹了一把惊吓的鼻涕在棺材上,费力睁着死气沉沉的烂眼睛,哼了一声,表示极大的不满。"差一点做了陪葬,今日晦气,娘的。"他叽叽咕咕,扯着自己的头发和鬓角坐在一把椅子上。

"老皮你就开讲吧。今天是百家讲坛。"有人说。

"好吧,刚才从地狱边沿走了一遭,心脏乱跳。"他对着自己的胸前猛击了两拳,深吸了一口气:"说镇上的一个卵子吧,画画的,艺术家。艺术家全是些流氓。头发蓄两三尺长。有一天偷到一个女人家中去,女的丈夫出差了。正在睡觉,那男的提前回来了,敲门。画家吓死,女的很镇定,要他躲到门背后去。那女的把门一打开,对着丈夫就是几嘴巴,把男人打得晕头转向。男的本来要发火的,要质问老婆为什么喊了半天不开门。可被老婆几巴掌打懵了,那女的又紧紧抱住男的号啕大哭,一把将他拖进去,说:砍脑壳的你还回来的?死到哪儿找野婆娘去了?倒打一耙。这男的出差半个月,从来没有受到这般亲热,又是打又是骂又是亲的,女的又拉他上床。这时,躲在门背后的野老公趁机溜出去了……"

一个人站起来说:"你好像说的是我们村里的,什么鸡巴画家出差,人家男人在外打工。"

老酒鬼浑浊的眼球艰涩滚动了几下:"看谁捡了条命,没有被斧头劈死。"

"你说的是东头老鸹坡的偷人精,她不是得子宫肌瘤了吗?今天守灵她还来了。"

"她的男人应该是她灌药毒死的。"

"这村子离公安局很远是吗?"戴孝问他们。

"全是淤泥路,走到黑鹳庙还要坐船到黑龙湾,蛇湾村,再蹚十五里泥沼,全是芦苇和荷梗。有的脚会被蚌壳划出几寸深的伤口,得败血症和破伤风死掉……"

戴孝出去了。他拿出手机接一个电话。他进来的时候拉着裤门的拉链。他的大翻毛皮鞋又浸了一次水。他大喘气。

"继续讲。"他说。

老酒鬼说:"你能出点血去买些猪脚来让大伙啃啃吗?在这里大家都很悲伤,啃猪脚可以冲淡些悲伤情绪。"

"卤菜店怕早关门了。"一个人说。

"卤菜店的老板娘有尿崩症,一个小时务必起来撒尿,最多等一个小时。"

戴孝从手腕上摘下一块表对他们说:"这是块瑞士浪琴机械表,识货的,可换十头二十头猪,拿去吧。"

果然,不一会,有人就端来了一盆猪脚,香得极有可能让那个沉睡的死人爬起来。大家在想着怎么把那个死人按住,不让他诈尸享受。

"此时应该入殓了。"有人建议说。意思是把他放进棺材早点封了。死人诈尸复活的事在野猫湖地区时有发生。那些诈尸的人往往心狠手辣,会吃掉一些活人。有时候在坟山里走,会听到有人在棺材里抓挠和喊叫。有一个死人把棺材底挖空从湖里逃回,用很长的指甲在村里抓鸡吃。每天鼻子里淌着蚂蟥。

"百家讲坛,下一个?"

一个有白内障的老头慢吞吞地说:"我讲一个。说有个叫张仁的,老婆偷人。有次出门,他在老婆的下身贴了个封条,上写'张仁封',交代老婆只有等他回来才能拆封。老婆忍不住,就撕了半边跟人搞了,张仁一回来,查看封条,只有一半,成了'长二寸'。张仁说,难怪你他娘的偷人的,原来别人的比老子长二寸,你搞得蛮舒服咧。"

听或者没听,大家啃着猪脚,吮着里面的骨髓,笑闹着,吐着骨头渣,驱赶着在腿间穿来穿去的野狗。

"我要找人申冤。"那个哭丧着脸哭肿了眼睛的新寡妇这时突然在黑暗里说。她的声音很小,但很果决。她被戴孝按住了。

"你们最好不要笑得太猛。己所不欲,勿施于人。这是我们过去中国的一个老师先生的话。想想你们家要是死了人,你们也这样谈笑风生吗?"戴孝说。

湖中的浪一层一层漫上来。是声音,但挟着节奏。

"今年死人是最不中的,好像歌师在他们之前全部死了。所以以后死人办事,除了放点鞭炮外,没什么卵意思了。"

一个人叹了口气,朝冰棺里努努嘴:"灰机可是我们村里的明灯,他读过高中,姑娘们排队请他去家里吃饭。后来,他看上了刘大瓜的闺女。"

那人的手指戳戳旁边快要悲愤得昏倒的寡妇。

他们看到,那个抱婴儿的女孩,敞着两个乳房,趴在她母亲的肩上睡得很沉,那个婴儿已经掉在地上,狗在舔婴儿嘴边的奶渍。

我抱起孩子。这孩子小得像一粒蚕豆。

刘大瓜的闺女,脸上已不是闺女,是一个放了血的母鳖,缠着白布,面色苍黄。她的眼皮,像乌龟颈上的皱褶卷了几层,眼白直往上翻。

"太没劲了。"他们又对准了哭丧的守灵人。这妇人唱一句,吐一口血。她的咽喉烂了。血溅到冰棺上,像一朵朵梅花。

那面脱漆的牛皮鼓在木槌下颤动,只见守灵女人继续吐血唱道:

　　堪叹亡人命已终,
　　终,何日相逢。

288

除非纸上画真容哪,
岂不知,一场空。

悲悲切切苦凄凄,
凄,亲人在哪里?
一家大小永别离哪,
大限到,谁替你?

亡人走到忘乡台,
台,苦惨哀哉。
望见家乡不能回哪,
思量想,泪满腮。

奉劝亡人休悲伤,
伤,难免无常。
生死只隔一张纸哪,
求慈悲,早判生方……

"她爹死不瞑目啊!"寡妇咬牙切齿地哭着说。

因为有人死去,大地显得很愧疚。月亮像灵幡一样挂在天空。树在默哀。湖水拍着苍凉的曲子,粼粼的波光就像尸衣,覆盖在水的身上。籴鸡在田里叫,声音就像用桶打水。因为有人死去,大地显得很无聊。庄稼有人割了,有人没割。路荒着,像是铺满了人生的悲剧。月亮在这里开阔无边,仿佛跟古代一样。在监狱看到的月亮完全不是这个,掺和着家乡的蜜,隐秘的甜味。这样的死是古人的死,因此没有什么可以悲伤。时间深邃,伤感穿越,一声叹息,万物麻木。丧鼓声在告诉大地,又一个人回去了。

一锹下去,一个人就回到了古代。

棺材漂荡

天色渐渐亮了。几个在坟山挖坑的兜了一包土回来,对戴孝说:"这是交给你的。"

"为什么要交给我?"

"不过,第一锹土在我的荷包里,你准备了几块表呀?"

"你说要多少钱嘛?"他问。他在兜里搜索。

"再怎么两百块钱要吧?"

他变戏法地给了他们一块表。

抬棺的人和送葬的人,和棺材的倒影在水里。他们走在刀削一样的高高的湖埂上。天大亮时,送葬的队伍看到前面走来了几个人。有七八个。他们仔细看,这么多的生人出现在早晨的村子里,还是很稀奇的。是警察。对,是警察。

抬棺的八大锤将棺材丢进湖中,拔腿就跑。

棺材摔下水好在没有摔裂,从水底浮出来,像一条大鱼,在湖面上荡着。另一些人赶快去抓。

警察们在喊要他们站住。那些逃跑的人在水中、泥巴中飞快地跑,恨不得长上翅膀。这些死老头,他们很吃力。

"跑不了的!跑得了和尚跑不了庙!哈哈!"城里来的警察很幽默,他们在田埂上恭候着水中的老头们,看他们又哭又吼。

棺材在风浪中飘飘荡荡,下水抓住棺材的人遭受了灭顶之灾,有手从水里拼命摇晃。感觉是死去的灰机大哥钻出来了。

"真是太难啦。报应啊!八大锤这些死老头都在想,给他们的岳父抬棺呢!……"

棺材在漩涡里旋转着,好像要完全沉没了。一阵惊呼,又把它唤出来了,像一头江豚冲出湖面,顺着流水向东滑行。人们用杠子,用土块,用蚌壳去砸那口棺材。

"不要这么砸,找船啊!"寡妇可怜地喊,拦着大家。

送葬的人群吵嚷着,在田埂上追赶水中的一口棺材。总算来到了一片开阔的沼泽地,水流缓了一些。几个人奋不顾身地再次跳进湖去,把棺材往汊口的渔栅这边引。棺材竟然冲破了密布的拦网,满身缠着水草,像安上了马达一样抖动起来,倾斜着,好像里面灌满了水。

在水中奋力逮棺材的人是那个戴孝。他好像水性不错,他从淤泥和荷梗里钻进去,好歹把棺材的头部拽住,如逮着一头怪兽;他卡着棺材的大头,身子遮住了半个红色的"奠"字。朝棺材屙水,摘去自己头上的水草和棺材上的水草。此刻水面上蔚蓝的光芒向他们投去,闪耀在棺材四周。湖底踩出的水泡咕噜噜喷射着。白鹳、黑鹳和鹭鸶在他们头顶翱翔。云丝飞散,泥浆飞溅,蚊虻飞舞。

人们半涉进水中,七手八脚地拉住棺材,顽皮的棺材和死人终于被活人降伏了,被乖乖地牵引到岸边。将这个水淋淋的庞然大物捞上来。大家几乎都累趴了。

戴孝用拳头生气地敲着棺盖对里面的死者说:"灰机,你想坐灰机吗?你想坐水上灰机?!"

狼毒花开满湖滩

"我觉得,我们应该到那里去决斗,"他像说一件轻松事一样地对我说,"最好是找个没人的地方。"

"到那边去吗?"我问。

"一个人死应该是静悄悄的。这是我的想法,也许死的是我呢?"他沮丧地说。

他的翻毛大头皮鞋裂口了,他很无奈。他是想早点结束这场决斗。

"那时候,五月端午,我们打芦苇包粽子都是去的那个岛。"我说。

"有一次半夜,我游过去了,一个人。"戴孝说。

狼毒花开满湖滩,我们迎风坐在一堆蚌壳上。这些蚌被人剜去了肉或者摘去了珍珠。黑鹳岛像一摊牛屎浮在远远的湖上。有模糊的树林和苇冈。

守岛人盐过

"其他人不要去了,岛上有太多的蛇。"村长说。他说的像是真的,他的脸上是恐怖,每个肉疙瘩都是瞪着的眼睛。

鳖们在斜坡上挖坑。狗在岸上来回跑,没有经验,结果被几只鳖一起撵进水里,狗往下沉。

狗在挣扎的时候,从岛上过来的一个老头盐过,给村长背来了一只腥臊的水獭。但是皮毛非常柔软,闪闪发光,是浅灰色的。还有一些鸟蛋。当然少不了几只羊眼。

"岛上到处是草,我的羊不要眼睛也能吃到草,所以我把羊眼挖了几只给秦村长,希望他能恢复视力带领我们全村奔小康。"

他说这话的时候腰里吊着的一口钢精锅直响,他是准备去镇上补的。他有脾寒症,站在大太阳下,两只细长的腿瑟瑟发抖,清鼻涕直往下淌。

"嗯,谢谢啦。"村长看着一堆腥臭的礼物说。

"岛上我还有五只羊子,一床铺盖。有许多野猫和水獭,蛇嘛,有,不是很多。"

"我说的是有人去过吗?"

"是啊,是很奇怪,晚上我听见有放爆竹的声音,我还以为是鬼哩。"

"就是鬼。"

"鬼吗?"

"鬼。"

这时瞎子盐过的双腿更加剧烈地颤悠起来,快站立不住了。

"有一天你走着走着,就会跌入水中淹死。村里的人就会说,是水鬼把你引入水中淹死的。不管你怎么死,会有一个简单的结论。"

"我知道我会死的,岛上有那么多老鼠,会把我啃得一点不剩,不会麻烦村里的……"他的瞎眼流着泪说。

"盐过兄弟,你可以乐观一些,这个岛马上就要开发,不叫黑鹳岛了,叫兰花岛。陪伴你的,不知道会有多少兰花姑娘。"村长拍着他的肩膀安慰道。

这时,保外就医的潘主任走进院子。他穿着下摆宽松的干部夹克,秃头很憔悴,遍布被病痛折磨的痕迹。

"我先说一下盐过的故事。"秦村长省略了寒暄,"首先他是一个瞎子,是被我这个混蛋用假酒灌瞎的。但假酒又是谁造的呢?不是我。这个不说了。他老婆是个弱智。这里申明,我们村的弱智都不是遗传,这里人杰地灵,物华天宝,珠润玉秀,人种优良。弱智几乎都是在三岁前发高烧没有诊治烧坏了脑子。这里天荒水远,去镇上实在是不方便。他的老婆在水里淹死了。他有两个儿子,也死了。大儿子从不出门,晚上等村里安静了就出来,一个人在外面躲躲藏藏,回家关了房门在床上。饭做好了,只有他父亲盐过端给他吃他才吃,任何人端给他吃他都不吃。就是肯德基麦当劳卤甲鱼也不吃。有一次盐过出门走亲戚,去了五天,他就五天不吃不喝,盐过回来,儿子饿死了。二儿子做点农活,但长期便秘,也是四十多岁死的。有一次他拉不出来,肚子胀得像南瓜,他就自己用扁担钩子钩到肛门里去,结果钩子进去取不出来,疼得清汪鬼叫,几天后就死了……"

潘主任说:"有意思吗?我在位时管过信访,比这悲惨一百倍的故事多的是。我只想问你,这个村庄是谁保住的?"

"是老领导您。"

"你们闻到奇异的香气了吗?"他问。

"闻到了,主任,连狗都在打喷嚏。"

潘主任手上是一盆新鲜兰花。"这是唤鹰山的金边兰,一盆你就是出二十万我也不卖。"他把花端在鼻子下闻着。又让别人闻。

"不爱这,就是一盆草。"村长老秦从鼻子里笑了一声。

"那个岛,你们与蛇湾村是有争议的。我当时说过,我儿子想承包这个岛。八百元一亩你竟然不签。告诉你吧,我昨天与蛇湾村签了,五百元一亩。五十年的经营权……"

"狗还没有爬上来!"好一会,村长老秦如梦初醒般地往外跑。

黑鹳神在前

1

"……你们仇视太阳、白天、花花草草,花花世界,宁愿待在厕所里。你们普遍抽烟酗酒性饥渴,未老先衰,抑郁寡欢,失眠多梦,心神不宁,半夜在村子里跑来跑去,结果被天上掉下的探测器砸中脑袋……"

他叹气。村长。

十几条渔船像一阵风,一群水里的怪兽,一呼啦就围向了黑鹳岛。听说蛇湾村的人应该是在第二天早晨登岛。传说是这么传的。没有石碑,用一大块樟木刻着"黑鹳庙村土地"的界牌,由村长亲自背着。所有的人都哭了。

"您歇歇吧,村长!"

"您放下来我们背。"

"这样会让我们更难受的。谁叫我们是些不中用的瞎子,岛争不回不怪你……"

"我如果倒下,那是我活该。我如果还能站一会儿,那是大地的胜利,是黑鹳神庇佑咱们。如果能保住这个岛,我就是卖掉所有家产,每天去磕头,我也要修复黑鹳庙,把咱们祖祖辈辈供奉的黑鹳大神供进大庙,让它天天守护咱们的村子咱们的岛太平无事!"

被人私藏了几十年的一座黑鹳神木雕像,终于现身了。他们同样背在村长老秦的肩头。这是当年庙里上百尊黑鹳神像中的一座,总算有一座被有心人藏了几十年没烧。

夜色如墨,风凉如水。虫豸的轰鸣声从四面八方传来。渔船相碰,人声低沉。

我们躲在一排鱼栅后面。一阵猛划过后,许多人都气喘吁吁,大汗淋漓,恨不得跳进水里洗个澡,让所有的燥热从胸腔里挤出去,让凉风吹进来。船上,瞎子们蹲在从各家收来的破旧罾网后。他们背上的渔叉支支尖锐,带着铁的冷光挺立在沉沉夜色中。

萤火虫在这支瞎子队伍的头上飞舞。这是战斗的前夜。

一个个咬住舌头,一言不发,严守纪律。

所有带上岛的狗都上了嚼子,不能让它们乱吠。这些狗对黑夜的恐惧胜过人。它们能看到鬼,它们是亢奋狂暴的家族,是巫婆的灵兽。一旦它们吠咬,会坏大事。

岛上有什么响动呢?为什么会是半夜?大伯柴棍问我。他在脑袋被北京的探测器砸坏后,思维十分敏捷,甚至走向了极端,想的问题非常怪异。比如:岛上不会是空空荡荡的,会有许多幽灵常住。盐过的羊也许全是鬼魂,老早就闻到了奇怪的腥膻味。岛上还会有树精,草精,整个野猫湖里的水鬼说不定就住在这个岛上的破棚屋里,他们披着青苔,脚上长蹼,手是树枝,背上有一排鱼鳍,牙齿里灌满水银……盐过有十年在岛上生活,已然成精。你侵入他的领地,他会使出什么鬼手呢?船翻?让你肚子里钻进去一堆蚂蟥?让树枝戳瞎你的眼睛?——咱们都是瞎子,还有明眼人。也可以二次将你的瞎眼戳成窟洞,让你的后脑穿孔。可以让你流血岛上,自相残杀。这是有可能。大伯柴棍突然豁然开朗,他有强烈的预感:此行一定会见血!这是神在暗示我!他把鱼叉往空中举了举,好像真的通了神。"狗啊,再怎么叫也无济于事。"他说。他抓着自己的一只指头,说:"这就是黑鹳神。"

狗按捺不住,呜呜地刨着船板。爪子抓得木头火星直冒。

无边的夜色吞噬了远方的小岛,湖水哗哗。人们的肚肠也在叫。饥饿的汗散发出一种辣酱味,一瓣瓣摔在船板上。寂静的空气里全是汗汩汩而下的声音。空气凝滞。

一个人学着四声杜鹃叫了两遍。"豌豆巴果,爹爹烧火——"

一阵芦苇扫动,一个黑影过来了。他在招手。

"好啦！好啦!"有人抑制不住兴奋压低声音喊起来。

狗挣脱链子抢先跳上岛。五只长着锐角的黑影像鬼怪冲了过来,它们是盐过的瞎眼羊!

它们凭着气味就把抢先上岸的狗围住啦,所有的犄角直向狗的身上顶去!

来不及下嚼子的狗,只有逃跑的份。它们想咬也没有牙齿。瞎子们不知道狗为什么一冲上岸就呜咽喊疼,慌乱中放开所有的狗,以为是蛇湾村的人偷袭过来了。

瞎子们争先恐后地往岛上冲去。有人跳进水里,手抓出淤泥朝黑影掷。有人往船舷边放破旧渔网,这是阻止蛇湾村渔船特别是机动船登岛的最好屏障;让他们的螺旋桨缠成一团,动弹不得!

有人从秦村长背上抢走了土地牌。他们跳上滩头,将牌子扎进泥里,再挥锤猛砸,让牌子牢牢地竖在岛上。这里是神圣不可侵犯的黑鹳村,黑鹳岛是我们的!

岸上,一只狗的肠子被羊角挑出来了。狗嘴依然在篾编的嚼子里。有电筒照见了开膛剖肚的狗,鲜血淅沥沥地往外淌。到处是狗血。狗叫。大伯柴棍在问:"狗要死了吗?""它被盐过的野羊挑啦!""天这么黑,哪有什么偷袭的人呀?"

羊群冲进了狗群和人群。羊疯了。羊在咩咩吼叫,发出的声音像狼的咆哮。含着狂暴的浪,含着荒岛上的凄风苦雨。这可不是村里的羊,它们的眼睛被剜去,有着被遗弃了一万年的心。

"明眼人告诉我,是不是蛇湾村的?"秦村长喊。

"盐过你的羊,为什么这样凶恶呀？娘啊！把火点起来,烧这些瞎鸡巴羊啊！……"

"大家不要慌张,有黑鹳神保护咱们!"背着神像的村长老秦战战兢兢地站在一处高坡上,他的身边没有人,他虚张声势。

此时,那个神像将一股深厚的霉味往我鼻子里塞。还有一点儿烟熏火燎的毒辣气味。我摸过,被人拿来时。我已记不起这位黑鹳神的样子。有尖尖的喙。是人脸,但长着一双翅膀。头上是一顶玉皇大帝的皇冠,雕刻着十二行木质的珠冠冕旒。这是个老货,老玩意儿,有深厚的包浆。

瞎子们在滩头躲闪,奔跑,乱撞。嘴啃泥。抓住狗下嚼子。羊径直朝村长奔去了。一阵旋风,它们是找这个人讨要眼珠子的!

村长唤狗。狗腿陷在淤泥里拔不出来。四肢扑打,村长已经被溅得满身满脸是泥。没有人牵引他。他被一哄而上的羊抵倒了。那些羊在他的身上嗅到了羊眼的气味。它们终于寻找到了仇人……

黑鹳神很沉手。他砸。手头就这个木疙瘩。他砸羊。

"狗过来!"狗没有名字。狗就叫狗。狗在淤泥里拼命挣扎,已经露出半个头了。村长跌进一个水洼,他索性将身子沉下去,羊用蹄子踢他。踩他的眼睛。他的眼前千蛇扭动。蛇钻进水里噬他的下身和脚趾。他的裤裆里钻进了密密麻麻的蛇……

"人在哪儿呀,天呀……"

2

五只瞎羊被制伏的早晨,村长老秦坐在土地牌边,手捧着泥巴糊满的黑鹳神说:"誓死保卫我们的土地,对敢于侵犯者,格杀勿论。你们坐牢了,你们的妻儿老小我秦某负责养活!"村长抠着脸上干枯的泥巴。

那五只羊现在被拴在一棵苦楝树下,十几条狗开始羞辱它们,不停地撩着后腿朝树干上泚尿,露出自己通红的性器。

太阳出来的时候,所有的破鱼网都布在了几个深水滩头。我们开始睡觉。有的在自己疗伤。盐过将一只剥皮的野猫放在火上烤,为大伙备早餐。

299

我看见狗牙在清洗船舱。大伯柴棍因为头疼吃着带来的炒油辣子。

"这里真是不错的选择。"戴孝说,"这里最适合自己打死自己埋。"

"你们滚吧。到别处去。你们这些两劳人员,恶性不改,一心想着决斗。现在是什么日子?多难受呀。"村长老秦说。

"我们死了不干你的事,这只是碰巧了。"戴孝说。

第一天相安无事。

这是荒岛的第一个晚上。

我们睡在二十多年前浙江人在这儿育珍珠的棚屋里。门外堆着成山的蚌壳。蜘蛛在拼命结网。蜈蚣爬进我们的被子。许多人的脚咬肿了,在黑暗中破口大骂。

一个瞎子睡不着,起来挖坑,他说:"我埋在这儿。"

一个瞎子望着远处灯火稀疏的村庄在唱歌:

> 郎在高坡把呀妹望
>
> 妹在那个河下摆呀衣裳
>
> 一摆那个衣裳二望郎
>
> 望的是哪一个?
>
> 望的不是你吵
>
> 望的是哪一个?
>
> 望的那个人儿谅你猜不着。
>
> 望的就是我。
>
> 放你的灯草屁,打你的胡乱说……

在一堆篝火周围,空中飞舞着密密麻麻的蚊蚋和蜻蜓。

穿过大片的水莎草,水的浩荡的声音卷上岸来。一个人在船上等我。

狗牙端正地坐在船头,仿佛是一截缆桩。浪把船挤靠在岸边,有一下没一下地撞着芦苇。"要出大事了。"

一个声音从水面传来。其实是在很远的一只船上。离开了火堆,这里就是远古,到处是幽灵。几只野猫,抬着一只乌龟,把它往石头上砸。一只水獭不知为何站在水边号泣。芦苇荡里,有许多神秘的生物在簌簌穿行并争吵。如果在这儿死了,也就死了,一个安静的野鬼。在远离人烟的地方,望着沉没的陆地,在这里像没有一样。

我跳上船,像一只灵猫。

有许多声音在水上翻滚、漂流。

"让我有一点感觉。"她说,"不要笑我。"

她呻吟。大伯柴棍在岸上喝酒。但是我听到笑声。还听到呻吟声。我捂着她的嘴。她的头咚咚地撞在木头上。我冲撞她的深处的时候她的身子向前锉动。她的双手乱抓。水有时候打在我的背上。她的双脚紧紧缠住我,比手结实。

我在深处探找实处。像深渊一样深。

"我要,"她说,"我要!……"

我冒着坍塌的危险,我像一个人。我努力恢复着,渴望成为一个人,热腾腾的力量和呼吸,像开水一样的精液,烫及女人的子宫和心尖。

"你死劲捏!"这分明是她的喊叫。

我阻止血和双脚越来越冰冷。我帮她捏着她的乳头,让她用完最后一口气。

"我要死了,我要死了!我是个小婊子!……"她说。

我很快地离开了她的身体和喊叫。水面上升起了星星。

3

"我们先奠基。"村长对着晨光说。他的手上拿着一张纸。

瞎子们围成一圈,赤裸着上身,过多的赘肉被皮带勒出来。挖了一个大坑,在东头的滩渚上,对着蛇湾村的方向。石头是很薄的一块,刻着"黑鹳庙村养老院"。那个黑色的黑鹳神摆放在碑旁。还有卤甲鱼和瓜果,有三炷香。

村长把纸凑到眼皮下,就像蒙着脸。他念道:

"各位父老乡亲:此为农历甲午年某月某时,黑鹳岛上的黑鹳庙村养老院正式奠基。天是我们的天,地是我们的地,有黑鹳神作证。孔子曰:故,人不独亲其亲,不独其子其子,使老有所终,壮有所用,幼有所长,鳏寡孤独废疾者,皆有所养。孟子曰:老吾老以及人之老,幼吾幼以及人之幼,天下可运于掌。吾国,养老形势严峻如累卵,六十岁以上老人已达五亿之多。空巢老人、失独家庭、无依无靠者,达三千多万。吾黑鹳庙村,为楚王之乡,鱼米之地,却惨遭假酒荼毒,至多少乡亲命丧黄泉,或双目瞽盲。渐至田垄无耕,荒秽无理,村庄无人莳弄。多名盲者已入耄耋之年。

"吾人痛疚难悔其罪,赎罪难辞其咎,虽余已盲,发誓要为吾乡党盲者做养老之事,以解其后顾之忧,颐养天年。如今,有贼人者,有弄权者,觊觎吾黑鹳岛区区弹丸之地。此岛为吾乡人祖辈打鱼晒网、割苇编席之处,史书亦有记载。后被邻村恶人所占。吾带领村民五十余人,血战三天,以鱼叉扁担为武器,前仆后继,浴血奋战,终于撵走侵犯者。为此,吾想以余生绵薄之力,为乡党建一养老院,设计为三千平米三层楼。内将有软床电视、热水热饭、花园小径、喷泉摇椅。虽有困难,但余将举全村之力,筹措资金,将不能完成之任务胜利完成。以求老有所依、老有所乐、老有所居、老有所爱、老有所求、老有所美也。

"吾村黑鹳岛,地在野猫湖东南水中,大泽茫茫,蒹葭苍苍,菰蒲渔歌,芡实莲香,为十里八村、千汊百泽之仙岛。此岛环境幽静,空气洁净,帆影飞驰,鹳鸟蹁跹,鸥鹭翔集,鱼戏碧波。确有秋水共长天一色,落霞与孤鹜齐飞之佳景。不输滕王阁,气死黄鹤楼。岛上绿草成茵,湖中水獭欢唱,野猫奔跑,河狸乱窜。如建起养老院,则可垂钓品茗,栽花莳草,或琴棋书画,瓜棚豆架;或花前月下,人约黄昏。余房则可出租为农家乐,乡村游。无论男女老少,眼明眼暗者,皆可祛除胸中忧懑,解去精神烦愁,消除孤独,拥抱生活。

"常言说,家家有老人,人人都会老。乡下生计,脸朝黄土背朝青天,积劳成疾,百病缠身。或在外打工,思念家乡,万里飘零,故乡秋好。鸟到黄昏皆绕树,人到老年定思乡。回家安享晚年,此岛唯绝佳之地。等吾养老院建起,将成为野猫湖地区之老人乐园,思乡蜜土。桑榆虽晚,彩霞满天,敬老之人兮,多孝多福。余保证此院入住老人不会有他人不管,自食其力,亦无割下睾丸之忧,无四肢溃烂之痛。大家亲如兄弟姐妹,在此颐养天年,含笑驾鹤归去。

"在此,余立下宏伟之志。今日之奠基,也是保卫此岛之始。如有来犯者,一律皆诛;妄想占岛者,全部皆杀!"

"皆杀!皆杀!……"

瞎子们翻着白眼,面对天空,神情肃穆,挥舞拳头,齐声高呼。

愿望赤裸着像太阳在天上滚动。无数的鱼叉在浪缝里伸出,直指苍天。

蛇

1

　　一个人影爬上岸来。

　　他拽着芦苇,吓坏了两只草丛中露宿的野鸭。他后来游走了。从水底逃得无影无踪。他的身上披着粼粼的月光。后来他抖动着身上的水珠,再把羽毛一根根拔下来。有人看了下说,这是大鸨的羽毛。他让身子变轻。但是羽毛根上扯出的是血。莫非这是传说中野猫湖的水翼人?

　　有人在梦中大喊:"不要咬我呀!"

　　明眼人打开电筒,他们看到岛上到处爬动着大蛇。有的蛇跃上了大树,有的蛇在屋顶上摇动尾巴,发出呱呱的竹筒般的声音。鸟重重地掉到地上。一只野猫头肿如狮子,在岛上疯狂奔跑,发出惨绝人寰的喵呜声。

　　"蛇呀,蛇呀!"

　　果真是蛇。村长老秦的脖子凉飕飕的。一摸,一条蛇在他的肩膀上,咬了他一口。他手疾眼快地扯过蛇来,奋力摔在地上,再双脚踩跌它。顺着蛇脊直踩它的头。脚有感觉,头是扁的。肩膀疼痛,然后发麻。用手一摸,黏乎乎的。是血。村长的后颈咬了个洞。

　　他从来没有这么冷静。就像被咬的是另一个人。

　　一个人拿着蛇给他看:"金蛇啊村长!"

　　他拿出护身的刀子对大伙说:"谁给我把后面的肉挖掉?"

　　就那么几个明眼人,大家你看我,我看你,不敢上前。

　　"不就是一块肉吗? 戴孝,你来。"

戴孝笑着说:"不,不,不,我是来走亲戚的,您是我的恩人,我可下不了这个手。"

"还有没有更好的?"

杀猪的孔大臣说:"村长我来?"

"我想交给一个与我有仇的。燃灯兄弟?"

"我的手脚慢,您会痛苦的。再者,您与我无仇,秦叔。"我说。

"得了吧,你很心不在焉。今天我反正是一死,死了让一个人报了仇不是很好吗?恩怨了结。谁来呀?"

所有的瞎子都沉默。不敢举手。他们眼神不好,不能操刀。

"好吧,既然您这么说。"我走过去,我还是告诫我要做一个好人。我接过刀。刀是尖刀,磨得有些快。太尖,像是捅猪的刀。我拭了拭刃口。

村长老秦把手扭过头在后面死劲地挤毒血。血并不多。

一个人平静的时候,连杀鸡的动力也没有。我看见戴孝在盯着我,眼里有期待也有嘲笑。我不能不下刀。我果断地将刀直着入肉。进入老皮不顺畅。要剜一圈,把被咬的地方扩展至少两倍割掉。这等于是决斗的预热。没有割过肉也要当自己是一个老练的杀手。莫非是村长在暗中帮我,这可以吓唬住外乡人戴孝?这么想,割一块肉下来并不容易。伤口里面注入了毒液,那伤口的肉正在变绿,还黏。村长没有动,可是肉在抵抗着刀,弹性十足。

"蠢货!……你能不能快点?你这么故意磨蹭,让毒往心脏里去。燃灯你就横过一刀将头割掉!快,爽快些!"村长怒气冲冲地吼道。

我让我的想法割,我像一个外科医生。后来我沉不住气,烦了,一搅拌,肉就分离下来,就像撕一块膏药。我把肉递给他。应该够了。

那是一大块肉。秦村长心疼地掂了掂,又在手上砺了砺,还闻了一下,血淋淋的,不是那么好看,只能尽快扔掉洗手。他丢到地上,一只野猫立马接过去吞了,又立马倒地挣扎哀嚎,然后死了。

村长终于嚎叫起来,他疼。

"……出师未捷身先死吗?昨天才奠基呀!"

瞎子和明眼人一起把他压住,不让他因为疼痛挣扎。有人在嚼一些治蛇毒的草药,扛板归、车前草、辣蓼,往那个伤口里填。

"燃灯剜大了。"有人说。

"不这样毒排不出。他心是好的,救秦村长的命呢。"

村长流过一阵汗过后,好像好点了,问:"地上是什么?"

"一只死猫,村长。"

旁边,一个被蛇咬过的瞎子在痛苦地叫唤,撞墙。他的双腿肿了,并且鼻子里流绿血。

"去,去,别老是围着我,难道没有人帮他治--下?"

大伙去看那个撞墙的瞎子。他突然倒在地上,像一筒木头挺直了身子,不动了。

蛇缠在苦楝树上,蛇在被子里。蛇在追赶一只水獭。一只水獭终于被蛇咬住了,迅速地被它缠住,挤压。水獭高低哀叫,露出牙齿求救。与蛇一起打滚。滚到了泥里,两个家伙在泥浆中发出噼噼啪啪的打斗声。

村长靠在墙边,耷拉着脑袋,肚子一起一伏。

"毒蛇不可能在这个岛上呀,水里游来的蛇都是无毒蛇。"有人说。

"昨天晚上有人专门来放了蛇。"

"有一个浑身插满羽毛的人……就像是湖里的水翼人。"

"难道是盐过成了精放蛊,要害村里的人?"大伯柴棍说。

"他一个可怜人,跟死了一样,在这岛上就是个野鬼,又没有与谁结孽……"

"跟着我们的队伍来的有燃灯和大脚弓的舅子,这两个人现在水边,你们看他们在捉什么?"大伯柴棍说。

"……"

"癫蛤蟆!"大伯柴棍说。

有人拿手去试村长的鼻子。"村长好像快死了,他在说胡话。"有人对大家说。

"老秦么,死了好。这养老院啊……哄鬼的。钱呢?钱从哪里来?我算了一下,没有五百万不消谈。啥时筹到五百万?等养老院建起,我们早到笤箕坟去了。你能活到那一天吗?你信吗?你自己不信却要别人信。不是太无耻吗?我们到这里来,究竟是为什么呢?……"

瞎子们开始骚动,交头接耳。

村长老秦动了一下,他醒来了。大家忽然不再吭声。他的头肿了。他的头伸起来,仰起来。笑。背后疼。他笑。瞎着眼指点。定位。

"柴棍,你这老贼,我做的一切都是为我吗?挖我的祖坟的?我还没死呢!我逃过一劫。老子不会死的,金刚身。咋?你不就被一个北京的铁砣子砸中后去了趟地狱吗?有什么得瑟的?各位,你们可以走,我就是还有一口气,我也要在这儿坚持到底……趁活着做点事,死了就什么都做不了。死了阎王五爹就把你的灵魂抽走了……"

他呼出一口浊重的气,歪倒在地上。

2

去村里找增援的狗牙竟然拖来了几个流浪汉。他们磕磕碰碰地涉水下船,拎着裤子。

老流浪汉剃过头,他的头发茬子全是白的,上面沾着苍耳。就像歇着几只苍蝇。

3

突突突的机声让村长跳起来笑。有机动船缠在渔网阵里动弹

307

不得。

明眼人告诉他,许多人拿着镰刀。

"拿导弹咱也不怕。"

"他们是来割芦苇的。"有人说,"他们是芦苇客。"

"啊呵,今年的芦苇不属于他们。等着瞧吧,会有人为他们守灵的……"他得意地说,"我算准了这几天他们要登岛刈苇……"

"总是有人做美梦……"

"他们没有什么新点子,就这么硬拼,我的队伍是野猫湖最狠的一支瞎子兵团……"

一个人悄悄地问:"秦村长,听说,今年您与湖南来的刈苇队签了合同,包给他们……"

"你这是什么话?"

"没有什么,没有什么……"那个人忙退到一边。

"妈的,谁抢到就是谁的。"

4

机动船上站着几十个人。还有一些在水里。他们是从东边来的,他们的后脑勺落满了朝霞。船板上嘭嘭的脚步声让空气发抖。那些人的裤脚一直卷到大腿上。有的裸着下身,黑黢黢的老二缩成小荸荠。

一色的鱼叉在岛上候着他们。

一个流浪汉在哇喇喇地喊。他的眼神似乎好,像一只大鸟在风中聒噪,报信。

"文盲们,看见那块界碑了吗?"

"哈哈。"站在船头的人笑道。有人马上给老秦说这人是蛇湾村村长的小舅子。

"你们这些瞎子,人家戳瞎了你们的眼睛,你们还跟着他跑,猪啊!"这个小舅子说。

"不关你的事!"瞎子们说。

"你总得帮我们离开这里吧,秦村长。"

"要你的姐夫来。"

"你什么都知道。我们只是要芦苇的。"

"滚回去!"

"瞎子们,你们滚回去。我保证给你们每人安一双驴子的眼睛。"

"掷一把叉过去。"村长说。

只听"呜——"的一声,一把叉在空中蹿出去,落到远处水中的钢铁船板上。"啊"声一片。

"我们不打瞎子。我们村长带来一句话,一句正儿八经的、说话算数的话:如果你们回家,我们村长保证为你们去城市装一双义眼。现在有了这个科技,你们以后就可以看到太阳月亮和女人的奶子啦!"

等瞎子们冲上去的时候,他们割断水下螺旋桨的渔网,一溜烟跑了。

闪 电

"今天晚上,请把你的刀借给我,父亲?"我对他说。

"他不是你的父亲。"大伯柴棍说。

"他是的。自从我回乡,自从我成为一个中年人,我看到那些目光呆滞、穿着破烂、步履蹒跚、满脸愁苦的老人,都是我的父亲。"

"他不是。"

"因为我太思念。在镇上,我曾跟着一个老人走了几条街。我塞给他几块钱。他卖藕带。我不吃藕带,但我给了他钱,我的心就稍微好过了些。"我说。

他把那把刀给我了。我拿着了那把刀。刀湿漉漉的。要下雨了。

我蹲在大伯柴棍的船头磨刀。大伯说:"黑鹳一哭,乌云就会来。要么翻船,要么死人。"

果然乌云来了,从水里爬上来,一直压到小岛的头上。

"我回去就有三亩水面,这是村长说的。"戴孝对我说。"那是我姐夫的鱼池。"

云很低,远看像一条乌黑的大船。

他们隔着十米的距离。

"村长很沮丧,因为战斗还没开始就结束了。"戴孝说。

"你可以选择顺风,你的右手弱一些,你是个左撇子。听说左撇子很聪明,是从火星上来的。"

"我不选了,站哪儿是苍天的安排。"我说。

闪电在天边闪。隐隐的雷声。就像半夜的梦呓。

"你最后还有什么要交代的?"戴孝说。

"应该是我问你。"我说。

"好吧好吧。总要死一个,你死我死一样的。不过我只想给你说,我与你无怨无仇,我只是信守一个诺言。随口应承了。你算是有福气的。许多人在许多场合,死得不明不白。有的人成为一坨肉饼,还不知道是谁把他踩烂的。你抽支烟吗?阴间没有烟抽。对于你我,这都是最后一支。"

他扔了一支烟给我。一道白线一闪,落到草丛里。

他自己吸起来。打火机照见他的鱼叉,蓝得像玉石,异常好看。

"这个岛很安静,世界只剩下你我了,你明白我的意思吗?"他继续讲,"有些事情弄明白之后,你可以跑。是跑,不是逃跑。说到这里,我突然心里一阵悲哀,我们是因为什么,被什么撩拨,跑到这个鬼地方,手握钢叉要刺死对方?"

"在很荒凉的岛上都会有杀戮。人类就是这样,你阻挡不住。"我说。

闪电又闪了一下,很亮。我们不由自主地把头朝向那儿,那个天空,乌云的罅缝。噢,就好像天空有潮湿的柴堆在燃烧。空气很闷。连鸟也张着嘴巴在大口喘气。一条狗不知挨了谁的一棒,在远处哀哀叫唤。

"现在,你肯定很失望,你的女人在遭受蹂躏。"戴孝说。

一口咬住它

"出去,你出去。"

"狗牙,狗牙我的小乖乖,我不出去,我要在里面……"

"出去。"她在下面不安地扭动。

铁棍一样在她的体内烫得她没了骨头。她的身体都快化了。

"我要到岸上去!"

"船在湖中间,只有鬼才能上来,我的小乖乖呀……全部是满的,全填满了……"他用手捏着下面,那儿水淋淋的……

"出去!有一个人今夜要死了……"

她大腿发紧。她终于摸到那个野母鳖,在旁边张着怪异的眼睛和嘴巴,像是在为他们歌唱。她抓到了它。把它拖过来。

她终于挣扎出来了。闪电中,那个湿黏黏的脏物红中带紫。野母鳖以为是个鳖头,一口就咬住了它。

"我要死了!"她听见他喊。

母鳖伸长了脖子,四只坚硬的爪子像钉耙抓着船板,用力咬。

"快跑啊,"她说,"我要快跑……"

时间就是一眨眼

像一条拉长的影子,从闪电里跑出来的一个女子,半裸着,衣裳像是被电光撕烂了,两只乳房向前挺着,一边妖精一样地嗥叫,一边冲向我。她的手臂乱舞。

我心无旁骛地掷出了鱼叉。这是比反应。对方的鱼叉也在同一个时刻掷出,甚至比我快——他更有力。

鱼叉宛如一条鱼,在空气中哒哒地飞驰。时间就是一眨眼。叉进入了她的胸膛。就像一道闪电击中她。那个叉柄好像有弹性,晃了两晃,掉落到地上。

雨等候多时,下起来了。她张大着嘴,是哑的。雨水哗哗地灌进她的喉咙。她倒地时,小岛发出爆裂声。

我像一个标本躺在疵纱里

……如山的半脚纬。雨从屋顶的漏处滴到我的嘴里。

正好。正滴到我嘴里。我渴。我渴了几天。意识中我是渴的,要喝水。

我不能动弹,想喊,嘴里发不出声。我像一个标本躺在疵纱里。我泡在疵纱里。全是水。

我听见机器开动的声响。又熄了。寂静。很久,又有机器开动的声响。地吸式吸尘器。织布机。

"怎么还不收拾?太耽误事了。"一个狱警说。

"321,321。"那个值班的同改喊。

"我是791。"我否认说,"我的监号是791。"我在心里大声说。

森林和峡谷刺鼻的硫磺气味从高高的窗户扫进来。唤鹰山晚上的风格外严厉,松涛树吼,就像翻了天一样。夜晚的山冈烦躁得乱拱,每一块石头,每一根树枝都变成了野兽。风朝悬崖猛扑,像有万年的仇恨。河流咆哮。雨大得像野蜂飞舞。山里全是莫名的悲愤……

他用鱼叉举着

大伯柴棍举着村长被咬断的老二,在大街上奔跑高喊:
"看村长的鸡鸡呀!看村长的鸡鸡呀!"
那条老二因为性药的作用,虽然白瘆瘆的,但还是坚硬如初,而且在雨中冒着热气,像刚从炉子里取出的烤香肠。
"快来看我们村长的骚鸡子啊!"
他用鱼叉举着,那条老二还没有死去,像一条鱼在叉齿上摇摆。大街上空无一人。一辆洒水车按部就班地驶过,洒了他一头的凉水。这是半夜时分。

早上,人就多了。街上走出了许多泥巴。天空提着水桶往下倒。路上的石子踢到人的脚踝让人尖叫。
人们争相看一个瞎老头用鱼叉举着的一个男人的脏物。它如此小,如此丑陋,就是一只从壳里剜出的螺肉。整个街道上都弥漫着一种腥臊性器的糜烂味道。
"这是为什么啊?"
"鳖咬断的,鳖怎么会咬那东西?"
那个东西因为疼痛,还在鱼叉上蹦达,扭动,想自己挣脱。时间不等人。医院的救护车早就候在那儿。警察鸣枪示警,后来动用了催泪瓦斯,将大伯柴棍扑倒在泥水里。

下部　莲花盛开

雁往南飞

量了一下,从狗牙的坟到我家,是九百九十九步。刚开始是九百八十一步。后来走到九百九十步,后来走到九百九十九步。以后,会走到三千步。当我老了。

我画了张羊头带路。一只羊过来咩咩地朝我叫。是狗牙的那只羊。我跟着那只羊走。

我在狗牙坟头安放兽夹子,夹大兽的。东南西北各一个,更防止有人挖走狗牙配阴婚。

"有两只眼睛,就有了阳世。我们没有眼睛的人,就在阴间。"大伯柴棍坐在坟头说。

"燃灯你栽一棵桃树,李子杏子也行。樱桃最好看。"寒婆过来说。

"您那里的一棵活了。明年会开花吗?"

"再小的果树只要活了都会开花。"

阳光很好。我吃着甘蔗。半夜雷声过后天空明亮如洗。有新鲜的野花开出来。就像土里伸出的手,向你和世界献花。野鸡和流浪的狗在跳跃。野猫和鹳在互叫。红的、白的、黑的、两脚的、四腿的、长根的、浮游的,还有飞翔的——鸟和花粉。噢,太多的野菊,矢车菊、旋覆花、蒲公英、菱叶菊,都像美人。开满红花的婆婆纳,粉红的打破碗碗花,白色的刺芥子,不知名的蓝色花,绿得像大翡翠的乳腺草,炸裂的野豌豆。这大片的自由和粉黛,这无边的寂静和幸福都献给了村里的另一批村民,他们曾经活过。这片被遗忘的地方,没有声音和文字,在永恒的沉默中感受世界的美。

如果,你真是一个游荡在故乡田野的幽灵,完全不再理睬这人世的一切,欢乐与悲伤,恩怨和爱恨,所有的人全是世上的新人,他们一茬茬地冒出来,就像雨后的野草,闪闪发光。但因为成色磨损,他们像前辈一样,开始争斗,发怒,讲狠,算计,累积仇恨,你死我活。但会有人收拾他们尽快离开这个世界,成为泥土,让另外干净的人出现,占领村庄和城市。因为睚眦仇恨,也占领监狱和刑场。糊里糊涂的爱会成为结晶,生下来的,重新粉饰人间太平。你何必理会人间的事,在这里,嗯,你会像一只蜜蜂,嗡嗡地飞,东跑西颠地追花夺蜜,毫不在意这土堆外的世界发生的灾难奇事,成为风一样快乐的精灵,成为鱼汛到来时腥味的空气。这种无声无息的温暖,是值得享受的。如果有某一个亲人,会因为昨夜梦里想起你,今天来到这儿,扯一把草,烧一把象征性的纸钱,坐一坐,你将对这个土堆之外的世界充满感恩。

你不能拒绝这已经到来的一切,安静领受吧。空气如此新鲜辽阔,道路在野草中延伸,云彩在头顶飘荡,一只鸟在翱翔。你,和所有死去的人,都会进入亲人的梦里,不会被忘记。你的这块安息之地,是命运恩赐的。

"嗯。"我幸福地说。

"她是被老秦那个老色鬼掐死的。"我说,"老秦掐过不少人的脖子。"

"她是失足半夜掉到湖里的。她缠上了渔网。"我说。

"这是一种说法。"

"她是救我,"我说,"她挡住了鱼叉。"我在心里说。

"她是为你死的。你带走了她。"一个声音说。是大伯柴棍。

"她落在鱼叉上。也许,她不服,村长动了叉。狗牙不服的,她很烈性。她是个好孩子。"

"村长刺死了她吗?"

"她想刺死村长。村长自卫。"

"快七月半了,她会回来的。"大伯柴棍说,"你的心很冷,你不怀念她,你是死人。"

"我的头很疼,大伯。"我说。

"真的吗?"

"是的,大伯。"

"你是个死人,所以带不走狗牙。"大伯说,"也算带走了。我知道你回来是带人走的。你还要带人走。"

"不,我在这儿。我将永远在这儿。我不会带人。"我发抖地说,"我想去湖里洗最后一个澡。天凉了。"

"你走吧,不要从湖里爬起来。不要!你这个水鬼!"

我一个人坐了一会儿。

雁在往南飞去。它们组织严密,队伍整齐,没有逃跑和慌张。空中最先凉,雁知道。它们的叫声就像哭泣。

悲伤在这个世界太深切。但没有谁注意到人们的悲伤。悲伤是属于个人的。滚滚而来的悲伤和滚滚而来的人裹挟着,各自生活在各自的角落。道路、湖泊和河流划定着人们悲伤的界线。可以在黑夜里饮泣,在梦里挣扎。但你会割断和告别过去。怀念是必须的,不然活着的人会因此而愧疚。

内心自省的时候,七月半来了。

过阴兵

"好好地准备一顿饭,她喜欢吃阳干鲫鱼。老干妈蒸鲶鱼也不错。今晚过阴兵,狗牙说了她回来吃饭的,昨晚她给我报梦了。"伯妈说。

大伯把晒干的鲫鱼从门口的晾绳上摘下来。

"你分四个包。"他教我。

他买来的冥府银行的纸币,全是一万元一张的,一大扎。还有美元。

给地盘业主、古老前人、五音男女、由子野魂收用。

等儿子回来的田婆在烧纸。她怕儿子死了,在那边没钱花。

"今年的阴兵阵势很大,不信你们看吧。"大伯柴棍嗅了嗅空气里的气味,一个人在大路口对湖水说。

"你说我的儿子是死了还是活着,柴棍兄弟?"

"……有一种情况,如果他成了特工,或当了特种兵,他就不会与家里联系,这是有保密制度的。再不,他忘了你们,你这个妈,在城里吃香喝辣,不好意思提起你这个乡下的妈了……"

"啊,会活着,是吗?那我就不烧了。只要活着,认不认我又算什么!……当上特种兵他总会回来么?"

"当然。"

田婆兴奋地用脚踏熄了纸钱。

"我知道了,我知道了,我等我的儿子的消息……"

天气是要下雨的前兆,阴沉沉的。如果下麻麻雨,就是鬼出动的时候。农历七月半,总会下麻麻雨。我们叫雾麻子雨。

鸡们迈着细脚早早地从野外回到屋里,不安地发出咯咯声。天上有一种蒙在薄纱中的光,一忽儿,又很暗了。

"我也梦见了狗牙。一般来说,阴兵路过,都是吃了就走的,掉队就成了没有组织的野鬼。狗牙回来吃饭,千万不要喊她,躲着不出声。"大伯说。

伯妈嘀咕了几句,好像不高兴。她在锅里焙鱼。辣椒的气味弥漫。

路上没有了人。天黑了,麻麻雨就要下起来了。这时候,路分外明亮,带着惨白,像铺上了丝绸。所有的坛坛罐罐都反射着惶恐的光,令人不寒而栗。路边的野蒿和蒺藜无端地摇晃。紧接着芦苇荡也在颤动。黑鹳在没头没脑地四处盘旋。它们不敢歇到地上来。整个湖面上不剩一只鸟。街道上的石子发出响声。暮色把坟墓搬来搬去。大门敞开,正对着死蛇一样的村路。更远处是田野和沼泽。仿佛这里沉睡了一万年。弯曲的树影接上了更远的地平线。

桌上的酒菜全摆上了,筷子、酒杯、调羹。全是新瓷的,白得放光。饭添得很高。伯妈要这样,她说梦见狗牙饿。还给她备下了一些小菜,腌黄瓜、酱萝卜、腐乳、辣豆豉、泡生姜,这都是狗牙生前喜欢吃的。

他们在阁楼上等待着。

一阵黑风贴地吹过来,田野上呜呜地响。

……有杂沓的脚步声传来了。沙沙的,神秘的,低沉的响声。有人说,是阴兵的脚步声。看来大伯说今年的阴兵不少是对的,比往年多。今年天灾人祸太多。就像深夜的洪水漫过来。黑夜的寂静给割断了。

墙皮在掉落。有人从窗户往外望去,指给大家看。没有一个人说话。他们看到遍野荧荧,一队一队黑魆魆的人影。还似有马鼻的呼吸。路上的灰尘在暗中惊起。人们艰难喘气,即将窒息。

323

没有头,没有尾,第一眼看就是黑色的长龙,在田野上滚动。只有那隐秘的脚步声,像是半夜进村的大群的窃贼。

"是阴兵!"有人说,"这阵势好久没见啦。今年可是壮观呀,可不要出声……"

各家有去世亲人的全都悄悄打开了大门,桌上摆好的饭菜等着那边的亲人来吃,也想看看那边亲人的面容。这可是盼了好久……

黑风像猫一样一阵阵涌进门。终于,门口有团团黑影。雾一样的黑影变得清晰,是狗牙,狗牙回来了!她像是从很远的地方打工回来一样,旁若无人,脖子上套着绳子,被两个阴兵牵着。

他们进来了,径直走到桌子前。一个阴兵将狗牙的绳子系到桌腿上,他们开始吃饭。没有一点声音,就像画片上的事情。他们扒饭,吃菜,没有碰磕碗筷的声响,像在梦里。每个人都埋头吃饭,仿佛不认识。

他们吃鱼不吐刺,狼吞虎咽。伯妈这时颤抖起来。大伯将她按在墙边。她浑身筛糠似的,牙齿在打战。她忍不住喊了一声:

"狗牙!"

所有吃饭的鬼听见了,他们先是一怔,停了饭碗和咀嚼,支起头来。

"狗牙我的儿呀!"

那几个阴兵来不及解开绳子,迅速扯断了拉拽着狗牙就往外跑。

他们冲下楼去,桌上狼藉一片,扯断的绳头还系在桌腿上。

伯妈往外跑,要去追看狗牙。立马,路上不见首尾的黑压压的阴兵不见了。大路上空无一人。只有黑风不减,吹得地上呼呼地响。伯妈望着远处,嘴里不停地喊唤:"狗牙,狗牙牙牙……狗牙牙牙牙……狗牙牙牙……"

田野上,依然有遍地闪烁的鬼火。万物暗哑。滚滚的阴兵黑团正往西去,像贴地的蝗虫。杂乱。有序。机警。无声。好像坚守着铁一样的纪律和秘密。

庄稼正是成熟的季节,稻子有了香气。还有一些浆果的甜味。村里的人此时捂住婴儿的嘴,把狗打昏,把鸡笼盖上棉被。门闩上插着一把刀。

这时候多么难熬。黑夜漫长广大。雷声呢?暴雨呢?闪电呢?……

突然,有火亮了!同时村里有人喊:"火啊!"

一团少年的影子举着火炬在田野上奔跑。看哪,这似曾相识的一幕又出现了——是火炬?还是举着一团鬼火在那儿摇曳?一个火球!大家看到了,一个奔跑的鬼打破了这黑夜的诡异和窒息。

"五扣回来啦!是他!"

在蒙蒙的细雨中,低垂的田野被聚光灯照得明亮如昼。那些来不及逃遁的阴兵鬼影全伏进草丛里、沟渠边、大树后。

那团鬼火发出呼啸,在旋转,一忽儿上升,一忽儿下降;一忽儿快,一忽儿慢。它滚动。它挂上了苇梢。它蹿上屋顶,跳到草垛。它在堰塘里漂浮,一下子又跃到岸边。

"火炬的火!就是那支火炬!"

它倏地散成无数光点,像落地的烟火,又聚拢。一直爬上村头的渔柱,像一盏路灯。光黯下去了。又遽然亮了。这个鬼火的精灵在空中自由来去,在田野上肆虐。黄光,绿光,红光,紫光……

人们快疯啦。终于,有人扯起嗓子喊叫:

"赶鬼啊!赶鬼呀!"

顿时,脸盆、水桶、尿罐的敲击声从各家门口急促地敲起来。声音胀满了夜。人们故意扯破嗓子,不顾一切地大喊狂叫:

"赶鬼呀!赶鬼!赶呀!"

人们搂出柴草,浇上煤油、汽油、酒,燃起了一堆堆的火,高举着竹子火把、樟木火把,破门而出,冲向田野,冲向那团鬼火!

整个村子在醒来。周围的村庄也响应起赶鬼的喊声,敲锣打鼓。田野亮了,人们全都在吼叫,嗓子喊哑了。所有人,老人和小孩,男人和女人。全部,一起。把这扰人的鬼,这无边无际的阴兵撵走,把盘踞在这里装神弄鬼的鬼魂们全撵到别处去。让这儿的世界干净、安全、祥和,阳光普照。鬼少年的影子不见了。滚动跳跃,恣肆挑衅的火炬不见了。人间的火,在噼噼啪啪燃烧。月亮出来了。小雨住了。田野上空空荡荡。蛐蛐啁啾。湖水喘息。人们拽着天色,把它送进东方明亮的黎明。

进　山

唤鹰山的森林叫老林扒子。

第一天下起了蓝色的雾。我和这个过去素不相识的同改老潘再次回到这儿。

我们走进一个村子的时候没有遇见人。我们只好在牛栏屋放草的阁楼上躲避寒风过夜。

牛栏屋有一头牛。阁楼上有一些柔软的茅草。我们带了毯子，但挡不住山区半夜厚厚的、过早到来的严寒。

天空上的亮光像一些怪兽在云端里变幻。整个山冈的树都是白色的。一些木架子在山民的门口像跳舞的鬼魂。高山萝卜在地里，歪歪斜斜地长着。霜发出噼噼啪啪的声音。

"还要翻过一座山，到了峡谷深处的咤水河边。两岸有许多野生的兰花。九畹兰和金边兰到处都是。明天应该是个晴天。"潘主任偎在草里，抖着，不停地翻身，对我说。

离我们坐牢的地方越来越近。我像在摇晃的船上头晕目眩。是车把我送到这里来的。像是另一个人来。我不认识路。潘主任哭着说他住的北监区。"……到了南监，你回去看看吗？你刚离开……那我们就直奔咤水河……"

北监已经是一个峡谷里的废墟。咤水河在南监的后面。监狱的犯人在这里关一辈子也不可能到这个河边。它有广阔的高山平原牧场，出产的腊猪蹄远近闻名。咤水河幽深的峡谷，谁走过？养在深闺人未识呀，一定是世界最好的峡谷，高耸、深切、怪石林立，悬崖陡直，巉壁绝渊，千围万仞。到处是鬼泣神叹之岩，如入狼嚎虎阚之地。

327

山里的天很难亮,黑夜沉沉。风的呼啸横过山冈,牛屋像要掀走。四壁透风,怎样才能度过这样的夜晚?这是一个令人毛骨悚然的问题。

我们叩门吧,因为没有狗。我们知道村庄是个死去的村庄。但一定会有人。有牛就有人。如果我们盗走了他们的耕牛……

"这蓝色诡异的雾剥得人越来越憔悴……"潘主任冻得疼痛起来,捂着脖子,捏脚。抽筋。我帮他拉扯腿。我摔下了阁楼。

一个人用猎枪对准了我。

这个人包着很厚的青头帕,裤子吊得很高,一对劲鼓鼓的眼睛。

"是路过的吗?"

"我们是挖兰草的。"

"是路过的。"

他非要我们承认是路过的。他很倔。好像你承认是路过的他就不杀你。他的枪头点着我的额角。有一条黑黑的影子切割了他的脸。他提着马灯。

"好吧,是路过的。是过路人。"我说。

他释然了。

"这个村里就我一户人家。"

他带着我们去了火笼屋。他扒燃了火塘的火,还给我们烧茶,敬自产的烟叶,让我们烤洋芋吃。

但我依然很冷。我不想来。我不想看见这里。我会有噩梦。

"他好像有病。"山民指着在一旁翻白眼的潘主任对我说,"他全身都在抖。你的肩膀也在抖。你们是去县城看病的吗?"

"不是。"

"你们是两个病人。"那人说。

"是的,我们的确是两个病人,我们生病了。"

"明天早上,天亮的时候,蓝雾会收吗?"潘主任这时醒过来绝望地问。

"这儿从来都是蓝色的雾。因为没有人,雾会越来越蓝。树也会越来越白。风是白毛风,吹在你的脸上会生白毛,拔不去的。看我的牛,一身白毛,全是风吹上去的……

"这儿有许多房子,全变白了,就像老人,头发胡子眉毛包括雀雀毛,都会变白。因为这样的原因,他们宁愿去咤水河挖兰草,冒着被鹰啄瞎眼睛的危险。所以,我劝你们不要进山,你们的眼睛会一只不剩的。"

"我们戴了墨镜。"潘主任把墨镜拿出来给他看。

我们躺在山洞里

在山谷间,蓝雾像飞翔的大鸟,有一种让山峰解体的感觉。仿佛山是无数飞旋的碎片。

在山和天空的交接处,有大量的鹰巢。鹰是白鹰。给我们带路的那个人说,这里有一种鬼母,能产天地鬼,一次生下十个鬼。但早晨产下来,晚上就把它们吃掉。鬼母有九个头。他说还有一种梼杌兽,长的是人脸,老虎脚,猪牙,有一丈八尺长的尾巴,拖在山上跑的时候,像一把长长的扫帚。有人说这就是扫帚星。他说这里也有吃虎豹的马交兽,四只脚如鸡爪,吼起来像打丧鼓。他们这里死了人打丧鼓,虎豹就会逃很远,以为是马交兽来了。

他喋喋不休地说着吓唬人的鬼话,是想阻止外地人来这儿采挖兰草。我们不信他说的,给了他一点钱把他撵走了。

我们站在悬崖边,听见几千米深的崖下,有河水咆哮的响声,好像饥肠辘辘的叫唤。

"昨天,那头牛偷吃了我们的烧饼,"潘主任说,"早知如此,还不如用刀割下牛的屁股今天咱们就有牛肉吃了。"

整个山峦依然被蓝雾包裹着。我们在雾里。可以闻到腐烂的木头和石屑散发出来的气味。鸢尾花在石崖下茂密地盛开。风把人往上拽,就像有人揪着你的头发把你拔离这个地球。裤腿里的风撑满了,人站立不稳。山顶上没有一点植物,光秃秃的,像个青筋暴暴的老人。石头是黑色的,就像是个露天煤矿。

我们好歹偷了一把开山斧,由老潘拿着。他的手伸出去很远,勾着腰像一只猴子。头在斧子的亮光里闪现,但我们还是被挡住了路。

"你们的胆子真够大呀。"两个年轻人,像是专门劫道的,也像是在山上伐木或者采药或者盗猎的,或者也是挖兰草的。他们胡乱卷着裤腿,穿球鞋,尖挺的脚踝上有血。

"你们也是挖处女兰的吧?"潘主任和善地问。

"把手表、钱和手机都拿出来!"

他们说话的口气像是开玩笑。

我们还是把身上值钱的东西全掏出交到他们手上。

"这是臭虫,我治癌症的。"潘主任把一个袋子摊开给他们看。

我们重新上路,闭上嘴巴。

苔越来越厚。森林越来越寂静。没有了鸟叫。植物苦涩的腥味把我们的眼泪追出来了。

"忍着点儿。这一趟路,我会替你把心中对世界的怨恨磨平。你说,如果走这样的道儿,没有拦路的就不正常。"主任说。他的脖子肿得发亮。

我看到远处的山峰就是我在监狱窗户里看到的山峰。有无数的锯齿,有一个像犀牛望月。有一个像睡佛;也有说像毛主席。他在山里沉睡。他将永远沉睡下去。群山的吼声是他的呼吸和心跳。

我闭上眼睛不想看。我有一种将会回去的强烈感觉。那里面的硬板床和单薄的被子里还留有我的体温。我将重新上床睡在上面。南监。我将回到南监。我将一跃,便翻墙回去。我从窗齿里烟一样飘回去。

"我为什么在这里?"我忽然问自己。我看着周围,"……我为什么离开监狱?我是怎么离开监狱的?蓝雾在爆炸,它越过山峰卡住人的脖子。……是在梦里?我碰见了什么?鬼母和马交兽?……我还将碰见什么?我要干什么去?我是791还是燃灯?……"

我们躺在山洞里。我们喝山洞里的泉水。我们饥饿。

他吃着臭虫。

他抓出一把虫子,粗略地数了数,放进嘴里,像嚼木渣或瓷片一样嚼着。一会儿,他不嚼了——他含着满口臭虫睡着了。

我头上的黄水此刻像脚下的河流一样疯狂泛滥。因为冷,或者别的。

"主任,你还活着？你死了？"

主任面色青黄,病入膏肓。我们烤着火,背靠背,听着松鸦在半夜的哽叫。有一群迷路的野雉,在洞外吵得闹翻天。潘主任陷入昏迷,发谵语,笑。他举着一株普通的兰草,指着说这是兰花,"看裸女跳舞……"

那是一株蔫不啦叽的咤水剑兰。他跪在地上,发出咯咯的笑声。洞外起风时,无数的松萝飘向洞内,就像有人向我们掷蛛网。我们浑身缠满了松萝。清香的气息让我们惊醒。一群饿得皮包骨头的金丝猴跑进洞来抢我们身上的松萝吃。

洞里的青苔一寸一寸地往上长,汪着水。

他从腿上拽下一条旱蚂蟥,内行地说:"我们得吃几颗维生素 B,这样蚂蟥闻到气味就不敢咬我们了。"

洞里有许多蝙蝠在空中穿梭,他顺手抓到一只,把它丢进火里烤。

他给我分了一条蝙蝠香喷喷的腿和壮实的翅膀。

洞外的天空上,星星在奔跑。

他在发烧。他要喝水。我将水送到他的嘴边。将冰凉的手放入他的胳肢窝,让他大叫。我去抓他的裆里,那儿只剩下一层皮。我说,你的好日子结束了,可你怀有生命的激情。我且忍了,看你跑到深山老林玩什么稀奇？等你回去死掉。

"你张开嘴。"

我把泉水倒进他肿大的脖子里。你被刺激得跳起来大叫。

"好,这很好,你要死劲地掐我,不要让我失去知觉。"

黑夜穿过肉体。有东西敲打我们的骨髓。夜漫长。就像水流没有边际。星星累了,抓着天空打盹。

"……唤鹰山一直传说有这种兰花。我们必须经受磨难。我的一生够丰富了,可我没有见到处女。我老婆也不是,她当年是知青,公社武装部长下手比我早。后来我利用职务之便,搞了不少女人,可是我仍然比别人下手晚了。有的是女人的老公拉皮条……后来我年龄大了,找的女人越来越丑,擦皮鞋的,扫地的,农村来的小保姆……她们的处女膜呢?……

"我被双规是因为十分偶然的原因。我开着一个老板的车回家,因为喝了点酒,技术不过关,撞上了人。车是从哪里借的?车是借的吗?是假说借,暗地人家就送给了你。只是写着人家的名字,每年帮你交保险,交罚款,年审。就这样,全招了。天意啊……"

万壑松风。

万壑松风。

万壑松风。

"……有鬼母在外头叫。我听见了。就是九头鸟。它的血滴下来了。"他摸摸颈项,"踏了它的血,你会杀兄弟。"

"你可不要把炭火放进我怀里啊!"他淌着眼泪,求饶地喊。

夜半的风越来越大,像瀑布一样在石缝里尖叫。他把手垫到屁股底下,一阵树叶刮进来,冲到他的脸上。

九头鹰

早晨,我挣扎着从火烬里爬起来。有雨。雨点像大鸟零乱的羽毛,在四野扑腾。

兰花的香气像是来世和天堂。

我给他扯了一把鱼腥草,让他嚼,让他退烧。

只有一夜,他的脸就青了,跟死人一样。

我们连滚带滑坠到咆哮的河边。没想到他一下子就疯了,对我说:"我们跑,逆着河水跑,就看到处女兰啦。看见没?前面那只青麂,它是来引着我们跑的!"

他冲上前去。我的瞳孔里全是他,一个朦胧的黑影,在石头丛中跑,忽隐忽现。

"快跑啊,你看见蓝色的处女兰!高挑的身材就像初中女生……"

"让它出现吧,可爱的兰花……跟着青麂,跟上它矫健的影子,我们加快点……"

"不要踏着鬼母的啼血!有青麂在前,我们奋勇前进……"

"让它出现吧,少女贞洁的灵魂必将胜利!……"

一只白鹰守在隘口。

山民说过,鹰看人的眼睛就像看见铜钱,它一定要叼啄而去。它一定要把人类贪婪的血洒遍唤鹰山……

他在悬崖上看到一株兰草,是兰草,不是别的。

"你看见什么了吗?你快跟上来……"

"青麂不见了。它摔下石头掉入河里了。"我说,"你跟着它跑啊……"

"是处女兰。它的花葶！那么高啊！"

"……青麂跳下河了，被河水卷走了。"

漩涡中，挣出头来的青麂，它的两只小耳朵甩着水，黑色的鼻子朝天竖着。河水湍急，它时沉时浮。在一块巨石那儿，它被水吸进去，撞上了石头，或者钻到石头底下。它不见了。

"那就是处女兰！你这个苦命的人，看不见好东西。我们经过了这么多劫难，总算找到啦！"

他往头顶的山嘴爬。满脸的老年斑像是许多眼睛。

白鹰长着九只头。是九头鹰。它看见一个满脸是眼睛的贪婪的老人。

"我的处女兰啊！我的小亲亲啊！……"

鹰守候多时了。它饥饿难耐，无力飞回山顶的巢穴。一只青麂看见它，不愿成为它的爪下鬼，宁愿投河自毙。鹰在叫，喙嘴滴着血。

它扑向潘主任。它的翼展开像一道银色的闪电。它遮掩了一切。它向我们飞来。它带来了强劲的野风。它是峡谷的王者。它吞噬一切。

白鹰用九个头上的喙嘴啄他的脸。那是眼睛。一百双眼睛。潘主任的脸啄得千疮百孔。他用手捂，鹰把他的手啄开，抠去他的眼睛，衔着，飞向山顶。

"鬼母啊！……"他捂着滴血的眼睛凄凉地喊。

听见鸟的叫声我会抽搐。喉咙里呼呼地响。

我把草药敷在他血肉模糊的眼上、脸上。

他躺在石缝里，像一块朽木。他的颧骨裂开如两朵花。

他的手上紧紧攥着一株植物。根上缠满泥巴。

他的喉咙越喊越粗，就像用木棍捣过。

他的嘴里吐出螃蟹繁殖时一样的泡沫。

有时候他是清醒的。

"我很执着。我是个执着的人。"他说。

他后脑勺的一圈头发越来越稀疏,昨晚做噩梦时抓掉不少。

他的眉毛也因为悲伤和疼痛全掉了。

"只有执着者才能成事。"他说。

他清醒的时候说:"……人是有宿命的。我的眼睛瞎了,老秦就不嫉妒我了。何况我与你们村是有缘的。你们村里从湖南过来的移民很多,所以做的酱菜很好吃。他们叫坛子菜。用剁椒拌的晒萝卜,还有藠头、萝卜皮、生姜、藕带、酢辣椒,好吃啊。还有你们村那个饭馆的凉拌甲鱼。做凉拌甲鱼不能用饲料鳖,太肥腻,难以入口,吃下去就像吃大粪的感觉。他家的蛤蟆腿也烧得好吃。"他咽着口水,"鳝鱼没有野生的,我从不吃鳝鱼。现在男人的精子质量下降,不孕不育,与吃了太多雌激素食物有关。这事没人管。就是没人管。添加剂全凭人的良心。可是,良心跟那只青麂一样,从悬崖滑到河里去了……"

河水近在咫尺,湍急凶恶得像地狱。我背起他。

我挖到了许多他要的草。他说是兰花。我说是杂草。

义眼和痒鼻子

他住在单人病房里。医生给他装了一只义眼。油汪汪的。

"这是一个杀人犯的眼睛。"他说。

这只眼睛露着凶光,眼球突出,视网膜全是通红的血丝,晶体里似乎看得见刀子。

"但这使我像个正常人。我不喜欢眼窝眍进去,虽然我瞎了眼。"

他的脸上被鹰啄的坑正在结痂,但已面目全非。

"我得到了处女兰,看它开花,这是值得的。"他说。

他扶着墙壁走来走去,踢墙,跳脚。然后摸兰草。他的儿子给他送来了一只猫,被他打得喵喵号叫。

因为有气,他不停地打嗝。

他在五官科病房昏暗的走廊里不停走动的时候,听到治疗室一阵歇斯底里的叫嚷。声音在非常安静的走廊产生了嗡嗡的共鸣。完全听不清楚。

他往那儿走去。他走了几步,是患者与医生发生了纠纷。这种事很多。可以看点热闹。

"……啊呀,把我的鼻子割了!我不要鼻子了!好难受呀,警察究竟向我喷了什么呀?……"

几个医生和护士把一个老头死死地按在治疗椅子上。一个年轻的医生用膝盖压住病人的胸脯。有三个护士抓着病人的手。潘主任从门缝里看到无法被制伏的病人,一个通红的鼻子一闪,好像鲜血淋漓。病人暴躁的手还在抓,两个鼻孔中间缺少了隔断,只剩下一个大鼻孔在呼呼出气。

"不让他抓桌上的东西。"跪在病人胸脯上的医生头发飞扬地喊。他同时把桌上的一些医疗器械扒到一边,将一把医用剪子扔到墙角。

"让我自己把鼻子割了！我的鼻子痒啊……"

是他的亲家。是庭长。这让他好一阵悲哀,并且晕眩病复发。他半天才站定。他想进去掴他两巴掌,想帮上医生一把。想把义眼抠出来掷向他,塞进他鼻子里。年轻护士的腿岔着,这让他很不高兴。他还有一只眼睛。他不想看什么,但偶尔的一瞥,会让他对世界失望。

医生最后猛拍着桌子。一台红外线治疗仪倒下了。炸裂了。

庭长流着血喘气。他的眼睛陷很深。

县政府门口

第二天,庭长躲过了看守的护士,又悄悄去了县政府门口。他要寻那个女便衣。他的鼻子上缠着绷带,戴一副很脏的偏光太阳镜。他弯着脊椎骨,像是走路人。他的怀里揣着一瓶汽油。

他等到了那个女子。穿大皮靴的。他懂啦。就是她,她的袖子里藏着喷痒剂。她一伸出手来就喷到了他的脸上。当时的情况记不清,但她扬手,只要一瞬间。女子面色苍黄,十分霸道的表情。不就倚仗着政府这样狠么?难道我不可以进去吗?不可以找县长?这不是人民的政府吗?

他是老熟人了,女便衣怎么都认识他。不过今天他没静坐,也没要硬闯进去找县长申冤,他站在那儿游弋。他瞅准了女子在他身边背过去的机会,突然从怀里掏出汽油瓶子,泼向那女子。还没有倒完,打火机刚摸到还来不及点燃,女子和一起上来的几个人就把他摁倒在地。

她煞白着脸朝他紧张地笑了一下,两只眼睛像一对乌黑的蝙蝠。

他们把他重新送进了医院。

村 长

净水器。坐便器。冰箱。彩电。WiFi。什么都有。

村长老秦坐在坐便器上拉了一泡尿,怎么也拉不出。他只好提上裤子到芦苇丛里解决。"不让有人走过。"他对我喊。

他的裆里现在只剩下半截桩头。

大病初愈的主任终于可以坐在岛上,介绍他的儿子。

"不管是哪个村的,我给野猫湖镇谋福利。"

他的儿子穿着随和,捋着袖子。年纪不是太大,但眼泡下垂,牙齿稀疏,头发因为遗传也所剩无几。他太操心。

"你患的是飞蚊症。"小潘潘总说。

"我没有病!"村长说。

"民间说你挂的是蛇标。就是飞蚊症。"

"我没有病。有病的是你们。"村长很冤枉地喊叫申辩。

"最厉害的是挂鬼母标。无数的鸟头天天啄人的心脏。"老潘潘主任说。

"你才挂鬼母标哩!你们全挂!我没有病!"他急得像一个孩子哭起来,涕泗横流。他用脚使劲地踩地上的一条蚯蚓。

第二天他冲进湖里游泳,对着岛说:"我为你守灵吧。"

"黑鹳神在此,看你们夺去我们多少土地?!"

他要泅水离开这个悲恸之地。但他被他们自己下的破渔网缠住了腿。他喝了不少的脏水呼救。他被人拉上来。他的手机在水底下发出闷闷的叫声。几个人去捞,始终没有捞上来。一整夜,那个手机都在水底下响,发出闷闷的类似坛子鬼踩水的声音。

早上他的老婆从鸡窝里取来鸡蛋,给他煎了一碗鸡蛋糍粑。他睁开半只眼睛看了一下,就将碗摔到老婆的脸上。

"你们为什么要煮蛇我吃,以为我什么都看不见吗?"

他老婆的颈子被碗砸得拧过去了。一片瓷片嵌进她高高的眉骨。他还没完。他像一只猛虎罩过去,扯住老婆的头发。掰她的牙齿。用脚踹她的下身。

"以为我没看见,以为我不知道广东佬住在船上专门在这儿收蛇吗?蛇在门槛缝里爬。窗户上也有……村里撂荒的田越来越多,蛇越来越多……"

他的家人做熟了各种食物,让他选。有米饭、包子、玉米、红薯、糍粑。

他吃上任何一口都吐掉,大喊说:"是蛇!全是蛇!……"

平常,他跟好人一样,行使村长的职权,开会,宣誓,做报告,给人签字盖章,接待上级,汇报工作。

他还去了一趟镇里。找餐馆结鳖账。还去了派出所、财政所和银行,给他们送去鱼和鳖,礼貌有加。还在一个洗浴中心跟一个小姐发生了关系。因为身体不行受到了小姐羞辱,回来的时候撞在一根电杆上。终于把他最后的一点视力撞瞎了。

他哭了一夜。

"……其实,一个人只要一只眼就够了。一只眼睛你会更加珍惜生活,珍惜这个世界。两只眼睛看一样东西,不是浪费奢侈么?如果你看一个人有两个瞳孔,就像我心里有两个轱辘在转一样,什么坏水都能看到。一看就心术不正。一只眼睛都是多余的……前几年我眼睛还有点视力的时候跟他们去了一趟新马泰。在泰国,一个女人有那么漂亮的奶子,可档里还有一条大虫,人妖呀!我坐在第一排看表演,女演员竟用屄开啤酒瓶盖,然后让你喝。你喝得下去么?屄又肥又丑,阴唇黑黢黢的,像两只大木耳。又跑下来坐在我大腿上,一个男演员就与她在我大腿上性交。回来后我一看到女人就想吐,特别看到大奶子女人。我就盼我的眼睛全瞎了才好呢。现在好啦,终于成全我啦……"

我们杀了两只癞蛤蟆

岛上,村长奠基的坑里,每到半夜,就传来吟诵声。声音恒速,小而清晰。

我们杀了两只癞蛤蟆,把血滴在坑里解煞。但一到晚上,半夜起来小解时,依然会听到坑里传出的念诵声。

这时候,芦穗白了,先是黄,一串串的,很纤细,在风中像女人的纤纤玉手。它老得这么优雅,弱不禁风。在夜里,它们站在湖边,挡着风,毫不退却,浑身泛着彻骨的冷。打着寒颤,仿佛注定要经受折磨,然后死去。

一只飞向南方的雁突然掉头,谁也不知道它的心思。

野猫们在晚上叫着,抓着温室的塑料布,想进去暖和。兰花在温室不明就里地生长。后来,我发现猫们不再抓温室大棚,而是蹲进奠基坑里,打起响亮的呼噜。水獭也加入了蹲坑的行列。野鳖和乌龟也爬上岸来,进入坑中。这些生灵仿佛都没睡,都在聆听坑里传来的念诵声。

无缘无故的,我的眼睛里时常会有湿润的东西浸染。我时常想起那些尖锐疼痛的时刻。看守所的水泥地。宣判。狱霸。唤鹰山的风。禁闭室。泥石流。黄连丸。痉挛。迷路。互相检举。

"谁把我送到了这里?"庭长问。

他醒来的第二天。他在温室里看着那些花钵花草。喷头。从薄膜间透出的阳光很模糊,就像鸡蛋黄散了。他说:我不是在火车上吗?

"你失去了知觉?"我问。

"我从很远的地方回来。是被遣返。"

"你现在在岛上。这儿没有船,但会有东西吃。你想吃什么?"

"我想喝老潘的血。"他说。

"你听见那个坑里的声音了吗?"我晚上问他。

"我醒来的时候感到很温暖。我头上的灰尘被洗去了,口腔里芳香扑鼻……"

"我跟你一样,我看见了阳光,母亲,盛开的兰花,蜜蜂,狗牙的笑声。天空到处是女人的睫毛,雨像乳汁一样往下淌。头顶是攒动的白云和纯金的闪电……"

"快下雨了。他们说我是装死人是吗?"

"有人给你做过人工呼吸。是潘主任的儿子,你的女婿。"

"呸!呸!呸!"他一口呕吐物射到棚子外的慈姑草上,"那我究竟是人还是鬼?"

"要看你在半路上是否冻饿而死?是否死于心肌梗塞?"

"我不会死去。"他坚定地说。

"夜很深了,你不抽支烟吗?"

"我哮喘。我知道被他们关在岛上了。名义上是养花。这个岛是一座监狱。过去县里修监狱选址,老潘就考虑过这个岛。"

"你听,你仔细听,是不是有人在念诵什么?你再听听……"

"你说什么?我是个聋子。"他说。

秋虫的嚁嚁声像急雨一样响起。

整个岛都在呼喊

这件事情真的非常严重,这声音让我夜不能寐,坑里的声音。庭长听不见。但他的鼻子再次奇痒难耐。他在芦苇丛里乱跑,他找到一条破船,划了一段,被风打回岛上。他在淤泥里随手摸到一块石头。一看,是个乌龟。他突然滋生了要砸死一个人的想法。

"你要知道,我从来不把两只手放一起是为什么吗?"我对他说。

"你以为我对你恐惧?"

"与这个没有关系,庭长。是因为你把我铐在煤炭厂的窗户上。铐住我两个大拇指。我如果双手放一起,就会出现在煤炭厂被你铐着的记忆,所以,这么多年来,我的两只手从来就不放在一起……"

不过我将他的乌龟偷偷烧了,凶器变成了美味。

晚上,坑里的声音异常清晰,我听不出什么。但我吓得肩膀不停地哆嗦,不能自持。如果有一个人陪我听那坑里的声音,会让我好受些。我快疯了。

"你的耳朵啊,你真的听不到吗?"

我要让他难受。我按住老头的头顶,抓住他耳中那根草梢,狠狠地一扯,带出了一大坨黑乎乎的耳耵。

"呀!我听见了轰隆隆的雷声。"

"你听见水冲进了你的耳朵吗?"

"是的,我听见整个岛都在呼喊……"

"你还听见了什么?"

"许多人在说话。"

"有人在念诵,你能听见吗?比如我说话。"

"是的,我听见了。"

"你为什么要将我投入监狱?"我问。现在我想愤怒一回。

他望着我骤变的脸色。他的眼睛像小孩一样迷惘。

"……没有呀,什么原因?……不就是办案么。过去我们办案是'疑罪从有'而不是'疑罪从无'。还有一种说法是我们定罪的空间太大。上头也想尽快结案。在位时哪晓得自己权力太大……你从那个位子退下来之后,你才知道……你给别人的遭遇也会落到自己头上,每个人都在造孽……"

芦苇里的风像是骤雨,湖水从远方鼓动而来,巨大的腥味呛得人直喘。

他的手抚在他那叠上访材料上:"就接受吧,只有接受,你去申诉。没人睬你,人家的事情都多,忙忙碌碌。你会突然感到这个社会最关键的地方啊,全是冷漠的,不知道那么多机关的人在忙些什么,那么多那么多人,全无视你的悲痛、你正当的诉求和冤屈,你只有在他们眼里消失和闭嘴……"

"你是劝我放过你?"

"在这里,每个人的命运都是一样的。"

他在灯光的黑暗中,瘦小的身躯缩在被子里。横过野猫湖的风铺天盖地。

345

村里人声鼎沸

"我们村有一个五六岁的孩子不明不白地死了。"长下巴瞎老板说。他把花生放在门口晒。没有太阳。他赶鸡。

潘主任在等做法事的从岛上回来。他在野鳝鱼馆里如坐针毡,有时候把义眼抠出来又塞进去。

"死的很惨。一个孩子。"瞎老板说。

"你的花生米是霉的。"潘主任嚷嚷。

"不霉不会晒。那个孩子就这样死了。"

"是个女孩吗?"

"一个标致的男孩……"

一排杨树丛里,一个人踽踽独行而来。他走路拐岔着腿。村长老秦。他到来的时候脸色很不好,仿佛吃多了紫茄子。

"孩子死了……事情非常蹊跷。这事可以联想到岛上的鬼说话……"村长嘀咕说。

"我请的法师上岛去了,事情还没有弄明白。但船被浪打翻,电话说他们跑了。是你挖坑挖出的问题。我做一百个法事也不顶用。"潘主任说。

村长的脸上很不好看:"黑鹳岛的事,政府最后怎么说?"

"怎么说?县里收回了。"

"真是书上说的,鹬蚌相争,渔翁得利。螳螂捕蝉,黄雀在后呀……"

是一个鳝鱼火锅。

潘主任尽量推到村长老秦面前。有人提醒说您可不要乱推,行了,再推掉下去了。

"……人的寿命是有限定的,我这个年纪,能够从唤鹰山牢里出来,又能从九头鹰的嘴里活下来,证明我命大……报纸上说,唤鹰山的九头鹰啄死过不少人,我好歹就掉了一只眼珠子,这是万幸……"

"我终于忍你很久了!"村长突然对他吼道。

屋里的人一震。这话说的。声音还未散去,突然村里人声鼎沸,吵吵嚷嚷。一些湿淋淋的人全跑来了。

"我真的忍你很久了。"村长说。他站起来,拂袖而去。

"真是一群无能的混账呀!"潘主任看着他们,这些从沉船里跑出来的道士们,把酒倒入口里,骂着。

他坐在湖边哭了一会。

风很猛。他坐在大风口。他抱着膝,鼻涕从他的嘴唇边往下巴流。

黑鹳在头顶,在杨树上,爪子抓着树枝,收稳翅膀,就像侦探,一动不动。

诵经声

岛上依然闻不到兰花的香气。长不出传说中的那种花。不仅没有花,这个季节,植物衰老死亡的浓郁气味却在这儿蔓延。

半夜,他们烧钱纸。老潘闭着残眼与地下通灵。他念道:"天灵灵,地灵灵。山有多远,请你走多远;水有多远,请你漂多远。离开这里,到武汉北京去玩儿吧,到风景区去吧,黄山华山峨眉山,张家界九寨沟日月潭,到尼亚拉加大瀑布去吧,到美国英国俄罗斯、希腊埃及威尼斯去吧……"

星空像万眼神仙,到处闪烁着钻石的光芒。湖水淼茫,荒岛森寂。他说话之后,一阵风滑过草茎,把他的话带往湖面。纸火渐渐熄灭了。

只有片刻的寂静。不一会,又有细碎的念诵声从沉重的夜色里浮上来。

"我日……"他差一点就要骂了。他将一个酒瓶狠狠地摔进坑里的那块养老院奠基石上,酒瓶碎裂的声音很大,压住了地下的声音。酒的浓烈的气味可以击退任何邪秽。他将打火机揿燃,丢进坑里,火呼啦一下燃了。

蓝色的火苗在坑里旋转,冲出来,引燃坑沿的枯草。一个火坑!一个美丽的火坑。白烟穿梭腾空。火像鞭炮一样炸响,把岛照亮了。小动物在火中奔跑,吱吱地怪叫。风冲进火堆,注入亢奋的热力。酒味烧得喷喷香,夜空醉了。我想搂火睡去。

泥土烧得喊疼。坑里炸裂开了,好像地底下有人往外吹火。火势越来越大。

我们赶忙踩火,生怕烧到了温室。用衣服把水兜上来浇。

火熄灭的时候,黑暗重新围拢来。我们坐在那儿,让烧焦的泥土和空气冷却。

那个声音,像一只虫子又固执地出现了。声音如此清晰。有人听出来并告诉大家,是一个和尚念经的声音。似乎还敲着木鱼。

"好像一只鸟对着黑暗和夜晚说话。"一个人说。

"像对着一个很大的菩萨说话。"

"对着夜空说话。"

"好像是死人对着世界说话……"

寒　婆

背驼得像个熟虾的寒婆穿上了潘主任给她买的新春装,有暗色的花。她的手上缠着一些伤湿膏药,额头的皱纹如草。脚上是自己纳的布鞋。走路两边晃悠。

一个打着鲜红领带的极瘦的中年人,是一个旅游局长。鼻子有点歪,就好像石头缝里的大蒜。太瘦,眼睑瘦得翻出了红肉,视网膜、巩膜和玻璃体都瘦得没有了,眼珠子瘦成一粒绿豆。他大概是中国最瘦的局长。他站在潘主任站的土沟里,站在下面,仰着头对潘主任说:"……这哪里是养兰花的地方,做个美食岛或是博彩特区倒是不错。"

"赌博吗?"

"吃饭嘛。"

"红灯区?"

"有些事只能说不能做,有些事只能做不能说……"

"没看到我只剩下一只眼睛了吗?"潘主任指着自己的眼睛,"你还想让它做什么?"

中国最瘦的局长尴尬地嘎嘎笑。

"这个老太婆的耳朵不太好使。"瘦局长说。

"在船上我都听明白啦,我虽然今年八十三了,耳不聋眼不花。我听说过啦。"寒婆把主任送给她的春装抱在怀里,生怕别人抢去似的。

"说好了给您钱的。"

"我回去在湖边买一碗醋就行了。泡些野蒜吃比啥都好。"

说着话,他们已经走到温室前。她把带来的羊系在苦楝树上。

羊拽拉着绳子不安地叫,一声一顿,还甩着肮脏的尾巴。

"因为您念了一辈子的经,这才请您来。"局长说,他看到了主任的眼色,"老人家,能把羊系远一些吗?"

"好呀,好呀,只是不要让野物吃了。"

"哈哈,这个小岛上哪有什么野物呀,顶多就两只野猫。您老人家以为芦苇荡里还有老虎?这都是一百年前的事了。"

"是呀,我有个祖叔叔,就是在这岛上打芦柴,被老虎咬死的。老虎咬死了我祖叔,背着死人泅水而去。那个湾嘴叫老虎渡呢……"

主任他们哑哑地张着嘴巴没出声,看着她把羊牵到远处沙坎下的水边。

月亮像红薯。但红了一下就不见了。星空像患了低血糖一样地在旋转。荒岛在夜里一下子矮了半截,像是陷入了淤泥不能自拔。芦苇在风中相互推搡,刮刮直响。所有的野草都变成了荆棘,带着刺围在四方。夜晚的微光异常坚硬。

浪沫滞留在岸边。村庄在很远的地方,通过水面传来狗吠,就像湖心里也有人家。

我们伏在坑沿,连大气也不敢喘。不一会,那个声音出现了,由小到大,清晰无尘。我们把耳朵贴在地上,声音就像在耳边。

"寒婆……你听到了么?"主任扯扯她的衣裳用极小的声音对她说。

寒婆还在听着。她趴在地上,她像一个贴地的老鬼。人们等待她的回答。

"……听见如是我闻了!如是我闻,须菩提,须菩提,须菩提,听见如是我闻须菩提了!就是《金刚经》,须菩提,须菩提啊,阿弥陀佛!阿弥陀佛!菩萨呀,菩萨在这里呀!"

她有点激动,声音稍大。但被人制止了。

是的,是这些。"如是我闻"、"须菩提"。无数个"须菩提"这最清楚。但我从来没听说过,这是什么东西?我不知道。为什么要让一个乡下的老太婆来听,我不懂。

"……如是我闻……佛告须菩提。诸菩萨摩诃萨。应如是降伏其心。所有一切众生之类。若卵生。若胎生。若湿生。若化生。若有色。若无色。若有想。若无想。若非有想。非无想。我皆令入无余涅槃而灭度之。如是灭度无量无数无边众生。实无众生得灭度者。何以故。须菩提。若菩萨有我相。人相。众生相。寿者相。即非菩萨……

"……须菩提须菩提……一切有为法。如梦幻泡影。如露亦如电。应作如是观。佛说是经已。长老须菩提。及诸比丘。比丘尼。优婆塞。优婆夷。一切世间天人阿修罗。闻佛所说。皆大欢喜。信受奉行……"

但我感觉这就是一个和尚念经的声音。我没有去过庙里。我一直在监狱里。

声音在地底,和蟋蟀,和地蛄子,和蚯蚓的声音在一起,在这个岛上,声音像草根一样从土里拱出来,固执地念诵和诉说。

它埋在荒草下。

埋在流萤和星空闪耀的岛上。

埋在风浪的喁语里。

羊也在水里叫。它掉到水里去了。

一个骷髅

年轻的道士从湖里逃过一劫后,又死皮赖脸地来了。他这次是干爽的衣服登岛的。他自称是在武当山修过道的,但他是火居道士,有家有口。看起来也还仙风道骨,但有一股狐臭。印有八卦和太极图的道袍好像来历不凡,做工考究,大气磅礴,庄严得体。

"嗯,这样的岛么,上来的确不容易。"道士双手护着桃木剑,少年老成地望着挖出的坑说。

"填吗?"是我问的。我的手里拿着锹。别人也拿着。我们指望这个道士简单一些。在村里,道士如果不繁琐就不神秘,不神秘就不显得高深,就无法拿到更多的工钱。

"要挖。先挖后填嘛。你们准备了多少公鸡?"

"十只。"瘦局长说。

"先杀一只。只要一只。"道士举起食指。

他杀鸡头是慢慢割的。鸡慢慢死,长长叫。割到喉管时,鸡能看到自己的血滴到坑里。它不明白为什么要杀它,甩动大红冠子。看了几眼就咽气了。鸡扔在坑里,血被蚂蚁叮上了。但道士很冷静。他点上两支蜡烛,放了三只酒杯。唱道:

"……天尊设教告上真,授箓传经复众生。指引沉魂登境界,提携滞魂出迷津。六根三孽俱消散,万罪千愆尽解分。此日焚香祈荐拔,亡魂称功去超生……"

他用年轻有力的嗓子唱这种苍老迂腐的老歌,有板有眼。是谁传授给他这些老歌词的?好像在哪里见过,是在给寒婆女儿产鬼请水的时候,那个姓黄的老道士的徒弟。他的声音颤抖像是村里通灵的巫婆。他闭着眼睛。他的歌声就像凤凰一样在岛上飞翔滑动,扇起轻盈的风,牵着纱一般的雾。他围绕大坑赤脚转悠,潘主任要他千万别踩上浙江人弄死的蚌壳。

有人把铁锹敲响说:"可以挖了吧?"

"可以挖了。"

两个雇来的农民跳下坑去,开始往下挖。

道士举手让他们稍停。

"上面的准备好。锹,土,还有火纸。打火机有气么?……好!燃的。鸡先把颈子的毛拔了,刀。是的,刀……"

"刀。"瘦局长说。

"所有的蚌壳,有用。大家还准备点痰。有痰的先不吐,蓄在喉咙里。"

气氛无端地紧张。有三只鸡的颈子拔光了毛,刀口已经对准了。鸡在挣扎,涎垂地上。

挖出的土由死硬的红棕土变成了鸡肝土,松散,有石子和白蚁。有吃草根的大蠕虫。越来越多的白蚁。这是土中最龌龊的生灵。黑暗中白生生的小鬼。

挖到了。

一个圆东西。

一个骷髅。

两个农民从土缝里刨出来的,以为是个什么。他们看到了眼窝,看到了光秃秃的头盖。坑上的人也看到了。拿骷髅的那个人,被另一个逼着用锹撮起来。骷髅带着土。他的手在抖,像被火烫着了。你看着我,我看着你。恨不得赶紧逃出坑底。年轻的火居道士一脸的胸有成竹,大声念道:"人来有路,鬼来无门!人来有路,鬼来无门!呀——"

在场的人不知如何是好,但是剥去土,大伙都看到,那个骷髅的嘴却是跟活人的嘴巴一样,有肉,红润,丰满,嘴巴不停地龠动,舌头还在嘴里抽动。

"……如是我闻……佛告须菩提。诸菩萨摩诃萨。应如是降伏其心。所有一切众生之类。若卵生。若胎生。若湿生。若化生……"

"金刚经啊!"寒婆说,"真是他念的。"她立马跪下就拜,头连连捣地。

"……南无、喝啰怛那、哆啰夜耶,南无、阿唎耶,婆卢羯帝、烁钵啰耶,菩提萨埵婆耶,摩诃萨埵婆耶,摩诃、迦卢尼迦耶,唵,萨皤啰罚曳,数怛那怛写,南无、悉吉栗埵、伊蒙阿唎耶,婆卢吉帝、室佛啰楞驮婆……"

"大悲咒啊!他念起大悲咒了!菩萨,阿弥陀佛!阿弥陀佛!"寒婆双手高举,向骷髅作揖,闭上眼跟那个骷髅一起念。她的新衣裳袖子又长又宽,枯瘦的手举起拜诵时就像举起一根棍子。

"鸡血!快把鸡血淋头!"

杀鸡的刀起头落,喷血的鸡干脆往那个骷髅丢去。

一只。

两只。

三只。

道士点燃纸钱,往坑里撒,往坑里吐痰,往坑里擤鼻涕。同时用最高的喉咙拼命喊那句话:"人来有路,鬼来无门!……"

"人来有路,鬼来无门!人来有路,鬼来无门!"大家齐声呐喊。

可那个沾满了鸡血和肮物的骷髅嘴巴却越念越快,像流水行云,急雨倾注,一泻千里。而且声音越来越响亮悠扬。我看见坑里出现了一个入定的和尚,僧袍芒鞋,手敲木鱼,神闲气定,旁若无人地对着菩萨课诵。他漂浮在坑上。

"快填土!赶快填!压下去!把坟能堆多高堆多高!"

在道士的指挥下,大家一起挥锹铲土,丢蚌壳,搬砖头,狠狠地踩!终于把那个邪乎的骷髅死死压在了泥土深处。

那个声音没有了。所有人都站在填土堆上,生怕这个鬼再跑出来作祟。

　　就这么站着。不敢抬动脚。死死踩住。这可是一件大事。大家的口干得冒烟,吞咽困难,牙齿发酸。望着荒岛的黑夜,大气不敢出。芦苇沙沙地在浅水里摇曳,浪哗哗地打。全是虚无。就像站在水面上。

越笑越带劲

村里在议着这件事。他们望着闪闪发光的黑鹳岛,鼻子胀得很大,人中拉得很长,满脸的喜忧参半,一个个背着手,跳着脚。

一些瞎子在笑。

"捡点骨头来化水,是能治百病的。"

"那个骷髅有来历的……"

"第一锹又是谁挖的呢?挖第一锹的人肯定遭殃。"一个人说。

"村长的鬼点子。养老院,哄鬼的!鬼果然出来了。"

"是呀,哄鬼鬼都不信。"

"筲箕坟才是我们的养老院……"

"这件衣裳确实是潘主任送的,县里这么大的主任啊……"寒婆对他们说。

大伙对她的显摆没有一点兴趣。他们只是笑。觉得今天特别好笑。

"那张嘴念的确实是金刚经和大悲咒,真好听呀……"她说。

那些瞎子只顾笑。跳着脚笑。

"岛这算荒了,谁还敢上去呀?"

"人家种花哩。"

"花?哈哈……"他们越笑越带劲。

那个人好像没有身子

她的耳朵听着从湖上吹来的声音。穿在身上的新衣没脱,有汗,这衣裳太厚,又是化纤,但她没脱,连扣子也没解开。扣子是一颗颗大化学纽扣,漂亮得像玻璃。可她很沮丧。村里的瞎子不听她的。这可是永远不死的一张念经的嘴。因为念经,嘴是不死不烂的。这就是菩萨显灵。可是村里的瞎子全不懂。她回到筲箕坟的棚屋里,嗒然若失地在坟上转悠,看到一个人走进坟山,一直往里走。

那个人蓄着直挺挺的短发,脑袋像一个漂浮的葫芦在坟堆和墓碑间时隐时现。秋天干燥而灰暗,一些被雨水打下去的纸幡有气无力地扬起来,又扑倒了。雾气里野菊在绽放。那个人好像没有身子,只有一个脑袋。

死　孩

死去的孩子放在路边,已经两天了。

"这孩子看不出是怎么死的。"有人说。这人是个明眼人,把孩子的尸体翻来覆去。孩子没有伤痕,也不是溺水,衣裳是干的。手指甲红润,脸上不痛苦,就像熟睡一样,只是心不跳了。他的人中被他爷爷掐得发紫。过一会就要掐一下。他的红领巾还能被风吹起来。鞋子像刚疯跑过的,还冒着热气。

可是他死了。两天没有醒来,旁边还给准备的饭,爬满了蚂蚁,炒肉都被风吹干了。

"如果他有呼吸就好了。"一个瞎子说,"过去,野猫湖有巫师能让淹死几天的孩子活过来。上吊两天也能救活。若是淹死的,巫师就背着他不停地跑,或者放在一口锅上,然后就会活过来。不过,这种巫师咱们这里早没有了。"

"他又不是淹死的。"

家长是两个老人,一个爷爷,一个奶奶。爷爷是个瞎子,对以后怎么跟孩子的爹交代没有把握,那表情,就跟寻短见一样。

村长躲不掉,拄着拐杖来了。一路走一路说:

"这些老家伙,现在没孩子烦三聚氰胺,就到处瞎找事,喝酒赌博,打架斗殴,半夜乱跑,跟鬼说话,就是不管孩子。现在孩子死了,难道又跟假酒扯上了吗?"

"确实是一个标致的孩子。"村长把眼睛凑过去,假模假样地看了一下,其实根本看不见,"埋掉,不埋掉在世间作孽啊?!"

"他父母没见到他,你说埋了合适吗村长?只有拜托你了。"

满脸悲伤的爷爷期待着,带着乞求。

"不埋掉,让县民政局晓得了要火化,可不要怪我哟。"他提醒也是吓唬。

警察在后面抽烟,现在丢下烟头到了前面,他蹲下来,鼻腔因为狭窄用嘴巴哈哧哈哧呼吸。

"你们闪、闪开些。闪闪闪、闪开些不行吗?"他用尖细的声音对围着看热闹的人说。

死小孩的奶奶不想离开,被人架走了,说警察来调查你孙子的,你就不要在这里碍手碍脚了。这位老人坐到沟边上,哭得更厉害,一把把的鼻涕抹到草上。

"别别、别在这儿嚷嚷了,让我想想。"警察歪着嘴喊道。

我把死孩翻过来,大胆地解他的衣服,一寸一寸地研究他的皮肤。

孩子的脸扑在地上,双脚扭曲,像没有骨头一样。人一死,就像被抽掉了骨头。

他拿着树枝在地上画来画去,大汗滚滚。村里的人远远的看着这位中过风的警察和他地上画的一些迹。

"……有有、有没有坏、坏人来村里?比如,有有、有没有放毒镖毒毒、毒狗的?有没有在芦苇荡里见过大大、大野物?有没有看看、看见眼、眼镜蛇和乌梢、梢蛇的?"

村长听到蛇,跌坐到沟里,屁股溅起一丈高的水花。

"这里发发、发生的事,并不比一场战战、战争好受多了。"警察看着死孩子,很沮丧。

"日子折磨人啊。"村长愁眉苦脸地说。

大脚弓的话

"……我回到家乡的路很长。我不愿意回来。这里全是没有尊严的生活。仿佛我们低人一等。道路破碎,村庄杂乱,畜禽肮脏,沟渠年久失修,河道淤积,湖水污染,人们的生活除了劳动就是打牌赌博。大多目光短浅,不思进取,没有社会组织管辖,自生自灭,昏庸度日。一千年以前人们走出的路还是这样的路,两旁的野草一样的,水田里的淤泥依然是被祖宗翻耕过一千年的,我们还得翻下去。房子住到自然坍塌……"

大脚弓给我敬酒。

"……我羞于回家,没有成就,会遭到人们的白眼,生活没有质量,回来就跟没出去一样。我一无所有,内心酸楚,精神颓废,看着这些田就像看着死去的亲人。在城里我谁都不认识,捡垃圾也可以自在地生活,可以傻笑,住桥洞。在这里,回到这里,我的自卑突然被激发了。我发现我完全不能生活,我像一个废人,故乡把我的精神完全摧垮了……"

他把一杯酒一饮而尽。

"我发现,在家乡,我才是一只无家可归的丧家狗。"

他在被儿子五扣拆去了窗户的自家屋前,喃喃自语。

"你还欠村里人的一屁股债。"我说。

"包括人命。"

我在他的脸上看到了绝望。他诡异地笑着,看起来一无所有。到了晚上,风浪齐天时,他消失了。

冰凉的手

潘总的一台小型挖掘机从天上越过了湖水,飞到黑鹳岛上。

那个夜晚,挖掘机的辙印出现在村头,把那根从来挺立的渔柱撞歪了。

这是一个漫长的秋夜。我很寒冷。我起来屙尿,大脚弓和他的挖掘机就蹲在了大坑沿上。他说:

"在城里找生活,我一个五块钱买的玉佛都被人抢走了。鞋子上汗,因为脚弓高,走路疼痛。你能看看我脚上的老茧吗?"

他说:

"今天我把自己脸上抹了灶灰,燃灯同学,咱们谁都不认识谁。我是来挖土怪的。也不排除这个墓是个楚墓,因为楚共王在这里流放过,后来又有一个黑鹳庙。这是最老的黑鹳庙,西晋时就有,因为被风吹倒明朝天启年间移到筲箕坟那儿……"

"好吧,"我说,"只当我们没有看到,麻烦你走的时候把我们捆一下。"

"嗯,我会照办的。"大脚弓说。

回到棚子里,我悄悄给庭长的两个耳朵里塞了两坨棉絮。

可是他在翻身的时候棉花坨掉出来了。他听到了轰隆隆的机器声。他一个骨碌爬起来,兴奋地说道:"信访办接我来的!"

他赤脚跳下床。我死死地抱住他。我说:"你听见坑里又有人说话吗?"

"不是念经,是船来接我的声音!……"

我让他安静一点。"天还没亮呢!你再吵,你会死的。"我说。

我把老头捂昏。

大脚弓打着灯挖土。从坑里挖出来的每一块泥巴都是哭声。全是哭声。

他发现了一个洞。那个据说要值十万元的骷髅是不是就藏在这个洞里？或是，进入楚王大墓的墓道打通了？洞很小。他用树枝捅了捅，发现里面有什么东西。他把手伸进去。里面有一只冰凉的手拽住了他。他把手拼命抽出，他的手竟如烟熏一般，黑得像锅底，半个胳膊不能动弹了，火烧火燎疼得焦心。

问题是，他的挖掘机回不去了。岸边藏起来的船被人偷跑了。

庭长不见了。

大脚弓的脸完全是在哭。这是我见到的最霉的脸，跟我们学校的记忆一样，像被狗啃过的。他表情木然，准备投水。

他的那只胳膊像炭一样枯焦了。

总算他把我捆着了。把我蹬了一脚，然后哭叫着对我说："救救我！"

雷 公

1

傍晚,一个沉重的炸雷响在野鳝鱼馆门口。搓草绳的万瞎子正准备盖了草离开,草却燃起来了。万瞎子感到眼前一热,火光就冒上了头顶。

一个撵野猫的流浪汉在门口逮住了一只野猫。他看见火,听见喊声,把野猫摔死,扔在一边,帮忙抢火。

他们灭火时,寒婆过来慌张地对他们说:"坟山里有一个人,只有一个脑袋。"

万瞎子说:"老人家你的眼是不是花了?"

"我可看得真切。"寒婆说。

"前几天你说,一头野猪在坟山跑啊跑,你去赶时,就看到一个猪头在跑。是你说的么?"

"是的。"

"这次是个人头。呵呵。"万瞎子笑她。

一个炸雷又响了,打得地心在跳。

"快进屋去,小心雷公打着了。"

"雷公菩萨只打坏人,不会打我们念经吃素的人。"寒婆说。

天空被粗壮的手撕成两半。地上的火烧到了天空,成为天上的电火。

"雷公前年打死过一个捉蛇人。这该死的雷公,要让我骂你!老子不信,这辈子瞎眼在人间走了一遭,不骂你们这些鬼神不爽,死了都不值!为什么要惩罚我们这些可怜人呢?"

他们进了馆子里,坐下来。寒婆用手擦擦眼睛说:"我可要回去了,天还有亮。"

"寒婆,您是怕鬼吗?"瞎老板问她。

"你说什么话呀!"寒婆立马吼他,"哪里的鬼?哪里来的鬼?"

她是害怕了。她不允许人说鬼。因为老迈,因为女儿的坟长出了野草,她渐渐生疏了。女儿离她越来越远,钻到了地心,远走了,托生成了别家的女儿。事情已经完结了。

"我是来找大脚弓的,我要搬回村里来……"

2

门口的电灯钨丝陡然异常明亮,随即就熄了。同时灯泡传来炸裂的脆响,一群蛇从灯泡里蹿出来。

蛇不会放过这样的时刻。蛇在狂欢。蛇在雨水里狂欢。蛇与黑鹳在屋顶斗殴,它们打进水里,在田埂上扑腾挣扎。蛇把鹳缠住了。这时候它是绝对不放的。

村长把窗户的缝都塞满了鼠药。他在道上撒毒鼠强和百草枯。他用酒洗澡。蛇怕酒,怕被泡了酒。

树影在摇晃。屋在扭动。天空在下坠。一个球形闪电从操场的旗杆顶端滚下,同时一个炸雷像宝石一样明亮,把门框打得倒向屋里。

有一百条蛇从瓦上打落。他浑身灼热,冒烟。一股焦煳味从头顶传来。他摸了摸头上。

他听见有人在雨中喊:"我的孙子究竟是怎么死的呀!……"

3

羊瞎的是左眼。所以它的头就朝左边歪,用右眼看路。

但是今天它走错了。它老了,不认识路了?

寒婆在电闪雷鸣中走了很久,反正跟着羊走。她摔了几个跟头,那段路上,闪电和炸雷跟着她。"我死得着了。"她因此不怕。坟上的南瓜吃厌了。烧棺材板。到了晚上,会有一些鬼来串门,跟她说话。但她不喜欢闷鬼。他们坐在门口,抽两支烟,就会走开。第二天,看到的烟头不是一些死虫子就是柞刺根。再不就是棺材钉。

当你不怕的时候,闪电很好看,蓝得就像梦境铺在旷野。在夜晚的雷雨中,筲箕坟像是一个大湖的波浪,有秩序地向西方漾开去,气势磅礴。

欣赏它。尊重它。热爱它。向死者致敬。因为那是所有人的归宿。你要知道,在野草丛生、墓碑纵横的这片土地上,他们的亲人全在这里安息。最后,他们将在那儿汇合。

这是最好的地方。也是最后的地方。就正视它。这里,安睡者比阳世更安全。没有操劳,没有喘息。他们躲藏的巢穴是最好的家。这里非常安稳,是最好的社区,大家平等相处。到处种满了花草,植被丰茂,不看电视,不上网络,没有盗贼,门不上锁。没有争执,没有算计,没有仇恨,没有因疼痛和悲伤带来的呻吟。他们已经死了心,决定永远睡下去,像烟一样行走,不说话,沉默到地球毁灭,与大地一起呼吸,完成时间的堆积和坍塌。他们将站在最后一小块位置上,组成村庄的另一种生存。成为村庄的怀念和历史。所有的怀念都是与墓地连在一起的,这种伟大的伦理,紧贴着死亡。

系好了羊,换上一套干爽的衣服。这趟她买了香皂,还买了些散装酒。她喜欢喝一点散装的荞麦酒,里面放一点采摘的野果,比如灯笼苞、乌苞、五味子。

她整理酒。一个大玻璃瓶,可以装十斤。里面还有枸杞。是女儿生前给她放的。刚开始是红的,红彤彤。现在变白了,变烂了。但她舍不得倒掉。一直让它在酒里消失。在消失之前,每顿都是女儿斟酒。

她喝酒。从菜碗里撷了一块酱南瓜皮。很脆。这一口很好。走了太多的路,脚疼,她得用酒缓解。

有人拍门。

"我可上了年纪,菩萨。阿弥陀佛!阿弥陀佛!阿弥陀佛!阿弥陀佛!阿弥陀佛!……"

鬼串门是不声不响的,这是哪门子事呢?

一口酒呛住了。吞咽常常不顺。她的鞋子穿反了。她看着自己皱皱巴巴被雨水泡白的脚,皮像刨花往外翻。抽筋了。她第一次想哭。可人老了不应该哭。

整个坟山在咆哮。在东歪西倒。

没完没了的雷雨和闪电,太亮了。人有时候不能太亮,在黑暗中生活会很安全。黑夜就是无声的黑夜。下雨就小声地下。打雷在远处。起风在屋外。被子一捂,管他娘的死活。熬到早晨,天有了亮色,鸟在叫,羊也要叫唤,世界就平息了,活了。一切都会在东方发青时结束,鸡叫是退鬼的。什么也禁不住天亮。就像歌子唱的,东方红,太阳升。多少个夜晚就这么过去了。

又来了两声。很沉稳。很阴怪。

她清醒了。握剁骨头的砍刀。想着最后一把劲。割人的脖子。行吗?

"请您开门。"

人话。这是人话!我的娘耶。

一个男人从雨中飘出来的声音。但没有热力,飘忽的。一个鬼不可能说这么厚实的话,带喉音。鬼的声音很瓮沉,很飘。

"有啥事?"

"您开一下门吧。"

她因为善念让门开了。一个被雷雨蹂躏的人闪着幽暗的光,出现在门口,像野草一样蓬乱。头发遮住了他的眼睛和额头。他低着头。他胡子很密,脸像烧过的石头。身上全是泥巴。

"你是哪个?"

"我借把锹。"来人说。

"你是哪个?"

"您的锹在哪儿?我会还您的。"那个人或者鬼说。

炸雷在猛烈地碰撞闪电。从湖里拱出来,跳到天上,在筲箕坨群殴。只有在茫茫无垠的大野它们才如此放肆。

那个人接过锹转身就消失在黑暗里。

"阿弥陀佛!阿弥陀佛!阿弥陀佛!阿弥陀佛!……"

她要高声念诵,感谢菩萨保佑。黑鹳神,楚王变的黑鹳神!有着长喙嘴巴的黑鹳神!阿弥陀佛!阿弥陀佛!阿弥陀佛!阿弥陀佛!……

他打水漂

"我喜欢两劳人员。"潘总带着警察上岛后,解开我胳膊上的绳索,我那上面的纹蛇肿得像农家香肠。大脚弓将我捆得太紧。

他发黑的手向上爹开,已疼得没了人形。

"挖掘机你承认是你偷的吗?"

他不能言。他死人一样。

"我们只能尽快地撤。"小潘看着披头散发的芦苇荡和眼前黑漆漆的大坑说。

"你妈的不是个软蛋嘛?一只手算什么,你就让它死了嘛。"

"我没有死。"大脚弓说。

"你可以在这个岛上重建一个黑鹳庙,建一个庄王庙,建一个共王庙,建一个大雄宝殿,建一座教堂,建一座紫霄观,建一个毛主席事迹纪念馆,建一个'文革'博物馆,建一个养老院,建一个红灯区,建一所学校,建一个商业步行街……"我对他说。

小潘潘总依然在笑。他用蚌壳刮皮鞋上的泥。

"你真的在岛上建一座黑鹳庙。"我真诚地说。因为我还可以飘过来看看这些庙宇。

"哪儿有香客?能收回来成本吗?有赚的吗?"潘总说。他用蚌壳狠狠地打了一个水漂。蚌壳在水面跳了七八下才斜斜地滑进水里。

村里扯起了横幅

村头的渔柱那儿挂着一条标语:
"感谢九头鸟建设投资公司潘军总经理为黑鹳村捐赠盲道!"
村里扯起了横幅。横幅被风吹得鼓鼓乱响。一头系在树上,一头系在柱子上。
"它一直铺到湖边。"
几个瞎子背着手在横幅下议论。他们听见这标语被风扯得呼呼乱响。身后的村道在苍茫的视野里闪出螺壳的光亮。
"盲道是个什么鸡巴?"一个人说。
"盲道就是咱们瞎子走的路。"一个人说。
"那我们瞎子终于有路可走啦?"
"难道你没有走路吗?天下的路捆住了你吗?"
"城里有,现在县城新修的路都有了。这表现出政府对残疾人的尊重。"
"盲道是村里的光明路,致富路,梦想路。"一个人激动地说。
"盲道是水泥的?还是石渣的?"
"那谁知道。"
一个人说:"盲道就是几块砖。"
"红砖吗?"
"也许是青砖。"
"燃灯,监狱里有盲道吗?"他们问我。
"监狱里没有瞎子。"我说。

秦村长戴着厚厚的眼罩。他的眼睛流血。他自己抠的。

"我不要道儿。"

"你不是打上了横幅吗?"小潘潘总说。

"你自己做好了带来的。"

"呵呵。"

"有什么事尽管说。你是愧疚吧?……潘主任老爷,可你们岛上的事情太危险,我们光顾着说话,你们吃鳝鱼。你们不是放了蛇来将我们击退吗?"村长老秦说。

年老的老潘有些尴尬:"好像你不满足。你的眼睛遭受了何种大难?这身打扮……"

是干煸鸭和鸭舌。味道很辣。

"有钱给我准备一口水晶棺材。你铺上再好的道,我也只剩半截桩头了。"他快哭起来。

"可你只比别人短了两公分。你原来硬起来是多少公分?"小潘说。

"十五六公分吧。"

"所以你还是正常的嘛。"

"女人的兴奋点在阴道口,不是讲深度的,乡巴佬!"他笑村长。

"莫非你一句话就治好了我的病根?"村长破涕为笑。

刚才他们讲脏话时,小潘的父亲老潘睡着了。他被一屋子淫荡的笑声笑醒。

潘主任嘴边流出亮晶晶的涎水,他睁开迷惘的眼睛。另一只义眼木然地盯着他们:

"我刚才做了一个美梦,一个大美梦……我想想看……"

梦　想

"……这个岛因为兰花,因为处女兰,就叫情人岛吧。兰花与爱情有相当大的关系。远的不说,清代郑板桥有诗说:多画春风不值钱,一枝青玉半枝妍。山中旭日林中鸟,衔出相思二月天。有兰花才有相思。我梦中走过一座桥。就是从这里走到黑鹳岛上去的——不正是情人岛么?……这可真是神仙托梦啊!让我们修一道桥。吊桥也可以,更加浪漫。这个瞎子村终于有桥了。既然是情人岛,我们就要编一个故事,传说,说古代有个什么人,就说庄王的儿子楚共王吧,他名气大,说他流放这岛上时,与这里的蒲草仙子,或者白鹳娘娘什么什么。一个英雄,一个美人。英雄救美人。然后就在岛上塑一个楚共王与白鹳仙子和蒲草仙子荷花仙子的巨像。在湖岸这边的村子里就能看到这座塑像,汉白玉的。然后呢,岛的四周遍植兰花,建一个诗廊。古今中外的咏兰诗、爱情诗全部刻上。李白杜甫白居易屈原李清照柳永一直到今天……

"……东边是约会区,全部植柳,取意人约黄昏后,月上柳梢头。南边是试贞区,种处女兰。悄悄约会之时,男人把带来的女人的贞洁也试了。西边是山盟海誓区,塑一尊月老的像。还要有百年好合区,有专门举行婚礼的礼堂,最好是教堂。这个岛——兰花情人岛,将成为情人约会、休闲、定情的最好去处,是婚纱摄影的首选之地。而八百米长的吊桥上,两边全部结连心锁。光锁就可以卖一百年,卖一千万把。我们要在武汉荆州长沙重庆等城市打车身广告,广告词我想好了:天下有情人,都去情人岛。"

"从我们国家的形势看,处女兰一定是对我们的精神和灵魂有特效;从社会价值看,可以扭转整个不良风气……(村长插话:如何扭转呢？处女膜都能补。)正是,我的处女兰不管你装得多纯,也能试出你的贞洁。(村长插话:你是不是准备评烈女呢?)请你不要打断我！我讲到哪儿啦？社会价值。对,社会价值……如今来势汹汹的价值失衡,道德溃败,信仰崩塌,世道人心全都乱了。(小潘插话:您老吃的是瞎子村的饭,操的是中南海的心,呵呵。)从经济价值看……那我就不说啦！社会价值大于经济价值。老话说,礼失求诸野。我理解的,就是寻找这唤鹰山的处女兰。这种传说中的兰花,是我们这个社会的救命草……"

"呵呵,主任老哥,你啥时醒过来啊？我只是问你,你那八百米的吊桥吊哪儿啊？"

"嗯,嗯,这不是设想吗？"

"云桥,哈哈……"村长说。

"云桥啊？好！这名字好！"主任呼叫,"老秦没想到你他妈的这么有才呀！"

早晨的花棚

早晨,温室花棚的空气潮热。草帘子门卷开了,里面带着霉味的空气向外面涌出来。一钵钵的兰草在架子上沉睡着。也许在生长,也许在酝酿花期,或者在见机行事。

这些从唤鹰山采撷的植物,在昏暗的暖气里,有点鬼头鬼脑,它们张着宽宽窄窄的叶片,像张着各种手;有的叅着五指,有的闭着眼睛,有的紧攥拳头,有的昂首挺胸,有的趴伏地下,有的无精打采,有的四仰八叉,有的犹抱琵琶,有的丝褐素袂,有的长袖善舞……它们是唤鹰山的古怪精灵,也是唤鹰山的魑魅魍魉。一旦开花,天下将大乱……

小汽车在奔腾

那天早晨,寒婆起来看门口,锹竖在那里,锹上的泥巴用草擦干净了。她沿着脚印去看,一直走到死孩子的小坟前。那儿好凌乱。可是,有一个红色的东西让她眼睛一亮。是一辆小汽车。她还以为是一束红花。她从泥里抠出来,四个小轱辘还能动。

这可是鬼物。不可动的。鬼从哪里开来这个呢?毛毛虫变的还是骨头变的?她不敢动。像一团火烫手。

寒婆在小坑里把小汽车洗干净,甩了水,又用衣裳擦了擦。放在手上滑动。跟真的一样呢。她把它放到女儿的坟上,哭了。一千遍地想象外孙的笑声,脸,很胖,双下巴。手像藕节。尿裤子。夜哭郎。女儿会有很多奶水。会把它挤到墙上。会有送祝米的到家里,抓周。会剃头,剃得哇哇叫。豆腐一样嫩的笑声,绕梁三日,如梁上挂着的一串串腊肉。

她不想这个了。她坐在门口玩小汽车。

小汽车,嘀嘀嘀,
里头坐的毛主席。
毛主席,挂红旗,
气得美帝干着急……

她念童谣。风又吹绿了千百个坟冢。阴霾一扫而空。
两个警察押着一个乱糟糟的男人出现在门口。
"把您的锹借一下。"警察说。
又是来借锹的。都是来挖坟的吗?她想笑。

"我寻思着你们是来挖乌龟的。"她说。她指了指门口搁着的锹。上面的铁锈泛出来。

那个男人的双手并在一起,用一件衣裳搭盖着。应该是上了铐子。他不走。他盯着寒婆手上的那个小汽车。

"你是村里的王……王小、小龙么?"她问。

"是的,寒婆。您手上的小汽车,这不是您玩的玩具啊……"

"我是捡的,在坟山。你儿子……唉……"寒婆的脸很僵硬。想哭。

"是的,寒婆。是这样。我的命不好。"

地上还没有干透,三个男人的脚上都是被杂草缠着的黄泥。他们拿着锹,从另一条岔路往坟山深处而去。

他们会怎么看呢?这几个外来警察。一路是浪涛滚滚的坟头。到处是被雨水冲出和丢弃的棺材板和枯骨。寂静里是哀伤。獾洞。獾。鬼针草。蛇果。野猫在坟洞里探头探脑。它们褐色的眼睛布满鬼气。黄鼠狼衔着野鸡……

"是黄鼠狼!"一个警察喊。

"好肥的黄鼠狼!可是好东西!"

那两个警察拔腿就追。

那个死孩的父亲王小龙站在那儿,怔怔地望着警察在坟山里抓黄鼠狼,大声叱喝。

两个警察终于把黄鼠狼和野鸡都弄回来了。黄鼠狼的臊气弥漫在坟山里。野鸡没了头。

"壮阳的。"警察踢着黄鼠狼说,"新鲜的不好吃,回去腌制后晒几天再吃。"警察举着大拇指,得意地笑着。

"你确定是埋在这里?"警察问犯罪嫌疑人王小龙。

"是的。"王小龙低着头说。

"我们已经走了三圈啦,离你孩子的坟究竟还有多远?"

"因为小汽车是一百三十八元。我走了一百三十八步。"

"东？西？南？北？"

"第十九座坟。"

两个警察在坟山里挖了五六个洞。他们满手血泡。苦着脸说："再给你一次机会。"

挖到第八个洞时，取出了那个他们想要的塑料包。

他们一层层打开。里面全是金戒指金耳环金项链金手镯。金光闪闪。

他们一个个数着，登记，摊在一件警服上。

"缺一条。"警察说。

"我不是换了个小汽车嘛。"

"汽车呢？"

"原来在孩子的坟头，现在在那个寒婆婆的手上。"

"……好了，现在你可以和你的孩子说句话了。"

"我没啥好说的。"

"你哭过吗？"

"没啥好哭的，反正已经死了。"

"汽车在这儿。"寒婆扬起那个红色的家伙，递给警察。

"噢，很好。老人家。您的觉悟很高，您是个好公民，知道赃物是不能要的。"

"是这个吗？"警察端起小汽车问王小龙。

"是的。是这个，警察同志。"

警察把小汽车放到一块平地上，找到了开关，按了一下，小汽车突然呜呜呜地发出了电流声，朝前面冲去。警察没有防备，往后倒去，倒在一只南瓜上。小汽车疯一样地爬上一个坟头，又冲下坟头。再爬上一个坟头，又飞下坟头。小汽车在奔腾。

警察也乐了，去抓小汽车。可小汽车有充足的电池，越跑越快，飞过了一个坟包又一个坟包，碾过一片野花又一片野花。追赶的警察可受罪了。接连摔了几个跟头，哭笑不得，大声嚷嚷，比抓黄鼠狼

377

还兴奋。后来,终于把它按倒在一块墓碑下。那碑上写着:狗牙之墓。

警察死劲地抽着鼻子。他闻到了一阵荷花的清香。

"王小龙,你的肚子里是不是还有两块刀片?"

"是的,警察同志。"

"你还要不要去医院取刀片?"

"不用了。我想让刀片把我的肚子划开,死了会好些。"

"想用吞刀片来逃脱打击,呵呵,这法子不灵啦!"

锹这匹牛很饿

"……你吃扁豆吗燃灯,造孽的孩子。今年的雨水充足,扁豆长得特别勤,一嘟噜一嘟噜的,把架子都压垮了。"

她把扁豆摘了放在筲箕里,扁豆绿莹莹的,带着露水。

"寒婆,这里的阳光真好。"我说。

一个漂浮的人带着两个人过来了。那两个人中,一个是瞎子老头,提着蛇皮袋子。漂浮的人不声不响,坐在我坐的板凳上。

瞎子老头对寒婆说:"寒婆呀,能把你的锹借一下吗?"

寒婆揉着眼睛分辨了半天,"这不是胡哥么,你错锹?……"

"宝顺的弟弟,"他指着跟他来的一个年轻人,"我家宝顺在云南建铁路,不是掉到河里去了么?尸体没有找到,就背回了一些他穿的衣服,准备埋了。"

"是衣冠冢。"我说。

"是衣冠冢。"瞎子说。

那个漂浮的人就是宝顺。他朝我看了一眼,对坐在这里很满意。他东张西望,吹风。拍手,衣裳很干净,跟没死一样。

"就埋个衣冠冢吧。寒婆,你告诉我一下哪儿的獾子洞大些,能少挖几锹就少挖几锹。"他说。他示意宝顺的弟弟。

一眨眼,那个漂浮的宝顺不见了。瞎子老头咳嗽着,弯着腰。泪水在冲刷他的肺泡。

锹斩切泥土和草根的声音就像是牛在啃草。锹这匹牛很饿。它一顿猛吃。

他五天没吃东西

"我的老婆是个蛇蝎女人,她的娘家在蛇湾村。我怎么找了个蛇湾村的臭婆娘?"他骂。骂他老婆,"吐出你嘴里血淋淋的蛇!斩!拿刀给我斩蛇!斩!斩!斩!"他咆哮。

村长老秦的老婆含泪敲刀。在门框上敲。在桌上敲。

"你吃一点东西,这不是蛇,这是……"

村长摸了摸碗里:"蚂蚁?不是,你是把蛇剁了,剁碎了!"他把碗摔到地上。

他五天没有吃东西了。趁他睡着的时候,他老婆和儿子往他嘴里倒蜂蜜。

他醒过来却嚷说是蛇胆。

他的墨镜上画着微笑的观音菩萨,但我看到的依然是蛇。他的两腮凹陷进去,额头上全是被潮湿的毒虫蛰出的疱。有时候他会打一声呼噜,又会突然说话。

"……一年前,我还相信人是不会死的。但后来我明白人都会死。阎王把我的心脏按钮一关,就像灯熄了。人就这么回事……"

他清醒的时候,他撕嘴巴上一层层的皮。

老头们号啕大哭

下过了一些雨,狗们在露齿相殴。鸡们也在互相扯毛。空气清新,是打架的好时光。

盲道铺了一截,是干的,硬的。只有一长条。就是铺的水泥板子,挖一条槽,将方方正正的水泥板嵌进去。那上面有些条纹,让瞎子们的鞋底可以感受。有圆点的水泥板铺在拐弯的地方。但路依然是稀泥,蚌壳与螺壳依然横在路上,划伤人的脚板。连猫都撑着爪子择路而行。

一群老家伙终于候到了潘主任。他们守在渡口,守在筲箕坟。还去县城的兰苑找过他。

"啊哈!"主任一下车就被几个陌生老头压在地上。这些渔民出身的老头,不太懂岸上的规矩,不尊敬领导。盲道在拐弯的时候碰上了一摊烂泥。他们就在烂泥中格斗。虽然年老体衰,但能下狠手。都留着指甲,挖对方的肉,捏对方的裆。潘主任仰卧在稀泥巴中,他的粗脖子被老头死死掐住。他的喉咙里发出"呜呜"的鸣音,就像最后弥留时的奔命,准备把一切放下了。很混乱。他们边打边在高声辩论。

——你将黑鹳岛的历史和名字乱改。这是历史虚无主义,是无耻无聊之举!

——历史只是一个名字。历史只有人名是真的。可以开会讨论,不可诉诸武力!

——黑鹳岛就是黑鹳岛。黑鹳是野猫湖渔民的保护神,你对黑鹳神不敬,还要将它赶跑啊?引进什么荷花仙子白鹤娘娘。

——我就要死了。

——这里不是兰花岛不是你的情人岛!

——你们可是野猫湖的知识分子,不是无业游民。君子动口不动手。否则后果自负!

——你当官的可以随便改名为所欲为,为何不把这儿改成瞎子村,村头湖边竖一个大广告牌向世人宣传?

——你有钱烧,不可以在这里重建一个黑鹳庙吗?老人越来越多,没有一个敬神的去处。各种心思乱窜,人心不得整理,世道不乱么?什么情人岛情妇岛二奶岛小三岛的,应该修庙,让大家有个哭的地方。

——我的喉咙快要掐断了!住手,你们这群老不死的。你们知道"文革"野猫湖"七二一"红卫兵武斗事件,我是总指挥吗?

——管你的!只要我们老头不死,就要保护这儿的文化!……

这堆人打到了沟底。浑身缠着稻草泥浆。他们拍着肋骨,肩膀脱臼,嗳气连连。一个领头的老头被拉开,他眉毛没了一根,整个脸被稀泥巴糊住了,就一对螃蟹眼睛苦巴苦巴地眨着。

"我是野猫湖民间文化研究会的会长。"他从口袋里抠出一张皱巴巴的名片。

他牙齿冒血,扯着嗓子喊叫:"愧对祖先!愧对祖先呀!……"

"愧对祖先呀!愧对祖先呀!"老头们坐在地上一起号啕。

水声飘忽

"老哥。"潘主任喊村长老秦。

他看了看村长,对他老婆说:"他快死了。"

村长的老婆很惶惑。她还没准备好这么个活人死了,家里会怎样。她在想他用过的那些东西会抛荒吗?谁来接手用?这些鳖塘怎么办?来找他办事的村民再找谁?公章交到谁的手上?我来掌管吗?

"我们去岛上。"主任把我从黑暗里拉过去说。

夜很黑。秋很深。

萤火虫时常被露水打下来,落到草丛里虚弱地喘息。渔船上有偶尔的渔梆声,像是梦中狗叫。清寒紧缩着湖水的泛滥。水声跟风一样诡谲飘忽。

"……难道我做的不是文化吗?"他问自己。他伤痕累累。他的眼睛灌满了悲伤。"……他们迟早要上岛来砸烂我的花草花钵,把我的温室捣碎。他们要将我们的铺盖丢到湖里。他们要挖坑里的泥土,吃神土。他们会疯。……可以考虑在岛上建一个警务室……我犯了哪桩?我建一个游玩的情人岛花园,带动这湖区的旅游,他们却找我要一个庙。这事闹大了。……神秘的骨头和嘴巴念经传得很远了。……他们会将土装进口袋里和随身携带的瓶子里。他们会将野猫扔进湖中,将打碎的温度计的水银滴到我的瞎眼里……他们会把坑越挖越深。会有一万个人来这里求佛水。如果我建好了吊桥……他们会喊:是我们的地!我们的!我们农民的土地!……他们会革命。一场革命会像狂风暴雨一样到来……"

"至于那些找我扯皮的文化人,我倒不怕他们。文化人不会造

383

反,你给他们点汤喝就行了……"

老潘喃喃地说。不停地说。

夜色被湖水洗得越来越洁净。至少风没有恶意。黑沉沉的夜空就像亲人的怀抱。鱼栅里时常有火光窜起。是用电网捕鱼的人。被电击的鱼在水里嘶声嚎叫。水烧灼得吱吱乱响。电弧在夜晚的水面上发出蓝色的鬼火一样的光。鬼在水上行走游弋。

"……我要在棺材里放一朵兰花,最好是处女兰……我要在兰花的香气中长眠,腐烂。让兰花的水浸泡我。让我与兰花一同腐烂,进入天堂……兰花快开吧,只有在兰花开时,我的疼痛才会减轻……"

温室里的憋闷是因为空气不能流动。地底潮湿和深久的霉味,让细菌繁殖。那几株处女兰,似乎永远沉睡着,棒子都打不醒。叶片耷拉,没有花苞迹象。黄色的经络正在萎缩,对生长不感兴趣。也许它还很疲倦,一路颠簸,不能复原。

浪在发疯地旋转,从对岸直接扑来。

"那些人去政府静坐去了。也就是静坐,他们还敢干什么?屎尿打湿鞋的年纪了,跟我一样,快死的人了,能阻挡什么?"

"如果念金刚经就有金刚不坏身,我愿意信佛。我愿意用我的血写一部金刚经……"他严肃地说。

刨圣骨

船准备在九点钟开。但是等船的人突然看到有十几条大小船靠在滩头。这是第二天早上的事。我正在生火烧几个乌龟当早点。烟熏得我跑去风头上。我看见船向小岛聚集。一些人扳着舵。一半是机动船。但是声音仿佛是从地窟里传来的。我把烧不透的柴火丢进大坑里。有人就三三两两地上了岛。他们燃放鞭炮，炸得野猫和水獭纷纷往水里跳。这些人全都拿着袋子和钉耙，闹得轰轰作响。

天很阴沉，湖水病了一样地发着恹。空气酸不拉叽。他们将带来的蜡烛、香签插到泥里，点燃，再摆上供果、鸡鸭、鱼肉、猪脚。他们是一些年老的人，也有小孩。他们虔诚地磕头、作揖。然后他们把烧了的纸灰倒进瓶装水里，让小孩喝。

接着这些人跳进大坑挥耙就刨，搅得土块飞扬。他们把螺壳、蚌壳都刨出来往袋子里装。

他们对那些温室没有任何兴趣。他们是来刨骨头的。

他们只要骨头。他们不放过土中的硬东西，包括一块石子。他们说，岛上挖出了会说话的骷髅，那可是圣骨，掰一点泡水喝就能治百病……

鞭炮炸得山响的时候，潘主任的双臂就开始疼痛。鞭炮溅到了温室的棚子上，每一颗蹦上来的声音都让他心惊肉跳。"昨天我的话应验了吗？他们拆我的温室了？"他一个晚上都在与儿子通电话，命令儿子将他的兰花搬离这个岛。他预感的山雨欲来，就是这几天……

可是情况很怪。那些人全窝在土坑里。他们的脸上淌着黑汗，他们往手心吐唾沫,他们兴奋,咬紧牙关挥耙。他们只要骨头。

主任在屋子里高兴得脑袋发跳。他不停地抽着鼻子:"这些人,是无可救药的,他们终究只盯着对他们感兴趣的东西,他们懒得管这世界……"

"给他们烧些水。"主任对我说,"有什么吃的吗?敞开供应!……"

"那我们呢?"我说。

"我们不搬家了。我电话了,让岸上送二十箱方便面来。我想吃鳖。"

一首野猫湖的情歌

我梦见了狗牙,她喊冷。我给她到坟上烧寒衣。是寒婆用纸糊的一些寒衣、鞋子和冰箱电视机之类的。来上坟的人,就买她的。那些东西糊得跟真的一样,寒婆心灵手巧。

"没看见守夜的女人吗?"寒婆说,"在那边哩。她说还会死孩子……没说是哪个村里。不是好些村的老人都去岛上刨骨头、求符水去了吗?说只有这个才抵得住死人……"

那个守灵人头发干结,就像梳着几十条小辫子。她有细碎的牙齿,吃黄瓜不声不响。她嘴巴开合很浅,鼻孔像两朵花。年龄也许四十,也许五十。她对着坟山笑。

"好吃吗?"我问。

"一股棺材味。"她说。

"滚远点!"我说。我的声音在吼。

她还是笑着,吃黄瓜。掰成两截,甩掉里面的籽。

"可不是你一个人的,你好阴暗。"她没看我,说。

"你看那边有个人。"她指着夕阳里的坟墓远处,说。那儿烟在浮着,拖曳一条线。野花迷离。鸟奋力在归途上。

"他举着羊头吗?"

"没有。"守灵女人说。

"那他是怎么来的,又如何能走出去?"寒婆担忧地说。

守灵人走了。她跟烟霭一起走了。她在唱歌。她唱的不是丧歌,是一首野猫湖的情歌。

想郎想郎(哎)真想郎(哎)

双手握鞋紧紧绑(哎)
左只绣上(哎)姐一个情(嘞哎)
右只绣上(哎)姐一颗心(嘞)
跟着情哥不离分(嘞哎)
一想(的)哥哥巴门站(啰)
眼泪(的)流哒千千(的)万(啰)
可惜眼泪捡不(的)起(哟)
捡得起来用针(的)穿(啰)
等我的哥哥来哒把他看(啰)
……

"噢,真好听,这婆娘嗓子真好呀,"寒婆的瘪嘴蠕动着,像在一起唱,痴痴地说,"我年轻的时候也会唱这首歌,我的女儿也会唱……"

迷 路

沿着盲道潘总迷路了。

他走进了筼筜坟深处。

他押送的二十箱方便面无影无踪。

"我为什么跑进坟山?"他自己回答,"我是在为父亲找一块好地方。"

他数坟。他晕。他饿。他的肚里发出青蛙呱呱的叫声,屁一个接着一个,俗话说冷嗝饿屁。他这些年从来没有过饥饿感。他有脂肪肝。今天,面对筼筜坟,宣布是我减肥节食的开始。他在嘲笑自己。革命的乐观主义。面对死人,开始饥饿。他嚼了一把草。他想起一句古老的话:百草都服油。一只野猫望着他。也许是一只狗獾。它们有鬼气。他想笑,因为他想哭。

人在墓地,会想很远。神思八荒。这里所有死者的身份都是布衣敝褐。你们这些死人放聪明点。老子在高档会所刷卡,打高尔夫球,曾经在美国纽约的华尔街出现过,摸过华尔街铜牛的卵子照过相,在"911"遗址献过花。我找女人睡觉必须是五星级宾馆,吃一万元一盅的海参鲍鱼。我在三亚游泳冲浪,身边是十八岁的中戏大学生……

"我迷路了。"他再一次说。当他知道他迷路时,他的双腿被刺蓬划得鲜血淋漓,并且证明了自己的高贵和活着。

父亲颈上的疱块溃破流水。双臂抬不起来。

"……我才不会埋进公墓里,与那些过去的政敌为伍。跟他们一起死是我的耻辱。放公墓里是一定要烧的,我不干。再说,那儿密密匝匝,密不透风。一到清明除夕鞭炮炸呀,就跟世界末日似的。

你让我死后清静一下行么？你给我买五百平米的公墓我不也就一撮灰？咱不讲那个虚名，这里荒凉却清静开阔啊，还有口棺材睡有个整尸。悄悄地埋。趁半夜，找几个信得过的埋了。再则筲箕坟是野猫湖地区最好的风水，埋这里子孙后代兴旺发达……"

父亲跟他视频，说这些时，脸上被鬼母九头鹰啄的瘢痕像污泥一样衰黑。他的脸上看去有了土斑。土斑就是九头鹰啄的瘢痕……现在，小潘在黑暗中打开手机，找父亲的截屏。他看见满脸土斑的父亲，脸跟这儿的坟墓是一个颜色。每一个土斑就像一个坟头……

坟头如海。

他绊了一跤。手机一照，是一具枯骨，弃在草丛里。肯定是走不出去迷路的人。

云层聚散诡谲，好像要下雨的前兆。有鬼火像灯光在角落里闪现。比萤火虫的光亮大。也不定是野兽的眼睛。野兽们自己带着手电筒。露水在草丛里滴答作响，野果掉落的声音就像故意惊吓，被黑夜放得很大，一声，一声，像是有人掌握着节奏在那里有事无事地扔着。一些墓碑似乎有人扛住了，忽上忽下。

后来月亮从云雾中出现，一点点。只有一点点。一会又没了，钻进去更深。不出现还好些。本来就不明亮。他很沮丧。盼月亮是不现实的。月亮是块破碗碴，只剩下一只角，浮在另一层天空。

云层中出现爆裂声。在很远。但很切实。声音是方块的，像大砖，在天上狠砸。

他拨了无数个电话。手机显示无信号。他的手机很先进，是美国牌子，iphone。如果在坟地上照夜景，非常清晰。他无聊至极，就照了几张。但一曝光，坟地就分外明亮，到处是癌肿一样的坟包，硌得人心里疙疙瘩瘩。他不想看这周围的东西，就像踩着死人的手和脚趾。黑鹳在沟里干瘪细长地叫着，每叫一声，他的耳朵就生疼。背上冰凉冰凉，但后颈全是黏汗，并且永远发烫，紧紧粘住颈子。我好想洗个澡。如果洗了个澡,换上一身干爽衣服,鬼再将我掐死和吃掉,我是情愿的。那就是再活了一次。

他有好几次气喘不过来。有一条绳子捆着他的胸。他嗅空气中的气味。如果有腥臭味的风,迎面去就是湖。而他好像是从湖边进来的。但没有风。只有植物浓烈苦味的气息,就像一个人的体味。一个坟山也是有自己气味的。如果一座坟地晚上有这样的气味缠绕,这里就是埋过皇帝,我也不会埋在这里,不把我的魂熏死了!……

他口渴难忍。他摸口袋。有个票夹子,有钱,身份证,银行卡,但一颗菱形的药片突然在手里。一颗伟哥。

是谁,是什么时候这颗伟哥进了我的荷包?莫非让我在坟山嫖娼?

他听到了女人妖冶的笑声。就像小鸭的毛茸茸的叫声:嘎—嘎—嘎……

他用手掴了自己一耳光。脸上有了坟地的泥巴。黑鹳神张着翅膀伸出长长的喙从他的身后袭击他,但马上成了一堆骨头般的碎影。

"是你父亲说的么,子孙兴旺发达?……"一个人这样问他。

"……喂,你是死鬼吗?你就是那个职业守灵女人?……你是?……你是燃灯,你从岛上背来了我父亲的棺材?……"他的内心在问。问每一个出现在他眼前的人与鬼。

"是的。我们是的……"

"是的,你父亲要睡在筲箕坟中央,这里要迁两座坟……而且还有一座新坟。"

"……是的,是这个村一个叫狗牙的女孩的坟,多少钱也要让她迁走。这个地方不能让别人占了。是的!……"

空气开朗了一些。他这样问了一通。空气里是发酸的木屑味。这是棺材泡烂的气味。这里靠近湖。浪会扑进来,黄鳝和水蛇会在坟山里游动,许多螺蛳爬到墓碑上。坟里面也会有浪花拍击的声音,鱼在棺材里产卵……

他捏着伟哥捏出了水。这给了他一点胆。这是有力量的。有男人的力量,雄风。什么叫重振雄风?他捏着,咬着牙。

这个可以退鬼。星光被风吹灭了。一只狗獾在嗷嗷说话。杂草乱晃。水杯里还有一小口水。他把药片狠狠吞下去。

情况正在发生变化。他没等那只狗獾说完,那药片的威力就显现了。仿佛生锈的铁锁打开,体内所有的枝丫剑一样交错伸出。旷野上寒光闪闪,他的身体。一会,眼前看得到他自己的身体里有明晃晃的光。他开始燥热。他挥舞双拳像是战前宣誓。他的下体有了反应。眼睛发烫。

他暗叫。越来越硬。他闻到了一股莲香。恍惚看到一个女子,举着一支鲜艳的莲花向他走来。既不笑,也不哭。就像风飘。那个女子贴着他来了,与他合二为一,重叠在一起……她挨着他,柔弱无骨,像水一样缠绕着他,像空谷幽兰的香雾……

……有柔软的头发。柔软的乳房……

……有香软的呼吸……甜软的舌头……

……他进入了……直挺挺的进入……

……他跟她打滚。她抱紧他……

……他沉入水中,又浮出来翻滚……

……他在空洞洞的地方拼命运动。他撕开了层层蛛网的粘性……全是鳝鱼一样的黏乎……

……射精……

……又射精……

……又射……

……又射……

他一连射了八次。连续的快感。一波接一波。他浑身冰凉,好像有个人用吸管吸他身体所有的精华……他头枕香炉,化成一摊水,倒在新的坟头……

年轻的女子飘然而去。荷花的花瓣扯下来纷纷掷向他。

一个死尸。

"你是谁?你为什么睡在坟山?"

"我是枪枪。"他对问他的鸭佬说,"我正在给大家修盲道。"

"你再说一遍。"鸭佬说。

"我就是帮你们修盲道的潘总潘枪枪……"

这个人像一只饥饿的黑鹳。两只手不停地拍打着,嘴里发出黑鹳的叫声,双腿细长鲜红。

"你……不是黑鹳神显灵?"鸭佬惊慌大喊。他像中风一样地跪下了。

唤 魂

"嗯,准备就绪。"我说。

潘枪枪的老父亲顺着梯子爬到老学校的屋顶上。他比那根旗杆还高。屋顶有个巨大的黑鹳巢,树枝横七竖八。几只黑鹳黑魆魆地站在屋顶上,与潘主任沉默对峙。可以看得见湖上的白水和渔火。

"把我的包拿着。"潘主任吩咐我。

"老柴,你让我做什么?"他问大伯。

"你最好是别掉下来就行了。"大伯柴棍在下面说。

"房子有点高。但是看得很远。"

"高瞻远瞩嘛。"大伯柴棍说。

柴棍手里拿着一块瓦片。有人抬出一口装了些水的水缸。大伯柴棍把头伸进去,像是喝水。但他钻出头来说:"燃灯你可要把梯子顶好。你如果放手的话你又要害死一个人。"

那个奄奄一息的小潘睡在屋里,头对着后门。额头上有一个湿毛巾,是为了降温的。屋里黑咕隆咚。一股风从后门外闪进来,像贼。后门,是一个菜园,有一条小路往深处。出去就是水塘,再就是一片竹林,一片杂草地,一些凹坑。一大片堆砌的碎瓦。像是很久拆的庙宇的砖头。那儿是野猫们的乐园。再走,拐几个弯,就是筲箕坟。

潘主任坐在屋顶上,一只眼睛望着夜空,望着筲箕坟,他很伤感。他有无限意绪。他瘦小的剪影弓着,在黑鹳的巢边,无声无息地蹲在那儿。星空划过他的头顶。

有声音响起来了。是瓦片划在缸沿里的声音,但没有一个汉字能形容它。没有一个象声词能表达。

"枪枪,回来啊——"

屋顶上的老潘回答:"回来了,回来了……"

"枪枪,回来啊——"

"回来了,回来了……"

"枪枪,回来啊——"

"回来了,回来了……"

一线青光越过屋脊。那是湖水遥远的反光。

"回来了,回来了……"主任不停地回答。

"回来啊,回来啊。"一个人不停地呼唤。

一喊一应。这声音像两只夜鸟,在白露深重的湖上和芦苇丛穿行。

风声闪亮,好像扯着人的皮肤。一大群游魂贴着植物、地面和屋脊朝村庄滑翔,正在这呼唤声中归来。

我看见那黑古隆咚的屋子里,一个人死一样地躺在门板上。

下面划动缸沿的声音没有了,呼喊也没有了。只有屋顶上的老潘一个人代替两个人,自己呼唤,自己回答。"枪枪,回来,枪枪,回来哟……回来了,回来了……"

我望着回旋的星空和隐隐约约的黑鹳岛。我听到一朵花绽开的声音。就像坟头炸开。

兰花开了

某个早晨,我起来开门,感到咤水河把我推得踉跄往后一仰。是水的力量。温室的上方有波浪涌动,雾气漫至湖边的苇丛。整个湖上像是一口蒸锅。花架子在嘎嘎作响。

"你不会糟贱花草的。"潘主任对我说。他在窗下吃臭虫。嘴里发出磨玉米的声音。

后来的故事是:兰花开了。处女兰开了。真的开了。

"……你说什么?你梦见了什么?"主任把他的臭虫袋子翻过来。他昨天说他要将臭虫磨成粉掺蜂蜜吃的。他脖子上因为溃脓缠着纱布。他收拾得干干净净,不像一个病人。脸上背着我悄悄涂了点胭脂。他半夜起来的时候,脸比藕还白,像石头没有表情。

"真的吗?"他拼命摇晃着我,"我这些虫子没白吃啊!"他把装臭虫的袋子摔在地上,又操起一把镰刀扎进袋子里,呜呜哭起来。人老了会像孩子一样无缘无故地哭,毫不遮掩。

他飞跑着去温室。他在大坑那儿绊了一下,滚进坑里,好在他抓住了一根树根。他从坑里爬出来,一只水獭跑来在他的身上嗅来嗅去。他的半条腿裹着泥巴。

带着浓厚霉菌味的闷热的温室,一进去就仿佛有许多蘑菇往你身上钻。所有的孢子都要在你的眼里、鼻子里、耳朵里发芽生根。

这株兰草的花苞藏在阴暗的光线中,在许多叶子的背面。它伸出来一点(大约是昨晚吧),还是被他发现了。他看到那个毛笔状的花苞,青的,顶上带一点点嫩黄。

他一把抓住它,但又怕伤害了它。他害怕花苞缩进去。她是一个小姑娘。她是处女。她。对,是的。她羞怯。

啊,这就是日思夜想的唤鹰山的精灵?她来到了这里。她从唤鹰山嫁到野猫湖?……

"天哪,真是的!……会不会是另一种兰花?素心兰?叱水春剑?蕙兰?唤鹰山金边?墨兰?寒兰?……"

他一个一个想,一个一个回忆。他像猫碰见了自己的情人。踮着脚走路。呼吸控制。心虽然嘣嘣跳,让气息保持在每分钟三十下。最好不呼吸,不要让你浊臭的呼吸惊醒了她的梦境。……开吧,悄悄地开放,从沉睡中慢慢醒来。你突然出现在这儿,依然是唤鹰山的悬崖和水边。这里依然有一个安静如产床的环境。你依然盖着雾的轻纱,没有惊吓和呵斥,依然无人搅扰,就像在天堂……静静地开放,陶醉于自我。醒来时有大片的野猫湖水,噢,蒹葭苍苍,白露为霜。你凌波蹈浪,烟罗水裙,紫衫如花,长剑胜雪。气若幽兰,腰若约素。眸子是潋滟月影,一泓冰湖。身姿如风中芙蕖,云里飞天……让你三月的花期鲜艳如初,高挑的花葶如模特玉女。一身奇香,万种风情……

为即将出现的旷世情景这老头儿周身寒彻,牙齿磕出马蹄声。竟然大汗滚滚,整个人像是从水里拖出来的,软弱无力。是冷汗。从毛孔里淌出来就像冰水。一个人死前大约就是这个感觉吧。

他吩咐我给他拿来棉袄穿上。他的脚在一个劲抽筋。他想烤火。我给他扯腿。

……这有点像第一次亲吻女人。那是在很久以前,就像前世。他每一次亲嘴都会发抖,冰凉抽筋。后来,他成了老手,不再这样。他可以在水中性交,在坟山接吻,在雪地上脱光下身与女人缠绵……哦,这是前世,根本不是自己身上发生的,与自己不相干。过去了,就永远过去了。不属于自己,连记忆都清淡无味。

他一次次地进入温室。像个贼一样一盆盆地察看。

又有一盆挺出了花苞。

397

这是真的了。他大张着嘴,像个孩童笑。跑出来做怪相。

他把酒搬到门外西边,对着湖。举起:"干一杯。干!这个秘密可不要让人知道。他挺直起腰。四周空无一人。连鸟都很羞愧。湖都快死去,花开了。奇花异草……"他时不时往后头的温室看。

"我能走到这里,我逃过了多少劫呢?你们的末日到了……"他得意地说。

他忽然一头向我撞来

"今年的秋水很小。"大伯柴棍在他弟弟绞闸的地方,推着绞车。他的脸像一截榆木雕的菩萨。

"村里又死了一个孩子。"他说。

"就像哭过之后,我的脚步很稳。"他说。

"你会心慌吗,大伯?"我问。

"我为什么心慌?"

"我只是说说。那个孩子又是不明不白地死的。"

"屈指数来,村里还将有几个人快死。不包括那些孩子。但有你伯妈。"

"还有村长?"

"他快死了。他的寿限到了。"

"您呢?"我问。

"咒我死呢?是不是你找替死鬼?"

他忽然一头向我撞来。他修补的鳖壳头像一把铁锤。我倒在养父的闸房里,后脑流出了血。

"我恨你!"他狂乱地吼,"那个狗日的潘总,说是商议,让我把狗牙的坟迁走让给他爹,其实是命令。当官的就是人咱庄户人家就不是人?"

"他想出多少钱?"

"多少钱老子也不干。"他愤愤地说。

"到时你就站在坟上,往身上浇一桶汽油……"

"我告诉你吧,我每天晚上在这儿绞闸的时候,就有男鬼女鬼坐在我的窗台说话。他们议论村里的事情以为我听不到。我全听到啦。"

"你听到什么?"

"……嘿嘿,他们说村里有人踩到了自己的养生地,由鬼变成人,来村里害人……"

"还有呢?"

"还有不在这里吗?不是你吗?……嘿,嘿,嘿。现在不是半夜吗?你坐在这儿跟我说话……"

"好像这不关您的事,大伯。"我坐起来。我按着流血的头。

"不关我的事,我的宝贝女儿死啦,你敢说这不关我的事?哇咳咳……"他抱着头大哭起来。

"你以为我不知道,跟一个在地府里游过的人玩儿?阎王的那点事我全知道。你逃不过我的眼睛……这村里糟糕的事不全都是你回来后出现的吗?你害了多少人?哇咳咳……我的手上有符,我是不怕你的。天灵灵,地灵灵……"

他伸出手来,果然有一些符。

"我确信我没有杀死一个人。我确信。"我内心说。

他蹲在地上,平静了:"有盲道,我要沿着盲道一直走到村长家里去。"

"送葬?"

"汇报。"

蛤蟆

沿着干燥龟裂的田埂,跨过小沟。我看到许多哭声赶往白穗飘飞的沼泽。

野猫湖铺开了阵势,泼来大水,让一个孩子死去。秋光闪闪,清风凉寒。云彩在水平面上像一朵朵棉花。湖岸透迤优美,那弧线是内心柔美的神仙画出来的。

可是一个孩子死了。走路的人在吭哧吭哧议论,说是鬼太狠,小孩子也不放过。干脆让那个小潘把这里的坟全平了。什么鸡巴祖宗,埋久了就成了魔鬼妖精。

那里,死者的家长十分横蛮拦住大伯柴棍不让他走近。

"你身上的气味太大,无法告慰我孩子的灵魂,让他收魂快走托生……"

"可我做法事是免费的。做法事就是做善事,做善事就能得道成仙。"柴棍说。

"要吊冤我请庙里的师父。我请问你,过去黑鹳庙的住持现在干什么?"

"死了。"

"就是。我准备去荆州章华寺请师父。你这样的假道士就是混吃混喝,村里死的人你一个也没安魂,让他们跑出来害人。"

"怪我哦?你完全不知晓,事情很怪,有鬼踩到自己的养生地,还魂现身来害人……"

"你说的!你吓唬我。我到山东泰山庙里去请。你可知道只有泰山庙才可安魂。鬼有所归,乃不为厉,你懂这个吗?咱这村里因为阴气太重,必须建一座泰山庙,放龇牙灵官,才能镇得住山魔野鬼。"

大伯柴棍扑哧一笑:"泰山庙是一种说法。可依然敬的是东岳大帝。魂归泰山是咱们道家的,你完全不明白还假充内行。你嫌我穿得不好,洗澡不勤啊?只要能压邪,哪管那些。越脏鬼越怕呢……"

他们说这话的时候,几只黑鹳围着死孩飞舞。

死皮赖脸的柴棍不退让半步。有人给他敬烟。劝他死者为尊,不凑热闹。

一些人在研究孩子是怎么死的。大家叹气摇头。有的老人抹泪。

"好标致的一个孩子。唉!总是死去标致的孩子,这是哪门子事啊!"

"唉,死了就死了,你看他就是张纸样的,像洗旧了的毛巾,埋了就算了……"

几个人撵着黑鹳,把它们撵好远。黑鹳啄人。跳起来张开黑黑的大翅,像要把人掳跑似的。

一个瞎子突然惊天动地地哭叫道:"老天把我的眼睛重新扒开啊,让我来好好带这些孩子。他们不会遭这种殃的呀!"

他的哭喊像是一把刀,刺穿了大家的心。每个人都捂着一手血,在那里喊疼。是呀,是什么东西害他们?有多大的仇啊?是人,还是野物?

瞎子因为激动,抠着干死的眼皮,往眼眶子里面捅。大伙拉住他,看到他的手上满是血。

"大家赶快搬走吧,这村里不能住人了,特别是小孩,不能在这村庄待了!能走的走吧!"柴棍对他们说。

"难道我们就没有办法吗?公安局就不能破案吗?谁这样狠心把这些孩子搞死呢?村里本来就没了几个孩子……"

"鬼进了村。真的。我听见鬼在闸房里说的。有鬼踩住了自己的养生地,他们变成人,来害我们了!"

他的话如石破天惊。

"柴棍通灵。他去过阴间,他知道这里头的蹊跷。"

大家你看我,我看你。瞎子面面相觑。我们中间,谁是人,谁又是鬼呢?

"有生人进村吗?"

"燃灯是牢里放出来的……"

"给咱们铺路的潘总呢?他从筲箕坟里救活过来就是个谜。人家差点精尽人亡哦……"

"跟鬼搞皮绊……"

"那些铺路的民工呢?……"

"我刚才仔细看了孩子死的地方,有许多黑鹳的爪印,还有一个像石头一样的鸟蛋。"

"哪儿呢?"

"我把它摔破了,全是红色的汁儿……"那个人说。

"看哪!蛤蟆爬上去了!"一个人喊。

顺着他手指的方向,一只麻色大蛤蟆不知何时跳到了死孩的身上,歇在他的胸前。

"蛤蟆?快捉住踩死!"

大伯柴棍喊。明眼人就去死孩身上捉那只蛤蟆。蛤蟆往水中跳。往蒲草深处钻,但被人们捉住了。一个人将蛤蟆高举,再狠狠地往地上摔。蛤蟆腿就蹬直了,死了。再"啪"地一脚踏上去,那蛤蟆的肠肚就爆出了,扁了,地上只是破碎的皮肉内脏。

"要烧。烧成灰!"

有人就拾来了柴,点燃,怀着齐天仇恨,将那些皮肉用脚拢一堆,丢进火里。添柴的人真不少,瞎子也扯地上的草往火堆里丢,仿佛不这样不足以压住自己内心的恐惧。

火中传来一丝死蛤蟆烧焦的熟肉味。

403

"小孩也要烧了。都是鬼。都可以踏到养生地变成半人半鬼来害人的。"柴棍用普通话说。

这话像是天上飘来的。再没有人说话。明眼人看死孩的家长,并且让出一条道来,看着地上安静无声的孩子。

"你们休想!柴棍,你这个老瞎子,我怎么得罪你了?你想烧我的孙子?你可歹毒呀!"

老人抱起地上的孩子就跑。

没有人拦他。这个老人。抱得沉。死人沉。再小的死人也沉。他脚下不稳,歪到水沼里,孩子掉下了。他从水里捞起孩子,快速爬起来,抱上又跑,生怕有人夺走怀里的尸体。

那孩子兜里的灯笼菔和五味子果不断地往地上掉。

秋天是浆果成熟的季节。

上帝是一只獭兔

盲道上闹哄哄的。

"那些想挖我狗牙坟的人才不得好死。"大伯柴棍愤怒地说,"都是有报应的。"

"柴棍兄弟,你走到哪儿去了?"

有人把他拉回道上来。

"有了这条道儿,咱都不会走路了。每回都掉到沟里……哈嗤……哈嗤……"大伯柴棍吐着水。

"那个哭灵的女人说得灵验了,"寒婆说,"一个云婆子,可她的话这么灵啊……"

"当然又要死人。新闻电视里不是天天报道死人吗?这太正常。就像说今天又要吃饭一样。是屁话。就像说路上又会走人来。很臭屁的话。"

我在屋里清理我的东西。我用的是眼神。也许我会很快走掉,离开这里。我看着家里的一切。这空荡荡的房子。这即将倒塌消失的家。我看过了。挖过树的深坑里,出现了鱼和鳖。还会有水草,青苔。水面不小。村里会再挖大一些分给人养鱼?这里会成为鱼塘,会成为荒冢。这里不再有人经过。成为野草和雨水的肆虐地。它将被人遗忘。

我看着它们。阳光是村里的阳光,轻缓地上升。

这个村庄也许我根本就没有来过。自从我二十岁离开。我的家乡在监狱。

邻居的一只鸡在篱笆旁下蛋。唱着咯咯嗒嗒的歌声。村子静寂。这是多么美妙的时辰。离开村庄的人知道这些吗？

墙角有一个空酒瓶。有两个。是流浪汉们喝过扔弃的。这里将依然是他们的家。他们活着,总有一个"家"。死去的人没有家。他们是尘土。

那个持刀的老人,会在天地之间死去。或死于鸭棚,或死于水边。或死于酒精中毒,或死于心肌梗塞。也会在这里,我曾经的房子里,一直到烂臭,成为一副骨架子。

"这一切与我没有关系了。"我说。

阳光非常刺眼。其实阳光很柔和,就像上帝的体毛。上帝是一只獭兔。

整个天地的光芒似乎全聚集在这儿。好像这里才是真正的仙界。

动弹不得

"请把我抬到太阳底下。"他的声音充满了悲伤。就像被镇长呵斥后的口气。

黑鹳从莎草中飞来,在他的脚下起舞。

"我心地善良。"他说,"既然地球会毁灭,人活着还有什么意思?"

"连死去也没有意思。"我说,"你生前死后看到的一切,都会很伤心。"

"盲道铺到哪儿啦?哦,到了坟山。这不好,会让许多人迷路,在坟山里出不来。前方是墓地了,可对年轻人来说前方是黄金。"

"在死去的人那里,黄金只是他遥远的梦。"

"死去的人还有梦吗?"

"只有死人才知道。"

"我还没死就没有梦了。快死还有什么鸡巴梦?"

"你会遇见仙女。如果你做了善事。你得道成仙啊。"大伯柴棍抓着他的手说。

他想甩脱柴棍肮脏的手。"你这个下地狱的货,你没资格谈得道成仙。"

"再怎么我比你善良。死吧,死吧,让我看着你死,这是我一生的荣耀。"

"啊,啊啊……"他一口痰堵在喉咙里,可是没有了吞吐的力量,气息像蛛丝一样细。

大伯紧紧地抓住他的手不放:"村长,一路走好。"

"你、你说什么,你这个老、老杂种!……"他终于发出了微弱的怒吼。

　　他的另一只手。他的手不霸道,像一个乡村老师,像是要抚摸一个学生的头。他的牙齿稀疏得让人怜悯,已经腐烂很久了。他脸上的瘤疗全是黑的。黑鹳扑下来要啄他的眼睛。但一排人拦着。它们又去叼小甲鱼,发出暴虐的噪音。

　　"……不要找人给我念诵什么《金刚经》《大悲咒》了,我想静静地死去。以后如果我还有记忆,我会记得这一刻安静的时候……"大家看着他的脑袋两边晃动,嘴巴像一口熏黑的土罐。许多人踏在门槛上不敢进来,他们闻到了大地深处的土腥味。是他身上的土斑正在爆发,一块一块地从脚底往上身蹿,已经蹿到颈子以上了。头顶的光秃处就像墨水洇着,慢慢变成了一块黑炭。

　　一只黑鹳突然倒地而亡,嘴里叼着一只死鳖。

　　"村长,有人投毒了!"

　　村长的那只有点光线的眼睛开了。他使劲地睁,双肘想撑起来。他的老婆和儿子将他扶起。他要看什么。看鳖和死鹳,就像要下床一样。

　　他像一团大稀泥。他苦着声音说:"太吵了,太吵了,学生们太吵了,能安静点吗?学校里全部是蛇……把蛇毒死!"他的双手在空中乱抓乱打。

　　他因为被蛇缠着动弹不得。他号叫了三天三夜。

跟着坛子里的声音走

他后来好了一点。

有一天半夜。一个人叫他去打蛇。

他的老婆,张着几颗大牙鼾声如雷。

"是燃灯么?"他看到轻飘飘的我手上拿着一根棍子。他看着那根轻飘飘的棍子。他蹑手蹑脚地下了床。蛤蟆在塘里鸣叫。一会儿又有几个蟋蟀的叫声穿进屋里,鼓捣着他的耳膜。亮晶晶的院墙外是广大的田野和湖荡。月光很好。他竟然在临走时搬出酒坛,将桌子上的红枣放进酒里,喝了一杯红枣酒。路上有轻盈的脚步划动着越来越清澈的月光。盲道上响着嘚嘚的磕击声。他含着枣核。

"……一个人坐在坛子里。"他说。

"……里面就像装着一个没剪胞衣的孩子。"

"……他跟我闹着玩儿呢。"

"你跟我来。"那个声音说。

坛子里的声音在水里,踩着水,瓮声瓮气。咕咚……咕咚……

路上飘着湖区水草的清香。芦苇和高粱分不清谁是谁。都在成熟或者老去。但田野上没有颓丧,每个季节都是丰满健壮和干劲十足的。芦苇和高粱在夜里低垂着神秘的脑袋,在两边拉着手,站在迎宾大道上,像看送葬的队伍,也像是电视上看马拉松赛跑的群众,挤得密不透风。

他跟着这诱人的声音,跟着前面那个神秘的人。那个人不说话,也不把头掉过来,一心往前走。可他就是想看看他(她)。

白雾冷湫湫的,好像是一个人帽子里散发出来的热气。这是雾大面积降临的时刻,像细尘一样的雾霰和月光往芦苇荡子里钻。前面的那个人肩上披着金色的毡子,后颈像是一块白玉。

……咕咚……咕咚……咕咚……咕咚……咕咚……咕咚……咕咚……咕咚……咕咚……咕咚……咕咚……咕咚……咕咚……咕咚……咕咚……咕咚……咕咚……咕咚……咕咚……

这是节奏。他感到自己在晃荡。在水上晃荡。弯曲的盲道一直伸进浓雾深处。几星亮片在水洼中和芦秆上闪动。是萤火虫的灯。它们正赶往筲箕坟那黑黢黢的旷野。

……咕咚……咕咚……咕咚……咕咚……咕咚……咕咚……咕咚……咕咚……咕咚……咕咚……咕咚……咕咚……咕咚……咕咚……咕咚……咕咚……咕咚……咕咚……咕咚……

正在张望时,萤火虫好像越来越多了。从芦苇、高粱和杂草中扑身出来,在他的眼前聚集。是金星直冒也说不定呢。可这像是萤火虫儿。他的眼睛在饥饿多天后像是打开了,透过雾能看到湖上的白水。看到坟山。空中全是绿橘色的光斑。那是萤火虫的尾部,一闪一闪的,所有的虫子都在撅起屁股,拼命闪烁着。漆黑的夜晚被萤火虫占满了;雾被它们扯得千疮百孔。

……咕咚……咕咚……咕咚……咕咚……咕咚……咕咚……咕咚……咕咚……咕咚……咕咚……咕咚……咕咚……咕咚……咕咚……咕咚……咕咚……咕咚……咕咚……咕咚……

"老秦……秦叔……"

他在漫天萤火虫的簇拥下,在那个人的引领下,走到了湖边。走上了湖里的断头坝。犬牙交错的石头和无声无息的水,就像是巨大的盆景摆放在沙堆里。

……咕咚……咕咚……咕咚……咕咚……咕咚……咕咚……咕咚……咕咚……咕咚……咕咚……咕咚……咕咚……咕咚……咕咚……咕咚……

咕咚……咕咚……咕咚……咕咚……咕咚……咕咚……咕咚……咕咚……咕咚……咕咚……咕咚……咕咚……

他盯住那个人。他看到那个人在断头坝的石头缝中停住,蹲下去,然后一头扎进湖里。

他也一头扎进湖里。

只有一个影子

这是第三天。村长一溜的鳖池被人抽干水,将鳖全部运走。池塘后来又渗出些水。几只水鸟涉着水,寻找泥巴里的小鱼虾。墙角里有许多瓶子,是农药瓶,空的。曾经像仇恨毒死过池塘里许多活蹦乱跳的鳖。现在剩下的水很清。云在上面飘荡。泥巴里,蚌壳和螺蛳行走划出一条条印迹。

村子里很安静。树在摇曳,草在蓬乱地长。一些屋关着门,或者外出,或者下地,或者打工未回。

一个人躲着我走。

一个人问我:"你是燃灯吗?你是云婆子的儿子?你是人还是鬼?"

一个人绕过我匆匆离去。"你好。"我说。他像惊扰的鸡飞一样跑。

"村里死了这么多人,村长碰上了坛子鬼,连你的表妹都……"

我蹲在挖去了树的深坑边,看自己的影子。

只有一个影子。

晚上,灯火深陷的村子里,一个半夜时分回来的打工者敲着自家的门。整个路在摇摇晃晃。狗瞪着主人狂吠。把那个人吓了一大跳。那个人咳嗽。天很黑。鸡刨着笼子。一个瞎子拖着沉重的鞋子在盲道上走。水泥砖都松动了,在瞎子的脚下发出嘎咕嘎咕的声音。有人走的时候,它就会发出声音,一串一串的,特别寂寞。

是大伯柴棍。

"老秦是怎么捞起的?"他问我。

"大伯,我不知道,我没去。听说他的脑壳被鳖啃了……"

"你说我是死了吗?"柴棍问我,"我老弄不清楚我是活着还是死了。"

"当你跟人说话的时候你死了;当你跟鬼说话的时候你活着。"

夜鸟在街道上空盘旋

他抱着一钵花还没有走到洗浴中心,就从一座石桥上跌进沟里。

雨下得很大。几个扫街的老头看到臭水沟里有一个人,站在齐腰深的黏乎乎的水里。洗浴中心的霓虹灯影就在他的眼前飘浮。他喊我的名字,又喊他儿子的名字。

"这个人是落水了,还是在摸鱼呢?"几个清扫大街的老头议论说。

他们确信那是一个疯子。因为他手上端着一个花钵,不停地跺水,好像很生气的样子。

旁边桥栏杆上的一个人在吃吃地发笑。这应该是晚上九十点钟的时候。岸上的那个人是从县福利院里跑出来的。那个人在这个季节穿着大衣,筒着袖子。

"你游到这边来。"那个人张着没了门牙的嘴说。他整个身子压在栏杆上,好像喝醉了。他的身子像是分开的,在水面和桥上飘。

"你是在嘲笑我吗?"

这是他最气愤的。他只是眼神不好,摔在了水沟里。这并不影响他的头脑。他十分清醒。花葶在他的手上嗖嗖地长高,好像要攀到桥梁。他的脸与花葶黏在一起。似乎不能分开。

"我等着你在这里摔下去,果然等到了。"庭长乐呵呵地说,"你起来吗?"

这个洗浴中心租借的是福利院的三四楼,让庭长不得安宁。在深夜两三点钟的时候还有歌声和女人的调笑声呻吟声。进进出出的人似曾相识。他只好在这个有水杉夹岸的小桥边安静。晚上他看见过许多醉汉跌进沟里,看见深夜飙车的青年撞下桥头。看见有人抛尸。今天,他看见他的亲家在臭水中捞起了一钵怪花。

"请你滚蛋。你不走我不会爬起来!"矜持而固执的主任厉声说。

"哦嗬。"庭长走了,又回来了。他说:"前天一个4S店的小伙子试车,把买车的一家人带进了天堂,就是在这儿冲进沟里的……"

"你的话太多。请给我滚!"他的舌头打着结。他用手在水中扑打的刚好是"洗浴"两个字的倒影;那两个字抻长又扭曲,散了又聚拢,沉下去又浮上来。他的花却越长越茂盛,叮里哐啷地往上蹿……这城里的臭水太肥。

过了一会儿,许多夜鸟在街道上空盘旋。那些暗黑色的鸟一下子腾空而起,又像石头往下掉。他感觉到脖子上的脓疱全破溃了,汩汩往外冒脓水,比脚下的污水还臭。这气味因为是从自己身上流出来的,他熟悉。他厌恶。

雨下得很大。越来越大。他站在水里,坚决不上去。他跟那个人较劲。那个人还趴在石头栏杆上,黄色军大衣淋湿后闪烁着霓虹的反光。那个人一动不动。后来,那个人栽了下来。

像一块石头激起一大片水花。

他进了医院,高烧42度。他在昏谵中梦见了老秦。

活 丧

1

后来,他坐在自己的灵牌前,有几个人给他揉肩。

这是哪儿?他不太记得。也许是在黑鹳岛上。也许是在县城。但是,他想应该是在黑鹳庙村。只有村庄才能有如此浩荡的丧鼓声。

他飞身堵管涌的雕像落成在他举办的活葬礼上。他的雕像因为自己的葬礼,这让对死亡抱有怜悯的村民接受了。村民称赞这不锈钢的大家伙很亮,真是不锈呢。摸着手,哪有这么大的手呢?再看潘主任那双被九头鹰啄成筛子眼的手,在医院进行了激光去老年斑的手。摇头。

"人家那是过去年轻时的手。"

眼球是突出的,没有眼珠。但是不懂艺术的村民说那时候潘主任并没瞎。竖在村口,这就是瞎子摸象的感觉。这是瞎子村的标志吗?

他们数了数,还剩下二十一个瞎子。有一个在武汉弄什么易经研究中心涉嫌诈骗被抓起来了,在唤鹰山坐牢。

堤上没有那么多兰花,用廉价的鸢尾代替了。

"……我要在处女兰盛开的时候,做一次生命最后的僭越。因为这些花,我不相信自己还活着。我要睁开眼睛,亲眼看看来吊唁我的人长得什么样子。他们哭么?他们的表情,他们怎么忍着悲痛或者怀着幸灾乐祸的惊喜走向我的灵前。哈哈,那些都算鸡巴球了。我的兴趣是听为我而打的丧鼓。我喜欢丧鼓。这是田野上最动听的歌声。我还要亲手宴请参加我葬礼的宾客。我要看亲朋好友是怎么为我烧纸钱的。我不想看到泪水,我要看到一个人丧礼上的欢笑……"

他躺在棺材里。假装死了。

他自己穿上寿衣寿鞋。为自己净身。他跑很远的地方取水,抹洗五心:顶命心。太阳心。心口窝。脚板心。手板心。

他把腰里系五色钱,穿的是一套白衣,一套红衣,一套黑衣。他先让儿子给他的棺材里洒上石灰粉,用木头大印盖上"寿"图。他口里含着一块玉(他人送的。好像是多年前一个女人,跟他有过肌肤之亲,一个女法官),买来斋粑和豆腐,祭在自己的灵牌前。

他的孝子贤孙们全为他披麻戴孝。麻袋上面印有"中粮"二字。

鞭炮把所有的人炸进呛人的黄雾中。他们绕棺。绕得人晕头转向。一夜绕一百零八圈。

"我梦见这个村里出去坐牢的燃灯。他马上就放出来了。他不停地申诉并告我。希望我死在他出狱之前,这是我唯一的愿望……"他说。

"嗯,我说的是你。但遗憾的是真正判你的人栽倒在水里淹死了,有两个……"他躲在棺材里说。

他翻着一本《唤鹰山夜锣鼓》。这书里全部是唤鹰山的丧鼓歌。他说:

"我要听全本的夜锣鼓。从歌头听到收歌。有开路歌,待尸、盘歌、交歌。按这上面的唱吧。盘歌又称为盘头、乱盘头,难唱。叹五更、叹十二月、叹亲人、叹夫十杯酒、叹孕妇、叹鳏夫。赶鼓闹丧就是要赶。要打赶鼓,急点子。再唱全本的《山伯猜谜》《绣香袋》《二十四孝》《风流记》《王金川卖妻》《蔡鸣凤辞店》《黑暗传》《白暗传》《红暗传》《司马茂断案》《马葫芦换妻》《王三公子下南京》《刘全敬瓜》《小姑贤》《罗成算命》《吕蒙正讨饭》《秦雪梅吊孝》《历史歌千百撵》。再唱出殡的《还阳歌》《破五方》《八谢》《老锣鼓》《谢锣鼓神》……"

他最后说：

"最好是唱八天八夜。"

在棺材口牵线的大伯柴棍听得入迷了，线缠在他的鼻子上。这时，潘主任就一动不动了，让柴棍装模作样地吊线正脸。这个搬了许多死人的敬业的瞎子，花了很长的工夫吊线，把主任的脸搬来搬去。如果这是一具死尸，他很有耐心。左了，垫一叠黄表纸；右了，再拿出一叠。他的脸被黄表纸夹着，鼻尖上是一个吊线锤。可是主任是个活人，脸动来动去，怎么也吊不正。潘主任就说话了："老柴，你手脚不行啊，你摸摸索索又没有眼睛瞄着。"

"你的鼻子在这儿，我一摸不就行了吗？"

"你的汗滴到我脸上了。是汗还是涎水？臭熏熏的。"

"是鼻涕，主任，我昨晚感冒了，不好意思。"

"没什么，没什么。我在想以后你死了，谁给你吊线呢？"

"那就不吊。吊不吊是一个形式，一个过场。"

"那你何必这么认真？"

"嗬嗬呀！"

他继续他的吊线，正脸。他说：

"我以为我们村长死了会山崩地裂，哪知什么毯事都没有，太阳比过去还要亮，死了就死了。我由一个唯心主义者决定成为一个彻底的唯物主义者……"

"爹，你有什么交代的吗？"

儿子准备了笔纸，要一本正经地为他爹潘主任记录遗嘱。

潘主任因为准备自己的丧事，心力交瘁，以假成真，仿佛自己真要匆匆告别人世。说话的表情和口气就像在病床上垂死挣扎，拉着儿子的手说：

"……儿子，我若是真死了，我有什么话还不都是放屁……是的，放屁。我没啥交代的，该说的全说了，说多了你讨厌。咱这个样子还要什么遗嘱！……说几件小事吧：家里的地漏常会缠上些头发脏物，都是我清理的，还有几个下水：洗脸池的、拖把池的，你不知道会堵吗？你以后自己清理吧。你的生活太糟糕。穿得不错，可鼻毛不剪，扣子常缺，买了就穿，新毛巾的商标不剪要磨脸，衬衣T恤领子上的商标不剪磨颈。天下的女人一个样，几天的新鲜你不当真。少喝酒，多睡觉。最简单的生活是最好的生活。外头的山珍海味，不如家里的咸菜面条爽心爽口。不该把你带到这世上来的，让你受罪了，儿子……"

他说得泪汪汪的。

"我没有受罪呀爹，您这是为哪儿伤心。我受什么罪呢？这日子好着呢。"

"再好却要让你经受生老病死，让你在这破世界奔波劳累……"

"哈哈，瞧您说的！别哭别哭！"

小潘为他的父亲擦泪。抚平他痉挛的脸。

2

职业守灵人到来的时候，哭声先她冲进了屋子。她一袭白衣，飘然而至，带来了悲恸，也带来了生气。她端起一杯酒，到"亡者"的灵前扑通一声跪下，不用酝酿，泪水与悲声嗖嗖齐飞。

"爹爹呀——爹爹呀——爹爹呀——"

她的哭声像是被毒虫蜇伤后的委屈。天真烂漫的嗓音里夹杂着旷世的风霜。她快步跪移到棺木前，一把抓住"死者"的手，一声"爹爹"，口吐白沫，像要悲痛得昏厥过去。她另一只手紧紧地抓着棺沿，胳膊像木头一样僵直并抽搐。不停地抽搐，噎气，窒息，翻白眼，突然又回过气来，从深渊里爬起，石破天惊地哭喊：

"爹爹呀——"

主任被这哭声弄得差点小便失禁,夹紧大腿。他睁开眼睛看到这不速之客,一股从地心里冒出的寒气往他身体里送。这哭声是要真将他哭死的。如果这哭声还不能把一个人哭死,那天下就没有理可讲了。他想挣扎着爬起来,后背不能让棺材给攫住。他就坐起来了,他睁大那一只眼睛,歪着嘴对她笑了一下。

守灵人完全沉浸在悲痛之中,对他的动作视而不见。就像哭石头。哭庙。

"这是我哭的日子啊,爹爹呀——"

她哭道——

> 我自小生来唱孝歌,
> 不怕小鬼来捉我,
> 捆麻绳,上铁锁,
> 拉拉扯扯见阎罗。
> 阎王天子开口问,
> 问我在阳间干什么?
> 我说我在阳间无事干,
> 只会守灵唱孝歌。
> 阎王天子开言说:
> 松麻绳,开铁锁,
> 快快与我唱几个,
> 唱得好,打酒喝,
> 唱不好,下油锅……

他招手让儿子来。他对儿子说:"如果跳丧,要一盆火,一大盆火。"

儿子把劈柴找来了一车。很快。主任看见火迅速燃起。火让许多人退避三舍。火太袭人,让他们燥热难当,但主任的内心和身体稳住了。他要烤火才能回到阳世。

他烤暖了手,示意女人继续哭。女人在衣服上擦了擦双手,抹了脸上真实的泪。门外湖风浩大,呼啸着在茫茫的湖荡上碾压。黑夜晃动着一万只胳膊,不让月亮露出。波浪在轰隆地响,仿佛要冲进村子。

主任自信而乐观地抚摸着花圈的纸带,上面写满了"敬挽"的人。当然上面也每一个都写着他"千古"。还有挽联,全是县楹联诗词协会的老头子们鼓捣出来的词。什么"哀歌动大地,浩气贯长空";什么"伟绩丰功垂青史,高风亮节励后人";什么"风风雨雨为人民终生奋斗,山山水水留足迹风范长存";什么"一生行好事,千古留芳名";什么"永垂不朽,流芳百世","遗爱千秋,含笑九泉","天人同悲,名垂青史"……

"你们为我把好话说尽,而我把坏事做绝。这就叫盖棺定论?"主任在临死前又明白了一些事理,内心震撼。

门口的火堆上,许多人给他烧了一栋栋别墅,一辆辆豪车,一个个冰箱、电视、电脑,还有一个个比范冰冰还漂亮的演员、主播。

那些也烧成了灰烬,也化作了尘埃。最后的火星飘向夜晚的田野,不知飞向了何处。啊,灰太软,像是人的一生。不烧还好些,让他触景生情,更加颓丧。是的,这场面的点点滴滴,只能让他对人生颓丧。这事情办砸了?

"给我们点烟哪,死人!"几个老伙伴从屋里出来找到他,对他喊。

他叫死人。他揿着打火机。让死人喷起的火苗给这些骄傲活着的老东西点燃香烟。香烟多香啊,他们能吸,死人永远不能吸一口了。他们吸了一辈子,却什么病都没有,你一个不吸烟的家伙却患上了绝症,这不是命是什么!活该他们牛逼。

"给我一支。"他说。我当然也要抽一支。我他娘的不吸一支我给你们的黄鹤楼我就亏了。

可是没有人给他。那些人自己吞云吐雾，闭目沉醉。竟然讽刺他道："死人不吸烟。"

那个守灵女人的哭声太吵了，让他无法容忍。这样，安静地死还好些。安静地占一个坟坑，头上顶一盏长明灯，足够了。

人山人海。

"这样子死是有福，哪来的这么有福啊。"守灵女人对他说。

"您老怎不搞一次大寿礼？比这吉利得多呀！"有人说。

"向死而生。你们懂吗？不懂就回去。"他懒得解释。

"我就爱这个。"他说。

主任年轻的时候向县文化馆的《野猫湖文艺》投过稿，是一个有文学情结的官员。不过他不会承认这段失败的文学青年经历。

3

守灵人一口一口地咪着野猫湖产的小棵高粱酒。她也许有许久没吃饭了。她打着酒嗝。她的哭声因得了酒的滋润更加响亮高亢。她说这叫"吵灵"。你看她哭的——

"哎咳……人生在世哎咳……哎呀，啊哈啊哈多辛苦哇……父母的恩情忘不了啊……孝敬的儿孙有多少哎……哎咳山珍海味咳耶哎呀该多少呀……我的父母未吃到呀……

"爹爹呀，世人都归阎王路呀……是水都入野猫湖……我的亲爹哟，你也该停停步……不要儿女全不顾呀咳……双脚忙忙停不住……急匆匆就奔了黄泉路……爹呀我的亲爹呀……回到家里一声号……黑木棺材白帘罩……父母的恩情难得报……养儿不知父母苦……养老才知父母恩……十七八岁长成人……婆家大轿来娶亲……端茶递水伺候别人……自己的父母丢到九霄云哎呀……百年归山妇回程……只能到灵前哭几声哪耶……"

守灵人的哭声让野猫湖沿岸的歌师傅闻讯赶来。有十多个。他们的中少有真本事的，好多是来混吃混喝，也有真准备拼命"斗歌"的。还有是跑船的外省船佬。听见了村里丧鼓声,也是要在这儿"闹场子"的,机会难得。

真正的丧鼓歌师早将响器摆好,等待开场锣鼓一响,就要唱得个天翻地覆。

"好吧,开始吧先开了歌场大家再去座席吃饭喝酒。"支客先生说。

有一个班子先打起了丧鼓,一个七十多岁的歌师傅用深沉浑厚老练的歌喉唱了起来:

"一二三四五,金木水火土。歌郎一到此,擂动三阵鼓。一根竹竿软溜溜,孝家请我开歌路。歌路不是容易起,捡起锣鼓汗长流。开个长的更深夜静,开个短的不得天光。开一个不长不短的啰,早送亡者上天堂哦……"

主任看着这夜晚十里八乡涌来的歌师傅。这些人一个个面目粗糙古朴,未加雕琢,随性简单。他们自带各种响器,卷着裤腿,胡子拉碴,缺牙少齿。也俨如当年野猫湖畔参加革命的地下武装。这阵势让主任有些亢奋。他交叉双臂于胸前,像一个好奇的看客,退到暗处。听那急风暴雨般的开场锣鼓响起,他热血鼓荡,生命复苏,诗情澎湃,青春洋溢。哦,这"丧事"热烈伟大!

一个守灵的丧鼓之夜就这样激动人心地开始了。

"有趣哟……有趣哟!……都说我有福气,阎王抓不走我,这么多人为我载歌载舞,保驾护航,驱巫赶鬼……"

他摸着被医生处理过的脖子。他像走动的笑面虎。他不惧这身黑色的寿衣,他甚至躲进棺材。他被簇拥在自己栽培的各式鲜花丛中。四盆处女兰,摆在东南西北四方。悼念他的花圈像海洋,一直摆上了盲道。

他感到他睁开的那只眼睛,和永远睁不开的那只眼睛,有强烈的亮光在夜晚闪动,比任何人都来得强烈。目光像电筒在人群里钻

423

来钻去,像瀑布一样激荡。像无数个灯笼。像千万只萤火虫。

他抽着烟——他从今天起开始抽烟了,并且迅速上瘾,抽得有滋有味,吐烟圈,并且拥有了自己的烟缸。只是闹着玩的。他磕着烟灰心里说。

那些哭诉。那些老人唱的哀婉的丧歌。嗡嗡直响的乡村铜锣和牛皮蒙制的大鼓。镲子,响板。哦,噢,乡村是多么丰富,没有敌意。没有犯罪分子。过去我们在那个位置上,是不是弦绷得太紧了?怎么会有那么多的卷宗和案子?那么多的监狱?再修一万个监狱还是人满为患。全部拆了监狱说不定天下也很太平,就像现在,人们生死自乐……虫蛾飞舞扑火。蜘蛛趁机结网。乡野灯火辉煌。

4

从湖边货船上来的两个湖南歌师傅还未踏进门槛,就开口唱道:

"备好鼓呀——"

这不是挑衅吗?这么多的锣鼓响器和歌师傅,你们没看见吗?

那个身穿寿衣的老者在灵牌下朝他们招呼,笑意吟吟。棺材里是空的。

"没有人殓吗?"

"远客到来,我且躺下。"寿衣老者说。

湖南歌师傅拔腿就往回跑,像断了缰绳的两匹马,在盲道上走了十多米就狠狠地栽了一个跟头。

他们被人扶了回来。摔倒的一个人脸上锉了一块皮,嘴也摔得像鳖咬过似的,一条牛仔裤膝盖上摔了个大洞,跛着脚进来。

他们边吃酒边唱:

"听见人家丧鼓磕,又隔省来又隔河。脑壳上绾个泗水坨,裤子卷齐膝盖窝。几步几步摸过河,不觉菱角刺了我的脚。我一路跑来一路摸,摸到孝家谋酒喝……"

第二班歌师傅唱:

"半夜听见打丧鼓,被窝顶起二丈五。翻穿衣来倒趿鞋,两道门闩一起开。爹妈骂我不成材。我一不是去赌博,二不是去摸牌,孝家去了就回来……"

第三班歌师傅唱:

"耳听孝家丧鼓闹,紫竹林中喜鹊叫。荷花池中金鱼跳,共陪亡者一通宵……"

这一夜,湖南的歌师傅与野猫湖七十五岁老歌师傅斗唱的是盘歌。《盘封神》《盘发明》《盘古人》《盘水浒》《盘三国》。

斗嘴,用歌斗嘴。也是斗法。在丧家的屋里,不是在官场上明枪暗箭使阴招。这些看起来死气沉沉没有秩序破烂荒凉的田野上,竟潜藏着这么多机智博学,巧言令色的农民,他们的心里记着上辈人传下的如此繁杂的唱本。这些唱本,从来不见诸报刊和电视。这是多么好的文化,它宣扬人生的意义和孝道,可是我们的宣传机器只当它们不存在。这些当代人是怎么保持对它的兴趣的?人们的兴趣全在抹牌赌博上,全在种反季节蔬菜上,全在农药化肥上。可是却有一些人,传抄着发黄的唱本,背熟它们,沉醉其中。传承是多么脆弱,多么神秘,多么坚韧的事情。不要担心歌本会埋入荒冢,它总会找到传承人传承下去。因为这世界总会有死人,也总会有馋酒喝的人,总会有争强好胜斗殴和斗嘴的人,总有伶牙俐齿的人,总有好记性的人,乡下是浩瀚的大海……

壮观啊!主任坐在自己的灵牌前,孝子贤孙轮番给他揉肩捶背。唱吧,唱吧,有多少唱多少。这是首届野猫湖丧歌大赛。这是一场决赛。这是一场关于生死的大合唱。他们机智,辛辣,幽默。以疯装邪。指桑骂槐。感叹人生。感叹命运。悠扬。婉转。悲沉。哀伤。豁达。戏谑。恶搞。他们口才超过一万个官员。他们带来

425

人世的道理,解开人间的愁结。他们劝慰未亡人,安慰已亡者。唱土地的历史,唱世上百态。唱万事万物,唱做人的道理。他们感叹,感叹,感叹。他们只有在这种时刻感叹。他们在一年四季的劳作中忍辱负重,从不感叹,没有怨气,没有仇恨,没有喜怒哀乐。现在他们全有了。他们感情丰富,儿女情长。他们善良,善解人意。他们是天下最好的朋友,他们知道安慰就是活着,让别人活着也让自己活着。他们喝茶,抽烟,嗑瓜子,啃甘蔗,掰橘子。酒醒再唱,唱了再醉。丧鼓咚咚,秋夜漫长。死者的忌日,村民的狂欢。又悲又喜,通宵达旦。

5

第二夜。歌场再起。篝火未熄。

他兴奋,但很伤感。劝亡,安魂。可是死了就永远死了,没有知觉,没有记忆,魂飞魄散。真的如果我死了,一具白骨,比露水都不如。比一只蚂蚁都不如,他将是亲朋瘆人的回忆。他将沉入寂寞无边的坟墓,成为过去和以往。那里没有酒肉,没有鼓声,没有女人的身体,没有幽默,没有这丧歌中丰富的故事。没有历史。与五千年八千年的历史没有丁点关系。如果火化了,就是几块骨渣;如果埋下了就是一具外人永远不知在黄土下渐渐腐烂的尸体。

"……能不能把我做成一具标本?放在大学的解剖室里,比如武汉大学医学院,同济医学院?竖在一个大厅里,就像一些庙里的肉身菩萨?让我的魂还能看见人来人往,阳光灿烂……可惜因为我没有信仰,肉身会很快腐烂……现在我再信一点什么还来得及吗?……"

他突然感到彻底地绝望,坠入一个巨大的虚空中……

芝麻不打不出油,

宵鼓不打冷湫湫。

铜锣不打不得喊，

驴子不打不归路……

这有什么意思呢？灯的光芒惨淡疲倦，夜色静谧辽阔，乡村寒风袭人，湖上浪涛轰响。一瞬间，时间仿佛穿越了千年。丧鼓像一万只脚，狠狠地把漫长的世界、芸芸众生踩入土中。

"……一想爹娘把儿养，十月怀胎在心房。伤心庙里取宝箱，二老曾把宽心放。怀胎十月临盆降，喜儿一尺五寸长。传宗接代有指望，养儿无非把老防。十月怀胎想一想，看你悲伤不悲伤。二想爹娘把儿养，满口未把牙齿长，口口吃的娘身浆。白天把儿背身上，夜晚把儿放身旁。喂儿抱断一双膀，喂儿未睡干净床，喂儿熬坏眼一双。三年哺育想一想，看你悲伤不悲伤。三想爹娘把儿养，麸麻豆疹受惊慌。倘若儿女有病患，忙请医生开处方。儿不吃药性子犟，药汁里面掺砂糖。百家锁儿锁颈项，指望百年寿岁长。儿在病中想一想，看你悲伤不悲伤……九想爹娘把命亡，恩重如山分别长。喊不答应空思想，哭不转来断肝肠。堂前不再见爹娘，三间瓦房断中梁。今晚还把灵魂望，明日独自上山冈。生离死别想一想，看你悲伤不悲伤。十想爹娘把骨葬，一堆黄土皆文章。只管夜晚送灯亮，哪管雨雪与风霜。按日站在门前望，不过白纸与羹香……"

职业守灵人呜呜婉转、一唱三叹地哭唱着人的一生。每一句都像是说的自己家，自己的父子与母女；自己与上一辈，自己与下一辈。

"只有瞎子才能扛下一切。"大伯柴棍擦着眼泪说。

很多老人听着职业守灵人的歌都听出泪来了。哭得最惨的是寒婆和田婆。这两个老人把腰弯下去抹泪，就像在地上寻找她们的女儿和儿子。

这种悲恸的气氛让人遍体生凉。主任望着那口黑洞洞的空棺材,好像真要把他装进去。是的,是为我准备的,但我还不希望这是真的。这只是一个恶作剧。他不愿意走近了。他再不会自己躺进去。他害怕死亡。他两腿哆嗦,他像害怕一条恶狗害怕眼前的棺材。如果……如果现在村里死了谁,去睡它好了。死谁都行。马上死,事情就结束了。

"嘿,嚆!"他向儿子喝唤,指着那个女人,那个嗓子永远像清泉在石上流淌的女人,"让她换一首!不要这么悲悲切切的!"

守灵女人沉醉在自己的表演中。她被人打断。她听到了"丧家"的要求。她很快就转换了歌声。什么也难不倒她。她喝了一口酒,又唱了起来:

> 江南可采莲,
> 莲叶何田田。
> 中有双鲤鱼,
> 相戏碧波间。
> 鱼戏莲叶东,
> 鱼戏莲叶南。
> 莲叶深处谁家女,
> 隔水笑抛一支莲……

是红颜薄命的姚贝娜那首《采莲曲》。这也是水,是柔软的水。是阳光下的水。也是雾中的水。水的嗓子,莲花的嗓子,就像雾在早晨的荷塘卷覆开来,就像莲花在月光下不知何事一阵摇曳。就像一个被逼出嫁的女人,所有水乡的女人的怨恨,娇美的怨恨。一个白衣飘飘的莲花女子出现了……姚贝娜呀姚贝娜,红颜女子多薄命……这也伤感!难道世上没有不伤感的歌?也许是夜晚,夜晚的歌声总是伤感的,何况是在丧鼓的助阵下,是在灵牌和棺材边,在魂幡边的唱。唉,这滋味……唱吧唱吧。啊,总是这样,总不会绝的,男人和女孩,越来越小的,刚诞生的孩子,他们活在这个世上并歌唱。还有一些人也将顽强活着,在我之后,依然精神焕发,神气五六,牛逼哄哄。那些未有被告发的恶人,尚在台上的,在宽大办公室的人,他们活着,正襟危坐,皮鞋光亮,西服挺括发指示的人,白天在视察现场和晚上在洗浴中心的人,被人进贡的人,那些每天银行卡不停上涨数字的人,那些在一个又一个女人大腿中间穿梭,在一栋又一栋房子里进出的人,那些维护着铁一般秩序的人,冷漠无情的贪腐官员,使用权力让人含冤的人,都还大腹便便、威风凛凛、颐指气使地活在这世上。还有一些人,一些瘦弱的人,面如菜色的人,呻吟悲号的人,被侮辱被损害的人,遭受灾难的人,上访的人,瞎眼跛腿的人,被疾病折磨得奄奄一息的人,被子女抛弃的人,也还活在这个世上,作为另一些人威武活着的陪衬。那些年久失修的房屋、淤积的沟渠、荒凉的村庄、泥泞的小路,到处乱堆乱砌的坟冢、鸟兽、花朵、云彩、星星、萤火虫,也还活在这个世界上。还有那么多民歌、歌师、歌本,在我死后将继续活在世上,包括这个神秘出现的、百灵鸟嗓子的守灵女子。他们的歌声将感动另一些人。还有佳肴美酒,乡村宴席,八仙大桌,做棺材的木匠,打着手电筒走夜路的乡人,他们都还活在这世上。在广阔无边的偏远乡村之夜,他们靠手电回家和外出,他们脚步轻盈不惊扰任何人。在那些地方,他们将安静地活着,生死不与人相干。鸡叫狗咬,这样乡村的夜晚,无论怎样活着都是幸福的。啃一口红薯,喝一口冷水,在铺着稻草的床上睡觉也是幸福的,因为第二天早晨你会准时醒来,阳光红亮,天地是你的,用脚去走田埂,蹲下看几株草摇摆,看一只蚂蟥游动。这都是幸福的,因为你活着。

啊,我有什么资格蔑视和践踏活着的人?

6

处女兰的花葶继续往上蹿高。一个晚上蹿出二尺。

第二个晚上已经有一个初中生那么高了。花是橙红色,有慢慢变浓的香气。花显得茁壮,叶显得纤弱。在夜晚,这花就吐出浓香,好像占领着整座山冈。影子像松树一样。那种香气如泉水一线线散发出去,直往人心的暗处钻,像水珠一样跳动。龙爪型的花萼,造型泼肆大胆,吊丧的人为这个丧礼出现的花事啧啧称奇。

是的,乡村是贞洁的。这就是事实,而这个守灵的女人最贞洁。她在花丛中穿梭,而花鲜艳如初。

最坏也是最好的消息是,那盆在洗浴中心门前的水沟里捞起来的处女兰,就跟古书上说的完全一样:萎顿成水。是水。浑浊的,带点酸味的水。就像女人的下身。

所有来凭吊我的女人都贞洁。这些留守在乡村的所有女人。她们替外出的人守护和保管着大地。

乡村丧宴一桌桌地开,开的是流水席。大米和猪肉是用汽车拖来的,镇上的肉铺二十四小时宰猪。送鸡和甲鱼的人把盲道碾得五马分尸。瞎子们喝得忘乎所以,根本不管棺材是不是空的。

"潘主任,你的瘤子一定是良性的。"瞎子们对他说。

"你一定能活一百五十岁……"

"吉言,吉言!……"他给说好话的瞎子们敬酒。瞎子们摸着他的手与他相握。又摸索到棺材边,摸棺材里的空气,敲敲四壁,发出好木头的共鸣音。

"睡这样的寿材,是祖宗积了八辈子德呀!……"

瞎子们喝醉了,在椅子上打着呼噜。

他敬守灵女人。这女人以酒代茶坚持了两夜,现在依然清醒如故。酒是一口喝下去的,还翻过来杯子亮了底。

"爹爹呀,你就独自一个人去了,不累吗?"守灵女人问。她两腮绯红,在白炽灯光的远处,脸就像一块新鲜猪肉。声音带着酒气,低低的,软软的,像风打蒿苞的嫩叶,与他耳语。

"……女儿,我走,舍不得你……"

"你去天堂快活了,找小三去了,哪还管得了小女子哈……"

"爹爹可没这个命啊。不过我年轻的时候可是一表人才大帅哥。"

"女人像苍蝇围着你追,像黄蜂直往你怀里扑。"

"是像小鸡崽子往怀里钻,像蜜蜂碰见了麦芽糖……我告诉你一件事吧,爹爹不想把它带进坟墓。我在这儿当知青的时候,知青点有个武汉女孩,晚上要我陪她到大队部去买药。到了半路,她要屙尿突然蹲下,就当着我的面,在旁边唰唰地屙,那个冲劲,一定把地上冲了个大槽……你看这武汉女子!"

"哈哈哈哈,一个死人把我笑死了……"她推了他一把,又打了他一拳。

他的青春和生命像弹簧刀一样"嘣"地回来了。

"爹爹带我去武汉……"

"爹爹带你去阎王殿……"

"不嘛,爹爹带我去武汉!"

"我带你去法国看薰衣草!"

"花啊!外国的花啊!还有这山里的鬼花。"她指着那几钵处女兰,"你尽是花呀花呀。牡丹花下死,做鬼也风流。你是个花爹爹啊!花爹爹,你老实回答,你那天跟那个武汉女知青搞没搞?"

"你说呢女儿?"

"猜得到,人间适合作恶乱搞,爹爹你这个鬼,是个老色鬼呀!"

"哈哈哈哈……"

夜深了,瞎子们听见活鬼与守灵女人在角落里嘻嘻哈哈,谈得投机。

酒又过了一巡。

"……您这花花肠子不知到阴间要害多少女人。"守灵女人掐断了一截处女兰花,两个手指掐着,放到主任的鼻子下。

"嗯,被掐断的处女兰像奶汁儿蹿进鼻扇里,直扑心肝肺,让他精神为之一振。这是石头缝里压出来的香,喷出来的香。太香啦。他没有制止她,随她去了。"你好任性啊。我问你,棺材里哪有女人?"

"您这口棺材可大了,一般女人家不敢睡进去,也睡不起,没福气。"

"你来。"

"不不不,爹爹不要吓我……"

"哈哈,这口棺材卖了,我们就去法国。"

"真的?"

"那还有假。这是口金丝楠木棺材,广东人想出八百万我也没卖的,这次成交了。"

"您别墅啊,还精装修。"

"房子倒不大,就炒个湖景房概念嘛。野猫湖畔筲箕坟小区。"

"哈哈哈哈……"

"到时别忘了我的电话号码,存一下:1390123××××。"

"老板号啊。我的是1576321××××。"

"好好,有时别忘了给我发个短信。"

"回不回呢,爹爹?"

"你说呢?我怕棺材里信号不好。呵呵,还有,我的微信号是……加我,来,你来扫一扫……好,加上了。你尽管打,我这个套餐很便宜的,我儿子给我交了二十年的话费。这个套餐一年送我5G流量。如果你不怕,可以搞视频聊天。不过棺材里肯定光线很差……"

"好的,好的,哈哈……"

"别尽笑啊,宝贝……谢谢你了……"

"哈哈别谢呀,爹爹,我哭了一辈子灵守了一辈子灵,这是第一次受到亡灵的感谢。这事儿太有意思啦……"

"有意思的还在后头,来我们再干一杯……"
"说定了,带我走,爹爹……"
"一言为定!……"

哦,外面的月光很好。竟然太好,太他娘的好了,一地白,就像铺了一层银子。还是个满月。今天是十五啦?月亮又大,就像从熔炉里拉出的金盘,正在冷却成型,盛满了天上的山川河流。田野上低矮的植物和清晰的沟渠道路,像蛇一样在梦里游动。银河在旋转。远处的湖荡就像蓬松的刺猬,用亮晶晶的眼睛望着星空。野猫在叫。黑鹳穿过水杉林,扑打着水洼。这些旷野的精灵像是黑道上的人物,它们让田野的夜晚生机勃勃,混乱迷人。

"……什么鸟叫啊,爹爹?"
"野猫,不要紧,黑鹳,它们很善良,没事的……"
守灵女人紧挨着他,用力将他的腋窝挼上,她的胸脯,两个乳房像开水一样滚烫。歌师傅们还在屋里唱,马拉松式的丧鼓,屋子里的瞎子们昏昏欲睡。

喝多了。他的血管突突突在身上最危险的地方跳动,在心脏,在脑门,就像装了一个十二匹拖拉机马达。心脏像被人灌了辣椒,全是辛辣的飞溅的辣椒籽。胸前被人扯住了,擂他,给他的胸脯上扎铁箍。

他找到了守灵女人的嘴。两个人像磁铁一下子就焊住了,比着力气吮吸。

她的肚脐在抽动。他的注意力在嘴里的乳头。

"噢,你轻点,疼……这么亮的月亮……有人在暗处看我们……"

"……没事,没事的女儿……"
她解开他的寿衣,蹲下去咬他。他埋在她胸前,狠狠地吸,嗅。
"……你好香,你身上全是兰花的香气,女儿,你叫什么?"

433

"爹爹，我叫妮儿花。"

"妮儿花？……处女兰?！……"

"是的，爹爹……"

……她就是传说中的兰花吗？他的脖子发硬，眼睛发硬。眼睛里像塞了两颗泥巴。心发硬，呼吸发硬，回不过气来。

"你是唤鹰山……的……吗？……"

他硬了。全身硬了。死就是全身硬了。

"让他们活着，让他们把鸡巴搞断，把屄搞炸……"

他死了。

他的脸上灿烂地白下去。灿烂地冷了。他的嘴唇湿润着，涂满白色的乳汁，来不及擦拭。

丧鼓声大作。

整个村庄都像破裂了。

养生地

逃往南方的雁群在这里折腾,鸣叫,把湖水摇得哗哗乱响。

芦花白。当它们老了,就四处飘荡,魂飞魄散。像一层白雪,将村庄的所有道路、田野、湖泊覆盖。但风一卷,它们会蜷缩在一堆,在一些角落里黢籁。

我拿着锹去给主任挖坟。跟着一路的鞭炮碎屑走。

"真是乐极生悲啊,结果以假成真了……"盲道上的瞎子惋惜地议论说。

"柴棍那家伙倒霉,因五年前偷村里的鱼抓走了……"

"这样就可以把狗牙挖出来。因为那儿风水在筲箕坟最好……"

一些狗不知为什么乱叫,在街头跑来跑去,吵得人神经错乱。鸡往牛背上飞。屋顶上的黑鹳窝把树枝全扒下来。野猫像疯了一样交配,有的公猫爬到鸭子身上。

伯妈来找我,哭着说:"燃灯,你可要帮我去捡狗牙的骨头。如果棺没坏的话,帮我找个地方挖个坑埋了。"

狗牙湿淋淋的棺材刨出来了。伯妈手里拿着一个袋子,她让挖棺的八大锤轻一些,再轻一些。她站在中间不停地摆手。

那口棺材脱了漆。有一根是杉木,其余是杂木。缝隙露出。有人用锹刮上面的土。

他们让我下到坑里,要把两边挖个洞穿上绳子,才能将棺取出。

"她应该怀了孕了,正在长胎儿呢,埋她的时候没这么重的……"

"我抬过鬼胎,鬼胎比石头还沉……"

我刨了几下,棺盖松动了。

"一定什么都烂了。这样起不出来的。"一个人说。

坟坑里的水清亮如镜,人们使劲嗅嗅,好像还有一股少女或者少妇的气味。年轻女子的棺材就是不一样。

"再赔你一口棺材,这全烂了。"一个人对伯妈说。

棺盖慢慢错开了。钉子完全没有了咬合力,已经生锈。盖子拖开的时候就像火车轮子撞击铁轨的声音,一格一格地响。

突然一股冲人的清香扑鼻而来!

淡蓝的雾气散去,几株荷花和伞盖似的荷叶,栩栩如生地长在棺材里。荷花半开半合,鲜艳粉嫩。一个少女卧在花丛中,面色红润,如刚睡着一样。她躺在荷叶上。水里竟有几条红鲤鱼摇头摆尾,游来游去。

噢,喷薄而出的香气把瞎子们撞倒在地上,打了几个滚。明眼人看到,狗牙的双手放在平滑的腹部,好像故意闭上眼睛。面带微笑,两颗门牙就像剥出的菱角。水珠子一颗颗像玉石在荷叶上滚动,在她的头发上滚动。

她的胸脯好像还有呼吸,安然睡在荷叶的阴影里,就像夏日乘凉。鬒鬒柔软如水草舒卷。没有骸骨,没有殓布。只有水晶般的水波涵养着那些鱼和荷花。只有她身轻似燕,浮在水中。

瞎子们爬起来东张西望。他们永远看不到这般美景。他们只是抽动鼻子,恨不得把这里的空气全压缩进衰老的肺部。这是怎样的死人呀,这野猫湖隐秘的美景,筲箕坟亡灵的天堂,这萋萋荒草下奇异的幽灵花……

一个人卷起裤子去捉游动的鲤鱼。他的手接触到了那水。他的手沉进去是真的水。鱼捉住了,是活的,他紧紧卡住,举起来,有半斤多重。完全是鲜活跳动的鱼,是湖里的鱼,是鱼池的鱼,人间的鱼。几个人再去捉。鱼放在草上,蹦跳着,嘴唇翕动,红色的鱼鳞鱼鳍,透明鲜艳。

伯妈伸着瘦丁丁的双手,始终没有放下。她的袋子,她是需要骨头吗?可这分明是一个熟睡的活人。

这是个不腐的女孩。一个明眼人对伯妈说:"怎么会这样,大妈你究竟是在哪儿生下狗牙的?是不是这里呀?"

"是的。"一个老瞎子说,"她怎么叫狗牙,柴棍嫂剜狗牙菜的时候生的,村里人都知道你取的名字。这儿有许多狗牙菜。"

"是的吧……"伯妈疑疑惑惑地说。

"她的胞衣是埋这儿的吗?"

"扯断就扔这儿了。"

"这儿是她的养生地!难怪的。她没有死,不死不活的。怪不得村里接二连三死几个小孩的,原来是狗牙掐死的!"

"是啊,柴棍口口声声说村里有死人踩到了养生地,原来是他自己的丫头……"

"得赶快烧掉。不然村里还会有小孩死去。"

"拖出来烧掉,赶快烧成灰!"

"吃人的妖孽呀!……"

"把她拖到大路上去烧!"

那些瞎子七手八脚地将她抬出棺来,扔到地上。好像要把她再一次弄死。

烧狗牙

他们把她放在大路口,架到劈柴上。

这个过程很快。干燥的劈柴就点燃了。有人朝她的脸上吐痰。有人掷牛粪。还有人把自己的臭袜子脱下往火里扔。

拨拉着火的瞎子们围在火堆边,不怕眉毛烧焦。他们敞开外衣,不顾伯妈的哀哭。他们拦着她,说:"你这不是很好吗?你将她埋在养生地,害死了几个孩子……你可要挺住,村里这下就会好了,安宁无事了……大伙可是出于好心……"

"不将她烧掉,村里所有的孩子都会死去,这可不是哄人的……"

从棺材里扯来的荷花荷叶都投进了火里,还有鱼,也投进火里。把棺材砸碎了也投进火里。火太大太猛,一会就烧得没影了。

火像盛开的葛藤疯狂地漫卷。火把狗牙死死地捂住,寻找每一个燃烧的缝隙将她焚化成灰烬。火呼啸。火噼噼啪啪地响,也炸开了荷花的香味,鱼的香味,比野猫的麝更浓烈。火用爪子抓挠,刨。像在烧死一百只野猫。非常鲜活的死者头发被卷走了……她的脸被火剐走了,变成了骷髅,变成了牙齿,火在啸叫……抱成一团……妖孽没有现形……死人烧成了与柴灰一样的灰。人跟柴一样的……

添柴的人还在紧张添柴。要把骨灰烧成另一种更细的灰,烧到什么也不剩,连灰都没有。他们要把天烧穿,要把村子烧得滚烫烫的,把村里的阴气晦气秽气全部烧光,把恐惧全部撵走。要用火烧退所有纠缠村人太久的鬼。让阳气随火一起轰轰送来。

我哼了一声

一滴雨水。又一滴雨水。滴进我的嘴里。

我品咂了一下。又品咂了一下。我突然睁开眼睛。看着织布车间高高的屋顶,高高的罩灯。

我想动一动。我动弹不得。

我全身在冰凉的水里。我被疵纱包裹着,像缠了一万条索命绳。

他们把我缠得死死的。好像我被冻在太平间里。我想喊。我发不出声。

我哼了一声。

几个同改走过。他们想清理这好久没有清理的疵纱。到处水淋淋的。

是的,这是第十天。

"里面会有什么东西吗?全被水泡了。"

"是雨,雨漏下来的……"

"有什么在里面动?……是蛇?穿山甲?还是一只小猴子?从森林里跑进来的……"

"也许是一条大蟒蛇……妈呀,是791,他不是失踪了吗?还说他越狱了……"

他们拔腿就跑。

一个人疯一般地跑来了。他刚才还在渔柱那儿,却沿着嘎巴直响的盲道,像一个野人飞跑。一会儿就跑到了火堆这儿。

我看到是刚从派出所出来的大伯。他的头发剃光了,修补过的脑壳凹凸不平。他一路栽了跟头,鼻子流血。

"我的女儿不是鬼!村里的孩子不是她害的。你们这些家伙,凭什么要烧我的女儿?"他一路跑一路大喊。

火正在坍塌。火接近尾声。火在死去时会发出嘘气般的呜咽。那些亢奋过的瞎子们站在那里。有人喊他们快去给潘主任下葬。可大伯柴棍用手拦住他们,喊:

"燃灯在哪儿,我侄子燃灯在哪儿?他才是真正踩着养生地的鬼。他才是鬼魂。我的侄子才是,所有的灾难都是他带来的,村里死人是他带来的。我女儿狗牙是他弄死的,小孩是他弄死的,五扣是他弄死的,村长、庭长、潘主任也是他弄死的!他是泡在水里死了踩着了自己的养生地还魂的,云婆子把他生在湖边不是吗?他一身的尸臭味,脸像白石灰,手脚冰凉,我说了一千遍你们不信。我把他装进棺材要埋掉,你们完全不信,死了这么多人。他还得要找替死鬼,他是鬼中的厉鬼,最残忍的鬼,你们快抓住他烧了他呀!……"

　　我努力使自己睁眼喊叫。我开始呻吟。呻吟也是语言。
　　我想让我活着。我不想死。
　　我从水淋淋的疵纱中醒过来。
　　可是时间迟了一步。

火　泥

　　我被逼到瞎子和明眼人中间。这火很亮。我没有退路。瞎子太多,他们的手不管三七二十一把我抓住了。

　　我知道我的末日来临,我逃不掉了。大伯的手像一把老母蟹的大钳夹卡住我。他惊天动地的喊声让天空的云彩都静止了。有人递给他一块桃木代替桃木剑。他大声念道:

　　"九天九气,日月吞星,雷公电母,刀剑纷纷。掩得天上重丧归天去,地上重丧地里藏。身披锁,织黄金,头戴万发鬼头巾,口吐豪光身灿烂,脚登蓝色八卦巾。若有强良不伏者,打到丰都地狱门!天煞地煞月煞日煞游煞,一百二十位凶神恶煞。八大金刚齐上阵,叫你桃木剑下亡呀!……"

　　"我救过这个村庄。是我将五扣逮住的,各位父老乡亲还记得吧?"

　　我的声音飘忽,太弱,就像是火堆里浮出的灰。他们根本听不到我说什么。我被他们甩进刚烧过表妹狗牙的火堆里。他们说:"狗日的,你去地府找替死鬼去吧……"

　　那是在遥远家乡的日子,在回家的日子,村道上像蚂蚁一样奔跑着一些惊恐万状的人。他们把我投进大火,怀着最深邃最刻骨的诅咒,七手八脚地将我摁进火里。为了驱赶让村庄衰败和不幸的鬼魔,把我烧掉。飞蛾在空中疾飞,蚯蚓爬出灼热的泥土。庄稼和野草不会比往日更兴旺,房子依旧参差低矮。几只黑鹳在树上拍打树叶,像是欢呼,也像是愤怒。

　　在渐渐熄灭的火堆里,有一朵莲花却还在,在盛开着,闪烁着熔铁般的透明红色。像一块火泥。

最　后

我在疪纱中,咽下最后一口气。

      2015 年 1 月 19 日　初稿于武汉东湖畔
      2015 年 12 月 28 日　二稿于神农架

后　记

　　歌颂故土，被怀旧所伤。我不至于如此悱恻，注视死亡。我能否在一个湖沼的清晨写出大气弥漫的村庄？能否在一座长满荒草的坟墓里找到已逝的温情？在一堵断墙上找到熟悉的欢笑和秋收？这不确定的炊烟般的答案在黄昏浮起时，我的归乡意念布满了痛感和苍茫。

　　最踏实的故乡里，房子和亲人是可以凋谢的。时光可以埋存所有的喧哗。找到也许是因为恐惧的童年中过久的记忆，也许是新的写作刺激，让我体验在过去平凡荒寂的岁月里，那些成长的温暖，这尘世永无答案的关于死亡的奥秘。这部小说在想象中获得了意义，并艰难完成。当下生活所蕴含的悲伤感、漂泊感，在摇晃的生活中故乡和虚幻的魂灵究竟意味着什么？一个人的成就更大，对外面世界知道的更多，内心会更加葆有对艺术深久的挚爱和赤诚。年龄会让我们审视过去对艺术的付出。真诚和艺术如何解决我们对生死的看法？写作是对悲伤的遗忘吗？是为了对抗失忆吗？如果我们为之终身付出的东西无法回答我们的根本问题，艺术就会出现虚幻，伪装的崇高和声嘶力竭就会大行其道。

　　谈论鬼魂是我们楚人对故乡某种记忆的寻根，并对故乡保持长久兴趣的一种方式。无论是当下还是过去，让我们在许多沉重影子下生活下去的动力还是来自大地的力量。当大地神秘的生命在搏动的时候，我们会有文字和声音应和。不论高亢或者低沉，耀眼或者晦暗，人间或者鬼魂，它与艺术所展示的博大宏伟、崇高清洁没有关系。

靠什么抗御恐惧,只有正常的社会秩序、明亮平等健康的生活和人与人的相亲相爱。生命固然有无可抵挡的苦难,让我们在黑暗中活着——譬如这个村里因假酒而遭受伤害的那些村民,但是眼泪不能解决问题,唯有活下去,才能让村庄薪火相传,让黑暗转化为心中小溪一样的光明。是什么使我这样纠缠于对死亡和生命的思考?这也许是文学到了一定的时候,是要说真话的。是小说写到一定的时候,它的蜕变所产生的。它要推翻自己,重建新的健康的免疫系统。在坟墓前你会像一个哲人那样发声。不是因为悲痛,而是赞美好好活着的人和百花盛开的人世。所有文字的光芒都是为了慰抚生命极易遭到的伤害。

在很长一段时间里,我都畏惧于这些文字的出现会损害我写作的声誉,但是内心真诚的提醒在催督我,必须写出你最为深刻的记忆,不管它对一个成熟写作者是否意味着伤害还是荣耀。一个人自由表达的时候,技术性的操弄会退向一边,那些过去被奉若神明的技巧退避三舍,写作策略一钱不值。摆脱掉对自己羽毛的过分爱护,转而向更为诱人的荒芜世界开拓和拥抱。而这对我来说,却是灵魂的解脱与自由。世界在阴阳两边来回奔跑,就像春风中没有定处追逐的顽童。我一直忐忑不安地踏着我自己的脚印写作,让我的内心最为踏实的却是这一部完全没有规则的小说。它使我获得了心灵的安宁,并且明白了所有的文字都应该叫文章,是没有文体之分的。好的文章就是好的文学,不管叫什么,小说、诗歌或者散文。

生命是否有来世,人死是否会还魂?我永远不会知道。但我乐意表达我生命中出现的文字、语言和想象的激情,并且尊重和袒露我的疑惑、缺陷、短板。这些,对于我这个年纪的写作者是不可多得的。我必须诚实地写作和说话,不要违背内心的意志与召唤,不要回避那些越来越稀薄的探险念头,不要掐断那些躲闪在深处的生命奥秘的线索,不要拒绝远方。用虚构的网逮住它们,纵然身败名裂也要奋力一试。

故乡是渐渐消逝在离开途中的颠簸和记忆。不太相信灵魂的人，在慢慢的离弃中却让灵魂变成了真实的飞翔。一个不想为故乡的颓败和荒凉唱歌的人，他的心里一定有春天。

作家就是像魂一样说话的人。他的声音是大地所赐，必须模仿大地的厚度和诡异，模仿它的野性和荒寂。也许技术操作小说的时代已经结束了，如果我们的内心还有僭越企图的话，不要太安分守己。但我仍然会尊重某种强大的艺术裹挟力，贯彻我的意图，我会让读者知道另一种可能，这就是：作家要不停地挑战自己的极限，挑战文字的摧残力。我之所以这样坚持的理由不是一时癫狂，而是基于我对生命可能会因文字延续的想法。

写作甚至不可对父母献媚，文学是为天地立心。生命的生生不息给我的暗示恰恰是茫然，我会在无从表达的肤浅中感叹生命的短暂和无奈，我内心的苍凉支持着我的写作理想，但孤独的思想是悲伤的。我的交流可能想躲过读者，向上苍求教和倾诉。但最终我只有轻薄的表述，并没有抓到终极的真理。或者，这种真理是没有的。活着是一切，死了也是一切。生命在某一阶段的过程中，被我记下，这就是写作的意义。我坚信，这些散发着浓郁野草气味的文字终究会传播。因为我的文字中有晶晶闪动的河流和湖泊，这些自然流动的声响，不会让我们对死亡屈服。那些热爱生活的念头是可以裂变的。苦难不能阻止我们向家乡回归。灵魂只有形成在归乡的途中才值得纪念。"惟郢路之辽远兮，魂一夕而九逝。"（屈原《九章·抽思》）因为一夜穿梭般地九遍回到故乡，这个并不伟大的魂成为了永远吟诵的楚辞。这或许也是我一个小小的妄念。

陈应松
2016年1月8日于神农架

图书在版编目（CIP）数据

还魂记 / 陈应松著. — 南京：江苏凤凰文艺出版社，2016
ISBN 978-7-5399-9318-8

Ⅰ.①还… Ⅱ.①陈… Ⅲ.①长篇小说－中国－当代 Ⅳ.①I247.5

中国版本图书馆 CIP 数据核字(2016)第 110528 号

书　　名	还魂记
著　　者	陈应松
责任编辑	李　黎　黄孝阳
出版发行	凤凰出版传媒股份有限公司
	江苏凤凰文艺出版社
出版社地址	南京市中央路 165 号，邮编：210009
出版社网址	http://www.jswenyi.com
经　　销	凤凰出版传媒股份有限公司
印　　刷	扬中市印刷有限公司
开　　本	880×1230 毫米　1/32
印　　张	14.375
字　　数	350 千字
版　　次	2016 年 6 月第 1 版　2016 年 6 月第 1 次印刷
标准书号	ISBN 978-7-5399-9318-8
定　　价	39.80 元

（江苏文艺版图书凡印刷、装订错误可随时向承印厂调换）